COLLECTION
FOLIO CLASSIQUE

Honoré de Balzac

HISTOIRE DES TREIZE

La Duchesse de Langeais

La Fille aux yeux d'or

Édition présentée,
établie et annotée par
Rose Fortassier
Professeur
à l'Université de Limoges

Gallimard

Édition dérivée de la Bibliothèque de la Pléiade.

PRÉFACE

Les deux nouvelles que l'on va lire font partie de l'Histoire des Treize, première scène de la vie parisienne où Balzac, jusqu'alors romancier de la vie privée et de province, plante les décors d'un Paris réaliste et mythique à la fois, cercles infernaux de Dante, forêt de Cooper, océan byronien du Corsaire, où de terribles Mohicans en habit et souliers fins, des pirates à gants jaunes, imposent ténébreusement leur loi. Ils sont treize. Quatre seulement sont nommés : Ferragus, l'ancien bagnard, Montriveau, général et explorateur, de Marsay, prince des dandys, héros respectifs des trois nouvelles qui ont pour titre Ferragus, La Duchesse de Langeais et La Fille aux yeux d'or. Le quatrième est le marquis de Ronquerolles; mais tous s'unissent pour aider le héros, et apporter aux trois intrigues un dénouement brutal qui bafoue les lois sociales et humaines. Car ce sont des révoltés, de modernes brigands. Fondée sous l'Empire et dissoute en 1821, quand disparaît l'exilé de Sainte-Hélène, leur association emprunte à la morale de Napoléon le culte de l'énergie et de l'action, le goût d'un orgueil-

*leux arbitraire, la haine des lenteurs qui sont le fait
de l'administration et de la justice. Justiciers eux-
mêmes, ils ont ici pour principales victimes deux
femmes. Car Balzac, en prêtant à ses Treize la
fraternité qui unit les héros de la* Venise sauvée [1]*,
s'inspire du même coup d'une misogynie, qui chez
Otway relevait de mœurs particulières, et qui est
plus généralement la signature du dandysme.*

*Romanesque s'il en fut, l'invention de cette société
secrète s'inscrit tout de même fortement dans la
réalité psychologique et historique. Elle répond à un
rêve balzacien, romantique et prométhéen, mais qui
se rencontre en tout homme : se mettre au-dessus de
l'humanité, multiplier son propre pouvoir par une
association cachée; recréer entre des hommes que la
société condamnait à être étrangers les uns aux
autres une fraternité voulue et indissoluble. La
réalité fournissait d'illustres modèles à Balzac, qui
n'avait qu'à choisir entre les Jésuites, la Congréga-
tion, la franc-maçonnerie, le compagnonnage, le
carbonarisme, les sociétés bonapartistes ou les royalistes Compagnons de Jéhu. Nés de ces souvenirs,
les Treize offriront à leur tour un modèle à Balzac
lui-même, inventeur du* Cheval Rouge*, à Gobineau
créateur des* Cousins d'Isis [2]*, à Barbey d'Aurevilly,
à d'autres encore...*

*La présence des Treize n'est pas le seul lien entre
les trois nouvelles. Pour nous borner aux deux qui
nous occupent ici, notons les sujets et motifs
reparaissants de* La Duchesse de Langeais *à* La
Fille aux yeux d'or : *si grande que soit la
différence entre la duchesse et l'esclave vendue,*

---

1. Tragédie de l'Anglais Otway (1682).
2. Il s'agit, on le devine, de sociétés secrètes et d'entraide

toutes deux apparaissent, selon la conception des Treize, comme deux femmes quasi anormales, artificiellement dépravées, deux odalisques, deux femmes cloîtrées. Partout des gardiens, une duègne, une terrible mère supérieure. Cependant qu'un même couvent de carmélites espagnoles recueille la duchesse de Langeais et la marquise de San-Réal. Avant de faire rougeoyer le Paris de La Fille aux yeux d'or, *l'Orient embrase l'Espagne de* La Duchesse de Langeais, *et même le froid faubourg Saint-Germain, où les tentures rouge et noir de Montriveau annoncent les voilages cramoisis à galon noir de Paquita Valdès.*

En dédiant à Liszt et à Delacroix ces deux histoires d'amour et de mort, Balzac nous invite à les lire comme des « poèmes en action » qui illuminent un instant la grisaille de la vie; poèmes miraculeusement conservés par la mémoire, comme d'autres le sont par la musique ou le pinceau.

La Duchesse de Langeais *est un roman né d'une déception amoureuse. Durant l'hiver 1831-1832, Balzac avait été accueilli dans un salon de ce faubourg Saint-Germain si exclusif mais qui, au lendemain de la révolution de Juillet, commençait à s'ouvrir aux artistes, compositeurs et écrivains. Mme de Castries, née Henriette de Maillé, était la nièce du duc de Fitz-James que le romancier rencontrait chez Olympe Pélissier, la future Mme Rossini. Peut-être est-ce le duc qui introduisit Balzac dans le salon de la rue de Grenelle-Saint-Germain. La coquetterie saint-germanesque fit sur le romancier le même effet que sur le général*

Montriveau. Henriette de Castries était belle, gracieuse, et sa situation mondaine avait de quoi flatter ses élus, et en même temps, par son irrégularité, de quoi les encourager. Mme de Castries avait eu à la fin de la Restauration une liaison avec Victor de Metternich, fils de l'homme d'État, alors secrétaire à l'ambassade d'Autriche à Paris. Elle avait de lui un fils, le petit Roger d'Aldenburg. Victor de Metternich avait succombé à la tuberculose, et la jeune femme, séparée de son mari, un peu discréditée par cette aventure, et fort diminuée physiquement par une chute de cheval, vivait dans une demi-solitude. Les beaux yeux de la marquise firent de Balzac un des champions du néo-légitimisme, et le duc l'invitait — maintenant que l'abaissement du cens et de l'âge légal le rendait éligible — à se présenter à la députation. Ainsi s'émurent ensemble les espoirs amoureux et politiques.

Balzac passa l'été en Touraine et à Angoulême chez ses amis Carraud, et, fin août, il court rejoindre à Aix-les-Bains l'oncle et la nièce, avec qui il doit passer l'hiver en Italie. Une excursion mena les amoureux jusqu'à la Grande-Chartreuse, par cette vallée où Balzac situera plus tard le village du Médecin de campagne. Mais les choses se gâtèrent à Genève, première étape du voyage. L'amoureux dut se faire pressant, et il se vit éconduit. Finis les projets italiens! Il courut se réfugier auprès de Mme de Berny, à la Bouleaunière près Nemours. Mais il n'avait probablement pas attendu de quitter Genève pour transposer sa déception dans cette première confession du Méde-

cin de campagne, *restée inédite du vivant de l'auteur, et qui dit les cruautés d'une coquette. A Nemours il transposa l'aventure genevoise sur le mode drolatique dans le conte intitulé* Dezesperance d'amour. *Et il n'est point question encore d'en tirer un roman :* « J'ai rencontré Fœdora » (la « femme sans cœur » de La Peau de chagrin), *écrit-il fin janvier 1833 à M*me *Hanska, dont la seconde lettre (qui est justement de novembre 1832) a dû le distraire agréablement de l'humiliation genevoise. D'ailleurs les ponts ne sont point définitivement coupés avec la cruelle duchesse; ils ne le seront jamais. Pendant quelque temps, il est même toujours question d'un séjour à Naples; et, jusqu'à sa mort, le romancier ira dîner régulièrement chez M*me *de Castries, l'accompagnera au Bois, assistera à ses comédies de salon. En mars 1833, quand il commence* La Duchesse de Langeais, *qu'il va donner à* L'Écho de la Jeune France, *organe néo-légitimiste, Balzac semble avoir oublié ses griefs. Si Antoinette de Langeais ressemble évidemment à M*me *de Castries, Balzac l'innocente d'une froideur et d'une légèreté qui sont le propre de sa caste. Mais un différend qui mit aux prises le romancier et la direction du journal interrompit la publication, et du même coup la rédaction de la nouvelle. Balzac ne la reprit qu'en novembre alors que les rapports s'étaient sensiblement détériorés avec celle qu'il appelle à ce moment* « la terrible marquise ». *Et il la termina en janvier 1834, dans ce Genève qui avait vu un an et demi plus tôt son humiliation, et où l'Étrangère venait de lui donner les gages les moins douteux de son amour. Juste retour des choses, revanche totale, qui se lit dans la date légèrement*

*inexacte, mais évocatrice « Genève, au Pré-Lévêque,
26 janvier 1834 » inscrite à la fin de la nouvelle*[3].

Est-ce cet orgueilleux bonheur qui le rend maintenant sévère pour le faubourg Saint-Germain et celle
qui en est la parfaite émanation? En tout cas
Balzac n'avait plus de ménagements à garder envers le parti néo-légitimiste, qui avait si fraîchement
accueilli son Médecin de campagne *en septembre*
1833. D'où sans doute la sévère analyse politique
qu'il fit de ce qu'il nommait en mars « la chute
momentanée de l'aristocratie », et, plus tard, sa
« défaite ».

De toute façon, Balzac a pris ses distances avec
une aventure personnelle, qui ne peut être pour le
romancier qu'un point de départ. Autour d'une
expérience vont cristalliser les souvenirs de lectures,
les récits entendus, et fleurir tous les possibles que
contient toujours le vécu. Ainsi Mme de Castries
n'avait été qu'une coquette : le romancier la fait
amoureuse. Depuis la mort de son amant, Mme de
Castries parlait quelquefois, comme on fait dans le
monde, de se jeter dans un couvent : le romancier la
fera mourir sous la robe de bure de la carmélite,
comme cette duchesse de La Vallière qu'il cite
volontiers et dont il lui plaît de faire revivre
romanesquement, dans le plat xixe siècle, le grandiose dépouillement. Il est aussi fort probable que
Balzac avait entendu raconter l'étonnante aventure
arrivée à l'écrivain Ulric Guttinguer, qui lui-même
en donna en 1834 une transposition romanesque

3. « Le jour inoubliable », ajoutait Balzac, mention soigneusement cancellée, et déchiffrée pour la première fois par
P.-G. Castex.

dans Arthur, *ou* Religion et Solitude. *Guttinguer
avait aimé à Rouen une jeune femme de la bonne
société,* Rosalie A., *qui, voulant mettre un terme à
cette liaison, chercha refuge dans un couvent
parisien. Mais lequel? Après trois mois de
recherches, son amant finit par la découvrir à*
Picpus, *mais il ne put la convaincre de l'accompa-
gner et se résigna. On reconnaît là, avec des
différences évidentes, une situation et une scène qui
se retrouveront dans* La Duchesse de Langeais.

Quant aux souvenirs de lectures, Balzac *connaît
la* Delphine *de M*ᵐᵉ *de Staël et son dénouement; il
a lu, comme l'a montré P. Citron, un roman publié
en 1826, dont le dénouement annonce celui de la
Duchesse :* Éléonore, anecdote de la guerre d'Espagne, *par M*ᵐᵉ *la baronne d'XXX. Mais surtout
il a lu* Fragoletta, *le roman de Latouche, écrit en
1829, c'est-à-dire à une époque où les deux romanciers étaient très liés (Balzac a d'ailleurs donné un
compte rendu du roman au Feuilleton des Journaux politiques).* Fragoletta *inspire le premier et
le dernier chapitre de* La Duchesse de Langeais.
*Le général d'Empire d'Hauteville tente d'arracher à
Dieu la femme qu'il aime, Camille Andriani,
religieuse dans un couvent de Capri battu des flots.
Il pénètre dans le couvent, surprend une confession
ultime et révélatrice, et assiste à la mort d'une
religieuse qui n'est point Camille; c'est à sa voix
qu'il reconnaît celle qu'il cherche; il obtient de lui
parler à la grille, mais ne peut obtenir qu'elle le
suive. Le dialogue entre les deux amants rappelle
étrangement celui de la sœur Thérèse et de Montriveau; dialogue interrompu par la sœur tourière.*

*suivie de sbires auxquels d'Hauteville échappe de
justesse. La même nuit, Camille meurt d'amour, et
son dernier mot est pour demander que son corps
soit jeté à la mer. Ces événements se passent à
l'époque où le général Lamarque se lança en 1808 à
l'assaut de Capri, aventure à laquelle, nous dit
Balzac, avait pris part le général Montriveau. Ce
qui explique son escalade à Majorque... et signe
l'emprunt fait par le romancier. Comme aussi une
allusion à la fameuse fresque napolitaine*, La Femme
caressant la chimère, *et une autre qui se lit dans le
manuscrit de la* Duchesse : « *Je serai, dit Antoinette de Langeais, brûlée de mille feux et consumée
comme cette ville au pied du Vésuve.* »

*Si Montriveau doit à d'Hauteville d'être général,
il emprunte ailleurs cette rigueur mathématique et
morale qui n'admet « aucune composition hypocrite
ni avec les devoirs d'une position, ni avec les
conséquences d'un fait ». Cette rigueur l'apparente
au très réel commandant Périolas, à Surville,
polytechnicien et beau-frère du romancier, mais
surtout au héros polytechnicien de Stendhal, Octave
de Malivert (*Armance, *1827), qui, lui aussi, rêvait
de mettre ses connaissances au service d'utiles
recherches. Montriveau est allé en Égypte et en
Nubie pour y chercher la réponse à de mystérieux
problèmes industriels. Mais ce qui frappe surtout le
lecteur, c'est qu'il en revient auréolé de la gloire des
explorateurs. Balzac sait quel écho éveillera ce
voyage d'Egypte chez un public qui, en 1834, est à
même de connaître depuis quelques années l'expédition de Champollion. Tardivement reconnu par le
monde officiel et savant, Champollion avait été*

*nommé en 1826 directeur de la section égyptienne
du Louvre, et, à ce titre, était allé acheter au nom du
gouvernement de Charles X la fameuse collection
réunie par le consul anglais à Turin, Henry Salt.
Puis, de juillet 1828 à décembre 1829, il avait
dirigé, avec son collègue italien Rossellini, une importante mission archéologique financée conjointe-
ment par la France et le grand-duché de Toscane,
et il avait remonté le Nil jusqu'à Philae et Abou-
Simbel. Nommé professeur à la Sorbonne en 1830,
chargé de la chaire d'archéologie au Collège de
France en 1831, il était mort épuisé par le travail
en 1832, mais l'année suivante paraissaient ses*
Lettres écrites d'Égypte et de Nubie, *bientôt
suivies par* Les Monuments de l'Égypte et de la
Nubie d'après les dessins exécutés sur les lieux.
*Depuis 1830 d'ailleurs l'Égypte était à l'honneur
chez les éditeurs, qui avaient publié la* Description
de l'Égypte *en vingt-quatre volumes (chez Pan-
ckoucke), le* Voyage en Haute et Basse-Égypte *de
Denon, le* Tableau de l'Égypte, de la Nubie et des
lieux circonvoisins *de J.-J. Rifaud (dont Balzac
avait lui-même rendu compte dans le* Feuilleton des
Journaux politiques*). Deux autres récits de voyage
ont visiblement inspiré l'expédition de Montriveau :
celui du Nantais Caillaud, qui avait visité de 1817
à 1822 les oasis d'Égypte et le royaume de Sanaar.
Et surtout celui de René Caillié qui, parti du Rio
Nuñez, était parvenu à Tombouctou, d'où il revint
par le Maroc.*

*Voilà pour l'explorateur. Mais c'est en se regar-
dant lui-même au miroir que Balzac a créé Montriveau. Il lui a donné son physique : petite taille,
buste large, tête carrée, cheveux noirs. Il l'a fait*

*intelligent, bon, et surtout doué de cette énergie que
le faubourg Saint-Germain trouve vulgaire chez les
roturiers, et indésirable chez les autres. Il l'a même
fait poète comme lui, « poète en action ».*

En homme fort et en poète qu'il est, Montriveau
succombe comme son créateur au charme d'une
sylphide aristocratique. On voit tout de suite ce que
Mme de Langeais doit à Mme de Castries,
physiquement, moralement, socialement. Mais c'est
bien le moins que, s'élevant au-dessus de l'expérience vécue, le roman fasse plus vrai, plus typique,
plus pur. Les refus d'Antoinette de Langeais ne
s'expliquent pas par quelque infirmité, ou par une
certaine fidélité à un amant mort; car elle ignore
tout de l'amour. Sa froideur vient de son innocence
même, et de l'échec d'un mariage mal assorti. Elle
vient surtout de sa politique de pure femme du
monde. Après Fœdora et la comtesse Chabert
(toutes deux plébéiennes), Balzac crée, avec
Mme de Langeais, sa troisième femme sans cœur...
en attendant Mme d'Espard. Sans doute
Mme d'Espard, « parfaite machine de Birming-
ham » comme de Marsay, incarnera mieux la
cruauté du monde. Mais en 1834 l'idée que Balzac
se fait du monde, en ce qu'il a d'aristocratique,
c'est-à-dire de l'exclusif faubourg Saint-Germain,
s'incarne parfaitement dans l'attachante duchesse
de Langeais, tout ensemble « nerveuse et lymphatique », artificieuse et naturelle, double comme le
grand monde lui-même, qui sait si bien guérir les
blessures qu'il fait, et dont le charme, même analysé
et dévoilé, reste si puissant.

Les contemporains — et il ne faut pas s'en

étonner — n'ont pas toujours reconnu la justesse du pinceau dans ce tableau d'une société et d'une intrigue mondaines. Armand de Pontmartin ne voit-il pas dans les dialogues amoureux de la duchesse et du général « du Marivaux à l'eau-de-vie raconté par un grognard de la Grande Armée au chevalier de Faublas »? Or Balzac, tout en s'inspirant, il est vrai, de mainte lecture, n'a jamais été aussi exact. A la manière de Locke, le philosophe anglais ami de lord Shaftesbury, il va jusqu'à restituer presque « sténographiquement » la conversation des ducs de la Restauration (parents de Mme de Langeais) qu'ont gâtés le club, le turf et l'esprit bourgeois. Et devant eux il dresse les deux merveilleux débris d'un XVIIIe siècle élégant, dépositaires d'une science des manières et d'un art de vivre oubliés : le vieux mousquetaire gris qui a nom vidame de Pamiers et la fantastique princesse de Blamont-Chauvry. Fantastique, mais vraie : caractéristique d'une époque où la jeunesse croyait avoir quelque chose à apprendre des respectés « antiques »! Enfin tous les jeux de la politique mondaine avec le mari, l'amant, la famille, les égaux, les inférieurs et les supérieurs, toutes les hypocrisies d'un monde qui n'a de sévérité que pour le scandale, tout le credo aristocratique et mondain enfin se lisent en ces pages d'où l'on peut aussi extraire (et c'est ce que nous avons fait au fil des notes) les éléments d'un petit lexique du parler mondain.

Parfaite incarnation de son monde, Antoinette de Langeais le domine de toute la grandeur d'une héroïne de roman, qui doit presque autant que Montriveau à l'idéal de Stendhal. Si ses leçons de

*catéchisme à l'usage des militaires la font proche
d'une M*me *de Bonnivet (*Armance*) ou d'une
maréchale de Fervaques (*Le Rouge et le Noir*), elle
a chez Stendhal des sœurs spirituelles de plus haut
vol. Dans* Armance *ou quelques scènes d'un salon
de Paris en 1827, comme dans* Le Rouge et le
Noir, *chronique de 1830, au milieu des vieux
salons froids et endormis où les glaces remplacent
les vitres, dans les jardins de buis et de tilleuls
taillés qui ne disent que la tristesse et la mort,
Stendhal a dessiné les figures lumineuses, et en
quelque sorte épiques, d'Armance de Zohiloff et de
Mathilde de La Mole. De sa duchesse de Langeais,
Balzac écrit qu' « aucune femme de ce faubourg ne
peut ressembler à cela », et la vieille princesse de
Blamont-Chauvry rappelle à sa nièce — comme
M. de La Mole pourrait le rappeler à sa fille —
que l'on n'est plus au temps héroïque des Valois.
Comme Mathilde de La Mole, Antoinette cherche à
pallier l'ennui du quotidien par quelque amour de
tête, quelque passion. Mais qui pourra vaincre tant
d'orgueil qui souffre de n'être point dompté? L'épée
que son amant lève sur elle dompte le cœur de
Mathilde, et c'est à un bourreau prêt à la marquer
au front qu'Antoinette de Langeais se rend avec
ivresse. Après quoi, jeunes Médées qui découvrent
leur existence au sein des périls et de la solitude,
méprisant les pusillanimités de leur famille, elles
courent affronter le scandale comme on cherche le
martyre ou le bonheur.*

*Revenons à ce Faubourg qu'elles ont abandonné.
Car il intéresse et Stendhal et Balzac. Mais combien
différente l'attitude de l'un et de l'autre romancier*

*devant la même réalité, que tous deux pourtant
peignent si fidèlement! Ainsi, dans* Armance, *le
commandeur de Soubirane vend ses terres pour
jouer à la Bourse, et ne pense qu'au fameux
milliard des émigrés;* Balzac parle lui aussi de ces
aristocrates qui « vendaient leurs terres pour jouer à
la Bourse ». *Mathilde de La Mole se moque du
jeune comte de Caylus qui « passait sa vie dans son
écurie et souvent y déjeunait »;* La Duchesse de
Langeais *possède, elle aussi, ses ducs maquignons.
Mathilde reproche à M. de Croisenois de partager
le vieux préjugé qui accorde à la noblesse de cour la
supériorité sur la noblesse de province; ce préjugé
du seul M. de Croisenois devient chez Balzac celui
du faubourg Saint-Germain tout entier. Oui, c'est
bien le même monde, et Balzac a certainement lu*
Armance, *comme il a lu — on le sait —* Le Rouge
et le Noir. *Mais le libéral Stendhal, quelque
sensible qu'il soit au charme des bonnes manières,
regarde sans pitié, et avec ironie, sombrer cette
société qui a condamné l'énergie à se réfugier* au
*cinquième étage, et qui a remplacé les vertus
héroïques par les prudences bourgeoises. Balzac
n'accepte pas cette décadence, il dépasse l'ironie de
Stendhal. Il voit dans le grand monde aristocratique
le lieu privilégié des belles manières, un admirable
conservatoire des traditions. Ce monde, dont il sait
par expérience qu'il hait la pensée, lui apparaît
cependant, au sommet de la pyramide sociale,
comme la « pensée de la société ». C'est là qu'il
envoie volontiers les apprentis-romanciers apprendre
leur langue, c'est là qu'il imagine conversant tout
ce qui chaque jour, s'élevant des sphères inférieures, fleurit* de supériorités, de talents, de som-

mités, *comme il aime à dire. Aussi ne peut-il
se contenter d'enregistrer ironiquement, à la Stendhal, la fin de ce monde. De plus, quand il
commence son roman, Balzac, nous l'avons vu,
appartient au parti néo-légitimiste formé de car-
listes intelligents, conscients des erreurs qui ont
amené la « révolte » de 1830, et qui tenteront un
moment, par-dessus la tête des bourgeois triom-
phants, de tendre la main au peuple et aux
républicains. Avec eux, c'est en « docteur ès sciences
sociales », en « médecin politique » que Balzac
analyse la situation du faubourg Saint-Germain.
D'où une critique d'abord, un diagnostic. Puis un
plan d'action. Même lorsqu'il ne destinera plus sa
nouvelle à l'*Écho de la Jeune France, et ne se
souciera plus guère de sauver malgré lui l'ingrat
Faubourg, son œuvre continuera de nourrir —
comme a posteriori — un espoir en l'avenir du
Faubourg : tandis que Mathilde de La Mole se
moque du « petit voyage en Grèce et en Afrique »
(entendez l'expédition de Morée et la conquête de
l'Algérie!) qui est pour les jeunes gens de son
monde le comble de l'audace, Balzac parle avec
sérieux de « plusieurs noms redevenus célèbres » sur
ces champs de bataille. Et surtout il propose des
solutions. Car Balzac, qui ne gaspille rien, réutilise
pour écrire son second chapitre de* La Duchesse de
Langeais *deux articles destinés au* Rénovateur,
organe néo-légitimiste. Le premier, intitulé Essai
sur la situation du parti royaliste, *avait paru dans
ce journal les 26 mai et 2 juin 1832. Le second,* Du
Gouvernement moderne, *écrit à Aix en septembre,
n'avait pas paru et l'auteur du* Médecin de

campagne *s'en servira aussi pour rédiger le pro-*
gramme politique de Benassis.

    Après avoir posé en principe la nécessité de la
légitimité et du catholicisme, l'Essai dévoilait les
causes de la révolution de Juillet. Sous la Restaura-
tion, l'aristocratie, se coupant de la noblesse, et
cherchant près du trône les faveurs et les places,
s'était refusée à être une puissance territoriale, à
habiter dans ses terres et à se charger en province
des tâches administratives qui l'auraient mise au
cœur du peuple. Le mal fait, que reste-t-il à
envisager en 1833? Balzac voit trois solutions
possibles. Susciter une guerre civile (c'est ce que
vient de tenter en Vendée la duchesse de Berry) :
Balzac rejette cette solution comme anachronique et
meurtrière. Renoncer à la vie politique en refusant
le serment : c'est aux yeux de Balzac un suicide.
Enfin prêter le serment, être présent dans les
Chambres et intervenir ainsi dans la vie politique :
pour le lutteur Balzac, c'est là le bon choix. Puis il
faut utiliser les moyens nouveaux, « tourner la
révolution de Juillet par la presse et la parole,
comme le libéralisme [a] tourné la monarchie »,
déconsidérer le Juste-Milieu qu'épouvantent la
république et l'arrivée des Barbares, et s'appuyer
sur le peuple. Telle est la politique réaliste et
moderne que préconise l'Essai.

    La Duchesse de Langeais *doit davantage à*
l'article Du Gouvernement moderne *qui, après*
avoir critiqué le ministérialisme constitutionnel,
revient sur le rôle que pouvait jouer sous la
Restauration — et pourquoi pas dans l'avenir? —
une aristocratie constituée en Pairie comme en
Angleterre, et qui, sur le modèle anglais aussi, se

*ferait constamment accueillante à toutes les supério-
rités nouvelles, qu'elles soient de naissance, d'argent
ou de talent.*

*Telle est la toile de fond politique devant laquelle
se joue l'aventure d'Antoinette de Langeais et
d'Armand de Montriveau. Aventure amoureuse qui
dépasse les deux protagonistes. Car, seul à pouvoir
vaincre la froideur de la duchesse, Montriveau est
aussi l'homme providentiel, un Balzac à épaulettes,
qui pourrait arracher le noble Faubourg à sa
léthargie, lui insuffler l'énergie.*

*Il faut pour terminer dire combien la structure de
ce roman est intéressante et originale. On ne saurait
trop y insister, quand il appartient au moindre
grimaud, en suivant de plus célèbres exemples,
d'aller répétant d'un cœur léger que le pauvre
Balzac écrit naïvement « d'une manière linéaire ».
Eh bien non, Balzac n'écrit ni naïvement, ni mal,
ni en jouant au romancier omniscient, ni d'une
manière linéaire. « Entrez tout d'abord dans l'action. Prenez-moi votre sujet tantôt en travers, tantôt
par la queue », conseillera d'Arthez à Rubempré
dans Illusions perdues. C'est ce que fait Balzac ici.
Le premier chapitre nous jette dans l'action, un
enlèvement qui nous paraît être le drame même. Les
second et troisième chapitres constituent ce retour en
arrière, plus tard utilisé par le cinéma, grâce aux
facilités dont il jouit. Or c'est ce passé parisien et
mondain qui vite nous apparaît comme le drame
véritable; et il mérite qu'on y soit introduit par le
porche grandiose du chapitre II, où se peint le noble
Faubourg. Le quatrième et dernier chapitre nous
ramène à Majorque, à l'exotisme, à la mort. Le*

romancier a bien utilisé les trois mois que Montriveau et ses amis passent à Paris à préparer
l'enlèvement pour faire revivre les huit mois
d'amours, d'espoirs et de misères qui ont amené
l'aventure majorquine. Roman-gigogne si l'on
veut, La Duchesse de Langeais se présente aussi
comme un magnifique triptyque, que referme sur
lui-même le mot cruel et épique de Ronquerolles :

« C'était une femme, maintenant ce n'est rien.
Attachons un boulet à chacun de ses pieds, jetons-la
dans la mer, et n'y pense plus que comme nous
pensons à un livre lu pendant notre enfance.

— Oui, dit Montriveau, car ce n'est plus qu'un
poème. »

Et ce poème, les dernières lignes, liant le passé à
l'avenir, le dédient triplement à trois femmes
aimées : à la toute dévouée Dilecta, à la cruelle
pardonnée, et à la nouvelle Ève.

Telle n'est point la fin de La Duchesse de
Langeais que proposait aux lecteurs de 1834
l'édition originale. Ce n'est pas à Montriveau
qu'étaient confiés le mot de la fin et le discret
hommage à la Dilecta; mais bien à de Marsay.
Voici le texte primitif, qui, en annonçant La Fille
aux yeux d'or, invitait à rapprocher et à comparer
les deux derniers récits des Treize :

« Oui, dit Montriveau [en réponse à Ronquerol-
les] — Te voilà sage. Désormais, aie des passions,
mais de l'amour, fi... — C'est de la niaiserie, dit
Henri de Marsay. Il ne faut l'introduire en nous
que comme une drogue qui, à certaine dose,
augmente le plaisir, sinon, autant lire Kant,

*Fichte, Schelling ou Hegel. — Voilà un homme!
s'écria Ronquerolles en frappant sur l'épaule de
Marsay. — Oui, ça n'a été pour moi qu'un poème!
dit Montriveau lorsque les tournoiements de l'onde
s'effacèrent dans le sillage du brick. — On t'accorde
le poème, pour satisfaire à ce qui te reste de
faiblesse humaine, camarade, dit de Marsay en
lâchant avec grâce la fumée de son cigare. Ta
duchesse!... je l'ai connue. Elle ne valait pas ma
fille aux yeux d'or. Et ·cependant je suis sorti
tranquillement un soir de chez moi pour aller lui
planter mon poignard dans le cœur. Tu n'étais pas
encore des nôtres! — Ronquerolles, dit-il en se
tournant vers le marquis, conte-lui donc cette
affaire-là pour le distraire; tu sais mieux que moi
en faire valoir les détails. »*

On voit que l'argument a de quoi allécher le
lecteur, sans déflorer le sujet. Rien ne laisse en effet
soupçonner que la fille aux yeux d'or a mérité le
courroux de son amant pour avoir connu malgré
elle, avant les plaisirs de l'amour normal, ceux de
Lesbos, et lui avoir offert une virginité qui n'est pas
de l'innocence. Rien ne laisse non plus deviner que
la rivale d'Henri de Marsay se révélera sa propre
sœur. Balzac lui-même n'avait sans doute pas
encore imaginé toute cette extraordinaire histoire,
mais c'était là promettre un de ces récits réalistes,
osés, frénétiques, plus vrais que vraisemblables,
comme ceux de la Conversation entre onze heures
et minuit [4], qui exigent les longues veillées et une
sorte de huis-clos amical. Avant Barbey d'Aurevilly
et bien d'autres, Balzac le contier a souvent usé de

---

4. Dans les *Contes bruns* (1832).

*cette mise en scène, confiant le récit à des person-
nages aussi divers que Derville l'avoué, Bianchon le
médecin, de Marsay le roué, ou aux journalistes
Nathan, Blondet et Bixiou.*

*Le projet de Balzac s'évanouit à l'exécution, et les
lecteurs de* La Comédie humaine *ignoreront toujours les talents de conteur de Ronquerolles, à qui le
romancier ne donnera plus jamais sa chance. Mais,
même lorsqu'il eut renoncé à encadrer en quelque
sorte la troisième* Histoire des Treize *en déléguant
ses pouvoirs de conteur à une de ses créatures, il
maintint la fabulation de la confidence faite de
bouche à oreille : le récit de* La Fille aux yeux d'or,
*dit-il dans sa postface, lui a été fait par le « héros de
l'aventure » qui le pria de la publier. Le romancier
put même reconnaître dans le jeune homme de
vingt-six ans qu'était son visiteur les traces de
« cette beauté merveilleuse, et féminine à demi, qui
distinguait le héros quand il avait dix-sept ans ».*

*Une telle affirmation nous invite à voir dans la
troisième aventure des* Treize *une histoire dont le
romancier aurait eu connaissance, sinon par le
héros lui-même, du moins par quelque témoin ou
par la renommée aux cent voix. Et il est vrai que
vers 1833-1834 la chronique parisienne proposait,
sinon l'exemple du crime qui ensanglante le dénouement de la nouvelle, du moins plusieurs liaisons
saphiques comme celle de la marquise de San-Réal
avec Paquita Valdès. Arsène Houssaye se fait
l'écho de ces scandales :*

*« Sapho ressuscita dans Paris... Ce fut des
hautes régions de l'intelligence que descendirent les
voluptés inavouées. Il y avait bien longtemps que
Sapho dormait sous le rocher de Leucade quand on*

réveilla ses passions. Érinne, Myrrha, Chloé, toutes ces nymphes éperdues se dessinèrent dans le demi-jour des chambres à coucher, comme des fresques renouvelées des Grecs, comme des bas-reliefs divinisés par la main de Clodion [5]. »

Suit une allusion à la tendre amitié qui liait depuis 1832 George Sand à la comédienne Marie Dorval. Serait-ce donc à elles que pense Balzac? Son informateur pourrait être alors Jules Sandeau, que le romancier a rencontré en mars 1833 « au désespoir », et qu'il recueillera l'année suivante, « pauvre naufragé plein de cœur », dans l'asile de la rue Cassini. La postface donne quelque poids à cette hypothèse en proposant comme modèle de Paquita Valdès la créatrice du rôle d'Adèle dans l'Antony de Dumas, c'est-à-dire Marie Dorval elle-même. On connaît le dénouement de ce drame : pour sauver devant un époux l'honneur de sa maîtresse, Antony la tue en prononçant le mot célèbre : Elle me résistait, je l'ai assassinée.

« Si quelques personnes, écrit Balzac, s'intéressent à La Fille aux yeux d'or, *elles pourront la revoir après le rideau tombé sur la pièce, comme une de ces actrices qui, pour recevoir leurs couronnes éphémères, se relèvent bien portantes après avoir été publiquement poignardées.* »

Quant au modèle de la marquise de San-Réal, la suite du texte suggère la comtesse Merlin, née Maria de las Mercedes, dont Balzac fréquentait le salon; elle avait été « élevée aux îles, où, dit-elle,

---

5. *Les Confessions, Souvenirs d'un demi-siècle*, 1885, livre XIII, chap. III (texte cité par P.-G. Castex dans son édition de l'*Histoire des Treize*.

les mœurs légitiment si bien les Filles aux yeux d'or, qu'elles y sont presque une institution » [6].

Quels que soient les petits faits réels qui ont donné la chiquenaude initiale, autour d'eux ont cristallisé, là encore, les souvenirs de lectures. On sourit de voir Balzac écrire, dans la note publiée en appendice à la première édition de La Duchesse de Langeais, *que l'obstacle contre lequel achoppe la puissance des Treize est « une passion terrible, devant laquelle a reculé notre littérature* [7], *qui ne s'effraie cependant de rien ». Nous verrons qu'il n'en est rien. En tout cas la littérature libertine du* XVIII [e] *siècle ne s'est pas effrayée et n'a pas reculé, et Balzac connaît* Le Sopha *de Crébillon,* La Religieuse *de Diderot, les écrits érotiques de Mirabeau, la* Justine *de Sade et peut-être aussi son* Augustine de Villeblanche. *L'héroïne de cette dernière nouvelle n'est point sans ressemblance avec Paquita. Née à Madras, c'est une brune piquante au sang ardent qui n'a de goût que pour le saphotisme, comme dit Sade. L'amoureux Franqueville, que la nature a par bonheur doué d'une beauté féminine comme de Marsay, est donc contraint de se présenter à sa belle sous un déguisement féminin pour lui faire renier les plaisirs de Lesbos. Ces déguisements sont d'ailleurs*

6. Dans ses *Mémoires* où elle parle de deux femmes qui eurent sur elle de l'influence, et qui se nommaient précisément Paquita et Mariquita. Ce sont aussi les noms des deux héroïnes de *L'Occasion,* pièce de Mérimée parue dans *La Revue de Paris* (1829), qui contient un vibrant éloge d'une autre sorte d'amour interdit.

7. Balzac entend la littérature de son temps.

*fort à la mode au siècle du chevalier d'Éon et du bel
adolescent Faublas. A la mode aussi — et comme
obligés dans une intrigue fictive — le mystérieux
enlèvement en carrosse d'une femme ou d'un homme,
et les sacrifices à Éros qui s'ensuivent dans quelque
« petite maison » ou folie du quartier Picpus, dotée
d'un boudoir inspiré des* Mille et Une Nuits.
Balzac a lu Point de lendemain [8] *et* Les Liaisons
dangereuses, *auxquelles le héros de notre nouvelle
fait d'ailleurs une allusion. L'enlèvement d'Henri
de Marsay par Paquita se fait selon la même
technique que celui de Belleroche par M*me *de
Merteuil. Et c'est bien à Valmont que de Marsay
emprunte son libertinage cynique, sa cruauté... et
même son domestique, parfait valet de comédie. On
trouve même indiqué dans les* Liaisons *le sujet
auquel* La Fille aux yeux d'or *donne tous ses
développements : la jalousie qu'une jeune fille
(Cécile, Paquita) fait naître entre un homme et une
femme que leur supériorité, leur mépris de la
morale commune, leur complicité et l'habitude d'être
l'un pour l'autre un miroir, ont transformés en
Ménechmes moraux : « Elle [Cécile] est naturellement très caressante, écrit M*me *de Merteuil, et je
m'en amuse quelquefois : sa petite tête se monte [...]
et puis elle me prie de l'instruire, avec une bonne foi
réellement séduisante. En vérité je suis presque
jalouse de celui à qui ce plaisir est réservé. »*

*Avec moins de complaisance et de détails,
l'époque de Balzac s'est aussi intéressée à la
« terrible passion ». Tels les auteurs des* Intimes [9]

---

8. De Vivant Denon.
9. Roman de Michel Raymond, pseudonyme collectif de
Raymond Brucker et Michel Masson.

*où se rencontre une grande dame, Mme de Soubise,
qui garde prisonnière la jeune Anaïs. Mais un
autre roman a bien davantage frappé Balzac : la*
Fragoletta *de Latouche dont nous avons déjà
découvert l'influence sur* La Duchesse de Langeais.
*En intéressant Balzac à la séduisante monstruosité
qu'est l'androgyne, ce seul roman va lui inspirer
deux œuvres contemporaines; deux œuvres appa-
remment aux antipodes, et que le romancier lui-
même ne rapproche que pour exalter l'une et
rabaisser la seconde au rang de « sottise » :* Séraphîta *et* La Fille aux yeux d'or. *Dans* Séraphîta
*l'androgyne adoré à la fois par un homme, Wilfrid,
et par une jeune fille, Minna, est en fait un être
parvenu à l'état angélique, et dont l'assomption
finale, en les illuminant d'une lumière mystique,
réunit Minna et Wilfrid. Ce double développement,
mystique et sensuel, d'un même sujet n'est pas pour
nous étonner de la part d'un écrivain qui a élevé à
la hauteur d'un principe et d'une méthode ce qui
était chez lui un don : celui de saisir toujours les
aspects opposés et complémentaires d'un même objet
ou d'un même sujet. Nous avons dit un mot de
l'enlèvement de Fragoletta (de son vrai nom
Camille Adriani) par le général d'Hauteville.
Précisons que cette Camille est une jeune fille
garçonnière qui,.sous un habit masculin, séduit une
autre jeune fille. La dernière page du livre révèle
que cette dernière est la sœur du général. Là ce sont
les deux victimes, (et non les deux bourreaux
comme dans* La Fille aux yeux d'or*), qui
découvrent leur rivalité (et pour en mourir). Un
autre roman dont Balzac a peut-être entendu parler
lorsqu'il terminait sa nouvelle, la* Mademoiselle de

Maupin de Gautier (fin 1835) introduira dans cette sorte d'amour triangulaire *une nouvelle variante : la femme hermaphrodite y est aimée d'un homme et d'une femme eux-mêmes amoureusement liés entre eux.*

Tant d'incitations livresques auraient sans doute été perdues si elles n'avaient rencontré en Balzac une curiosité dès longtemps éveillée pour les perversions du cœur et des sens. A l'aube de sa carrière romanesque, Le Vicaire des Ardennes *évoque la tendresse incestueuse d'un frère et d'une sœur qui ignorent leur parenté;* Sarrasine, *la passion d'un sculpteur français pour une comédienne romaine qui se révèle être un castrat. L'horreur que conçoit Sarrasine à cette découverte s'exprime en des termes que ne démentirait pas de Marsay découvrant qui est Paquita Valdès :* « Tu m'as ravalé jusqu'à toi. Aimer, être aimé! *sont désormais des mots vides de sens pour moi, comme pour toi... Monstre!... tu m'as dépeuplé la terre de toutes ses femmes.* » Le désespoir d'Henri de Marsay comme celui de Sarrasine ne vient pas seulement de vanité froissée, d'amour nié; leur choix même d'un être aimé anormal leur fait découvrir en eux-mêmes comme une secrète tare, de troubles tendances. C'est dans Sarrasine aussi que se rencontre déjà ce que le romancier nomme dans La Fille aux yeux d'or « la circonstance la plus poétique », c'est-à-dire la merveilleuse ressemblance des deux héros. Marianina et Filippo de Lanty, neveux du castrat et jumeaux d'une grande beauté, doivent de plus à leur jeunesse une troublante allure d'hermaphrodites. Troublante aussi, autant que poétique, la ressemblance de

Mariquita et d'Henri dont les veines charrient le même sang, celui du vieux sodomite lord Dudley. Et leur mépris de la morale commune, leur curiosité donjuanesque sont tels qu'une possible aventure affleurerait dans la dernière page de la nouvelle, si Mariquita ne jurait d'aller se jeter dans un cloître. En effet, Paquita assassinée, restent deux grands fauves qui reconnaissent réciproquement leur force et, dans leur complicité, sont plus près de l'amour que de la haine. Qui sait si l'auteur des Treize, *créateur de nouveaux* Corsaires *et de nouveaux* Manfreds, *n'a pas prêté à Henri de Marsay l'aventure arrivée en 1813 au roi des corsaires et des dandys réels, Byron? Quelle qu'ait été la pudeur des biographes, on connaissait en effet la liaison incestueuse du poète avec sa demi-sœur Augusta Leigh rencontrée pour la première fois alors qu'ils étaient tous deux adultes, leur amour semblant être né en partie de se découvrir si merveilleusement semblables.*

Pour en terminer avec les curiosités de Balzac qui se sont fait jour dans les œuvres antérieures, revenons un instant au personnage de Paquita. La Fille aux yeux d'or nous apparaît alors comme une variation sur le sujet d' Une Passion dans le désert *(1830), qui raconte le sanglant dénouement d'un amour entre un soldat et une panthère. Le soldat tue finalement Mignonne, la panthère-femme, comme de Marsay poignarde Paquita, la femme-panthère. Toutes deux esclaves, sauvages et exotiques, perverties par l'homme civilisé.*

Car cette « aventure parisienne », comme la nomme le romancier, est étrangement exotique. La

*curiosité de l'érotisme s'y lie à celle de l'Orient,
comme dans ce* Voyage de Paris à Java *(1832) où
Balzac peignait les ardeurs et les langueurs des
houris « pâles, frêles, vampiriques » dans un vénéneux et odorant* paradou *d'arbres-fougères, d'upas
et de volkamerias, peuplé de singes et de bengalis.
L'Orient de Balzac n'est pas celui des géographes, et
n'admet point de frontières, allant de l'Insulinde au
Mexique, de la Russie à l'Espagne, des Indes
Orientales aux Indes Occidentales. Elle échappe
aussi aux délimitations des historiens, cette Asie
des poètes où règnent encore le calife de Bagdad et la
reine de Golconde. Le poète du* Cantique des
cantiques, *celui du* Jardin des roses, *et le conteur
des* Mille et Une Nuits *font de cet Orient rêvé un
jardin de miniature persane où goûter à loisir les
voluptés rares. Une liste de romans à faire, jetée sur
le carnet d'esquisses, prévoit, en plus du* Voyage à
Java *et de la* Passion dans le désert : Passion
d'Orient, Croquis d'Orient, La Mauresse, La
Femme en Asie, Un Despote, L'Amour au harem.
Et encore :* L'Intérieur d'un harem. *Une femme
aimant une autre femme et tout ce qu'elle fait
pour la préserver du maître. Qui dit harem dit
claustration. Ce rêve que font tous ceux qui aiment
d'enfermer l'objet aimé, plusieurs créatures de
Balzac le réalisent : tel le capitaine parisien et vrai
corsaire (*La Femme de trente ans*) emportant
Hélène d'Aiglemont sur son navire au nom évoca-
teur, l'Othello, et donnant pour prison à cette
« esclave et souveraine » une luxueuse cabine aux
divans de cachemire et tapis de Perse. Luxe,
sensualité, recherche de l'absolu dans l'amour
devenu pure « poésie des sens », voilà ce qu'offre*

l'Orient rêvé à Balzac tapissier qui en reconstitue l'image idéale dans son boudoir cramoisi de la rue des Batailles.

Au sérail, au harem, il faut pour réaliser ces féeries, un despote. Balzac crée ce moderne pacha, ce sultan occidental, Henri de Marsay, personnage qui a de l'avenir dans La Comédie humaine. C'est sa première apparition, et il sort de la tête de son créateur armé de pied en cap : beau, élégant, artiste, jouant du piano comme Kalkbrenner, chantant comme Rubini, montant à cheval comme le comte d'Aure, et fort au jeu moins noble de la savate, tout comme le futur prince Rodolphe des Mystères de Paris. Avec tout cela impassible comme un dandy, cruel comme un buck anglais, et capable de multiplier mystérieusement par l'amitié un pouvoir secret. Cela est presque trop beau. Il semble que le romancier ait mis en lui toutes ses complaisances. Mais il ne faut pas s'y tromper. Si de Marsay est parfait, c'est que la réalité du moment offrait au romancier beaucoup de modèles. De Marsay naît de la contamination [10] des plus illustres dandys de son temps. Énumérons-en quelques-uns : nous avons déjà nommé Byron. En voici un moins grand, mais dont le poète reconnaissait la royauté et dont un roi fut jaloux : Brummell, le favori du futur George IV, qui avait pendant quelque dix ans régné par son élégance, son insolence et sa méchanceté sur

10. Pour la théorie de la *contamination*, voir la préface du *Cabinet des Antiques :* « La littérature se sert du procédé qu'emploie la peinture, qui, pour faire une belle figure, prend les mains de tel modèle, le pied de tel autre, la poitrine de celui-ci, les épaules de celui-là. »

*le Tout-Londres. Or Balzac nous montre de Marsay
à sa toilette et donnant à son disciple Manerville
une leçon de fatuité. Nul doute qu'il ne se souvienne
ici d'une page où la célèbre courtisane Harriet
Wilson* [11] *campe également le vieux beau exilé dans
sa chambre de l'hôtel Dessein à Calais. L'auteur du*
Traité de la vie élégante *(1830) avait déjà
démarqué cette page dans le récit de l'interview
imaginaire accordé par Brummell aux rédacteurs de*
La Mode, *venus lui demander des conseils pour
leur code d'élégance. De Marsay doit aussi
quelques-unes de ses perfections à une autre relation
de Byron, Alfred d'Orsay que le poète appelait « le
Cupidon déchaîné ». A son charme de jeune seigneur français du* xviiie *siècle, d'Orsay joignait
des talents de dessinateur et sculpteur, auxquels il
demanda parfois de le nourrir, en Angleterre où il
publia des* Livres de beauté, *et en France où il fit le
buste des grands mondains du second Empire. Il
était l'amant de lady Blessington, Anglaise très
parisienne, qui lui donna vers 1830 sa fille en
mariage.* Le Lys dans la vallée *nous invite à
préciser le rapprochement entre le dandy réel et le
dandy romanesque : on se souvient que les deux
enfants de lady Dudley ressemblent étrangement à
son beau-fils, de Marsay* [12]. *D'Orsay était à demi
anglais, comme aussi Charles de La Battut, dit
Milord l'Arsouille. Ses dons de centaure, de Marsay les doit en partie à lord Seymour; sa voix, au
prince Belgiojoso; sa beauté et les promesses d'un
bel avenir politique, à deux enfants de l'amour*

11. Dans ses *Mémoires*, Paris, L'Huillier, 1825, p. 135.
12. On remarquera aussi l'homophonie des deux noms :
d'Orsay et *de Marsay*.

comme lui, qui commençaient à régner sur les cœurs et sur les salons, Walewski, fils de Napoléon et de Marie Walewska, et le fils de la reine Hortense et de M. de Flahaut (c'est-à-dire le petit-fils de Talleyrand), Charles de Morny; à Talleyrand lui-même, enfin, il doit ses yeux turquoise, son flegme et sa diplomatie.

De Marsay possède un excellent repoussoir en la personne de Paul de Manerville, l' « héritier » venu écorner sa fortune à Paris pour y apprendre l'élégance[13]. En fait ils représentent deux sortes de jeunesse, dont Balzac vient d'écrire la physiologie. Car, en même temps qu'il termine La Fille aux yeux d'or, il donne à la librairie Mme Béchet, pour son ouvrage collectif Le Nouveau Tableau de Paris au XIXe siècle, un texte intitulé Les Jeunes Gens de Paris. Parmi ces jeunes gens montés à Paris pour y chercher fortune, Balzac établit d'abord une distinction entre ceux qui travaillent et ceux qui ne font rien. Nous n'insistons pas sur les premiers, puisqu'ils ne pénètrent pas dans le décor mondain de notre nouvelle : d'autres romans de La Comédie humaine feront leur place à ces bûcheurs, qui se subdivisent en prix d'excellence, abrutis par le travail, et qui, par leur activité routinière, rendent la société « mollasse »; et en génies, que la misère écrase, comme Z. Marcas, ou que le succès récompense, comme d'Arthez ou Bianchon. Et la jeunesse dorée? Elle aussi, elle comprend ses ratés et ses

13. Le couple de Marsay-Manerville est préfiguré dans une œuvre ébauchée, *Les Deux Amis* (1830), par celui que forment Ernest de Tourolle et Sébastien de Chamaranthe, l'étourdi et le profond politique.

*vainqueurs. Les premiers sont les dandys étourdis
qui gaspillent leur temps, leur argent et leurs forces
à faire de vieilles bottes au Bois ou à parader au
perron de Tortoni, et finissent dans la misère ou le
gâtisme. Les malins, eux, ne vivent pas autrement
en apparence, mais ils conçoivent ce temps de
joyeuse bohème comme un noviciat, et apprennent à
se jouer des hommes en trompant leurs maîtresses et
leurs créanciers. Leur oisiveté cache une ambition et
un but, elle en prépare mystérieusement les voies :
« La paresse, écrit ailleurs Balzac, est un masque
aussi bien que la gravité, qui est de la paresse », et il
voit en Danton par exemple « un paresseux qui
attendait ». Il n'est pas d'autre réponse à faire à
ceux qui trouvent, comme Barbey d'Aurevilly, que
de Marsay premier ministre — qu'on nous permette
d'anticiper un peu — est impossible. La réussite,
en politique ou ailleurs, exige autant d'expérience
humaine et mondaine que de connaissances et de
technicité. Morny, et plus brillamment encore Dis-
raeli, allaient bientôt donner raison au romancier.*

*Cet éloge de l'oisiveté fait en quelque sorte
pendant au brillant prologue où il n'est question que
d'activité. Pour ce prologue aussi, Balzac est parti
d'une physiologie, Le Petit Mercier, qu'il avait
donnée au journal La Caricature en 1830, pour
tracer un tableau hallucinant de la population
parisienne. Alors que La Duchesse de Langeais
suggérait une distribution horizontale par quartiers, La Fille aux yeux d'or en propose une
verticale; elle nous invite à plonger le regard du
Diable boiteux dans ces maisons où le grenier abrite
les pauvres; les quatrième, troisième et second*

*étages, les bourgeois par ordre de fortune croissante;
le premier, étage noble, les riches, le rez-de-chaussée
servant de niche à celui qui selon les quartiers se
nomme suisse, portier ou concierge.* Balzac transpose la hiérarchie esquissée dans le Traité de la vie
élégante *sous la forme d'une échelle sociale. Poète,
l'auteur rendait au cliché toute sa saveur, et sur
cette échelle redevenue cordage faisait grimper et se
balancer, comme dans le gréement d'un navire, toute
une population.* Puis l'ironique classification du
Traité *s'amusait à bafouer les idées reçues, faisant
voisiner sur le même barreau de l'échelle le petit
détaillant, le sous-lieutenant et le commis rédacteur;
sur un autre, le hobereau, le petit magistrat et
l'officier supérieur, tous damnés de l'élégance.
Enfin les heureux, le prélat, le ministre... et le valet.
Parmi les favoris de l'élégance, l'auteur du* Traité
*maintenait l'égalité entre les riches, nourris dans le
luxe et l'oisiveté, et les artistes, à qui l'invention
tient lieu de loisir et d'argent. On voit comme les
teintes se sont assombries, et que l'on est passé du
mode comique au mode tragique. Plus de mousses
grimpant dans d'aériens cordages, mais un enfer
dantesque d'où essaient d'émerger, au prix d'efforts
effrénés, un peuple de misérables qui comprend les
artistes eux-mêmes; et jusqu'aux riches, forcés
d'entrer dans ce tourbillon qui emporte toute une
cité maudite « Sous le fouet du Plaisir, ce bourreau
sans merci ».* Plaisir, et ce qui le permet : Or. *Plus
tard, l'auteur du* Cabinet des Antiques *étendra
l'irrésistible mouvement ascendant qui en quelques
générations hisse le fils d'ouvrier jusqu'à la grande
bourgeoisie et parfois à l'aristocratie, au pays tout
entier, — tout ce que la province produit de meilleur*

*en fait de noblesse, de fortune ou de talent venant se
perdre dans la capitale.*

   *Ainsi l'Occident se trouve opposé à l'Orient.
D'un côté l'Europe, avec sa religion de l'efficacité et
sa soif de promotion sociale; de l'autre l'Asie aux
castes immobiles, goûtant à loisir la volupté, ou
s'abolissant dans la passion. Cet hallucinant prologue apparaît donc, non pas comme un lever de
rideau ajouté, mais comme un brillant contre-sujet.
Certains critiques ont voulu minimiser l'antithèse et
ont vu dans Paquita, esclave ignorante, victime de
qui l'achète, la sœur des prolétaires-esclaves du
prologue. Rien n'interdit au lecteur de réunir dans
la même pitié les sombres ouvriers de l'enfer
parisien et l'oisive — et lumineuse — odalisque du
boudoir cramoisi. Mais Balzac ne nous y invite
guère. Ce qu'il a voulu, c'est faire surgir miraculeusement, par opposition aux êtres ravagés par le
travail et l'intérêt, trois magnifiques exemplaires
humains, sauvés de la laideur par l'oisiveté, le luxe
et la passion.*

   *Dédiés à Berlioz et à Liszt, les deux premiers
récits des Treize évoquaient respectivement la messe
jouée à Saint-Roch*[14], *et les improvisations du
pianiste virtuose. On reconnaîtra aussi aisément
dans La Fille aux yeux d'or l'hommage au grand
coloriste romantique qu'est Delacroix, le dédicataire.
Les deux images de Paquita, voluptueuse odalisque
ou Desdémone assassinée, rappelleront au lecteur
des tableaux du grand peintre. Et, sans nul doute,
Balzac a dû penser à tel tableau de Delacroix qu'il*

---

14. Exécutée la première fois en 1825.

*avait admiré au Salon, lui qui si souvent voit les
visages réels à travers Van Ostade ou Rembrandt,
les paysages à travers Hobbema ou Ruysdael. Mais
ici il ne semble pas avoir cherché à recréer avec des
mots une toile précise. — Il en serait bien empêché
pour la Desdémone, qui est de 1849! — Il fait
mieux. Toute la nouvelle renvoie à Delacroix par le
choix de couleurs éclatantes, l'or et le rouge, dont le
rappel crée, par-delà l'antithèse, l'unité du tableau.
Or, le métal tentateur qui fait courir tout un peuple.
Or, les ducats du marquis de San-Réal sur lesquels
Paquita propose de faire main basse. Or enfin les
yeux de Paquita, après avoir été rouges. Rouges les
tentures du boudoir. Rouges les coussins teints de
sang. Rouges, la volupté et la mort. Les Fauves
nous ont appris les vertus de la couleur portée à son
maximum. Albert Béguin songe-t-il à eux, quand il
avance que c'est « pour fêter l'invasion et la victoire
du rouge que la marquise doit massacrer Paquita »?*

*Tout rougeoie aussi, arde, cuit, étincelle, brûle
et flambe, dans le Paris du travail. Mais là ce sont
les verbes employés absolument, juxtaposés, amon-
celés dans une sorte de délire verbal à la Rabelais,
qui disent les rougeoiements de l'industrie ou de la
fête. Ce sont eux qui suggèrent l'activité titanesque,
le mouvement ininterrompu, l'irrésistible folie de ce
carnaval macabre que rythme sauvagement le leit-
motiv Or et Plaisir. En sorte qu'on a pu voir à côté
du roman pictural une sorte de roman musical qui
transpose — comme dans l'orgie de* La Peau de
chagrin — *les effets symphoniques et les tutti d'un
Rossini.*

Ces transpositions contribuent à couper les

amarres avec le Paris de ce qu'on appelle la réalité.
L'étrange aventure à laquelle de Marsay survit seul
semble quelque voyage initiatique. Dans sa descente
aux Enfers, le héros a découvert la fatalité fami-
liale, il a frôlé l'inversion, et l'inceste, et la mort.
Rendu au monde du Boulevard où les jeunes filles
meurent de consomption et non de trop aimer, il se
retrouve plus cynique et plus fort. Un moment
enchaîné par les séductions d'un Orient tout occupé
de jouir, il rentre comme Montriveau dans le monde
occidental de l'action. Don Juan vite assagi, il
renonce définitivement à chercher l'absolu dans
l'amour. La monarchie de Juillet y gagnera le plus
remarquable de ses premiers ministres.

Rose Fortassier.

LA DUCHESSE DE LANGEAIS

A Franz Liszt [1].

CHAPITRE PREMIER

LA SŒUR THÉRÈSE

Il existe dans une ville espagnole située sur une île de la Méditerranée [2], un couvent de Carmélites Déchaussées où la règle de l'ordre institué par sainte Thérèse s'est conservée dans la rigueur primitive de la réformation due à cette illustre femme. Ce fait est vrai, quelque extraordinaire qu'il puisse paraître. Quoique les maisons religieuses de la péninsule et celles du continent aient été presque toutes détruites ou bouleversées par les éclats de la révolution française et des guerres napoléoniennes, cette île ayant été constamment protégée par la marine anglaise, son riche couvent et ses paisibles habitants se trouvèrent à l'abri des troubles et des spoliations générales. Les tempêtes de tout genre qui agitèrent les quinze premières années du xixe siècle se brisèrent donc devant ce rocher, peu distant des côtes de l'Andalousie. Si le nom de l'Empereur vint bruire jusque sur cette plage, il est douteux que son fantastique cortège de gloire et les flamboyantes majestés de sa vie météorique aient été comprises par les saintes filles agenouil-

lées dans ce cloître. Une rigidité conventuelle que
rien n'avait altérée recommandait cet asile dans
toutes les mémoires du monde catholique. Aussi
la pureté de sa règle y attira-t-elle, des points les
plus éloignés de l'Europe, de tristes femmes dont
l'âme, dépouillée de tous liens humains, soupirait
après ce long suicide accompli dans le sein de
Dieu. Nul couvent n'était d'ailleurs plus favorable au détachement complet des choses d'ici-
bas, exigé par la vie religieuse. Cependant, il se
voit sur le continent un grand nombre de ces
maisons magnifiquement bàties au gré de leur
destination. Quelques-unes sont ensevelies au
fond des vallées les plus solitaires; d'autres
suspendues au-dessus des montagnes les plus
escarpées, ou jetées au bord des précipices [3];
partout l'homme a cherché les poésies de l'infini,
la solennelle horreur du silence; partout il a
voulu se mettre au plus près de Dieu : il l'a quêté
sur les cimes, au fond des abîmes, au bord des
falaises, et l'a trouvé partout. Mais nulle autre
part que sur ce rocher à demi européen, africain à
demi, ne pouvaient se rencontrer autant d'harmonies différentes qui toutes concourussent à si
bien élever l'âme, à en égaliser les impressions les
plus douloureuses, à en attiédir les plus vives, à
faire aux peines de la vie un lit profond. Ce
monastère a été construit à l'extrémité de l'île, au
point culminant du rocher, qui, par un effet de la
grande révolution du globe, est cassé net du côté
de la mer, où, sur tous les points, il présente les
vives arêtes de ses tables légèrement rongées à la
hauteur de l'eau, mais infranchissables. Ce roc est
protégé de toute atteinte par des écueils dange-

reux qui se prolongent au loin, et dans lesquels se
joue le flot brillant de la Méditerranée. Il faut
donc être en mer pour apercevoir les quatre corps
du bâtiment carré dont la forme, la hauteur, les
ouvertures ont été minutieusement prescrites par
les lois monastiques. Du côté de la ville, l'église
masque entièrement les solides constructions du
cloître, dont les toits sont couverts de larges
dalles qui les rendent invulnérables aux coups de
vent, aux orages et à l'action du soleil. L'église,
due aux libéralités d'une famille espagnole, couronne la ville. La façade hardie, élégante, donne
une grande et belle physionomie à cette petite
cité maritime. N'est-ce pas un spectacle empreint
de toutes nos sublimités terrestres que l'aspect
d'une ville dont les toits pressés, presque tous
disposés en amphithéâtre devant un joli port,
sont surmontés d'un magnifique portail à tri-
glyphe gothique, à campaniles, à tours menues, à
flèches découpées? La religion dominant la vie,
en en offrant sans cesse aux hommes la fin et les
moyens, image tout espagnole d'ailleurs! Jetez ce
paysage au milieu de la Méditerranée, sous un
ciel brûlant; accompagnez-le de quelques palmiers, de plusieurs arbres rabougris, mais vivaces
qui mêlaient leurs vertes frondaisons agitées aux
feuillages sculptés de l'architecture immobile.
Voyez les franges de la mer blanchissant les
récifs, et s'opposant au bleu saphir des eaux;
admirez les galeries, les terrasses bâties en haut
de chaque maison et où les habitants viennent
respirer l'air du soir parmi les fleurs, entre la
cime des arbres de leurs petits jardins. Puis, dans
le port, quelques voiles. Enfin, par la sérénité

d'une nuit qui commence, écoutez la musique des orgues, le chant des offices, et les sons admirables des cloches en pleine mer. Partout du bruit et du calme; mais plus souvent le calme partout. Intérieurement, l'église se partageait en trois nefs sombres et mystérieuses. La furie des vents ayant sans doute interdit à l'architecte de construire latéralement ces arcs-boutants qui ornent presque partout les cathédrales, et entre lesquels sont pratiquées des chapelles, les murs qui flanquaient les deux petites nefs et soutenaient ce vaisseau n'y répandaient aucune lumière. Ces fortes murailles présentaient à l'extérieur l'aspect de leurs masses grisâtres, appuyées, de distance en distance, sur d'énormes contreforts. La grande nef et ses deux petites galeries latérales étaient donc uniquement éclairées par la rose à vitraux coloriés, attachée avec un art miraculeux au-dessus du portail, dont l'exposition favorable avait permis le luxe des dentelles de pierre et des beautés particulières à l'ordre improprement nommé gothique. La plus grande portion de ces trois nefs était livrée aux habitants de la ville, qui venaient y entendre la messe et les offices. Devant le chœur, se trouvait une grille derrière laquelle pendait un rideau brun à plis nombreux, légèrement entrouvert au milieu, de manière à ne laisser voir que l'officiant et l'autel. La grille était séparée, à intervalles égaux, par des piliers qui soutenaient une tribune intérieure et les orgues. Cette construction, en harmonie avec les ornements de l'église, figurait extérieurement, en bois sculpté, les colonnettes des galeries supportées par les piliers de la grande nef. Il eût donc été impossible a un curieux assez hardi pour monter sur l'étroite balustrade de ces galeries de voir dans le chœur autre chose que les longues fenêtres octogones et coloriées qui s'élevaient par pans égaux, autour du maître-autel.

Lors de l'expédition française faite en Espagne pour rétablir l'autorité du roi Ferdinand VII, et après la prise de Cadix [4], un général français, venu dans cette île pour y faire reconnaître le gouvernement royal, y prolongea son séjour, dans le but de voir ce couvent, et trouva moyen de s'y introduire. L'entreprise était certes délicate. Mais un homme de passion, un homme dont la vie n'avait été, pour ainsi dire, qu'une suite de poésies en action [5], et qui avait toujours fait des romans au lieu d'en écrire, un homme d'exécution surtout, devait être tenté par une chose en apparence impossible. S'ouvrir légalement les portes d'un couvent de femmes? A peine le pape ou l'archevêque métropolitain l'eussent-ils permis. Employer la ruse ou la force? en cas d'indiscrétion, n'était-ce pas perdre son état, toute sa fortune militaire, et manquer le but? Le duc d'Angoulême était encore en Espagne, et de toutes les fautes que pouvait impunément commettre un homme aimé par le généralissime, celle-là seule l'eût trouvé sans pitié. Ce général avait sollicité sa mission afin de satisfaire une secrète curiosité, quoique jamais curiosité n'ait été plus désespérée. Mais cette dernière tentative était une affaire de conscience. La maison de ces Carmélites était le seul couvent espagnol qui eût échappé à ses recherches. Pendant la traversée, qui ne dura pas une heure, il s'éleva dans son âme un

pressentiment favorable à ses espérances. Puis,
quoique du couvent il n'eût vu que les murailles,
que de ces religieuses il n'eût pas même aperçu
les robes, et qu'il n'eût écouté que les chants de
la Liturgie, il rencontra sous ces murailles et dans
ces chants de légers indices qui justifièrent son
frêle espoir. Enfin, quelque légers que fussent des
soupçons si bizarrement réveillés, jamais passion
humaine ne fut plus violemment intéressée que
ne l'était alors la curiosité du général. Mais il n'y
a point de petits événements pour le cœur; il
grandit tout; il met dans les mêmes balances la
chute d'un empire de quatorze ans et la chute
d'un gant de femme, et presque toujours le gant
y pèse plus que l'empire. Or, voici les faits dans
toute leur simplicité positive. Après les faits
viendront les émotions.

Une heure après que le général eut abordé cet
îlot, l'autorité royale y fut rétablie. Quelques
Espagnols constitutionnels, qui s'y étaient nui-
tamment réfugiés après la prise de Cadix, s'em-
barquèrent sur un bâtiment que le général leur
permit de fréter pour s'en aller à Londres. Il n'y
eut donc là ni résistance ni réaction. Cette petite
Restauration insulaire n'allait pas sans une
messe, à laquelle durent assister les deux compa-
gnies commandées pour l'expédition. Or, ne
connaissant pas la rigueur de la clôture chez les
Carmélites Déchaussées, le général avait espéré
pouvoir obtenir, dans l'église, quelques renseignements sur les religieuses enfermées dans le
couvent, dont une d'elles peut-être lui était plus
chère que la vie et plus précieuse que l'honneur.
Ses espérances furent d'abord cruellement

déçues. La messe fut, à la vérité, célébrée avec
pompe. En faveur de la solennité, les rideaux qui
cachaient habituellement le chœur furent
ouverts, et en laissèrent voir les richesses, les
précieux tableaux et les châsses ornées de pierre-
ries, dont l'éclat effaçait celui des nombreux *ex-
voto* d'or et d'argent attachés par les marins de ce
port aux piliers de la grande nef. Les religieuses
s'étaient toutes réfugiées dans la tribune de
l'orgue. Cependant, malgré ce premier échec,
durant la messe d'actions de grâces, se développa
largement le drame le plus secrètement intéressant qui jamais ait fait battre un cœur d'homme.
La sœur qui touchait l'orgue excita un si vif
enthousiasme qu'aucun des militaires ne regretta
d'être venu à l'office. Les soldats même y
trouvèrent du plaisir, et tous les officiers furent
dans le ravissement. Quant au général, il resta
calme et froid en apparence. Les sensations que
lui causèrent les différents morceaux exécutés par
la religieuse sont du petit nombre de choses dont
l'expression est interdite à la parole, et la rend
impuissante, mais qui, semblables à la mort, à
Dieu, à l'Éternité, ne peuvent s'apprécier que
dans le léger point de contact qu'elles ont avec
les hommes. Par un singulier hasard, la musique
des orgues paraissait appartenir à l'école de
Rossini, le compositeur qui a transporté le plus
de passion humaine dans l'art musical, et dont les
œuvres inspireront quelque jour, par leur nombre
et leur étendue, un respect homérique. Parmi les
partitions dues à ce beau génie, la religieuse
semblait avoir plus particulièrement étudié celle
du *Mosè* [6], sans doute parce que le sentiment de

la musique sacrée s'y trouve exprimé au plus haut degré. Peut-être ces deux esprits, l'un si glorieusement européen, l'autre inconnu, s'étaient-ils rencontrés dans l'intuition d'une même poésie. Cette opinion était celle de deux officiers, vrais *dilettanti*, qui regrettaient sans doute en Espagne le théâtre Favart [7]. Enfin, au *Te Deum*, il fut impossible de ne pas reconnaître une âme française dans le caractère que prit soudain la musique. Le triomphe du Roi Très Chrétien excitait évidemment la joie la plus vive au fond du cœur de cette religieuse. Certes elle était Française. Bientôt le sentiment de la patrie éclata, jaillit comme une gerbe de lumière dans une réplique des orgues où la sœur introduisit des motifs qui respirèrent toute la délicatesse du goût parisien, et auxquels se mêlèrent vaguement les pensées de nos plus beaux airs nationaux. Des mains espagnoles n'eussent pas mis, à ce gracieux hommage fait aux armes victorieuses, la chaleur qui acheva de déceler l'origine de la musicienne.

— Il y a donc de la France partout? dit un soldat.

Le général était sorti pendant le *Te Deum*, il lui avait été impossible de l'écouter. Le jeu de la musicienne lui dénonçait une femme aimée avec ivresse, et qui s'était si profondément ensevelie au cœur de la religion et si soigneusement dérobée aux regards du monde, qu'elle avait échappé jusqu'alors à des recherches obstinées adroitement faites par des hommes qui disposaient et d'un grand pouvoir et d'une intelligence supérieure. Le soupçon réveillé dans le cœur du général fut presque justifié par le vague rappel d'un air délicieux de mélancolie, l'air de *Fleuve du Tage* [8], romance française dont souvent il avait entendu jouer le prélude dans un boudoir de Paris à la personne qu'il aimait, et dont cette religieuse venait alors de se servir pour exprimer, au milieu de la joie des triomphateurs, les regrets d'une exilée. Terrible sensation! Espérer la résurrection d'un amour perdu, le retrouver encore perdu, l'entrevoir mystérieusement, après cinq années pendant lesquelles la passion s'était irritée dans le vide, et agrandie par l'inutilité des tentatives faites pour la satisfaire!

Qui, dans sa vie, n'a pas, une fois au moins, bouleversé son chez-soi, ses papiers, sa maison, fouillé sa mémoire avec impatience en cherchant un objet précieux, et ressenti l'ineffable plaisir de le trouver, après un jour ou deux consumés en recherches vaines; après avoir espéré, désespéré de le rencontrer; après avoir dépensé les irritations les plus vives de l'âme pour ce rien important qui causait presque une passion? Eh bien, étendez cette espèce de rage sur cinq années; mettez une femme, un cœur, un amour à la place de ce rien; transportez la passion dans les plus hautes régions du sentiment; puis supposez un homme ardent, un homme à cœur et face de lion, un de ces hommes à crinière qui imposent et communiquent à ceux qui les envisagent une respectueuse terreur! Peut-être comprendrez-vous alors la brusque sortie du général pendant le *Te Deum*, au moment où le prélude d'une romance jadis écoutée avec délices par lui, sous des lambris dorés, vibra sous la nef de cette église marine.

Il descendit la rue montueuse qui conduisait à cette église, et ne s'arrêta qu'au moment où les sons graves de l'orgue ne parvinrent plus à son oreille. Incapable de songer à autre chose qu'à son amour, dont la volcanique éruption lui brûlait le cœur, le général français ne s'aperçut de la fin du *Te Deum* qu'au moment où l'assistance espagnole descendit par flots. Il sentit que sa conduite ou son attitude pouvaient paraître ridicules, et revint prendre sa place à la tête du cortège, en disant à l'alcade et au gouverneur de la ville qu'une subite indisposition l'avait obligé d'aller prendre l'air. Puis, afin de pouvoir rester dans l'île, il songea soudain à tirer parti de ce prétexte d'abord insouciamment donné. Objectant l'aggravation de son malaise, il refusa de présider le repas offert par les autorités insulaires aux officiers français; il se mit au lit, et fit écrire au major général pour lui annoncer la passagère maladie qui le forçait de remettre à un colonel le commandement des troupes. Cette ruse si vulgaire, mais si naturelle, le rendit libre de tout soin pendant le temps nécessaire à l'accomplissement de ses projets. En homme essentiellement catholique et monarchique, il s'informa de l'heure des offices et affecta le plus grand attachement aux pratiques religieuses, piété qui, en Espagne, ne devait surprendre personne.

Le lendemain même, pendant le départ de ses soldats, le général se rendit au couvent pour assister aux vêpres. Il trouva l'église désertée par les habitants qui, malgré leur dévotion, étaient allés voir sur le port l'embarcation [9] des troupes. Le Français, heureux de se trouver seul dans

l'église, eut soin d'en faire retentir les voûtes
sonores du bruit de ses éperons; il y marcha
bruyamment, il toussa, il se parla tout haut à lui-
même pour apprendre aux religieuses, et surtout
à la musicienne, que, si les Français partaient, il
en restait un. Ce singulier avis fut-il entendu,
compris?... le général le crut. Au *Magnificat*, les
orgues semblèrent lui faire une réponse qui lui fut
apportée par les vibrations de l'air. L'âme de la
religieuse vola vers lui sur les ailes de ses notes, et
s'émut dans le mouvement des sons. La musique
éclata dans toute sa puissance; elle échauffa
l'église. Ce chant de joie, consacré par la sublime
liturgie de la Chrétienté romaine pour exprimer
l'exaltation de l'âme en présence des splendeurs
du Dieu toujours vivant, devint l'expression d'un
cœur presque effrayé de son bonheur, en présence
des splendeurs d'un périssable amour qui durait
encore et venait l'agiter au-delà de la tombe
religieuse où s'ensevelissent les femmes pour
renaître épouses du Christ.

L'orgue est certes le plus grand, le plus audacieux, le plus magnifique de tous les instruments
créés par le génie humain. Il est un orchestre
entier, auquel une main habile peut tout demander, il peut tout exprimer. N'est-ce pas, en
quelque sorte, un piédestal sur lequel l'âme se
pose pour s'élancer dans les espaces lorsque, dans
son vol, elle essaie de tracer mille tableaux, de
peindre la vie, de parcourir l'infini qui sépare
le ciel de la terre? Plus un poète en écoute
les gigantesques harmonies, mieux il conçoit
qu'entre les hommes agenouillés et le Dieu caché
par les éblouissants rayons du sanctuaire les cent

voix de ce chœur terrestre peuvent seules combler les distances, et sont le seul truchement assez fort pour transmettre au ciel les prières humaines dans l'omnipotence de leurs modes, dans la diversité de leurs mélancolies, avec les teintes de leurs méditatives extases, avec les jets impétueux de leurs repentirs et les mille fantaisies de toutes les croyances. Oui, sous ces longues voûtes, les mélodies enfantées par le génie des choses saintes trouvent des grandeurs inouïes dont elles se parent et se fortifient. Là, le jour affaibli, le silence profond, les chants qui alternent avec le tonnerre des orgues, font à Dieu comme un voile à travers lequel rayonnent ses lumineux attributs. Toutes ces richesses sacrées semblèrent être jetées comme un grain d'encens sur le frêle autel de l'Amour à la face du trône éternel d'un Dieu jaloux et vengeur. En effet, la joie de la religieuse n'eut pas ce caractère de grandeur et de gravité qui doit s'harmoniser avec les solennités du *Magnificat;* elle lui donna de riches, de gracieux développements, dont les différents rythmes accusaient une gaieté humaine. Ses motifs eurent le brillant des roulades d'une cantatrice qui tâche d'exprimer l'amour, et ses chants sautillèrent comme l'oiseau près de sa compagne. Puis, par moments, elle s'élançait par bonds dans le passé pour y folâtrer, pour y pleurer tour à tour. Son mode changeant avait quelque chose de désordonné comme l'agitation de la femme heureuse du retour de son amant. Puis, après les fugues flexibles du délire et les effets merveilleux de cette reconnaissance fantastique, l'âme qui parlait ainsi fit un retour sur elle-même. La musicienne, passant du majeur au mineur, sut instruire son auditeur de sa situation présente. Soudain elle lui raconta ses longues mélancolies et lui dépeignit sa lente maladie morale. Elle avait aboli chaque jour un sens, retranché chaque nuit quelque pensée, réduit graduellement son cœur en cendres. Après quelques molles ondulations, sa musique prit, de teinte en teinte, une couleur de tristesse profonde. Bientôt les échos versèrent les chagrins à torrents. Enfin tout à coup les hautes notes firent détonner un concert de voix angéliques, comme pour annoncer à l'amant perdu, mais non pas oublié, que la réunion des deux âmes ne se ferait plus que dans les cieux : touchante espérance! Vint l'*Amen*. Là, plus de joie ni de larmes dans les airs; ni mélancolie, ni regrets. L'*Amen* fut un retour à Dieu; ce dernier accord fut grave, solennel, terrible. La musicienne déploya tous les crèpes de la religieuse, et, après les derniers grondements des basses, qui firent frémir les auditeurs jusque dans leurs cheveux, elle sembla s'être replongée dans la tombe d'où elle était pour un moment sortie. Quand les airs eurent, par degrés, cessé leurs vibrations oscillatoires, vous eussiez dit que l'église, jusque-là lumineuse, rentrait dans une profonde obscurité.

Le général avait été rapidement emporté par la course de ce vigoureux génie, et l'avait suivi dans les régions qu'il venait de parcourir. Il comprenait, dans toute leur étendue, les images dont abonda cette brûlante symphonie, et pour lui ces accords allaient bien loin. Pour lui, comme pour la sœur, ce poème était l'avenir, le présent

et le passé. La musique, même celle du théâtre,
n'est-elle pas, pour les âmes tendres et poétiques,
pour les cœurs souffrants et blessés, un texte
qu'ils [10] développent au gré de leurs souvenirs?
S'il faut un cœur de poète pour faire un musicien,
ne faut-il pas de la poésie et de l'amour pour
écouter, pour comprendre les grandes œuvres
musicales? La Religion, l'Amour et la Musique ne
sont-ils pas la triple expression d'un même fait, le
besoin d'expansion dont est travaillée toute âme
noble? Ces trois poésies vont toutes à Dieu, qui
dénoue toutes les émotions terrestres. Aussi cette
sainte Trinité humaine participe-t-elle des grandeurs infinies de Dieu, que nous ne configurons
jamais sans l'entourer des feux de l'amour, des
sistres d'or de la musique, de lumière et d'harmonie. N'est-il pas le principe et la fin de nos
œuvres?

  Le Français devina que, dans ce désert, sur ce
rocher entouré par la mer, la religieuse s'était
emparée de la musique pour y jeter le surplus de
passion qui la dévorait. Était-ce un hommage fait
à Dieu de son amour, était-ce le triomphe de
l'amour sur Dieu? questions difficiles à décider.
Mais, certes, le général ne put douter qu'il ne
retrouvât en ce cœur mort au monde une passion
tout aussi brûlante que l'était la sienne. Les
vêpres finies, il revint chez l'alcade, où il était
logé. Restant d'abord en proie aux mille jouissances que prodigue une satisfaction longtemps
attendue, péniblement cherchée, il ne vit rien
au-delà. Il était toujours aimé. La solitude avait
grandi l'amour dans ce cœur, autant que l'amour
avait été grandi dans le sien par les barrières

successivement franchies et mises par cette
femme entre elle et lui. Cet épanouissement de
l'âme eut sa durée naturelle. Puis vint le désir de
revoir cette femme, de la disputer à Dieu, de la
lui ravir, projet téméraire qui plut à cet homme
audacieux. Après le repas, il se coucha pour
éviter les questions, pour être seul, pour pouvoir
penser sans trouble, et resta plongé dans les
méditations les plus profondes, jusqu'au lendemain matin. Il ne se leva que pour aller à la
messe. Il vint à l'église, il se plaça près de la
grille ; son front touchait le rideau ; il aurait voulu
le déchirer, mais il n'était pas seul : son hôte
l'avait accompagné par politesse, et la moindre
imprudence pouvait compromettre l'avenir de sa
passion, en ruiner les nouvelles espérances. Les
orgues se firent entendre, mais elles n'étaient plus
touchées par les mêmes mains. La musicienne des
deux jours précédents ne tenait plus le clavier.
Tout fut pâle et froid pour le général. Sa
maîtresse était-elle accablée par les mêmes émotions sous lesquelles succombait presque un
vigoureux cœur d'homme? Avait-elle si bien partagé, compris un amour fidèle et désiré, qu'elle en
fût mourante sur son lit dans sa cellule? Au
moment où mille réflexions de ce genre s'élevaient dans l'esprit du Français, il entendit
résonner près de lui la voix de la personne qu'il
adorait, il en reconnut le timbre clair. Cette voix,
légèrement altérée par un tremblement qui lui
donnait toutes les grâces que prête aux jeunes
filles leur timidité pudique, tranchait sur la
masse du chant, comme celle d'une *prima donna*
sur l'harmonie d'un finale. Elle faisait à l'âme

l'effet que produit aux yeux un filet d'argent ou
d'or dans une frise obscure. C'était donc bien
elle! Toujours Parisienne, elle n'avait pas
dépouillé sa coquetterie, quoiqu'elle eût quitté les
parures du monde pour le bandeau, pour la dure
étamine des Carmélites. Après avoir signé son
amour la veille, au milieu des louanges adressées
au Seigneur, elle semblait dire à son amant : —·
Oui, c'est moi, je suis là, j'aime toujours; mais je
suis à l'abri de l'amour. Tu m'entendras, mon
âme t'enveloppera, et je resterai sous le linceul
brun de ce chœur d'où nul pouvoir ne saurait
m'arracher. Tu ne me verras pas.

— C'est bien elle! se dit le général en relevant
son front, en le dégageant de ses mains, sur
lesquelles il l'avait appuyé; car il n'avait pu
d'abord soutenir l'écrasante émotion qui s'éleva
comme un tourbillon dans son cœur quand cette
voix connue vibra sous les arceaux, accompagnée
par le murmure des vagues. L'orage était au-
dehors, et le calme dans le sanctuaire. Cette voix
si riche continuait à déployer toutes ses câline-
ries, elle arrivait comme un baume sur le cœur
embrasé de cet amant, elle fleurissait dans l'air,
qu'on désirait mieux aspirer pour y reprendre les
émanations d'une âme exhalée avec amour dans
les paroles de la prière. L'alcade vint rejoindre
son hôte, il le trouva fondant en larmes à
l'élévation, qui fut chantée par la religieuse [11], et
l'emmena chez lui. Surpris de rencontrer tant de
dévotion dans un militaire français, l'alcade avait
invité à souper le confesseur du couvent, et il en
prévint le général, auquel jamais nouvelle n'avait
fait autant de plaisir. Pendant le souper, le

confesseur fut l'objet des attentions du Français, dont le respect intéressé confirma les Espagnols dans la haute opinion qu'ils avaient prise de sa piété. Il demanda gravement le nombre des religieuses, des détails sur les revenus du couvent et sur ses richesses, en homme qui paraissait vouloir entretenir poliment le bon vieux prêtre des choses dont il devait être le plus occupé. Puis il s'informa de la vie que menaient ces saintes filles. Pouvaient-elles sortir? les voyait-on?

— Seigneur, dit le vénérable ecclésiastique, la règle est sévère. S'il faut une permission de Notre Saint-Père pour qu'une femme vienne dans une maison de Saint-Bruno, ici même rigueur. Il est impossible à un homme d'entrer dans un couvent de Carmélites Déchaussées, à moins qu'il ne soit prêtre et attaché par l'archevêque au service de la Maison. Aucune religieuse ne sort. Cependant LA GRANDE SAINTE (la mère Thérèse) a souvent quitté sa cellule. Le Visiteur ou les Mères supérieures peuvent seules permettre à une religieuse, avec l'autorisation de l'archevêque, de voir des étrangers, surtout en cas de maladie. Or nous sommes un chef d'ordre, et nous avons conséquemment une Mère supérieure au couvent. Nous avons, entre autres étrangères, une Française, la sœur Thérèse, celle qui dirige la musique de la chapelle.

— Ah! répondit le général en feignant la surprise. Elle a dû être satisfaite du triomphe des armes de la maison de Bourbon?

— Je leur ai dit l'objet de la messe, elles sont toujours un peu curieuses.

— Mais la sœur Thérèse peut avoir des intérêts en France, elle voudrait peut-être y faire savoir quelque chose, en demander des nouvelles?

— Je ne le crois pas, elle se serait adressée à moi pour en savoir.

— En qualité de compatriote, dit le général, je serais bien curieux de la voir... Si cela est possible, si la Supérieure y consent, si...

— A la grille, et même en présence de la Révérende Mère, une entrevue serait impossible pour qui que ce soit; mais en faveur d'un libérateur du trône catholique et de la sainte religion, malgré la rigidité de la Mère, la règle peut dormir un moment, dit le confesseur en clignant les yeux. J'en parlerai.

— Quel âge a la sœur Thérèse? demanda l'amant qui n'osa pas questionner le prêtre sur la beauté de la religieuse.

— Elle n'a plus d'âge, répondit le bonhomme avec une simplicité qui fit frémir le général.

Le lendemain matin, avant la sieste, le confesseur vint annoncer au Français que la sœur Thérèse et la Mère consentaient à le recevoir à la grille du parloir, avant l'heure des vêpres. Après la sieste, pendant laquelle le général dévora le temps en allant se promener sur le port, par la chaleur du midi, le prêtre revint le chercher, et l'introduisit dans le couvent; il le guida sous une galerie qui longeait le cimetière, et dans laquelle quelques fontaines, plusieurs arbres verts et des arceaux multipliés entretenaient une fraîcheur en harmonie avec le silence du lieu. Parvenus au fond de cette longue galerie, le prêtre fit entrer son compagnon dans une salle partagée en deux parties par une grille couverte d'un rideau brun.

Dans la partie en quelque sorte publique, où le confesseur laissa le général, régnait, le long du mur, un banc de bois; quelques chaises également en bois se trouvaient près de la grille. Le plafond était composé de solives saillantes, en chêne vert, et sans nul ornement. Le jour ne venait dans cette salle que par deux fenêtres situées dans la partie affectée aux religieuses, en sorte que cette faible lumière, mal reflétée par un bois à teintes brunes, suffisait à peine pour éclairer le grand Christ noir, le portrait de sainte Thérèse et un tableau de la Vierge qui décoraient les parois grises du parloir. Les sentiments du général prirent donc, malgré leur violence, une couleur mélancolique. Il devint calme dans ce calme domestique. Quelque chose de grand comme la tombe le saisit sous ces frais planchers. N'était-ce pas son silence éternel, sa paix profonde, ses idées d'infini? Puis, la quiétude et la pensée fixe du cloître, cette pensée qui se glisse dans l'air, dans le clair-obscur, dans tout, et qui, n'étant tracée nulle part, est encore agrandie par l'imagination, ce grand mot : *la paix dans le Seigneur*, entre, là, de vive force, dans l'âme la moins religieuse. Les couvents d'hommes se conçoivent peu; l'homme y semble faible : il est né pour agir, pour accomplir une vie de travail à laquelle il se soustrait dans sa cellule. Mais dans un monastère de femmes, combien de vigueur virile et de touchante faiblesse! Un homme peut être poussé par mille sentiments au fond d'une abbaye, il s'y jette comme dans un précipice; mais la femme n'y vient jamais qu'entraînée par un seul sentiment : elle ne s'y dénature pas, elle épouse

Dieu. Vous pouvez dire aux religieux : Pourquoi n'avez-vous pas lutté? Mais la réclusion d'une femme n'est-elle pas toujours une lutte sublime? Enfin, le général trouva ce parloir muet et ce couvent perdu dans la mer tout pleins de lui. L'amour arrive rarement à la solennité; mais l'amour encore fidèle au sein de Dieu, n'était-ce pas quelque chose de solennel, et plus qu'un homme n'avait le droit d'espérer au XIXe siècle, par les mœurs qui courent? Les grandeurs infinies de cette situation pouvaient agir sur l'âme du général, il était précisément assez élevé pour oublier la politique, les honneurs, l'Espagne, le monde de Paris, et monter jusqu'à la hauteur de ce dénouement grandiose. D'ailleurs, quoi de plus véritablement tragique? Combien de sentiments dans la situation des deux amants seuls réunis au milieu de la mer sur un banc de granit, mais séparés par une idée, par une barrière infranchissable! Voyez l'homme se disant : — Triompherai-je de Dieu dans ce cœur? Un léger bruit fit tressaillir cet homme, le rideau brun se tira; puis il vit dans la lumière une femme debout, mais dont la figure lui était cachée par le prolongement du voile plié sur la tête : suivant la règle de la maison, elle était vêtue de cette robe dont la couleur est devenue proverbiale [12]. Le général ne put apercevoir les pieds nus de la religieuse, qui lui en auraient attesté l'effrayante maigreur; cependant, malgré les plis nombreux de la robe grossière qui couvrait et ne parait plus cette femme, il devina que les larmes, la prière, la passion, la vie solitaire l'avaient déjà desséchée.

La main glacée d'une femme, celle de la

Supérieure sans doute, tenait encore le rideau; et le général, ayant examiné le témoin nécessaire de cet entretien, rencontra le regard noir et profond d'une vieille religieuse, presque centenaire, regard clair et jeune, qui démentait les rides nombreuses par lesquelles le pâle visage de cette femme était sillonné.

— Madame la duchesse, demanda-t-il d'une voix fortement émue à la religieuse qui baissait la tête, votre compagne entend-elle le français?

— Il n'y a pas de duchesse ici, répondit la religieuse. Vous êtes devant la sœur Thérèse. La femme, celle que vous nommez ma compagne, est ma Mère en Dieu, ma Supérieure ici-bas.

Ces paroles, si humblement prononcées par la voix qui jadis s'harmoniait [13] avec le luxe et l'élégance au milieu desquels avait vécu cette femme, reine de la mode à Paris, par une bouche dont le langage était jadis si léger, si moqueur, frappèrent le général comme l'eût fait un coup de foudre.

— Ma sainte mère ne parle que le latin et l'espagnol, ajouta-t-elle.

— Je ne sais ni l'un ni l'autre. Ma chère Antoinette, excusez-moi près d'elle.

En entendant son nom doucement prononcé par un homme naguère si dur pour elle, la religieuse éprouva une vive émotion intérieure que trahirent les légers tremblements de son voile, sur lequel la lumière tombait en plein.

— Mon frère, dit-elle en portant sa manche sous son voile pour s'essuyer les yeux peut-être, je me nomme la sœur Thérèse...

Puis elle se tourna vers la mère, et lui dit, en

espagnol, ces paroles que le général entendait
parfaitement; il en savait assez pour le comprendre, et peut-être aussi pour le parler :

— Ma chère mère, ce cavalier vous présente
ses respects, et vous prie de l'excuser de ne
pouvoir les mettre lui-même à vos pieds; mais il
ne sait aucune des deux langues que vous
parlez...

La vieille inclina la tête lentement, sa physionomie prit une expression de douceur angélique,
rehaussée néanmoins par le sentiment de sa
puissance et de sa dignité.

— Tu connais ce cavalier? lui demanda la
Mère en lui jetant un regard pénétrant.

— Oui, ma mère.

— Rentre dans ta cellule, ma fille! dit la
Supérieure d'un ton impérieux.

Le général s'effaça vivement derrière le rideau,
pour ne pas laisser deviner sur son visage les
émotions terribles qui l'agitaient; et, dans
l'ombre, il croyait voir encore les yeux perçants
de la Supérieure. Cette femme, maîtresse de la
fragile et passagère félicité dont la conquête
coûtait tant de soins, lui avait fait peur, et il
tremblait, lui qu'une triple rangée de canons
n'avait jamais effrayé. La duchesse marchait vers
la porte, mais elle se retourna : — Ma Mère, dit-
elle d'un ton de voix horriblement calme, ce
Français est un de mes frères.

— Reste donc, ma fille! répondit la vieille
femme après une pause.

Cet admirable jésuitisme accusait tant d'amour
et de regrets, qu'un homme moins fortement
organisé que ne l'était le général se serait senti

défaillir en éprouvant de si vifs plaisirs au milieu
d'un immense péril, pour lui tout nouveau. De
quelle valeur étaient donc les mots, les regards,
les gestes dans une scène où l'amour devait
échapper à des yeux de lynx, à des griffes de
tigre! La sœur Thérèse revint.

— Vous voyez, mon frère, ce que j'ose faire
pour vous entretenir un moment de votre salut,
et des vœux que mon âme adresse pour vous
chaque jour au ciel. Je commets un péché mortel.
J'ai menti. Combien de jours de pénitence pour
effacer ce mensonge! mais ce sera souffrir pour
vous. Vous ne savez pas, mon frère, quel bonheur
est d'aimer dans le ciel, de pouvoir s'avouer ses
sentiments alors que la religion les a purifiés, les
a transportés dans les régions les plus hautes, et
qu'il nous est permis de ne plus regarder qu'à
l'âme. Si les doctrines, si l'esprit de la sainte à
laquelle nous devons cet asile ne m'avaient pas
enlevée loin des misères terrestres, et ravie bien
loin de la sphère où elle est, mais certes au-dessus
du monde, je ne vous eusse pas revu. Mais je puis
vous voir, vous entendre et demeurer calme...

— Eh bien, Antoinette, s'écria le général en
l'interrompant à ces mots, faites que je vous voie,
vous que j'aime maintenant avec ivresse, éperdu-
ment, comme vous avez voulu être aimée par
moi.

— Ne m'appelez pas Antoinette, je vous en
supplie. Les souvenirs du passé me font mal. Ne
voyez ici que la sœur Thérèse, une créature
confiante en la miséricorde divine. Et, ajouta-
t-elle après une pause, modérez-vous, mon frère.
Notre Mère nous séparerait impitoyablement, si

votre visage trahissait des passions mondaines [14], ou si vos yeux laissaient tomber des pleurs.

Le général inclina la tête comme pour se recueillir. Quand il leva les yeux sur la grille, il aperçut, entre deux barreaux, la figure amaigrie, pâle, mais ardente encore de la religieuse. Son teint, où jadis fleurissaient tous les enchantements de la jeunesse, où l'heureuse opposition d'un blanc mat contrastait avec les couleurs de la rose du Bengale, avait pris le ton chaud d'une coupe de porcelaine sous laquelle est enfermée une faible lumière. La belle chevelure dont cette femme était si fière avait été rasée. Un bandeau ceignait son front et enveloppait son visage. Ses yeux, entourés d'une meurtrissure due aux austérités de cette vie, lançaient, par moments, des rayons fiévreux, et leur calme habituel n'était qu'un voile. Enfin, de cette femme il ne restait que l'âme.

— Ah! vous quitterez ce tombeau, vous qui êtes devenue ma vie! Vous m'apparteniez, et n'étiez pas libre de vous donner, même à Dieu. Ne m'avez-vous pas promis de sacrifier tout au moindre de mes commandements? Maintenant vous me trouverez peut-être digne de cette promesse, quand vous saurez ce que j'ai fait pour vous. Je vous ai cherchée dans le monde entier. Depuis cinq ans, vous êtes ma pensée de tous les instants, l'occupation de ma vie. Mes amis, des amis bien puissants, vous le savez, m'ont aidé de toute leur force à fouiller les couvents de France, d'Italie, d'Espagne, de Sicile, de l'Amérique. Mon amour s'allumait plus vif à chaque recherche vaine; j'ai souvent fait de longs voyages sur un faux espoir, j'ai dépensé ma vie et les plus larges battements de mon cœur autour des murailles noires de plusieurs cloîtres. Je ne vous parle pas d'une fidélité sans bornes, qu'est-ce? un rien en comparaison des vœux infinis de mon amour. Si vous avez été vraie jadis dans vos remords, vous ne devez pas hésiter à me suivre aujourd'hui.

— Vous oubliez que je ne suis pas libre.

— Le duc est mort, répondit-il vivement.

La sœur Thérèse rougit.

— Que le ciel lui soit ouvert, dit-elle avec une vive émotion, il a été généreux pour moi. Mais je ne parlais pas de ces liens, une de mes fautes a été de vouloir les briser tous sans scrupule pour vous.

— Vous parlez de vos vœux, s'écria le général en fronçant les sourcils. Je ne croyais pas que quelque chose vous pesât au cœur plus que votre amour. Mais n'en doutez pas, Antoinette, j'obtiendrai du Saint-Père un bref qui déliera vos serments. J'irai certes à Rome, j'implorerai toutes les puissances de la terre; et si Dieu pouvait descendre, je le...

— Ne blasphémez pas.

— Ne vous inquiétez donc pas de Dieu! Ah! j'aimerais bien mieux savoir que vous franchiriez pour moi ces murs; que, ce soir même, vous vous jetteriez dans une barque au bas des rochers. Nous irions être heureux je ne sais où, au bout du monde! Et, près de moi, vous reviendriez à la vie, à la santé, sous les ailes de l'Amour.

— Ne parlez pas ainsi, reprit la sœur Thérèse, vous ignorez ce que vous êtes devenu pour moi.

Je vous aime bien mieux que je ne vous ai jamais
aimé. Je prie Dieu tous les jours pour vous, et je
ne vous vois plus avec les yeux du corps. Si vous
connaissiez, Armand, le bonheur de pouvoir se
livrer sans honte à une amitié pure que Dieu
protège! Vous ignorez combien je suis heureuse
d'appeler les bénédictions du ciel sur vous. Je ne
prie jamais pour moi : Dieu fera de moi suivant
ses volontés. Mais vous, je voudrais, au prix de
mon éternité, avoir quelque certitude que vous
êtes heureux en ce monde, et que vous serez
heureux en l'autre, pendant tous les siècles. Ma
vie éternelle est tout ce que le malheur m'a laissé
à vous offrir. Maintenant, je suis vieillie dans les
larmes, je ne suis plus ni jeune ni belle; d'ailleurs
vous mépriseriez une religieuse devenue femme,
qu'aucun sentiment, même l'amour maternel,
n'absoudrait [15]... Que me direz-vous qui puisse
balancer les innombrables réflexions accumulées
dans mon cœur depuis cinq années, et qui l'ont
changé, creusé, flétri? J'aurais dû le donner
moins triste à Dieu!

— Ce que je dirai, ma chère Antoinette! je
dirai que je t'aime; que l'affection, l'amour,
l'amour vrai, le bonheur de vivre dans un cœur
tout à nous, entièrement à nous, sans réserve, est
si rare et si difficile à rencontrer, que j'ai douté
de toi, que je t'ai soumise à de rudes épreuves;
mais aujourd'hui je t'aime de toutes les puissances
de mon âme : si tu me suis dans la retraite, je
n'entendrai plus d'autre voix que la tienne, je ne
verrai plus d'autre visage que le tien...

— Silence, Armand! Vous abrégez le seul

instant pendant lequel il nous sera permis de nous voir ici-bas.

— Antoinette, veux-tu me suivre?

— Mais je ne vous quitte pas. Je vis dans votre cœur, mais autrement que par un intérêt de plaisir mondain, de vanité, de jouissance égoïste; je vis ici pour vous, pâle et flétrie, dans le sein de Dieu! S'il est juste, vous serez heureux...

— Phrases que tout cela! Et si je te veux pâle et flétrie? Et si je ne puis être heureux qu'en te possédant? Tu connaîtras donc toujours des devoirs en présence de ton amant? Il n'est donc jamais au-dessus de tout dans ton cœur? Naguère, tu lui préférais la société, toi, je ne sais quoi; maintenant, c'est Dieu, c'est mon salut. Dans la sœur Thérèse, je reconnais toujours la duchesse ignorante des plaisirs de l'amour, et toujours insensible sous les apparences de la sensibilité. Tu ne m'aimes pas, tu n'as jamais aimé...

— Ha, mon frère...

— Tu ne veux pas quitter cette tombe, tu aimes mon âme, dis-tu? Eh bien, tu la perdras à jamais, cette âme, je me tuerai...

— Ma mère, cria la sœur Thérèse en espagnol, je vous ai menti, cet homme est mon amant!

Aussitôt le rideau tomba. Le général, demeuré stupide, entendit à peine les portes intérieures se fermant avec violence.

— Ah! elle m'aime encore! s'écria-t-il en comprenant tout ce qu'il y avait de sublime dans le cri de la religieuse, il faut l'enlever d'ici...

Le général quitta l'île, revint au quartier

général, il allégua des raisons de santé, demanda un congé et retourna promptement en France.

Voici maintenant l'aventure qui avait déterminé la situation respective où se trouvaient alors les deux personnages de cette scène.

CHAPITRE II

L'AMOUR DANS LA PAROISSE
DE SAINT-THOMAS-D'AQUIN

Ce que l'on nomme en France le faubourg
Saint-Germain n'est ni un quartier, ni une secte,
ni une institution, ni rien qui se puisse nettement
exprimer. La place Royale, le faubourg Saint-
Honoré, la Chaussée d'Antin possèdent également des hôtels où se respire l'air du faubourg
Saint-Germain. Ainsi, déjà tout le faubourg n'est
pas dans le faubourg [16]. Des personnes nées fort
loin de son influence peuvent la ressentir et
s'agréger à ce monde, tandis que certaines autres
qui y sont nées peuvent en être à jamais bannies.
Les manières, le parler, en un mot la tradition
faubourg Saint-Germain est à Paris, depuis environ quarante ans, ce que la Cour y était jadis, ce
qu'était l'hôtel Saint-Paul dans le xive siècle, le
Louvre au xve, le Palais, l'hôtel Rambouillet, la
place Royale au xvie, puis Versailles au xviie et
au xviiie siècle. A toutes les phases de l'histoire,
le Paris de la haute classe et de la noblesse a eu
son centre, comme le Paris vulgaire aura toujours
le sien. Cette singularité périodique offre une
ample matière aux réflexions de ceux qui veulent

observer ou peindre les différentes zones sociales;
et peut-être ne doit-on pas en rechercher les
causes seulement pour justifier le caractère de
cette aventure, mais aussi pour servir à de graves
intérêts, plus vivaces dans l'avenir que dans le
présent, si toutefois l'expérience n'est pas un
non-sens pour les partis comme pour la jeunesse.
Les grands seigneurs et les gens riches, qui
singeront toujours les grands seigneurs, ont, à
toutes les époques, éloigné leurs maisons des
endroits très habités. Si le duc d'Uzès se bâtit,
sous le règne de Louis XIV, le bel hôtel à la porte
duquel il mit la fontaine de la rue Montmartre,
acte de bienfaisance qui le rendit, outre ses
vertus, l'objet d'une vénération si populaire que
le quartier suivit en masse son convoi, ce coin de
Paris était alors désert. Mais aussitôt que les
fortifications s'abattirent, que les marais situés
au-delà des boulevards s'emplirent de maisons, la
famille d'Uzès quitta ce bel hôtel, habité de nos
jours par un banquier[17]. Puis la noblesse, compromise au milieu des boutiques, abandonna la
place Royale, les alentours du centre parisien, et
passa la rivière afin de pouvoir respirer à son aise
dans le faubourg Saint-Germain, où déjà des
palais s'étaient élevés autour de l'hôtel bâti par
Louis XIV au duc du Maine, le benjamin de ses
légitimés[18]. Pour les gens accoutumés aux splendeurs de la vie, est-il en effet rien de plus ignoble
que le tumulte, la boue, les cris, la mauvaise
odeur, l'étroitesse des rues populeuses? Les habitudes d'un quartier marchand ou manufacturier
ne sont-elles pas constamment en désaccord avec
les habitudes des Grands? Le Commerce et le

Travail se couchent au moment où l'aristocratie songe à dîner, les uns s'agitent bruyamment quand l'autre se repose; leurs calculs ne se rencontrent jamais, les uns sont la recette, et l'autre est la dépense. De là des mœurs diamétralement opposées. Cette observation n'a rien de dédaigneux. Une aristocratie est en quelque sorte la pensée d'une société, comme la bourgeoisie et les prolétaires en sont l'organisme et l'action. De là des sièges différents pour ces forces; et, de leur antagonisme, vient une antipathie apparente que produit la diversité de mouvements faits néanmoins dans un but commun. Ces discordances sociales résultent si logiquement de toute charte constitutionnelle, que le libéral le plus disposé à s'en plaindre, comme d'un attentat envers les sublimes idées sous lesquelles les ambitieux des classes inférieures cachent leurs desseins, trouverait [19] prodigieusement ridicule à monsieur le prince de Montmorency de demeurer rue Saint-Martin, au coin de la rue qui porte son nom, ou à monsieur le duc de Fitz-James, le descendant de la race royale écossaise, d'avoir son hôtel rue Marie-Stuart, au coin de la rue Montorgueil. *Sint ut sunt, aut non sint* [20], ces belles paroles pontificales peuvent servir de devise aux Grands de tous les pays. Ce fait, patent à chaque époque, et toujours accepté par le peuple, porte en lui des raisons d'état : il est à la fois un effet et une cause, un principe et une loi. Les masses ont un bon sens qu'elles ne désertent qu'au moment où les gens de mauvaise foi les passionnent. Ce bon sens repose sur des vérités d'un ordre général, vraies à Moscou comme à Londres, vraies à

Genève comme à Calcutta. Partout, lorsque vous rassemblerez des familles d'inégale fortune sur un espace donné, vous verrez se former des cercles supérieurs, des patriciens, des première, seconde et troisième sociétés. L'égalité sera peut-être un *droit*, mais aucune puissance humaine ne saura le convertir en *fait*. Il serait bien utile pour le bonheur de la France d'y populariser cette pensée. Aux masses les moins intelligentes se révèlent encore les bienfaits de l'harmonie politique. L'harmonie est la poésie de l'ordre, et les peuples ont un vif besoin d'ordre. La concordance des choses entre elles, l'unité, pour tout dire en un mot, n'est-elle pas la plus simple expression de l'ordre? L'architecture, la musique, la poésie, tout dans la France s'appuie, plus qu'en aucun autre pays, sur ce principe, qui d'ailleurs est écrit au fond de son clair et pur langage, et la langue sera toujours la plus infaillible formule d'une nation. Aussi voyez-vous le peuple y adoptant les airs les plus poétiques, les mieux modulés; s'attachant aux idées les plus simples; aimant les motifs incisifs qui contiennent le plus de pensées. La France est le seul pays où quelque petite phrase puisse faire une grande révolution. Les masses ne s'y sont jamais révoltées que pour essayer de mettre d'accord les hommes, les choses et les principes. Or, nulle autre nation ne sent mieux la pensée d'unité qui doit exister dans la vie aristocratique, peut-être parce que nulle autre n'a mieux compris les nécessités politiques : l'histoire ne la trouvera jamais en arrière. La France est souvent trompée, mais comme une femme l'est, par des idées généreuses, par des sentiments chaleureux dont la portée échappe d'abord au calcul.

Ainsi déjà, pour premier trait caractéristique, le faubourg Saint-Germain a la splendeur de ses hôtels, ses grands jardins, leur silence, jadis en harmonie avec la magnificence de ses fortunes territoriales. Cet espace mis entre une classe et toute une capitale n'est-il pas une consécration matérielle des distances morales qui doivent les séparer? Dans toutes les créations, la tête a sa place marquée. Si par hasard une nation fait tomber son chef à ses pieds, elle s'aperçoit tôt ou tard qu'elle s'est suicidée. Comme les nations ne veulent pas mourir, elles travaillent alors à se refaire une tête. Quand la nation n'en a plus la force, elle périt, comme ont péri Rome, Venise et tant d'autres[21]. La distinction introduite par la différence des mœurs entre les autres sphères d'activité sociale et la sphère supérieure implique nécessairement une valeur réelle, capitale, chez les sommités aristocratiques. Dès qu'en tout État, sous quelque forme qu'affecte le *Gouvernement*, les patriciens manquent à leurs conditions de supériorité complète, ils deviennent sans force, et le peuple les renverse aussitôt. Le peuple veut toujours leur voir aux mains, au cœur et à la tête, la fortune, le pouvoir et l'action; la parole, l'intelligence et la gloire. Sans cette triple puissance, tout privilège s'évanouit. Les peuples, comme les femmes, aiment la force en quiconque les gouverne, et leur amour ne va pas sans le respect; ils n'accordent point leur obéissance à qui ne l'impose pas. Une aristocratie mésestimée est comme un roi fainéant, un mari en jupon; elle est nulle avant de n'être rien. Ainsi, la séparation des Grands, leurs mœurs tranchées ; en un mot, le costume [22] général des castes patriciennes est tout à la fois le symbole d'une puissance réelle, et les raisons de leur mort quand elles ont perdu la puissance. Le faubourg Saint-Germain s'est laissé momentanément abattre pour n'avoir pas voulu reconnaître les obligations de son existence qu'il lui était encore facile de perpétuer. Il devait avoir la bonne foi de voir à temps, comme le vit l'aristocratie anglaise, que les institutions ont leurs années climatériques où les mêmes mots n'ont plus les mêmes significations, où les idées prennent d'autres vêtements, et où les conditions de la vie politique changent totalement de forme, sans que le fond soit essentiellement altéré. Ces idées veulent des développements qui appartiennent essentiellement à cette aventure, dans laquelle ils entrent, et comme définition des causes, et comme explication des faits.

Le grandiose des châteaux et des palais aristocratiques, le luxe de leurs détails, la somptuosité constante des ameublements, l'*aire* dans laquelle s'y meut sans gêne, et sans éprouver de froissement, l'heureux propriétaire, riche avant de naître ; puis l'habitude de ne jamais descendre au calcul des intérêts journaliers et mesquins de l'existence, le temps dont il dispose, l'instruction supérieure qu'il peut prématurément acquérir ; enfin les traditions patriciennes qui lui donnent des forces sociales que ses adversaires compensent à peine par des études, par une volonté, par une vocation tenaces ; tout devrait élever l'âme de l'homme qui, dès le jeune âge, possède de tels privilèges, lui imprimer ce haut respect de lui-même dont la moindre conséquence est une noblesse de cœur en harmonie avec la noblesse du nom. Cela est vrai pour quelques familles. Çà et là, dans le faubourg Saint-Germain, se rencontrent de beaux caractères, exceptions qui prouvent contre l'égoïsme général qui a causé la perte de ce monde à part. Ces avantages sont acquis à l'aristocratie française, comme à toutes les efflorescences [23] patriciennes qui se produiront à la surface des nations aussi longtemps qu'elles assiéront leur existence sur le *domaine*, le domaine-sol comme le domaine-argent, seule base solide d'une société régulière; mais ces avantages ne demeurent aux patriciens de toute sorte qu'autant qu'ils maintiennent les conditions auxquelles le peuple les leur laisse. C'est des espèces de fiefs moraux dont la *tenure* oblige envers le souverain, et ici le souverain est certes aujourd'hui le peuple. Les temps sont changés, et aussi les armes. Le banneret à qui suffisait jadis de porter la cotte de maille, le haubert, de bien manier la lance et de montrer son pennon, doit aujourd'hui faire preuve d'intelligence; et là où il n'était besoin que d'un grand cœur, il faut, de nos jours, un large crâne. L'art, la science et l'argent forment le triangle social où s'inscrit l'écu du pouvoir, et d'où doit procéder la moderne aristocratie [24]. Un beau théorème vaut un grand nom. Les Rothschild, ces Fugger [25] modernes sont princes de fait. Un grand artiste est réellement un oligarque, il représente tout un siècle, et devient presque toujours une loi. Ainsi, le talent de la parole, les machines à haute

pression de l'écrivain, le génie du poète, la
constance du commerçant, la volonté de l'homme
d'État qui concentre en lui mille qualités éblouis-
santes, le glaive du général, ces conquêtes personnelles faites par un seul sur toute la société pour
lui imposer, la classe aristocratique doit s'efforcer
d'en avoir aujourd'hui le monopole, comme jadis
elle avait celui de la force matérielle. Pour rester
à la tête d'un pays, ne faut-il pas être toujours
digne de le conduire; en être l'âme et l'esprit,
pour en faire agir les mains? Comment mener un
peuple sans avoir les puissances qui font le
commandement? Que serait le bâton des maré-
chaux sans la force intrinsèque du capitaine qui
le tient à la main? Le faubourg Saint-Germain a
joué avec des bâtons, en croyant qu'ils étaient
tout le pouvoir. Il avait renversé les termes de la
proposition qui commande son existence. Au lieu
de jeter les insignes qui choquaient le peuple et
de garder secrètement la force, il a laissé saisir la
force à la bourgeoisie, s'est cramponné fatalement aux insignes, et a constamment oublié les
lois que lui imposait sa faiblesse numérique. Une
aristocratie, qui personnellement fait à peine le
millième d'une société, doit aujourd'hui, comme
jadis, y multiplier ses moyens d'action pour y
opposer, dans les grandes crises, un poids égal à
celui des masses populaires. De nos jours, les
moyens d'action doivent être des forces réelles, et
non des souvenirs historiques. Malheureusement,
en France, la noblesse, encore grosse de son
ancienne puissance évanouie, avait contre elle
une sorte de présomption dont il était difficile
qu'elle se défendît. Peut-être est-ce un défaut

national. Le Français, plus que tout autre homme, ne conclut jamais en dessous de lui, il va du degré sur lequel il se trouve au degré supérieur : il plaint rarement les malheureux au-dessus desquels il s'élève, il gémit toujours de voir tant d'heureux au-dessus de lui. Quoiqu'il ait beaucoup de cœur, il préfère trop souvent écouter son esprit. Cet instinct national qui fait toujours aller les Français en avant, cette vanité qui ronge leurs fortunes et les régit aussi absolument que le principe d'économie régit les Hollandais, a dominé depuis trois siècles la noblesse, qui, sous ce rapport, fut éminemment française. L'homme du faubourg Saint-Germain a toujours conclu de sa supériorité matérielle en faveur de sa supériorité intellectuelle. Tout, en France, l'en a convaincu, parce que depuis l'établissement du faubourg Saint-Germain, révolution aristocratique commencée le jour où la monarchie quitta Versailles, le faubourg Saint-Germain s'est, sauf quelques lacunes, toujours appuyé sur le pouvoir, qui sera toujours en France plus ou moins faubourg Saint-Germain : de là sa défaite en 1830. A cette époque, il était comme une armée opérant sans avoir de base. Il n'avait point profité de la paix pour s'implanter dans le cœur de la nation. Il péchait par un défaut d'instruction et par un manque total de vue sur l'ensemble de ses intérêts. Il tuait un avenir certain, au profit d'un présent douteux. Voici peut-être la raison de cette fausse politique. La distance physique et morale que ces supériorités s'efforçaient de maintenir entre elles et le reste de la nation, a fatalement eu pour tout

résultat, depuis quarante ans, d'entretenir dans
la haute classe le sentiment personnel en tuant le
patriotisme de caste. Jadis, alors que la noblesse
française était grande, riche et puissante, les
gentilshommes savaient, dans le danger, se choisir des chefs et leur obéir. Devenus moindres, ils
se sont montrés indisciplinables; et, comme dans
le Bas-Empire, chacun d'eux voulait être empereur; en se voyant tous égaux par leur faiblesse,
ils se crurent tous supérieurs. Chaque famille
ruinée par la révolution, ruinée par le partage
égal des biens, ne pensa qu'à elle, au lieu de penser
à la grande famille aristocratique, et il leur
semblait que si toutes s'enrichissaient, le parti
serait fort. Erreur. L'argent aussi n'est qu'un
signe de la puissance. Composées de personnes
qui conservaient les hautes traditions de bonne
politesse, d'élégance vraie, de beau langage, de
pruderie et d'orgueil nobiliaires, en harmonie
avec leurs existences, occupations mesquines
quand elles sont devenues le principal d'une vie
de laquelle elles ne doivent être que l'accessoire,
toutes ces familles avaient une certaine valeur
intrinsèque, qui, mise en superficie, ne leur laisse
qu'une valeur nominale. Aucune de ces familles
n'a eu le courage de se dire : Sommes-nous assez
fortes pour porter le pouvoir? Elles se sont jetées
dessus comme firent les avocats en 1830. Au lieu
de se montrer protecteur comme un Grand, le
faubourg Saint-Germain fut avide comme un
parvenu. Du jour où il fut prouvé à la nation la
plus intelligente du monde que la noblesse
restaurée organisait le pouvoir et le budget à son
profit, ce jour, elle fut mortellement malade. Elle

voulait être une aristocratie quand elle ne pouvait plus être qu'une oligarchie, deux systèmes
bien différents, et que comprendra tout homme
assez habile pour lire attentivement les noms
patronymiques des lords de la Chambre haute [26].
Certes, le gouvernement royal eut de bonnes
intentions; mais il oubliait constamment qu'il
faut tout faire vouloir au peuple, même son
bonheur, et que la France, femme capricieuse,
veut être heureuse ou battue à son gré. S'il y
avait eu beaucoup de ducs de Laval, que sa
modestie a fait digne de son nom [27], le trône de la
branche aînée serait devenu solide autant que
l'est celui de la maison de Hanovre. En 1814,
mais surtout en 1820, la noblesse française avait
à dominer l'époque la plus instruite, la bourgeoisie la plus aristocratique, le pays le plus femelle
du monde. Le faubourg Saint-Germain pouvait
bien facilement conduire et amuser une classe
moyenne, ivre de distinctions, amoureuse d'art et
de science. Mais les mesquins meneurs de cette
grande époque intelligentielle haïssaient tous l'art
et la science. Ils ne surent même pas présenter la
religion, dont ils avaient besoin, sous les poétiques couleurs qui l'eussent fait aimer. Quand
Lamartine, La Mennais, Montalembert et quelques autres écrivains de talent doraient de
poésie, rénovaient ou agrandissaient les idées
religieuses, tous ceux qui gâchaient le gouvernement faisaient sentir l'amertume de la religion.
Jamais nation ne fut plus complaisante, elle était
alors comme une femme fatiguée qui devient
facile; jamais pouvoir ne fit alors plus de
maladresses : la France et la femme aiment

mieux les fautes. Pour se réintégrer, pour fonder
un grand gouvernement oligarchique, la noblesse
du faubourg devait se fouiller avec bonne foi afin
de trouver en elle-même la monnaie de Napoléon,
s'éventrer pour demander aux creux de ses
entrailles un Richelieu constitutionnel; si ce génie
n'était pas en elle, aller le chercher jusque dans le
froid grenier où il pouvait être en train de
mourir, et se l'assimiler, comme la chambre des
lords anglais s'assimile constamment les aristocrates de hasard. Puis, ordonner à cet homme
d'être implacable, de retrancher les branches
pourries, de recéper l'arbre aristocratique. Mais
d'abord, le grand système du torysme anglais
était trop immense pour de petites têtes; et son
importation demandait trop de temps aux Français, pour lesquels une réussite lente vaut un
fiasco. D'ailleurs, loin d'avoir cette politique
rédemptrice qui va chercher la force là où Dieu
l'a mise, ces grandes petites gens haïssaient toute
force qui ne venait pas d'eux; enfin, loin de se
rajeunir, le faubourg Saint-Germain s'est avieilli.
L'étiquette, institution de seconde nécessité, pouvait être maintenue si elle n'eût paru que dans les
grandes occasions; mais l'étiquette devint une
lutte quotidienne, et au lieu d'être une question d'art ou de magnificence, elle devint une
question de pouvoir. S'il manqua d'abord au
trône un de ces conseillers aussi grands que les
circonstances étaient grandes, l'aristocratie manqua surtout de la connaissance de ses intérêts
généraux, qui aurait pu suppléer à tout. Elle
s'arrêta devant le mariage de monsieur de Talleyrand [28], le seul homme qui eût une de ces têtes

métalliques où se forgent à neuf les systèmes
politiques par lesquels revivent glorieusement les
nations. Le faubourg se moqua des ministres qui
n'étaient pas gentilshommes, et ne donnait pas
de gentilshommes assez supérieurs pour être
ministres; il pouvait rendre des services véritables au pays en ennoblissant les justices de
paix, en fertilisant le sol, en construisant des
routes et des canaux, en se faisant puissance
territoriale agissante; mais il vendait ses terres
pour jouer à la Bourse [29]. Il pouvait priver la
bourgeoisie de ses hommes d'action et de talent
dont l'ambition minait le pouvoir, en leur
ouvrant ses rangs; il a préféré les combattre, et
sans armes; car il n'avait plus qu'en tradition ce
qu'il possédait jadis en réalité. Pour le malheur
de cette noblesse, il lui restait précisément assez
de ses diverses fortunes pour soutenir sa morgue.
Contente de ses souvenirs, aucune de ces familles
ne songea sérieusement à faire prendre des armes
à ses aînés, parmi le faisceau que le XIXe siècle
jetait sur la place publique. La jeunesse, exclue
des affaires [30], dansait chez Madame [31], au lieu de
continuer à Paris, par l'influence de talents
jeunes, consciencieux, innocents de l'Empire et
de la République, l'œuvre que les chefs de chaque
famille auraient commencée dans les départe-
ments en y conquérant la reconnaissance de leurs
titres par de continuels plaidoyers en faveur des
intérêts locaux, en s'y conformant à l'esprit du
siècle, en refondant la caste au goût du temps.
Concentrée dans son faubourg Saint-Germain, où
vivait l'esprit des anciennes oppositions féodales
mêlé à celui de l'ancienne cour, l'aristocratie, mal

unie au château des Tuileries, fut plus facile à
vaincre, n'existant que sur un point et surtout
aussi mal constituée qu'elle l'était dans la
Chambre des pairs. Tissue dans le pays, elle
devenait indestructible; acculée dans son faubourg, adossée au château, étendue dans le
budget, il suffisait d'un coup de hache pour
trancher le fil de sa vie agonisante, et la plate
figure d'un petit avocat [32] s'avança pour donner
ce coup de hache. Malgré l'admirable discours de
monsieur Royer-Collard, l'hérédité de la pairie et
ses majorats tombèrent sous les pasquinades d'un
homme qui se vantait d'avoir adroitement disputé quelques têtes au bourreau, mais qui tuait
maladroitement de grandes institutions. Il se
trouve là des exemples et des enseignements pour
l'avenir. Si l'oligarchie française n'avait pas une
vie future, il y aurait je ne sais quelle cruauté
triste à la géhenner après son décès, et alors il ne
faudrait plus que penser à son sarcophage; mais
si le scalpel des chirurgiens est dur à sentir, il
rend parfois la vie aux mourants. Le faubourg
Saint-Germain peut se trouver plus puissant
persécuté qu'il ne l'était triomphant, s'il veut
avoir un chef et un système.

Maintenant il est facile de résumer cet aperçu
semi-politique. Ce défaut de vues larges et ce
vaste ensemble de petites fautes; l'envie de
rétablir de hautes fortunes dont chacun se
préoccupait; un besoin réel de religion pour
soutenir la politique; une soif de plaisir, qui
nuisait à l'esprit religieux, et nécessita des
hypocrisies; les résistances partielles de quelques
esprits élevés qui voyaient juste et que contra-

rièrent les rivalités de cour; la noblesse de
province, souvent plus pure de race que ne l'est
la noblesse de cour, mais qui, trop souvent
froissée, se désaffectionna; toutes ces causes se
réunirent pour donner au faubourg Saint-Germain les mœurs les plus discordantes. Il ne fut ni
compact dans son système, ni conséquent dans
ses actes, ni complètement moral, ni franchement
licencieux, ni corrompu, ni corrupteur; il n'abandonna pas entièrement les questions qui lui
nuisaient et n'adopta pas les idées qui l'eussent
sauvé. Enfin, quelque débiles que fussent les
personnes, le parti s'était néanmoins armé de
tous les grands principes qui font la vie des
nations. Or, pour périr dans sa force, que faut-il
être? Il fut difficile dans le choix des personnes
présentées; il eut du bon goût, du mépris élégant;
mais sa chute n'eut certes rien d'éclatant ni
de chevaleresque. L'émigration de 89 accusait
encore des sentiments; en 1830, l'émigration à
l'intérieur n'accuse plus que des intérêts.
Quelques hommes illustres dans les lettres, les
triomphes de la tribune, monsieur de Talleyrand
dans les congrès [33], la conquête d'Alger, et
plusieurs noms redevenus historiques sur les
champs de bataille, montrent à l'aristocratie
française les moyens qui lui restent de se nationa-
liser et de faire encore reconnaître ses titres, si
toutefois elle daigne. Chez les êtres organisés il se
fait un travail d'harmonie intime. Un homme est-
il paresseux, la paresse se trahit en chacun de ses
mouvements. De même, la physionomie d'une
classe d'hommes se conforme à l'esprit général, à
l'âme qui en anime le corps. Sous la Restaura-

tion, la femme du faubourg Saint-Germain ne déploya ni la fière hardiesse que les dames de la cour portaient jadis dans leurs écarts, ni la modeste grandeur des tardives vertus par lesquelles elles expiaient leurs fautes, et qui répandaient autour d'elles un si vif éclat [34]. Elle n'eut rien de bien léger, rien de bien grave. Ses passions, sauf quelques exceptions, furent hypocrites; elle transigea pour ainsi dire avec leurs jouissances. Quelques-unes de ces familles menèrent la vie bourgeoise de la duchesse d'Orléans, dont le lit conjugal se montrait si ridiculement aux visiteurs du Palais-Royal; deux ou trois à peine continuèrent les mœurs de la Régence [35], et inspirèrent une sorte de dégoût à des femmes plus habiles qu'elles. Cette nouvelle grande dame n'eut aucune influence sur les mœurs : elle pouvait néanmoins beaucoup, elle pouvait, en désespoir de cause, offrir le spectacle imposant des femmes de l'aristocratie anglaise; mais elle hésita niaisement entre d'anciennes traditions, fut dévote de force, et cacha tout, même ses belles qualités. Aucune de ces Françaises ne put créer de salon où les sommités sociales vinssent prendre des leçons de goût et d'élégance. Leur voix, jadis si imposante en littérature, cette vivante expression des sociétés, y fut tout à fait nulle. Or, quand une littérature n'a pas de système général, elle ne fait pas corps et se dissout avec son siècle. Lorsque, dans un temps quelconque, il se trouve au milieu d'une nation un peuple à part ainsi constitué, l'historien y rencontre presque toujours une figure principale qui résume les vertus et les défauts de la masse à laquelle elle appartient : Coligny chez les huguenots, le Coadjuteur au sein de la Fronde, le maréchal de Richelieu sous Louis XV, Danton dans la Terreur. Cette identité de physionomie entre un homme et son cortège historique est dans la nature des choses. Pour mener un parti ne faut-il pas concorder à[36] ses idées, pour briller dans une époque ne faut-il pas la représenter? De cette obligation constante où se trouve la tête sage et prudente des partis d'obéir aux préjugés et aux folies des masses qui en font la queue dérivent les actions que reprochent certains historiens aux chefs de parti, quand, à distance des terribles ébullitions populaires, ils jugent à froid les passions les plus nécessaires à la conduite des grandes luttes séculaires. Ce qui est vrai dans la comédie historique des siècles est également vrai dans la sphère plus étroite des scènes partielles du drame national appelé les Mœurs.

Au commencement de la vie éphémère que mena le faubourg Saint-Germain pendant la Restauration, et à laquelle, si les considérations précédentes sont vraies, il ne sut pas donner de consistance, une jeune femme fut passagèrement le type le plus complet de la nature à la fois supérieure et faible, grande et petite, de sa caste. C'était une femme artificiellement instruite, réellement ignorante; pleine de sentiments élevés, mais manquant d'une pensée qui les coordonnât; dépensant les plus riches trésors de l'âme à obéir aux convenances; prête à braver la société, mais hésitant et arrivant à l'artifice par suite de ses scrupules; ayant plus d'entêtement que de carac-

tère, plus d'engouement que d'enthousiasme,
plus de tête que de cœur; souverainement
femme et souverainement coquette, Parisienne
surtout; aimant l'éclat, les fêtes; ne réfléchissant pas, ou réfléchissant trop tard; d'une
imprudence qui arrivait presque à de la poésie; insolente à ravir, mais humble au fond du
cœur; affichant la force comme un roseau bien
droit, mais, comme ce roseau, prête à fléchir sous
une main puissante; parlant beaucoup de la
religion, mais ne l'aimant pas[37], et cependant
prête à l'accepter comme un dénouement. Comment expliquer une créature véritablement mul-
tiple, susceptible d'héroïsme, et oubliant d'être
héroïque pour dire une méchanceté; jeune et
suave, moins vieille de cœur que vieillie par les
maximes de ceux qui l'entouraient, et comprenant leur philosophie égoïste sans l'avoir appliquée; ayant tous les vices du courtisan et toutes
les noblesses de la femme adolescente; se défiant
de tout, et néanmoins se laissant parfois aller à
tout croire? Ne serait-ce pas toujours un portrait
inachevé que celui de cette femme en qui les
teintes les plus chatoyantes se heurtaient, mais
en produisant une confusion poétique, parce qu'il
y avait une lumière divine, un éclat de jeunesse
qui donnait à ces traits confus une sorte d'ensemble? La grâce lui servait d'unité. Rien n'était
joué. Ces passions, ces demi-passions, cette velléité de grandeur, cette réalité de petitesse, ces
sentiments froids et ces élans chaleureux étaient
naturels et ressortaient de sa situation autant
que de celle de l'aristocratie à laquelle elle
appartenait. Elle se comprenait toute seule et se

mettait orgueilleusement au-dessus du monde, à l'abri de son nom. Il y avait du *moi* de Médée dans sa vie[38], comme dans celle de l'aristocratie, qui se mourait sans vouloir ni se mettre sur son séant, ni tendre la main à quelque médecin politique, ni toucher, ni être touchée, tant elle se sentait faible ou déjà poussière. La duchesse de Langeais, ainsi se nommait-elle, était mariée depuis environ quatre ans quand la Restauration fut consommée, c'est-à-dire en 1816, époque à laquelle Louis XVIII, éclairé par la révolution des Cent-Jours, comprit sa situation et son siècle, malgré son entourage, qui, néanmoins, triompha plus tard de ce Louis XI moins la hache, lorsqu'il fut abattu par la maladie[39]. La duchesse de Langeais était une Navarreins, famille ducale, qui, depuis Louis XIV, avait pour principe de ne point abdiquer son titre dans ses alliances. Les filles de cette maison devaient avoir tôt ou tard, de même que leur mère, un tabouret à la cour. A l'âge de dix-huit ans, Antoinette de Navarreins sortit de la profonde retraite où elle avait vécu pour épouser le fils aîné du duc de Langeais. Les deux familles étaient alors éloignées du monde; mais l'invasion de la France faisait présumer aux royalistes le retour des Bourbons comme la seule conclusion possible aux malheurs de la guerre. Les ducs de Navarreins et de Langeais, restés fidèles aux Bourbons, avaient noblement résisté à toutes les séductions de la gloire impériale, et, dans les circonstances où ils se trouvaient lors de cette union, ils durent naturellement obéir à la vieille politique de leurs familles. Mademoiselle Antoinette de Navarreins épousa donc, belle et

pauvre, monsieur le marquis de Langeais, dont le
père mourut quelques mois après ce mariage. Au
retour des Bourbons, les deux familles reprirent
leur rang, leurs charges, leurs dignités à la cour,
et rentrèrent dans le mouvement social, en
dehors duquel elles s'étaient tenues jusqu'alors.
Elles devinrent les plus éclatantes sommités de ce
nouveau monde politique. Dans ce temps de
lâchetés et de fausses conversions, la conscience
publique se plut à reconnaître en ces deux
familles la fidélité sans tache, l'accord entre la vie
privée et le caractère politique, auxquels tous les
partis rendent involontairement hommage. Mais,
par un malheur assez commun dans les temps de
transaction, les personnes les plus pures et qui,
par l'élévation de leurs vues, la sagesse de leurs
principes, auraient fait croire en France à la
générosité d'une politique neuve et hardie, furent
écartées des affaires, qui tombèrent entre les
mains de gens intéressés à porter les principes à
l'extrême, pour faire preuve de dévouement. Les
familles de Langeais et de Navarreins restèrent
dans la haute sphère de la cour, condamnées aux
devoirs de l'étiquette ainsi qu'aux reproches et
aux moqueries du libéralisme, accusées de se
gorger d'honneurs et de richesses, tandis que leur
patrimoine ne s'augmenta point, et que les
libéralités de la Liste civile se consumèrent en
frais de représentation, nécessaires à toute
monarchie européenne, fût-elle même républi-
caine. En 1818, monsieur le duc de Langeais
commandait une division militaire, et la duchesse
avait, près d'une princesse, une place qui l'autori-
sait à demeurer à Paris, loin de son mari, sans

scandale. D'ailleurs, le duc avait, outre son commandement, une charge à la cour, où il venait, en laissant, pendant son quartier, le commandement à un maréchal de camp. Le duc et la duchesse vivaient donc entièrement séparés, de fait et de cœur, à l'insu du monde. Ce mariage de convention avait eu le sort assez habituel de ces pactes de famille. Les deux caractères les plus antipathiques du monde s'étaient trouvés en présence, s'étaient froissés secrètement, secrètement blessés, désunis à jamais. Puis, chacun d'eux avait obéi à sa nature et aux convenances. Le duc de Langeais, esprit aussi méthodique que pouvait l'être le chevalier de Folard[40], se livra méthodiquement à ses goûts, à ses plaisirs, et laissa sa femme libre de suivre les siens, après avoir reconnu chez elle un esprit éminemment orgueilleux, un cœur froid, une grande soumission aux usages du monde, une loyauté jeune, et qui devait rester pure sous les yeux des grands-parents, à la lumière d'une cour prude et religieuse. Il fit donc à froid le grand seigneur du siècle précédent, abandonnant à elle-même une femme de vingt-deux ans, offensée gravement, et qui avait dans le caractère une épouvantable qualité, celle de ne jamais pardonner une offense quand toutes ses vanités de femme, quand son amour-propre, ses vertus peut-être, avaient été méconnus, blessés occultement. Quand un outrage est public, une femme aime à l'oublier, elle a des chances pour se grandir, elle est femme dans sa clémence; mais les femmes n'absolvent jamais de secrètes offenses, parce qu'elles n'ai-

ment ni les lâchetés, ni les vertus, ni les amours
secrètes.

Telle était la position, inconnue du monde,
dans laquelle se trouvait madame la duchesse de
Langeais, et à laquelle ne réfléchissait pas cette
femme, lorsque vinrent des fêtes données à
l'occasion du mariage du duc de Berry [41]. En ce
moment, la cour et le faubourg Saint-Germain
sortirent de leur atonie et de leur réserve. Là,
commença réellement cette splendeur inouïe qui
abusa le gouvernement de la Restauration. En ce
moment, la duchesse de Langeais, soit calcul, soit
vanité, ne paraissait jamais dans le monde sans
être entourée ou accompagnée de trois ou quatre
femmes aussi distinguées par leur nom que par
leur fortune. Reine de la mode, elle avait ses
dames d'atours, qui reproduisaient ailleurs ses
manières et son esprit. Elle les avait habilement
choisies parmi quelques personnes qui n'étaient
encore ni dans l'intimité de la cour, ni dans le
cœur du faubourg Saint-Germain, et qui avaient
néanmoins la prétention d'y arriver; simples
Dominations qui voulaient s'élever jusqu'aux
environs du trône et se mêler aux séraphiques
puissances de la haute sphère nommée *le petit
château* [42]. Ainsi posée, la duchesse de Langeais
était plus forte, elle dominait mieux, elle était
plus en sûreté. Ses *dames* la défendaient contre la
calomnie, et l'aidaient à jouer le détestable rôle
de femme à la mode. Elle pouvait à son aise se
moquer des hommes, des passions, les exciter,
recueillir les hommages dont se nourrit toute
nature féminine, et rester maîtresse d'elle-même.
A Paris et dans la plus haute compagnie, la

femme est toujours femme; elle vit d'encens, de flatteries, d'honneurs. La plus réelle beauté, la figure la plus admirable n'est rien si elle n'est admirée : un amant, des flagorneries sont les attestations de sa puissance. Qu'est un pouvoir inconnu? Rien. Supposez la plus jolie femme seule dans le coin d'un salon, elle y est triste. Quand une de ces créatures se trouve au sein des magnificences sociales, elle veut donc régner sur tous les cœurs, souvent faute de pouvoir être souveraine heureuse dans un seul. Ces toilettes, ces apprêts, ces coquetteries étaient faites pour les plus pauvres êtres qui se soient rencontrés, des fats sans esprit, des hommes dont le mérite consistait dans une jolie figure, et pour lesquels toutes les femmes se compromettaient sans profit, de véritables idoles de bois doré qui, malgré quelques exceptions, n'avaient ni les antécédents des petits-maîtres du temps de la Fronde, ni la bonne grosse valeur des héros de l'Empire, ni l'esprit et les manières de leurs grands-pères, mais qui voulaient être *gratis* quelque chose d'approchant; qui étaient braves comme l'est la jeunesse française, habiles sans doute s'ils eussent été mis à l'épreuve, et qui ne pouvaient rien être par le règne des vieillards usés qui les tenaient en lisière. Ce fut une époque froide, mesquine et sans poésie. Peut-être faut-il beaucoup de temps à une restauration pour devenir une monarchie.

Depuis dix-huit mois, la duchesse de Langeais menait cette vie creuse, exclusivement remplie par le bal, par les visites faites pour le bal, par des triomphes sans objet, par des passions éphémères, nées et mortes pendant une soirée. Quand

elle arrivait dans un salon, les regards se concen-
traient sur elle, elle moissonnait des mots flat-
teurs, quelques expressions passionnées qu'elle en-
courageait du geste, du regard, et qui ne pouvaient
jamais aller plus loin que l'épiderme. Son ton, ses
manières, tout en elle faisait autorité. Elle vivait
dans une sorte de fièvre de vanité, de perpétuelle
jouissance qui l'étourdissait. Elle allait assez loin
en conversation, elle écoutait tout, et se dépravait,
pour ainsi dire, à la surface du cœur. Revenue
chez elle, elle rougissait souvent de ce dont elle
avait ri, de telle histoire scandaleuse dont les
détails l'aidaient à discuter les théories de
l'amour qu'elle ne connaissait pas, et les subtiles
distinctions de la passion moderne, que de
complaisantes hypocrites lui commentaient; car
les femmes, sachant se tout dire entre elles, en
perdent plus que n'en corrompent les hommes. Il
y eut un moment où elle comprit que la créature
aimée était la seule dont la beauté, dont l'esprit
pût être universellement reconnu. Que prouve un
mari? Que, jeune fille, une femme était ou
richement dotée, ou bien élevée, avait une mère
adroite, ou satisfaisait aux ambitions de
l'homme; mais un amant est le constant programme de ses perfections personnelles. Madame
de Langeais apprit, jeune encore, qu'une femme
pouvait se laisser aimer ostensiblement sans être
complice de l'amour, sans l'approuver, sans le
contenter autrement que par les plus maigres
redevances de l'amour, et plus d'une sainte
nitouche [43] lui révéla les moyens de jouer ces
dangereuses comédies. La duchesse eut donc sa
cour, et le nombre de ceux qui l'adoraient ou la

courtisaient fut une garantie de sa vertu. Elle
était coquette, aimable, séduisante jusqu'à la fin
de la fête, du bal, de la soirée; puis, le rideau
tombé, elle se retrouvait seule, froide, insou-
ciante, et néanmoins revivait le lendemain pour
d'autres émotions également superficielles. Il y
avait deux ou trois jeunes gens complètement
abusés qui l'aimaient véritablement, et dont elle
se moquait avec une parfaite insensibilité. Elle se
disait : — Je suis aimée, il m'aime! Cette
certitude lui suffisait. Semblable à l'avare satisfait de savoir que ses caprices peuvent être
exaucés, elle n'allait peut-être même plus jusqu'au désir.

Un soir elle se trouva chez une de ses amies
intimes, madame la vicomtesse de Fontaine, une
de ses humbles rivales qui la haïssaient cordiale-
ment et l'accompagnaient toujours : espèce
d'amitié armée dont chacun se défie, et où les
confidences sont habilement discrètes, quelquefois perfides. Après avoir distribué de petits
saluts protecteurs, affectueux ou dédaigneux de
l'air naturel à la femme qui connaît toute la
valeur de ses sourires, ses yeux tombèrent sur un
homme qui lui était complètement inconnu, mais
dont la physionomie large et grave la surprit.
Elle sentit en le voyant une émotion assez
semblable à celle de la peur.

— Ma chère, demanda-t-elle à madame de
Maufrigneuse, quel est ce nouveau venu?

— Un homme dont vous avez sans doute
entendu parler, le marquis de Montriveau.

— Ah! c'est lui.

Elle prit son lorgnon et l'examina fort imperti-

nemment, comme elle eût fait d'un portrait qui
reçoit des regards et n'en rend pas.

— Présentez-le-moi donc, il doit être amusant [44].

— Personne n'est plus ennuyeux ni plus
sombre, ma chère, mais il est à la mode.

Monsieur Armand de Montriveau se trouvait
en ce moment, sans le savoir, l'objet d'une
curiosité générale, et le méritait plus qu'aucune
de ces idoles passagères dont Paris a besoin et
dont il s'amourache pour quelques jours, afin de
satisfaire cette passion d'engouement et d'enthousiasme factice dont il est périodiquement
travaillé. Armand de Montriveau était le fils
unique du général de Montriveau, un de ces *ci-
devant* qui servirent noblement la République, et
qui périt, tué près de Joubert, à Novi. L'orphelin
avait été placé par les soins de Bonaparte à
l'école de Châlons, et mis, ainsi que plusieurs
autres fils de généraux morts sur le champ de
bataille, sous la protection de la République
française. Après être sorti de cette école sans
aucune espèce de fortune, il entra dans l'artillerie, et n'était encore que chef de bataillon lors du
désastre de Fontainebleau. L'arme à laquelle
appartenait Armand de Montriveau lui avait
offert peu de chances d'avancement. D'abord le
nombre des officiers y est plus limité que dans les
autres corps de l'armée; puis, les opinions libé-
rales et presque républicaines que professait
l'artillerie, les craintes inspirées à l'Empereur par
une réunion d'hommes savants accoutumés à
réfléchir, s'opposaient à la fortune militaire de la
plupart d'entre eux. Aussi, contrairement aux

lois ordinaires, les officiers parvenus au généralat ne furent-ils pas toujours les sujets les plus remarquables de l'arme, parce que, médiocres, ils donnaient peu de craintes. L'artillerie faisait un corps à part dans l'armée, et n'appartenait à Napoléon que sur les champs de bataille. A ces causes générales, qui peuvent expliquer les retards éprouvés dans sa carrière par Armand de Montriveau, il s'en joignait d'autres inhérentes à sa personne et à son caractère. Seul dans le monde, jeté dès l'âge de vingt ans à travers cette tempête d'hommes au sein de laquelle vécut Napoléon, et n'ayant aucun intérêt en dehors de lui-même, prêt à périr chaque jour, il s'était habitué à n'exister que par une estime intérieure et par le sentiment du devoir accompli. Il était habituellement silencieux comme le sont tous les hommes timides; mais sa timidité ne venait point d'un défaut de courage, c'était une sorte de pudeur qui lui interdisait toute démonstration vaniteuse. Son intrépidité sur les champs de bataille n'était point fanfaronne; il y voyait tout, pouvait donner tranquillement un bon avis à ses camarades, et allait au-devant des boulets tout en se baissant à propos pour les éviter. Il était bon, mais sa contenance le faisait passer pour hautain et sévère. D'une rigueur mathématique en toute chose, il n'admettait aucune composition hypocrite ni avec les devoirs d'une position, ni avec les conséquences d'un fait. Il ne se prêtait à rien de honteux, ne demandait jamais rien pour lui; enfin, c'était un de ces grands hommes inconnus, assez philosophes pour mépriser la gloire, et qui vivent sans s'attacher à la vie, parce qu'ils ne trouvent pas à y développer leur force ou leurs sentiments dans toute leur étendue. Il était craint, estimé, peu aimé. Les hommes nous permettent bien de nous élever au-dessus d'eux, mais ils ne nous pardonnent jamais de ne pas descendre aussi bas qu'eux. Aussi le sentiment qu'ils accordent aux grands caractères ne va-t-il pas sans un peu de haine et de crainte. Trop d'honneur est pour eux une censure tacite qu'ils ne pardonnent ni aux vivants ni aux morts. Après les adieux de Fontainebleau, Montriveau, quoique noble et titré, fut mis en demi-solde. Sa probité antique effraya le ministère de la Guerre, où son attachement aux serments faits à l'aigle impériale était connu. Lors des Cent-Jours il fut nommé colonel de la garde et resta sur le champ de bataille de Waterloo. Ses blessures l'ayant retenu en Belgique, il ne se trouva pas à l'armée de la Loire; mais le gouvernement royal ne voulut pas reconnaître les grades donnés pendant les Cent-Jours, et Armand de Montriveau quitta la France. Entraîné par son génie entreprenant, par cette hauteur de pensée que, jusqu'alors, les hasards de la guerre avaient satisfaite, et passionné par sa rectitude instinctive pour les projets d'une grande utilité, le général Montriveau s'embarqua dans le dessein d'explorer la Haute-Égypte et les parties inconnues de l'Afrique, les contrées du centre surtout, qui excitent aujourd'hui tant d'intérêt parmi les savants. Son expédition scientifique fut longue et malheureuse. Il avait recueilli des notes précieuses destinées à résoudre les problèmes géographiques ou industriels si ardemment cherchés, et

il était parvenu, non sans avoir surmonté bien
des obstacles, jusqu'au cœur de l'Afrique, lorsqu'il tomba par trahison au pouvoir d'une tribu
sauvage. Il fut dépouillé de tout, mis en esclavage et promené pendant deux années à travers
les déserts, menacé de mort à tout moment et
plus maltraité que ne l'est un animal dont
s'amusent d'impitoyables enfants. Sa force de
corps et sa constance d'âme lui firent supporter
toutes les horreurs de sa captivité; mais il épuisa
presque toute son énergie dans son évasion, qui
fut miraculeuse. Il atteignit la colonie française
du Sénégal, demi-mort, en haillons, et n'ayant
plus que d'informes souvenirs. Les immenses
sacrifices de son voyage, l'étude des dialectes de
l'Afrique, ses découvertes et ses observations,
tout fut perdu. Un seul fait fera comprendre ses
souffrances. Pendant quelques jours les enfants
du cheik de la tribu dont il était l'esclave
s'amusèrent à prendre sa tête pour but dans un
jeu qui consistait à jeter d'assez loin des osselets
de cheval, et à les y faire tenir. Montriveau revint
à Paris vers le milieu de l'année 1818, il s'y
trouva ruiné, sans protecteurs, et n'en voulant
pas. Il serait mort vingt fois avant de solliciter
quoi que ce fût, même la reconnaissance de ses
droits acquis. L'adversité, ses douleurs avaient
développé son énergie jusque dans les petites
choses, et l'habitude de conserver sa dignité
d'homme en face de cet être moral que nous
nommons la conscience donnait pour lui du prix
aux actes en apparence les plus indifférents.
Cependant ses rapports avec les principaux
savants de Paris et quelques militaires instruits

firent connaître et son mérite et ses aventures.
Les particularités de son évasion et de sa
captivité, celles de son voyage attestaient tant de
sang-froid, d'esprit et de courage, qu'il acquit,
sans le savoir, cette célébrité passagère dont les
salons de Paris sont si prodigues, mais qui
demande des efforts inouïs aux artistes quand ils
veulent la perpétuer. Vers la fin de cette année,
sa position changea subitement. De pauvre, il
devint riche, ou du moins il eut extérieurement
tous les avantages de la richesse. Le gouvernement royal, qui cherchait à s'attacher les
hommes de mérite afin de donner de la force à
l'armée, fit alors quelques concessions aux
anciens officiers dont la loyauté et le caractère
connu offraient des garanties de fidélité. Monsieur de Montriveau fut rétabli sur les cadres,
dans son grade, reçut sa solde arriérée et fut
admis dans la Garde royale. Ces faveurs arrivèrent successivement au marquis de Montriveau
sans qu'il eût fait la moindre demande. Des amis
lui épargnèrent les démarches personnelles auxquelles il se serait refusé. Puis, contrairement à
ses habitudes, qui se modifièrent tout à coup, il
alla dans le monde, où il fut accueilli favorable-
ment, et où il rencontra partout les témoignages
d'une haute estime. Il semblait avoir trouvé
quelque dénouement pour sa vie; mais chez lui
tout se passait en l'homme, il n'y avait rien
d'extérieur. Il portait dans la société une figure
grave et recueillie, silencieuse et froide. Il y eut
beaucoup de succès, précisément parce qu'il
tranchait fortement sur la masse des physionomies convenues qui meublent les salons de Paris,

où il fut effectivement tout neuf. Sa parole avait la concision du langage des gens solitaires ou des sauvages. Sa timidité fut prise pour de la hauteur et plut beaucoup. Il était quelque chose d'étrange et de grand, et les femmes furent d'autant plus généralement éprises de ce caractère original, qu'il échappait à leurs adroites flatteries, à ce manège par lequel elles circonviennent les hommes les plus puissants, et corrodent les esprits les plus inflexibles. Monsieur de Montriveau ne comprenait rien à ces petites singeries parisiennes, et son âme ne pouvait répondre qu'aux sonores vibrations des beaux sentiments. Il eût promptement été laissé là, sans la poésie qui résultait de ses aventures et de sa vie, sans les prôneurs qui le vantaient à son insu, sans le triomphe d'amour-propre qui attendait la femme dont il s'occuperait. Aussi la curiosité de la duchesse de Langeais était-elle vive autant que naturelle. Par un effet du hasard, cet homme l'avait intéressée la veille, car elle avait entendu raconter la veille une des scènes qui, dans le voyage de monsieur de Montriveau, produisaient le plus d'impression sur les mobiles imaginations de femme. Dans une excursion vers les sources du Nil, monsieur de Montriveau eut avec un de ses guides le débat le plus extraordinaire qui se connaisse dans les annales des voyages. Il avait un désert à traverser, et ne pouvait aller qu'à pied au lieu qu'il voulait explorer. Un seul guide était capable de l'y mener. Jusqu'alors aucun voyageur n'avait pu pénétrer dans cette partie de la contrée, où l'intrépide officier présumait devoir trouver la solution de plusieurs problèmes scienti-

fiques. Malgré les représentations que lui firent et
les vieillards du pays et son guide, il entreprit ce
terrible voyage. S'armant de tout son courage
aiguisé déjà par l'annonce d'horribles difficultés à
vaincre, il partit au matin. Après avoir marché
pendant une journée entière, il se coucha le soir
sur le sable, éprouvant une fatigue inconnue,
causée par la mobilité du sol, qui semblait à
chaque pas fuir sous lui. Cependant il savait que
le lendemain il lui faudrait, dès l'aurore, se
remettre en route; mais son guide lui avait
promis de lui faire atteindre, vers le milieu du
jour, le but de son voyage. Cette promesse lui
donna du courage, lui fit retrouver des forces, et,
malgré ses souffrances, il continua sa route, en
maudissant un peu la science; mais honteux de se
plaindre devant son guide, il garda le secret de
ses peines. Il avait déjà marché pendant le tiers
du jour lorsque, sentant ses forces épuisées et ses
pieds ensanglantés par la marche, il demanda s'il
arriverait bientôt. — Dans une heure, lui dit le
guide. Armand trouva dans son âme pour une
heure de force et continua. L'heure s'écoula sans
qu'il aperçût, même à l'horizon, horizon de sables
aussi vaste que l'est celui de la pleine mer, les
palmiers et les montagnes dont les cimes devaient
annoncer le terme de son voyage. Il s'arrêta,
menaça le guide, refusa d'aller plus loin, lui
reprocha d'être son meurtrier, de l'avoir trompé;
puis des larmes de rage et de fatigue roulèrent sur
ses joues enflammées; il était courbé par la
douleur renaissante de la marche, et son gosier lui
semblait coagulé par la soif du désert. Le guide,
immobile, écoutait ses plaintes d'un air ironique,

tout en étudiant, avec l'apparente indifférence
des Orientaux, les imperceptibles accidents de ce
sable presque noirâtre comme est l'or bruni. —
Je me suis trompé, reprit-il froidement. Il y a
trop longtemps que j'ai fait ce chemin pour que
je puisse en reconnaître les traces; nous y
sommes bien, mais il faut encore marcher pendant deux heures. — Cet homme a raison, pensa
monsieur de Montriveau. Puis il se remit en
route, suivant avec peine l'Africain impitoyable,
auquel il semblait lié par un fil, comme un
condamné l'est invisiblement au bourreau. Mais
les deux heures se passent, le Français a dépensé
ses dernières gouttes d'énergie, et l'horizon est
pur, et il n'y voit ni palmiers ni montagnes. Il ne
trouve plus ni cris ni gémissements, il se couche
alors sur le sable pour mourir; mais ses regards
eussent épouvanté l'homme le plus intrépide, il
semblait annoncer qu'il ne voulait pas mourir
seul. Son guide, comme un vrai démon, lui
répondait par un coup d'œil calme, empreint de
puissance, et le laissait étendu, en ayant soin de
se tenir à une distance qui lui permît d'échapper
au désespoir de sa victime. Enfin monsieur de
Montriveau trouva quelques forces pour une
dernière imprécation. Le guide se rapprocha de
lui, le regarda fixement, lui imposa silence et lui
dit : — N'as-tu pas voulu, malgré nous, aller là
où je te mène? Tu me reproches de te tromper : si
je ne l'avais pas fait, tu ne serais pas venu
jusqu'ici. Veux-tu la vérité, la voici. Nous avons
encore cinq heures de marche, et nous ne
pouvons plus retourner sur nos pas. Sonde ton
cœur, si tu n'as pas assez de courage, voici mon

poignard. Surpris par cette effroyable entente de
la douleur et de la force humaine, monsieur de
Montriveau ne voulut pas se trouver au-dessous
d'un barbare; et puisant dans son orgueil d'Européen une nouvelle dose de courage, il se releva
pour suivre son guide. Les cinq heures étaient
expirées, monsieur de Montriveau n'apercevait
rien encore, il tourna vers le guide un œil
mourant; mais alors le Nubien le prit sur ses
épaules, l'éleva de quelques pieds, et lui fit voir à
une centaine de pas un lac entouré de verdure et
d'une admirable forêt, qu'illuminaient les feux du
soleil couchant. Ils étaient arrivés à quelque
distance d'une espèce de banc de granit immense,
sous lequel ce paysage sublime se trouvait comme
enseveli. Armand crut renaître, et son guide, ce
géant d'intelligence et de courage, acheva son
œuvre de dévouement en le portant à travers les
sentiers chauds et polis à peine tracés sur le
granit. Il voyait d'un côté l'enfer des sables, et de
l'autre le paradis terrestre de la plus belle oasis
qui fût en ces déserts[45].

   La duchesse, déjà frappée par l'aspect de ce
poétique personnage, le fut encore bien plus en
apprenant qu'elle voyait en lui le marquis de
Montriveau, de qui elle avait rêvé pendant la
nuit. S'être trouvée dans les sables brûlants du
désert avec lui, l'avoir eu pour compagnon de
cauchemar, n'était-ce pas chez une femme de
cette nature un délicieux présage d'amusement?
Jamais homme n'eut mieux qu'Armand la
physionomie de son caractère, et ne pouvait plus
justement intriguer les regards. Sa tête, grosse et
carrée, avait pour principal trait caractéristique

une énorme et abondante chevelure noire qui lui
enveloppait la figure de manière à rappeler
parfaitement le général Kléber auquel il ressemblait par la vigueur de son front, par la coupe de
son visage, par l'audace tranquille des yeux, et
par l'espèce de fougue qu'exprimaient ses traits
saillants. Il était petit, large de buste, musculeux
comme un lion. Quand il marchait, sa pose, sa
démarche, le moindre geste trahissait et je ne sais
quelle sécurité de force qui imposait, et quelque
chose de despotique. Il paraissait savoir que rien
ne pouvait s'opposer à sa volonté, peut-être parce
qu'il ne voulait rien que de juste. Néanmoins,
semblable à tous les gens réellement forts, il était
doux dans son parler, simple dans ses manières,
et naturellement bon. Seulement toutes ces belles
qualités semblaient devoir disparaître dans les
circonstances graves où l'homme devient implacable dans ses sentiments, fixe dans ses résolutions, terrible dans ses actions. Un observateur
aurait pu voir dans la commissure de ses lèvres
un retroussement habituel qui annonçait des
penchants vers l'ironie.

La duchesse de Langeais, sachant de quel prix
passager était la conquête de cet homme, résolut,
pendant le peu de temps que mit la duchesse de
Maufrigneuse à l'aller prendre pour le lui présenter, d'en faire un de ses amants, de lui donner le
pas sur tous les autres, de l'attacher à sa
personne, et de déployer pour lui toutes ses
coquetteries. Ce fut une fantaisie, pur caprice de
duchesse avec lequel Lope de Vega ou Calderon a
fait *Le Chien du jardinier* [46]. Elle voulut que cet
homme ne fût à aucune femme, et n'imagina pas

d'être à lui. La duchesse de Langeais avait reçu
de la nature les qualités nécessaires pour jouer les
rôles de coquette, et son éducation les avait
encore perfectionnées. Les femmes avaient raison
de l'envier, et les hommes de l'aimer. Il ne lui
manquait rien de ce qui peut inspirer l'amour, de
ce qui le justifie et de ce qui le perpétue. Son
genre de beauté, ses manières, son parler, sa pose
s'accordaient pour la douer d'une coquetterie
naturelle, qui, chez une femme, semble être la
conscience de son pouvoir. Elle était bien faite, et
décomposait peut-être ses mouvements avec trop
de complaisance, seule affectation qu'on lui pût
reprocher. Tout en elle s'harmoniait, depuis le
plus petit geste jusqu'à la tournure particulière
de ses phrases, jusqu'à la manière hypocrite dont
elle jetait son regard. Le caractère prédominant
de sa physionomie était une noblesse élégante,
que ne détruisait pas la mobilité toute française
de sa personne. Cette attitude incessamment
changeante avait un prodigieux attrait pour les
hommes. Elle paraissait devoir être la plus
délicieuse des maîtresses en déposant son corset
et l'attirail de sa représentation. En effet, toutes
les joies de l'amour existaient en germe dans la
liberté de ses regards expressifs, dans les câline-
ries de sa voix, dans la grâce de ses paroles. Elle
faisait voir qu'il y avait en elle une noble
courtisane, que démentaient vainement les reli-
gions de la duchesse. Qui s'asseyait près d'elle
pendant une soirée, la trouvait tour à tour gaie,
mélancolique, sans qu'elle eût l'air de jouer ni la
mélancolie ni la gaieté. Elle savait être à son
gré affable, méprisante, ou impertinente, ou

confiante. Elle semblait bonne et l'était. Dans sa situation, rien ne l'obligeait à descendre à la méchanceté. Par moments, elle se montrait tour à tour sans défiance et rusée, tendre à émouvoir, puis dure et sèche à briser le cœur. Mais pour la bien peindre ne faudrait-il pas accumuler toutes les antithèses féminines; en un mot, elle était ce qu'elle voulait être ou paraître. Sa figure un peu trop longue avait de la grâce, quelque chose de fin, de menu qui rappelait les figures du Moyen Age. Son teint était pâle, légèrement rosé. Tout en elle péchait pour ainsi dire par un excès de délicatesse.

Monsieur de Montriveau se laissa complaisamment présenter à la duchesse de Langeais, qui, suivant l'habitude des personnes auxquelles un goût exquis fait éviter les banalités, l'accueillit sans l'accabler ni de questions ni de compliments, mais avec une sorte de grâce respectueuse qui devait flatter un homme supérieur, car la supériorité suppose chez un homme un peu de ce tact qui fait deviner aux femmes tout ce qui est sentiment. Si elle manifesta quelque curiosité, ce fut par ses regards; si elle complimenta, ce fut par ses manières; et elle déploya cette chatterie de paroles, cette fine envie de plaire qu'elle savait montrer mieux que personne. Mais toute sa conversation ne fut en quelque sorte que le corps de la lettre, il devait y avoir un post-scriptum où la pensée principale allait être dite. Quand, après une demi-heure de causeries insignifiantes, et dans lesquelles l'accent, les sourires, donnaient seuls de la valeur aux mots, monsieur de Montri-

veau parut vouloir discrètement se retirer, la
duchesse le retint par un geste expressif.

— Monsieur, lui dit-elle, je ne sais si le peu
d'instants pendant lesquels j'ai eu le plaisir de
causer avec vous vous a offert assez d'attrait
pour qu'il me soit permis de vous inviter à venir
chez moi; j'ai peur qu'il n'y ait beaucoup
d'égoïsme à vouloir vous y posséder. Si j'étais
assez heureuse pour que vous vous y plussiez,
vous me trouveriez toujours le soir jusqu'à dix
heures.

Ces phrases furent dites d'un ton si coquet, que
monsieur de Montriveau ne pouvait se défendre
d'accepter l'invitation. Quand il se rejeta dans les
groupes d'hommes qui se tenaient à quelque
distance des femmes, plusieurs de ses amis le
félicitèrent, moitié sérieusement, moitié plaisam-
ment, sur l'accueil extraordinaire que lui avait
fait la duchesse de Langeais. Cette difficile, cette
illustre conquête, était décidément faite, et la
gloire en avait été réservée à l'artillerie de la
Garde. Il est facile d'imaginer les bonnes et
mauvaises plaisanteries que ce thème, une fois
admis, suggéra dans un de ces salons parisiens où
l'on aime tant à s'amuser, et où les railleries ont
si peu de durée que chacun s'empresse d'en tirer
toute la fleur.

Ces niaiseries flattèrent à son insu le général.
De la place où il s'était mis, ses regards furent
attirés par mille réflexions indécises vers la
duchesse; et il ne put s'empêcher de s'avouer à
lui-même que, de toutes les femmes dont la
beauté avait séduit ses yeux, nulle ne lui avait
offert une plus délicieuse expression des vertus,

des défauts, des harmonies que l'imagination la plus juvénile puisse vouloir en France à une maîtresse. Quel homme, en quelque rang que le sort l'ait placé, n'a pas senti dans son àme une jouissance indéfinissable en rencontrant, chez une femme qu'il choisit, même rêveusement, pour sienne, les triples perfections morales, physiques et sociales qui lui permettent de toujours voir en elle tous ses souhaits accomplis? Si ce n'est pas une cause d'amour, cette flatteuse réunion est certes un des plus grands véhicules du sentiment. Sans la vanité, disait un profond moraliste du siècle dernier, l'amour est un convalescent [47]. Il y a certes, pour l'homme comme pour la femme, un trésor de plaisirs dans la supériorité de la personne aimée. N'est-ce pas beaucoup, pour ne pas dire tout, de savoir que notre amour-propre ne souffrira jamais en elle; qu'elle est assez noble pour ne jamais recevoir les blessures d'un coup d'œil méprisant, assez riche pour être entourée d'un éclat égal à celui dont s'environnent même les rois éphémères de la finance, assez spirituelle pour ne jamais être humiliée par une fine plaisanterie, et assez belle pour être la rivale de tout son sexe? Ces réflexions, un homme les fait en un clin d'œil. Mais si la femme qui les lui inspire lui présente en même temps, dans l'avenir de sa précoce passion, les changeantes délices de la gràce, l'ingénuité d'une àme vierge, les mille plis du vêtement des coquettes, les dangers de l'amour, n'est-ce pas à remuer le cœur de l'homme le plus froid? Voici dans quelle situation se trouvait en ce moment monsieur de Montri-veau, relativement à la femme, et le passé de sa vie garantit en quelque sorte la bizarrerie du fait. Jeté jeune dans l'ouragan des guerres françaises, ayant toujours vécu sur les champs de bataille, il ne connaissait de la femme que ce qu'un voyageur pressé, qui va d'auberge en auberge, peut connaître d'un pays. Peut-être aurait-il pu dire de sa vie ce que Voltaire disait à quatre-vingts ans de la sienne, et n'avait-il pas trente-sept sottises à se reprocher? Il était, à son âge, aussi neuf en amour que l'est un jeune homme qui vient de lire Faublas en cachette [48]. De la femme, il savait tout; mais de l'amour, il ne savait rien; et sa virginité de sentiment lui faisait ainsi des désirs tout nouveaux. Quelques hommes, emportés par les travaux auxquels les ont condamnés la misère ou l'ambition, l'art ou la science, comme monsieur de Montriveau avait été emporté par le cours de la guerre et les événements de sa vie, connaissent cette singulière situation, et l'avouent rarement. A Paris, tous les hommes doivent avoir aimé. Aucune femme n'y veut de ce dont aucune n'a voulu. De la crainte d'être pris pour un sot, procèdent les mensonges de la fatuité générale en France, où passer pour un sot, c'est ne pas être du pays. En ce moment, monsieur de Montriveau fut à la fois saisi par un violent désir, un désir grandi dans la chaleur des déserts, et par un mouvement de cœur dont il n'avait pas encore connu la bouillante étreinte. Aussi fort qu'il était violent, cet homme sut réprimer ses émotions; mais, tout en causant de choses indifférentes, il se retirait en lui-même, et se jurait d'avoir cette femme, seule pensée par laquelle il pouvait entrer dans l'amour. Son désir devint un serment fait à

la manière des Arabes avec lesquels il avait vécu,
et pour lesquels un serment est un contrat passé
entre eux et toute leur destinée, qu'ils subor-
donnent à la réussite de l'entreprise consacrée par
le serment, et dans laquelle ils ne comptent même
plus leur mort que comme un moyen de plus pour
le succès. Un jeune homme se serait dit : — Je
voudrais bien avoir la duchesse de Langeais pour
maîtresse! un autre : — Celui qui sera aimé de la
duchesse de Langeais sera un bien heureux
coquin! Mais le général se dit : — J'aurai pour
maîtresse madame de Langeais. Quand un
homme vierge de cœur, et pour qui l'amour
devient une religion, conçoit une semblable pensée, il ne sait pas dans quel enfer il vient de
mettre le pied.

Monsieur de Montriveau s'échappa brusquement du salon, et revint chez lui dévoré par les
premiers accès de sa première fièvre amoureuse.
Si, vers le milieu de l'âge, un homme garde
encore les croyances, les illusions, les franchises,
l'impétuosité de l'enfance, son premier geste est
pour ainsi dire d'avancer la main pour s'emparer
de ce qu'il désire; puis, quand il a sondé les
distances presque impossibles à franchir qui l'en
séparent, il est saisi, comme les enfants, d'une
sorte d'étonnement ou d'impatience qui communique de la valeur à l'objet souhaité, il tremble
ou il pleure. Aussi le lendemain, après les plus
orageuses réflexions qui lui eussent bouleversé
l'âme, Armand de Montriveau se trouva-t-il sous
le joug de ses sens, que concentra la pression d'un
amour vrai. Cette femme si cavalièrement traitée
la veille était devenue le lendemain le plus saint,

le plus redouté des pouvoirs. Elle fut dès lors pour lui le monde et la vie. Le seul souvenir des plus légères émotions qu'elle lui avait données faisait pâlir ses plus grandes joies, ses plus vives douleurs jadis ressenties. Les révolutions les plus rapides ne troublent que les intérêts de l'homme, tandis qu'une passion en renverse les sentiments. Or, pour ceux qui vivent plus par le sentiment que par l'intérêt, pour ceux qui ont plus d'âme et de sang que d'esprit et de lymphe, un amour réel produit un changement complet d'existence. D'un seul trait, par une seule réflexion, Armand de Montriveau effaça donc toute sa vie passée. Après s'être vingt fois demandé, comme un enfant : — Irai-je? N'irai-je pas? il s'habilla, vint à l'hôtel de Langeais vers huit heures du soir, et fut admis auprès de la femme, non pas de la femme, mais de l'idole qu'il avait vue la veille, aux lumières, comme une fraîche et pure jeune fille vêtue de gaze, de blondes [49] et de voiles. Il arrivait impétueusement pour lui déclarer son amour, comme s'il s'agissait du premier coup de canon sur un champ de bataille. Pauvre écolier! Il trouva sa vaporeuse sylphide enveloppée d'un peignoir de cachemire brun habilement bouillonné, languissamment couchée sur le divan d'un obscur boudoir. Madame de Langeais ne se leva même pas, elle ne montra que sa tête, dont les cheveux étaient en désordre, quoique retenus dans un voile. Puis d'une main qui, dans le clair-obscur produit par la tremblante lueur d'une seule bougie placée loin d'elle, parut aux yeux de Montriveau blanche comme une main de marbre, elle lui fit signe de s'asseoir, et lui dit d'une voix aussi douce que l'était la lueur : — Si ce n'eût pas été vous, monsieur le marquis, si c'eût été un ami avec lequel j'eusse pu agir sans façon, ou un indifférent qui m'eût légèrement intéressée, je vous aurais renvoyé. Vous me voyez affreusement souffrante.

Armand se dit en lui-même : — Je vais m'en aller.

— Mais, reprit-elle en lui lançant un regard dont l'ingénu militaire attribua le feu à la fièvre, je ne sais si c'est un pressentiment de votre bonne visite à l'empressement de laquelle je suis on ne peut pas plus sensible, depuis un instant je sentais ma tête se dégager de ses vapeurs.

— Je puis donc rester, lui dit Montriveau.

— Ah! je serais bien fâchée de vous voir partir. Je me disais déjà ce matin que je ne devais pas avoir fait sur vous la moindre impression; que vous aviez sans doute pris mon invitation pour une de ces phrases banales prodiguées au hasard par les Parisiennes, et je pardonnais d'avance à votre ingratitude. Un homme qui arrive des déserts n'est pas tenu de savoir combien notre faubourg est exclusif dans ses amitiés.

Ces gracieuses paroles, à demi murmurées, tombèrent une à une, et furent comme chargées du sentiment joyeux qui paraissait les dicter. La duchesse voulait avoir tous les bénéfices de sa migraine, et sa spéculation eut un plein succès. Le pauvre militaire souffrait réellement de la fausse souffrance de cette femme. Comme Crillon entendant le récit de la passion de Jésus-Christ, il était prêt à tirer son épée contre les vapeurs [50].

Hé! comment alors oser parler à cette malade de l'amour qu'elle inspirait? Armand comprenait déjà qu'il était ridicule de tirer son amour à brûle-pourpoint sur une femme si supérieure. Il entendit par une seule pensée toutes les délicatesses du sentiment et les exigences de l'âme. Aimer, n'est-ce pas savoir bien plaider, mendier, attendre? Cet amour ressenti, ne fallait-il pas le prouver? Il se trouva la langue immobile, glacée par les convenances du noble faubourg, par la majesté de la migraine, et par les timidités de l'amour vrai. Mais nul pouvoir au monde ne put voiler les regards de ses yeux dans lesquels éclataient la chaleur, l'infini du désert, des yeux calmes comme ceux des panthères, et sur lesquels ses paupières ne s'abaissaient que rarement. Elle aima beaucoup ce regard fixe qui la baignait de lumière et d'amour.

— Madame la duchesse, répondit-il, je craindrais de vous mal dire la reconnaissance que m'inspirent vos bontés. En ce moment je ne souhaite qu'une seule chose, le pouvoir de dissiper vos souffrances.

— Permettez que je me débarrasse de ceci, j'ai maintenant trop chaud, dit-elle en faisant sauter par un mouvement plein de grâce le coussin qui lui couvrait les pieds, qu'elle laissa voir dans toute leur clarté.

— Madame, en Asie, vos pieds vaudraient presque dix mille sequins.

— Compliment de voyageur, dit-elle en souriant.

Cette spirituelle personne prit plaisir à jeter le rude Montriveau dans une conversation pleine de

bêtises, de lieux communs et de non-sens, où il
manœuvra, militairement parlant, comme eût
fait le prince Charles aux prises avec Napoléon.
Elle s'amusa malicieusement à reconnaître l'étendue de cette passion commencée, d'après le
nombre de sottises arrachées à ce débutant,
qu'elle amenait à petits pas dans un labyrinthe
inextricable où elle voulait le laisser honteux de
lui-même. Elle débuta donc par se moquer de cet
homme, à qui elle se plaisait néanmoins à faire
oublier le temps. La longueur d'une première
visite est souvent une flatterie, mais Armand
n'en fut pas complice. Le célèbre voyageur était
dans ce boudoir depuis une heure, causant de
tout, n'ayant rien dit, sentant qu'il n'était qu'un
instrument dont jouait cette femme, quand elle
se dérangea, s'assit, se mit sur le cou le voile
qu'elle avait sur la tête, s'accouda, lui fit les
honneurs d'une complète guérison, et sonna pour
faire allumer les bougies du boudoir. A l'inaction
absolue dans laquelle elle était restée, succé-
dèrent les mouvements les plus gracieux. Elle se
tourna vers monsieur de Montriveau, et lui dit,
en réponse à une confidence qu'elle venait de lui
arracher et qui parut la vivement intéresser : —
Vous voulez vous moquer de moi en tâchant de
me donner à penser que vous n'avez jamais aimé.
Voilà la grande prétention des hommes auprès de
nous. Nous les croyons. Pure politesse! Ne
savons-nous pas à quoi nous en tenir là-dessus
par nous-mêmes? Où est l'homme qui n'a pas
rencontré dans sa vie une seule occasion d'être
amoureux? Mais vous aimez à nous tromper, et
nous vous laissons faire, pauvres sottes que nous

sommes, parce que vos tromperies sont encore
des hommages rendus à la supériorité de nos
sentiments, qui sont toute pureté.

Cette dernière phrase fut prononcée avec un
accent plein de hauteur et de fierté qui fit de cet
amant novice une balle jetée au fond d'un abîme,
et de la duchesse un ange revolant vers son ciel
particulier.

— Diantre! s'écriait en lui-même Armand de
Montriveau, comment s'y prendre pour dire à
cette créature sauvage que je l'aime?

Il l'avait déjà dit vingt fois, ou plutôt la
duchesse l'avait vingt fois lu dans ses regards, et
voyait, dans la passion de cet homme vraiment
grand, un amusement pour elle, un intérêt à
mettre dans sa vie sans intérêt. Elle se préparait
donc déjà fort habilement à élever autour d'elle
une certaine quantité de redoutes qu'elle lui
donnerait à emporter avant de lui permettre
l'entrée de son cœur. Jouet de ses caprices,
Montriveau devait rester stationnaire tout en
sautant de difficultés en difficultés comme un de
ces insectes tourmenté par un enfant saute d'un
doigt sur un autre en croyant avancer, tandis que
son malicieux bourreau le laisse au même point.
Néanmoins, la duchesse reconnut avec un bonheur inexprimable que cet homme de caractère
ne mentait pas à sa parole. Armand n'avait, en
effet, jamais aimé. Il allait se retirer mécontent
de lui, plus mécontent d'elle encore; mais elle vit
avec joie une bouderie qu'elle savait pouvoir
dissiper par un mot, d'un regard, d'un geste.

— Viendrez-vous demain soir? lui dit-elle. Je
vais au bal, je vous attendrai jusqu'à dix heures.

Le lendemain Montriveau passa la plus grande
partie de la journée assis à la fenêtre de son
cabinet, et occupé à fumer une quantité indéter-
minée de cigares. Il put atteindre ainsi l'heure de
s'habiller et d'aller à l'hôtel de Langeais. C'eût
été grande pitié pour l'un de ceux qui connais-
saient la magnifique valeur de cet homme, de le
voir devenu si petit, si tremblant, de savoir cette
pensée dont les rayons pouvaient embrasser des
mondes, se rétrécir aux proportions du boudoir
d'une petite-maîtresse. Mais il se sentait lui-
même déjà si déchu dans son bonheur, que, pour
sauver sa vie, il n'aurait pas confié son amour à
l'un de ses amis intimes. Dans la pudeur qui
s'empare d'un homme quand il aime, n'y a-t-il
pas toujours un peu de honte, et ne serait-ce pas
sa petitesse qui fait l'orgueil de la femme? Enfin
ne serait-ce pas une foule de motifs de ce genre,
mais que les femmes ne s'expliquent pas, qui les
porte presque toutes à trahir les premières le
mystère de leur amour, mystère dont elles se
fatiguent peut-être?

— Monsieur, dit le valet de chambre, madame
la duchesse n'est pas visible, elle s'habille, et vous
prie de l'attendre ici.

Armand se promena dans le salon en étudiant
le goût répandu dans les moindres détails. Il
admira madame de Langeais, en admirant les
choses qui venaient d'elle et en trahissaient les
habitudes, avant qu'il pût en saisir la personne et
les idées. Après une heure environ, la duchesse
sortit de sa chambre sans faire de bruit. Montriveau se retourna, la vit marchant avec la légèreté
d'une ombre, et tressaillit. Elle vint à lui, sans lui

dire bourgeoisement : — Comment me trouvez-
vous? Elle était sûre d'elle, et son regard fixe
disait : — Je me suis ainsi parée pour vous plaire.
Une vieille fée, marraine de quelque princesse
méconnue, avait seule pu tourner autour du cou
de cette coquette personne le nuage d'une gaze
dont les plis avaient des tons vifs que soutenait
encore l'éclat d'une peau satinée. La duchesse
était éblouissante. Le bleu clair de sa robe, dont
les ornements se répétaient dans les fleurs de sa
coiffure, semblait donner, par la richesse de la
couleur, un corps à ses formes frêles devenues
tout aériennes; car, en glissant avec rapidité vers
Armand, elle fit voler les deux bouts de l'écharpe
qui pendait à ses côtés, et le brave soldat ne put
alors s'empêcher de la comparer aux jolis insectes
bleus qui voltigent au-dessus des eaux, parmi les
fleurs, avec lesquelles ils paraissent se confondre.

— Je vous ai fait attendre, dit-elle de la voix
que savent prendre les femmes pour l'homme
auquel elles veulent plaire.

— J'attendrais patiemment une éternité, si je
savais trouver la Divinité belle comme vous
l'êtes; mais ce n'est pas un compliment que de
vous parler de votre beauté, vous ne pouvez plus
être sensible qu'à l'adoration. Laissez-moi donc
seulement baiser votre écharpe.

— Ah, fi! dit-elle en faisant un geste d'orgueil,
je vous estime assez pour vous offrir ma main.

Et elle lui tendit à baiser sa main encore
humide. Une main de femme, au moment où elle
sort de son bain de senteur, conserve je ne sais
quelle fraîcheur douillette, une mollesse veloutée
dont la chatouilleuse impression va des lèvres à

l'âme. Aussi, chez un homme épris qui a dans les sens autant de volupté qu'il a d'amour au cœur, ce baiser, chaste en apparence, peut-il exciter de redoutables orages.

— Me la tendrez-vous toujours ainsi? dit humblement le général en baisant avec respect cette main dangereuse.

— Oui; mais nous en resterons là, dit-elle en souriant.

Elle s'assit et parut fort maladroite à mettre ses gants, en voulant en faire glisser la peau d'abord trop étroite le long de ses doigts, et regarder en même temps monsieur de Montriveau, qui admirait alternativement la duchesse et la grâce de ses gestes réitérés.

— Ah! c'est bien, dit-elle, vous avez été exact, j'aime l'exactitude. Sa Majesté dit qu'elle est la politesse des rois; mais, selon moi, de vous à nous, je la crois la plus respectueuse des flatteries. Hé! n'est-ce pas? Dites donc.

Puis elle le guigna de nouveau pour lui exprimer une amitié décevante, en le trouvant muet de bonheur, et tout heureux de ces riens. Ah! la duchesse entendait à merveille son métier de femme, elle savait admirablement rehausser un homme à mesure qu'il se rapetissait, et le récompenser par de creuses flatteries à chaque pas qu'il faisait pour descendre aux niaiseries de la sentimentalité.

— Vous n'oublierez jamais de venir à neuf heures.

— Oui, mais irez-vous donc au bal tous les soirs?

— Le sais-je? répondit-elle en haussant les

épaules par un petit geste enfantin comme pour
avouer qu'elle était toute caprice et qu'un amant
devait la prendre ainsi. — D'ailleurs, reprit-elle,
que vous importe? vous m'y conduirez.

— Pour ce soir, dit-il, ce serait difficile, je ne
suis pas mis convenablement.

— Il me semble, répondit-elle en le regardant
avec fierté, que si quelqu'un doit souffrir de votre
mise, c'est moi. Mais sachez, monsieur le voyageur, que l'homme dont j'accepte le bras est
toujours au-dessus de la mode, personne n'oserait
le critiquer. Je vois que vous ne connaissez pas le
monde, je vous en aime davantage.

Et elle le jetait déjà dans les petitesses du
monde, en tâchant de l'initier aux vanités d'une
femme à la mode.

— Si elle veut faire une sottise pour moi, se dit
en lui-même Armand, je serais bien niais de l'en
empêcher. Elle m'aime sans doute, et, certes, elle
ne méprise pas le monde plus que je ne le méprise
moi-même; ainsi va pour le bal!

La duchesse pensait sans doute qu'en voyant le
général la suivre au bal en bottes et en cravate
noire, personne n'hésiterait à le croire passionnément amoureux d'elle. Heureux de voir la reine
du monde élégant vouloir se compromettre pour
lui, le général eut de l'esprit en ayant de
l'espérance. Sûr de plaire, il déploya ses idées et
ses sentiments, sans ressentir la contrainte qui, la
veille, lui avait gêné le cœur. Cette conversation
substantielle, animée, remplie par ces premières
confidences aussi douces à dire qu'à entendre,
séduisit-elle madame de Langeais, ou avait-elle
imaginé cette ravissante coquetterie; mais elle

regarda malicieusement la pendule quand minuit sonna.

— Ah! vous me faites manquer le bal! dit-elle en exprimant de la surprise et du dépit de s'être oubliée. Puis, elle se justifia le changement de ses jouissances par un sourire qui fit bondir le cœur d'Armand.

— J'avais bien promis à madame de Beauséant, ajouta-t-elle. Ils m'attendent tous.

— Hé bien, allez.

— Non, continuez, dit-elle. Je reste. Vos aventures en Orient me charment. Racontez-moi bien toute votre vie. J'aime à participer aux souffrances ressenties par un homme de courage, car je les ressens, vrai! Elle jouait avec son écharpe, la tordait, la déchirait par des mouvements d'impatience qui semblaient accuser un mécontentement intérieur et de profondes réflexions. — Nous ne valons rien, nous autres, reprit-elle. Ah! nous sommes d'indignes personnes, égoïstes, frivoles. Nous ne savons que nous ennuyer à force d'amusements. Aucune de nous ne comprend le rôle de sa vie. Autrefois, en France, les femmes étaient des lumières bienfaisantes, elles vivaient pour soulager ceux qui pleurent, encourager les grandes vertus, récompenser les artistes et en animer la vie par de nobles pensées. Si le monde est devenu si petit, à nous la faute. Vous me faites haïr ce monde et le bal. Non, je ne vous sacrifie pas grand-chose. Elle acheva de détruire son écharpe, comme un enfant qui, jouant avec une fleur, finit par en arracher tous les pétales; elle la roula, la jeta loin d'elle, et put ainsi montrer son cou de cygne. Elle sonna. — Je ne sortirai pas, dit-elle à son valet de chambre. Puis elle reporta timidement ses longs yeux bleus sur Armand, de manière à lui faire accepter, par la crainte qu'ils exprimaient, cet ordre pour un aveu, pour une première, pour une grande faveur.

— Vous avez eu bien des peines, dit-elle après une pause pleine de pensées et avec cet attendrissement qui souvent est dans la voix des femmes sans être dans le cœur.

— Non, répondit Armand. Jusqu'aujourd'hui, je ne savais pas ce qu'était le bonheur.

— Vous le savez donc, dit-elle en le regardant en dessous d'un air hypocrite et rusé.

— Mais, pour moi désormais, le bonheur, n'est-ce pas de vous voir, de vous entendre... Jusqu'à présent je n'avais que souffert, et maintenant je comprends que je puis être malheureux...

— Assez, assez, dit-elle, allez-vous-en, il est minuit, respectons les convenances. Je ne suis pas allée au bal, vous étiez là. Ne faisons pas causer. Adieu. Je ne sais ce que je dirai, mais la migraine est bonne personne et ne nous donne jamais de démentis [51].

— Y a-t-il bal demain? demanda-t-il.

— Vous vous y accoutumeriez, je crois. Hé bien, oui, demain nous irons encore au bal.

Armand s'en alla l'homme le plus heureux du monde, et vint tous les soirs chez madame de Langeais à l'heure qui, par une sorte de convention tacite, lui fut réservée. Il serait fastidieux et ce serait pour une multitude de jeunes gens qui ont de ces beaux souvenirs une redondance que de faire marcher ce récit pas à pas, comme marchait le poème de ces conversations secrètes dont le cours avance ou retarde au gré d'une femme par une querelle de mots quand le sentiment va trop vite, par une plainte sur les sentiments quand les mots ne répondent plus à sa pensée. Aussi, pour marquer le progrès de cet ouvrage à la Pénélope, peut-être faudrait-il s'en tenir aux expressions matérielles du sentiment. Ainsi, quelques jours après la première rencontre de la duchesse et d'Armand de Montriveau, l'assidu général avait conquis en toute propriété le droit de baiser les insatiables mains de sa maîtresse. Partout où allait madame de Langeais, se voyait inévitablement monsieur de Montriveau, que certaines personnes nommèrent, en plaisantant, *le planton de la duchesse*[52]. Déjà la position d'Armand lui avait fait des envieux, des jaloux, des ennemis. Madame de Langeais avait atteint à son but. Le marquis se confondait parmi ses nombreux admirateurs, et lui servait à humilier ceux qui se vantaient d'être dans ses bonnes grâces, en lui donnant publiquement le pas sur tous les autres.

— Décidément, disait madame de Sérizy, monsieur de Montriveau est l'homme que la duchesse distingue le plus.

Qui ne sait pas ce que veut dire, à Paris, *être distingué par une femme*[53]? Les choses étaient ainsi parfaitement en règle. Ce qu'on se plaisait à raconter du général le rendit si redoutable, que les jeunes gens habiles abdiquèrent tacitement leurs prétentions sur la duchesse, et ne restèrent dans sa sphère que pour exploiter l'importance qu'ils y prenaient, pour se servir de son nom, de

sa personne, pour s'arranger au mieux avec
certaines puissances du second ordre, enchantées
d'enlever un amant à madame de Langeais. La
duchesse avait l'œil assez perspicace pour apercevoir ces désertions et ces traités dont son orgueil
ne lui permettait pas d'être la dupe. Alors elle
savait, disait monsieur le prince de Talleyrand,
qui l'aimait beaucoup, tirer un regain de vengeance par un mot à deux tranchants dont elle
frappait ces épousailles *morganatiques* [54]. Sa
dédaigneuse raillerie ne contribuait pas médiocre-
ment à la faire craindre et passer pour une
personne excessivement spirituelle. Elle consoli-
dait ainsi sa réputation de vertu, tout en s'amusant des secrets d'autrui, sans laisser pénétrer les
siens. Néanmoins, après deux mois d'assiduités,
elle eut, au fond de l'âme, une sorte de peur
vague en voyant que monsieur de Montriveau ne
comprenait rien aux finesses de la coquetterie
Faubourg-Saint-Germanesque, et prenait au
sérieux les minauderies parisiennes. — Celui-là, ma
chère duchesse, lui avait dit le vieux vidame de
Pamiers, est cousin germain des aigles, vous ne
l'apprivoiserez pas, et il vous emportera dans son
aire, si vous n'y prenez garde. Le lendemain du
soir où le rusé vieillard lui avait dit ce mot, dans
lequel madame de Langeais craignit de trouver
une prophétie, elle essaya de se faire haïr, et se
montra dure, exigeante, nerveuse, détestable
pour Armand, qui la désarma par une douceur
angélique. Cette femme connaissait si peu la
bonté large des grands caractères, qu'elle fut
pénétrée des gracieuses plaisanteries par lesquelles ses plaintes furent d'abord accueillies.

Elle cherchait une querelle et trouva des preuves d'affection. Alors elle persista.

— En quoi, lui dit Armand, un homme qui vous idolâtre a-t-il pu vous déplaire?

— Vous ne me déplaisez pas, répondit-elle en devenant tout à coup douce et soumise; mais pourquoi voulez-vous me compromettre? Vous ne devez être qu'un *ami* pour moi. Ne le savez-vous pas? Je voudrais vous voir l'instinct, les délicatesses de l'amitié vraie, afin de ne perdre ni votre estime, ni les plaisirs que je ressens près de vous.

— N'être que votre *ami?* s'écria monsieur de Montriveau à la tête de qui ce terrible mot donna des secousses électriques. Sur la foi des heures douces que vous m'accordez, je m'endors et me réveille dans votre cœur; et aujourd'hui, sans motif, vous vous plaisez gratuitement à tuer les espérances secrètes qui me font vivre. Voulez-vous, après m'avoir fait promettre tant de constance, et avoir montré tant d'horreur pour les femmes qui n'ont que des caprices, me faire entendre que, semblable à toutes les femmes de Paris, vous avez des passions, et point d'amour? Pourquoi donc m'avez-vous demandé ma vie, et pourquoi l'avez-vous acceptée?

— J'ai eu tort, mon ami. Oui, une femme a tort de se laisser aller à de tels enivrements quand elle ne peut ni ne doit les récompenser.

— Je comprends, vous n'avez été que légèrement coquette, et...

— Coquette?... je hais la coquetterie. Être coquette, Armand, mais c'est se promettre à plusieurs hommes et ne pas se donner. Se donner à tous est du libertinage. Voilà ce que j'ai cru

comprendre de nos mœurs. Mais se faire mélancolique avec les humoristes[55], gaie avec les insouciants, politique avec les ambitieux, écouter avec
une apparente admiration les bavards, s'occuper
de guerre avec les militaires, être passionnée pour
le bien du pays avec les philanthropes, accorder à
chacun sa petite dose de flatterie, cela me paraît
aussi nécessaire que de mettre des fleurs dans nos
cheveux, des diamants, des gants et des vêtements. Le discours est la partie morale de la
toilette, il se prend et se quitte avec la toque à
plumes. Nommez-vous ceci coquetterie? Mais je
ne vous ai jamais traité comme je traite tout le
monde. Avec vous, mon ami, je suis vraie. Je n'ai
pas toujours partagé vos idées, et quand vous
m'avez convaincue, après une discussion, ne m'en
avez-vous pas vue tout heureuse? Enfin, je vous
aime, mais seulement comme il est permis à une
femme religieuse et pure d'aimer. J'ai fait des
réflexions. Je suis mariée, Armand. Si la manière
dont je vis avec monsieur de Langeais me laisse
la disposition de mon cœur, les lois, les convenances m'ont ôté le droit de disposer de ma
personne. En quelque rang qu'elle soit placée,
une femme déshonorée se voit chassée du monde,
et je ne connais encore aucun exemple d'un
homme qui ait su ce à quoi l'engageaient alors
nos sacrifices. Bien mieux, la rupture que chacun
prévoit entre madame de Beauséant et monsieur
d'Ajuda, qui, dit-on, épouse mademoiselle de
Rochefide, m'a prouvé que ces mêmes sacrifices
sont presque toujours les causes de votre abandon. Si vous m'aimiez sincèrement, vous cesseriez
de me voir pendant quelque temps! Moi, je

dépouillerai pour vous toute vanité; n'est-ce pas quelque chose? Que ne dit-on pas d'une femme à laquelle aucun homme ne s'attache? Ah! elle est sans cœur, sans esprit, sans âme, sans charme surtout. Oh! les coquettes ne me feront grâce de rien, elles me raviront les qualités qu'elles sont blessées de trouver en moi. Si ma réputation me reste, que m'importe de voir contester mes avantages par des rivales? elles n'en hériteront certes pas. Allons, mon ami, donnez quelque chose à qui vous sacrifie tant! Venez moins souvent, je ne vous en aimerai pas moins.

— Ah! répondit Armand avec la profonde ironie d'un cœur blessé, l'amour, selon les écrivassiers, ne se repaît que d'illusions! Rien n'est plus vrai, je le vois, il faut que je m'imagine être aimé. Mais, tenez, il est des pensées, comme des blessures dont on ne revient pas : vous étiez une de mes dernières croyances, et je m'aperçois en ce moment que tout est faux ici-bas.

Elle se prit à sourire.

— Oui, reprit Montriveau d'une voix altérée, votre foi catholique à laquelle vous voulez me convertir est un mensonge que les hommes se font, l'espérance est un mensonge appuyé sur l'avenir, l'orgueil est un mensonge de nous à nous, la pitié, la sagesse, la terreur sont des calculs mensongers. Mon bonheur sera donc aussi quelque mensonge, il faut que je m'attrape moi-même et consente à toujours donner un louis contre un écu. Si vous pouvez si facilement vous dispenser de me voir, si vous ne m'avouez ni pour ami, ni pour amant, vous ne m'aimez pas! Et

moi, pauvre fou, je me dis cela, je le sais, et
j'aime.

— Mais, mon Dieu, mon pauvre Armand, vous
vous emportez.

— Je m'emporte?

— Oui, vous croyez que tout est en question,
parce que je vous parle de prudence.

Au fond, elle était enchantée de la colère qui
débordait dans les yeux de son amant. En ce
moment, elle le tourmentait; mais elle le jugeait,
et remarquait les moindres altérations de sa
physionomie. Si le général avait eu le malheur de
se montrer généreux sans discussion, comme il
arrive quelquefois à certaines âmes candides, il
eût été forbanni [56] pour toujours, atteint et
convaincu de ne pas savoir aimer. La plupart des
femmes veulent se sentir le moral violé. N'est-ce
pas une de leurs flatteries de ne jamais céder qu'à
la force? Mais Armand n'était pas assez instruit
pour apercevoir le piège habilement préparé par
la duchesse. Les hommes forts qui aiment ont
tant d'enfance dans l'âme!

— Si vous ne voulez que conserver les apparences, dit-il avec naïveté, je suis prêt à...

— Ne conserver que les apparences, s'écria-
t-elle en l'interrompant, mais quelles idées vous
faites-vous donc de moi? Vous ai-je donné le
moindre droit de penser que je puisse être à
vous?

— Ah çà, de quoi parlons-nous donc?
demanda Montriveau.

— Mais, monsieur, vous m'effrayez. Non, pardon, merci, reprit-elle d'un ton froid, merci,
Armand : vous m'avertissez à temps d'une

imprudence bien involontaire, croyez-le, mon
ami. Vous savez souffrir, dites-vous? Moi aussi, je
saurai souffrir. Nous cesserons de nous voir; puis,
quand l'un et l'autre nous aurons su recouvrer un
peu de calme, eh bien, nous aviserons à nous
arranger un bonheur approuvé par le monde. Je
suis jeune, Armand, un homme sans délicatesse
ferait faire bien des sottises et des étourderies à
une femme de vingt-quatre ans. Mais, vous! vous
serez mon ami, promettez-le-moi.

— La femme de vingt-quatre ans, répondit-il,
sait calculer. Il s'assit sur le divan du boudoir, et
resta la tête appuyée dans ses mains. — M'aimez-
vous, madame? demanda-t-il en relevant la tête
et lui montrant un visage plein de résolution.
Dites hardiment : oui ou non.

La duchesse fut plus épouvantée de cette
interrogation qu'elle ne l'aurait été d'une menace
de mort, ruse vulgaire dont s'effraient peu de
femmes au xixe siècle, en ne voyant plus les
hommes porter l'épée au côté; mais n'y a-t-il pas
des effets de cils, de sourcils, des contractions
dans le regard, des tremblements de lèvres qui
communiquent la terreur qu'ils expriment si
vivement, si magnétiquement?

— Ah! dit-elle, si j'étais libre, si...

— Eh! n'est-ce que votre mari qui nous gêne?
s'écria joyeusement le général en se promenant à
grands pas dans le boudoir. Ma chère Antoinette,
je possède un pouvoir plus absolu que ne l'est
celui de l'autocrate de toutes les Russies. Je
m'entends avec la Fatalité; je puis, socialement
parlant, l'avancer ou la retarder à ma fantaisie,
comme on fait d'une montre. Diriger la Fatalité,

dans notre machine politique, n'est-ce pas tout
simplement en connaître les rouages? Dans peu,
vous serez libre, souvenez-vous alors de votre
promesse.

— Armand, s'écria-t-elle, que voulez-vous
dire? Grand Dieu! croyez-vous que je puisse être
le gain d'un crime? voulez-vous ma mort? Mais
vous n'avez donc pas du tout de religion? Moi, je
crains Dieu. Quoique monsieur de Langeais m'ait
donné le droit de le haïr, je ne lui souhaite aucun
mal.

Monsieur de Montriveau, qui battait machi-
nalement la retraite avec ses doigts sur le marbre
de la cheminée, se contenta de regarder la
duchesse d'un air calme.

— Mon ami, dit-elle en continuant, respectez-
le. Il ne m'aime pas, il n'est pas bien pour moi [57],
mais j'ai des devoirs à remplir envers lui. Pour
éviter les malheurs dont vous le menacez, que ne
ferais-je pas?

Écoutez, reprit-elle après une pause, je ne vous
parlerai plus de séparation, vous viendrez ici
comme par le passé, je vous donnerai toujours
mon front à baiser; si je vous le refusais
quelquefois, c'était pure coquetterie, en vérité.
Mais, entendons-nous, dit-elle en le voyant s'approcher. Vous me permettrez d'augmenter le
nombre de mes poursuivants, d'en recevoir dans
la matinée encore plus que par le passé : je veux
redoubler de légèreté, je veux vous traiter fort
mal en apparence, feindre une rupture; vous
viendrez un peu moins souvent; et puis, après...

En disant ces mots, elle se laissa prendre par la
taille, parut sentir, ainsi pressée par Montriveau,

le plaisir excessif que trouvent la plupart des femmes à cette pression, dans laquelle tous les plaisirs de l'amour semblent promis; puis, elle désirait sans doute se faire faire quelque confidence, car elle se haussa sur la pointe des pieds pour apporter son front sous les lèvres brûlantes d'Armand.

— Après, reprit Montriveau, vous ne me parlerez plus de votre mari : vous n'y devez plus penser.

Madame de Langeais garda le silence.

— Au moins, dit-elle après une pause expressive, vous ferez tout ce que je voudrai, sans gronder, sans être mauvais, dites, mon ami? N'avez-vous pas voulu m'effrayer? Allons, avouez-le?... Vous êtes trop bon pour jamais concevoir de criminelles pensées. Mais auriez-vous donc des secrets que je ne connusse point? Comment pouvez-vous donc maîtriser le sort?

— Au moment où vous confirmez le don que vous m'avez déjà fait de votre cœur, je suis trop heureux pour bien savoir ce que je vous répondrais. J'ai confiance en vous, Antoinette, je n'aurai ni soupçons, ni fausses jalousies. Mais, si le hasard vous rendait libre, nous sommes unis...

— Le hasard, Armand, dit-elle en faisant un de ces jolis gestes de tête qui semblent pleins de choses et que ces sortes de femmes jettent à la légère, comme une cantatrice joue avec sa voix. Le pur hasard, reprit-elle. Sachez-le bien : s'il arrivait, par votre faute, quelque malheur à monsieur de Langeais, je ne serais jamais à vous.

Ils se séparèrent contents l'un et l'autre. La duchesse avait fait un pacte qui lui permettait de prouver au monde, par ses paroles et ses actions, que monsieur de Montriveau n'était point son amant. Quant à lui, la rusée se promettait bien de le lasser en ne lui accordant d'autres faveurs que celles surprises dans ces petites luttes dont elle arrêtait le cours à son gré. Elle savait si joliment le lendemain révoquer les concessions consenties la veille, elle était si sérieusement déterminée à rester physiquement vertueuse, qu'elle ne voyait aucun danger pour elle à des préliminaires redoutables seulement aux femmes bien éprises. Enfin, une duchesse séparée de son mari offrait peu de chose à l'amour, en lui sacrifiant un mariage annulé depuis longtemps. De son côté, Montriveau, tout heureux d'obtenir la plus vague des promesses, et d'écarter à jamais les objections qu'une épouse puise dans la foi conjugale pour se refuser à l'amour, s'applaudissait d'avoir conquis encore un peu plus de terrain. Aussi, pendant quelque temps, abusa-t-il des droits d'usufruit qui lui avaient été si difficilement octroyés. Plus enfant qu'il ne l'avait jamais été, cet homme se laissait aller à tous les enfantillages qui font du premier amour la fleur de la vie. Il redevenait petit en répandant et son âme et toutes les forces trompées que lui communiquait sa passion sur les mains de cette femme, sur ses cheveux blonds dont il baisait les boucles floconneuses, sur ce front éclatant qu'il voyait pur. Inondée d'amour, vaincue par les effluves magnétiques d'un sentiment si chaud, la duchesse hésitait à faire naître la querelle qui devait les séparer à jamais. Elle était plus femme qu'elle ne le croyait, cette chétive créature, en essayant de

concilier les exigences de la religion avec les vivaces
émotions de vanité, avec les semblants de plaisir
dont s'affolent les Parisiennes. Chaque dimanche
elle entendait la messe, ne manquait pas un
office; puis, le soir, elle se plongeait dans les
enivrantes voluptés que procurent des désirs sans
cesse réprimés. Armand et madame de Langeais
ressemblaient à ces fakirs de l'Inde qui sont
récompensés de leur chasteté par les tentations
qu'elle leur donne. Peut-être aussi la duchesse
avait-elle fini par résoudre l'amour dans ces
caresses fraternelles, qui eussent paru sans doute
innocentes à tout le monde, mais auxquelles les
hardiesses de sa pensée prêtaient d'excessives
dépravations. Comment expliquer autrement le
mystère incompréhensible de ses perpétuelles
fluctuations? Tous les matins elle se proposait de
fermer sa porte au marquis de Montriveau; puis,
tous les soirs, à l'heure dite, elle se laissait
charmer par lui. Après une molle défense, elle se
faisait moins méchante; sa conversation devenait
douce, onctueuse; deux amants pouvaient seuls
être ainsi. La duchesse déployait son esprit le
plus scintillant, ses coquetteries les plus entraî-
nantes; puis, quand elle avait irrité l'âme et les
sens de son amant, s'il la saisissait, elle voulait
bien se laisser briser et tordre par lui, mais elle
avait son *nec plus ultra* de passion; et, quand il
en arrivait là, elle se fâchait toujours si, maîtrisé
par sa fougue, il faisait mine d'en franchir les
barrières. Aucune femme n'ose se refuser sans
motif à l'amour, rien n'est plus naturel que d'y
céder; aussi madame de Langeais s'entoura-t-elle
bientôt d'une seconde ligne de fortifications plus

difficile à emporter que ne l'avait été la première.
Elle évoqua les terreurs de la religion. Jamais le
Père de l'Église le plus éloquent ne plaida mieux
la cause de Dieu; jamais les vengeances du Très
Haut ne furent mieux justifiées que par la voix
de la duchesse. Elle n'employait ni phrases de
sermon, ni amplifications de rhétorique. Non, elle
avait son *pathos* à elle. A la plus ardente
supplique d'Armand elle répondait par un regard
mouillé de larmes, par un geste qui peignait une
affreuse plénitude de sentiments; elle le faisait
taire en lui demandant grâce; un mot de plus,
elle ne voulait pas l'entendre, elle succomberait,
et la mort lui semblait préférable à un bonheur
criminel.

— N'est-ce donc rien que de désobéir à Dieu!
lui disait-elle en retrouvant une voix affaiblie par
des combats intérieurs sur lesquels cette jolie
comédienne paraissait prendre difficilement un
empire passager. Les hommes, la terre entière, je
vous les sacrifierais volontiers; mais vous êtes
bien égoïste de me demander tout mon avenir
pour un moment de plaisir. Allons! voyons,
n'êtes-vous pas heureux? ajoutait-elle en lui
tendant la main et se montrant à lui dans un
négligé qui certes offrait à son amant des
consolations dont il se payait toujours.

Si, pour retenir un homme dont l'ardente
passion lui donnait des émotions inaccoutumées,
ou si, par faiblesse, elle se laissait ravir quelque
baiser rapide, aussitôt elle feignait la peur, elle
rougissait et bannissait Armand de son canapé au
moment où le canapé devenait dangereux pour
elle.

— Vos plaisirs sont des péchés que j'expie, Armand ; ils me coûtent des pénitences, des remords, s'écriait-elle.

Quand Montriveau se voyait à deux chaises de cette jupe aristocratique, il se prenait à blasphémer, il maugréait Dieu. La duchesse se fâchait alors.

— Mais, mon ami, disait-elle sèchement, je ne comprends pas pourquoi vous refusez de croire en Dieu, car il est impossible de croire aux hommes. Taisez-vous, ne parlez pas ainsi ; vous avez l'âme trop grande pour épouser les sottises du libéralisme, qui a la prétention de tuer Dieu.

Les discussions théologiques et politiques lui servaient de douches pour calmer Montriveau, qui ne savait plus revenir à l'amour quand elle excitait sa colère, en le jetant à mille lieues de ce boudoir dans les théories de l'absolutisme qu'elle défendait à merveille. Peu de femmes osent être démocrates, elles sont alors trop en contradiction avec leur despotisme en fait de sentiments. Mais souvent aussi le général secouait sa crinière, laissait la politique, grondait comme un lion, se battait les flancs, s'élançait sur sa proie, revenait terrible d'amour à sa maîtresse, incapable de porter longtemps son cœur et sa pensée en flagrance [58]. Si cette femme se sentait piquée par une fantaisie assez incitante pour la compromettre, elle savait alors sortir de son boudoir : elle quittait l'air chargé de désirs qu'elle y respirait, venait dans son salon, s'y mettait au piano, chantait les airs les plus délicieux de la musique moderne, et trompait ainsi l'amour des sens, qui parfois ne lui faisait pas grâce, mais

qu'elle avait la force de vaincre. En ces moments
elle était sublime aux yeux d'Armand : elle ne
feignait pas, elle était vraie, et le pauvre amant
se croyait aimé. Cette résistance égoïste la lui
faisait prendre pour une sainte et vertueuse
créature, et il se résignait, et il parlait d'amour
platonique, le général d'artillerie ! Quand elle eut
assez joué de la religion dans son intérêt personnel, madame de Langeais en joua dans celui
d'Armand : elle voulut le ramener à des sentiments chrétiens, elle lui refit *Le Génie du christia-
nisme* à l'usage des militaires. Montriveau s'impa-
tienta, trouva son joug pesant. Oh! alors, par
esprit de contradiction, elle lui cassa la tête de
Dieu pour voir si Dieu la débarrasserait d'un
homme qui allait à son but avec une constance
dont elle commençait à s'effrayer. D'ailleurs, elle
se plaisait à prolonger toute querelle qui paraissait éterniser la lutte morale, après laquelle
venait une lutte matérielle bien autrement dangereuse.

Mais si l'opposition faite au nom des lois du
mariage représente l'*époque civile* de cette guerre
sentimentale, celle-ci en constituerait l'*époque
religieuse*, et elle eut, comme la précédente, une
crise après laquelle sa rigueur devait décroître.
Un soir, Armand, venu fortuitement de très
bonne heure, trouva monsieur l'abbé Gondrand,
directeur de la conscience de madame de Langeais, établi dans un fauteuil au coin de la
cheminée, comme un homme en train de digérer
son dîner et les jolis péchés de sa pénitente. La
vue de cet homme au teint frais et reposé, dont le
front était calme, la bouche ascétique, le regard

malicieusement inquisiteur, qui avait dans son maintien une véritable noblesse ecclésiastique, et déjà dans son vêtement le violet épiscopal, rembrunit singulièrement le visage de Montriveau qui ne salua personne et resta silencieux. Sorti de son amour, le général ne manquait pas de tact; il devina donc, en échangeant quelques regards avec le futur évêque, que cet homme était le promoteur des difficultés dont s'armait pour lui l'amour de la duchesse. Qu'un ambitieux abbé bricolât[59] et retînt le bonheur d'un homme trempé comme l'était Montriveau? cette pensée bouillonna sur sa face, lui crispa les doigts, le fit lever, marcher, piétiner; puis, quand il revenait à sa place avec l'intention de faire un éclat, un seul regard de la duchesse suffisait à le calmer. Madame de Langeais, nullement embarrassée du noir silence de son amant, par lequel toute autre femme eût été gênée, continuait à converser fort spirituellement avec monsieur Gondrand sur la nécessité de rétablir la religion dans son ancienne splendeur. Elle exprimait mieux que ne le faisait l'abbé pourquoi l'Église devait être un pouvoir à la fois temporel et spirituel, et regrettait que la Chambre des pairs n'eût pas encore son *banc des évêques*, comme la Chambre des lords avait le sien. Néanmoins l'abbé, sachant que le carême lui permettait de prendre sa revanche, céda la place au général et sortit. A peine la duchesse se leva-t-elle pour rendre à son directeur l'humble révérence qu'elle en reçut, tant elle était intriguée par l'attitude de Montriveau.

— Qu'avez-vous, mon ami?

— Mais j'ai votre abbé sur l'estomac.

— Pourquoi ne preniez-vous pas un livre? lui dit-elle sans se soucier d'être ou non entendue par l'abbé qui fermait la porte.

Montriveau resta muet pendant un moment, car la duchesse accompagna ce mot d'un geste qui en relevait encore la profonde impertinence.

— Ma chère Antoinette, je vous remercie de donner à l'Amour le pas sur l'Église; mais, de grâce, souffrez que je vous adresse une question.

— Ah! vous m'interrogez. Je le veux bien, reprit-elle. N'êtes-vous pas mon ami? je puis, certes, vous montrer le fond de mon cœur, vous n'y verrez qu'une image.

— Parlez-vous à cet homme de notre amour?

— Il est mon confesseur.

— Sait-il que je vous aime?

— Monsieur de Montriveau, vous ne prétendez pas, je pense, pénétrer les secrets de ma confession?

— Ainsi cet homme connaît toutes nos querelles et mon amour pour vous...

— Un homme, monsieur! dites Dieu.

— Dieu! Dieu! je dois être seul dans votre cœur. Mais laissez Dieu tranquille là où il est, pour l'amour de lui et de moi. Madame, vous n'irez plus à confesse, ou...

— Ou? dit-elle en souriant.

— Ou je ne reviendrai plus ici.

— Partez, Armand. Adieu, adieu pour jamais.

Elle se leva et s'en alla dans son boudoir, sans jeter un seul regard à Montriveau, qui resta debout, la main appuyée sur une chaise. Combien de temps resta-t-il ainsi, jamais il ne le sut lui-même. L'âme a le pouvoir inconnu d'étendre comme de resserrer l'espace. Il ouvrit la porte du boudoir, il y faisait nuit. Une voix faible devint forte pour dire aigrement : — Je n'ai pas sonné. D'ailleurs pourquoi donc entrer sans ordre? Suzette, laissez-moi.

— Tu souffres donc? s'écria Montriveau.

— Levez-vous, monsieur, reprit-elle en sonnant, et sortez d'ici, au moins pour un moment.

— Madame la duchesse demande de la lumière, dit-il au valet de chambre, qui vint dans le boudoir y allumer les bougies.

Quand les deux amants furent seuls, madame de Langeais demeura couchée sur son divan, muette, immobile, absolument comme si Montriveau n'eût pas été là.

— Chère, dit-il avec un accent de douleur et de bonté sublime, j'ai tort. Je ne te voudrais certes pas sans religion...

— Il est heureux, répliqua-t-elle sans le regarder et d'une voix dure, que vous reconnaissiez la nécessité de la conscience. Je vous remercie pour Dieu.

Ici le général, abattu par l'inclémence de cette femme, qui savait devenir à volonté une étrangère ou une sœur pour lui, fit, vers la porte, un pas de désespoir, et allait l'abandonner à jamais sans lui dire un seul mot. Il souffrait, et la duchesse riait en elle-même des souffrances causées par une torture morale bien plus cruelle que ne l'était jadis la torture judiciaire. Mais cet homme n'était pas maître de s'en aller. En toute espèce de crise, une femme est en quelque sorte grosse d'une certaine quantité de paroles; et quand elle ne les a pas dites, elle éprouve la sensation que

donne la vue d'une chose incomplète. Madame de
Langeais, qui n'avait pas tout dit, reprit la
parole.

— Nous ·n'avons pas les mêmes convictions,
général, j'en suis peinée. Il serait affreux pour la
femme de ne pas croire à une religion qui permet
d'aimer au-delà du tombeau. Je mets à part les
sentiments chrétiens, vous ne les comprenez pas.
Laissez-moi vous parler seulement des convenances. Voulez-vous interdire à une femme de la
cour *la sainte table* quand il est reçu de s'en
approcher à Pàques? mais il faut pourtant bien
savoir faire quelque chose pour son parti. Les
Libéraux ne tueront pas, malgré leur désir, le
sentiment religieux. La religion sera toujours une
nécessité politique. Vous chargeriez-vous de gou-
verner un peuple de raisonneurs! Napoléon ne
l'osait pas, il persécutait les idéologues. Pour
empêcher les peuples de raisonner, il faut leur
imposer des sentiments. Acceptons donc la religion catholique avec toutes ses conséquences. Si
nous voulons que la France aille à la messe, ne
devons-nous pas commencer par y aller nous-
mêmes? La religion, Armand, est, vous le voyez,
le lien des principes conservateurs qui permettent
aux riches de vivre tranquilles. La religion est
intimement liée à la propriété [60]. Il est certes plus
beau de conduire les peuples par des idées
morales que par des échafauds, comme au temps
de la Terreur, seul moyen que votre détestable
révolution ait inventé pour se faire obéir. Le
prêtre et le roi, mais c'est vous, c'est moi, c'est la
princesse ma voisine; c'est en un mot tous les
intérêts des honnêtes gens personnifiés. Allons,

mon ami, veuillez donc être de votre parti, vous
qui pourriez en devenir le Sylla, si vous aviez la
moindre ambition. J'ignore la politique, moi, j'en
raisonne par sentiment; mais j'en sais néanmoins
assez pour deviner que la société serait renversée
si l'on en faisait mettre à tout moment les bases
en question...

— Si votre cour, si votre gouvernement
pensent ainsi, vous me faites pitié, dit Montriveau. La Restauration, madame, doit se dire
comme Catherine de Médicis, quand elle crut la
bataille de Dreux perdue : — Eh bien, nous irons
au prêche! Or, 1815 est votre bataille de Dreux.
Comme le trône de ce temps-là, vous l'avez
gagnée en fait, mais perdue en droit. Le protes-
tantisme politique est victorieux dans les esprits.
Si vous ne voulez pas faire un édit de Nantes; ou
si, le faisant, vous le révoquez; si vous êtes un
jour atteints et convaincus de ne plus vouloir de
la Charte, qui n'est qu'un gage donné au maintien des intérêts révolutionnaires, la Révolution
se relèvera terrible, et ne vous donnera qu'un seul
coup; ce n'est pas elle qui sortira de France; elle
y est le sol même. Les hommes se laissent tuer,
mais non les intérêts... Eh! mon Dieu, que nous
font la France, le trône, la légitimité, le monde
entier? Ce sont des billevesées auprès de mon
bonheur. Régnez, soyez renversés, peu m'importe. Où suis-je donc?

— Mon ami, vous êtes dans le boudoir de
madame la duchesse de Langeais.

— Non, non, plus de duchesse, plus de Langeais, je suis près de ma chère Antoinette!

— Voulez-vous me faire le plaisir de rester où

vous êtes, dit-elle en riant et en le repoussant, mais sans violence.

— Vous ne m'avez donc jamais aimé, dit-il avec une rage qui jaillit de ses yeux par des éclairs.

— Non, mon ami.

Ce non valait un oui.

— Je suis un grand sot, reprit-il en baisant la main de cette terrible reine redevenue femme.

— Antoinette, reprit-il s'appuyant la tête sur ses pieds, tu es trop chastement tendre pour dire nos bonheurs à qui que ce soit au monde.

— Ah! vous êtes un grand fou, dit-elle en se levant par un mouvement gracieux quoique vif. Et sans ajouter une parole, elle courut dans le salon.

— Qu'a-t-elle donc? se[61] demanda le général, qui ne savait pas deviner la puissance des commotions que sa tête brûlante avait électriquement communiquées des pieds à la tête de sa maîtresse.

Au moment où il arrivait furieux dans le salon, il y entendit de célestes accords. La duchesse était à son piano. Les hommes de science ou de poésie, qui peuvent à la fois comprendre et jouir sans que la réflexion nuise à leurs plaisirs, sentent que l'alphabet et la phraséologie musicale sont les instruments intimes du musicien, comme le bois ou le cuivre sont ceux de l'exécutant. Pour eux, il existe une musique à part au fond de la double expression de ce sensuel langage des âmes. *Andiamo, mio ben* peut arracher des larmes de joie ou faire rire de pitié, selon la cantatrice[62]. Souvent, çà et là, dans le monde, une jeune fille expirant sous le poids d'une peine inconnue, un homme dont l'âme vibre sous les pincements d'une passion, prennent un thème musical et s'entendent avec le ciel, ou se parlent à eux-mêmes dans quelque sublime mélodie, espèce de poème perdu. Or, le général écoutait en ce moment une des poésies inconnues autant que peut l'être la plainte solitaire d'un oiseau mort sans compagne dans une forêt vierge.

Mon Dieu, que jouez-vous donc là? dit-il d'une voix émue.

Le prélude d'une romance appelée, je crois, *Fleuve du Tage*.

Je ne savais pas ce que pouvait être une musique de piano, reprit-il.

Hé, mon ami, dit-elle en lui jetant pour la première fois un regard de femme amoureuse, vous ne savez pas non plus que je vous aime, que vous me faites horriblement souffrir, et qu'il faut bien que je me plaigne sans trop me faire comprendre, autrement je serais à vous... Mais vous ne voyez rien.

— Et vous ne voulez pas me rendre heureux!

— Armand, je mourrais de douleur le lende-main.

Le général sortit brusquement; mais quand il se trouva dans la rue, il essuya deux larmes qu'il avait eu la force de contenir dans ses yeux.

La religion dura trois mois. Ce terme expiré, la duchesse, ennuyée de ses redites, livra Dieu pieds et poings liés à son amant. Peut-être craignait-elle, à force de parler éternité, de perpétuer l'amour du général en ce monde et dans l'autre. Pour l'honneur de cette femme, il est nécessaire

de la croire vierge, même de cœur; autrement elle
serait trop horrible. Encore bien loin de cet âge
où mutuellement l'homme et la femme se
trouvent trop près de l'avenir pour perdre du
temps et se chicaner leurs jouissances, elle en
était, sans doute, non pas à son premier amour,
mais à ses premiers plaisirs. Faute de pouvoir
comparer le bien au mal, faute de souffrances qui
lui eussent appris la valeur des trésors jetés à ses
pieds, elle s'en jouait. Ne connaissant pas les éclatantes délices de la lumière, elle se complaisait à
rester dans les ténèbres. Armand, qui commençait
à entrevoir cette bizarre situation, espérait dans la
première parole de la nature. Il pensait, tous les
soirs, en sortant de chez madame de Langeais,
qu'une femme n'acceptait pas pendant sept mois
les soins d'un homme et les preuves d'amour les
plus tendres, les plus délicates, ne s'abandonnait
pas aux exigences superficielles d'une passion
pour la tromper en un moment, et il attendait
patiemment la saison du soleil, ne doutant pas
qu'il n'en recueillît les fruits dans leur primeur. Il
avait parfaitement conçu les scrupules de la
femme mariée et les scrupules religieux. Il était
même joyeux de ces combats. Il trouvait la
duchesse pudique là où elle n'était qu'horriblement coquette; et il ne l'aurait pas voulue
autrement. Il aimait donc à lui voir inventer des
obstacles; n'en triomphait-il pas graduellement?
Et chaque triomphe n'augmentait-il pas la faible
somme des privautés amoureuses longtemps défen-
dues, puis concédées par elle avec tous les semblants de l'amour? Mais il avait si bien dégusté les
menues et processives conquêtes dont se repaissent

les amants timides, qu'elles étaient devenues des
habitudes pour lui. En fait d'obstacles, il n'avait
donc plus que ses propres terreurs à vaincre; car
il ne voyait plus à son bonheur d'autre empêche-
ment que les caprices de celle qui se laissait
appeler *Antoinette*. Il résolut alors de vouloir
plus, de vouloir tout. Embarrassé comme un
amant jeune encore qui n'ose pas croire à
l'abaissement de son idole, il hésita longtemps, et
connut ces terribles réactions de cœur, ces volontés bien arrêtées qu'un mot anéantit, ces déci-
sions prises qui expirent au seuil d'une porte. Il
se méprisait de ne pas avoir la force de dire un
mot, et ne le disait pas. Néanmoins un soir il
procéda par une sombre mélancolie à la demande
farouche de ses droits illégalement légitimes. La
duchesse n'attendit pas la requête de son esclave
pour en deviner le désir. Un désir d'homme est-il
jamais secret? les femmes n'ont-elles pas toutes la
science infuse de certains bouleversements de
physionomie?

— Hé quoi! voulez-vous cesser d'être mon
ami? dit-elle en l'interrompant au premier mot et
lui jetant des regards embellis par une divine
rougeur qui coula comme un sang nouveau sur
son teint diaphane. Pour me récompenser de mes
générosités, vous voulez me déshonorer. Réfléchissez donc un peu. Moi, j'ai beaucoup réfléchi;
je pense toujours à *nous*. Il existe une probité de
femme à laquelle nous ne devons pas plus
manquer que vous ne devez faillir à l'honneur.
Moi, je ne sais pas tromper. Si je suis à vous, je
ne pourrai plus être en aucune manière la femme
de monsieur de Langeais. Vous exigez donc le

sacrifice de ma position, de mon rang, de ma vie,
pour un douteux amour qui n'a pas eu sept mois
de patience. Comment! déjà vous voudriez me
ravir la libre disposition de moi-même. Non, non,
ne me parlez plus ainsi. Non, ne me dites rien. Je
ne veux pas, je ne peux pas vous entendre. Là,
madame de Langeais prit sa coiffure à deux
mains pour reporter en arrière les touffes de
boucles qui lui échauffaient le front, et parut très
animée. — Vous venez chez une faible créature
avec des calculs bien arrêtés, en vous disant : Elle
me parlera de son mari pendant un certain
temps, puis de Dieu, puis des suites inévitables
de l'amour; mais j'userai, j'abuserai de l'influence que j'aurai conquise; je me rendrai
nécessaire; j'aurai pour moi les liens de l'habitude, les arrangements tout faits par le public;
enfin, quand le monde aura fini par accepter
notre liaison, je serai le maître de cette femme.
Soyez franc, ce sont là vos pensées... Ah! vous
calculez, et vous dites aimer, fi! Vous êtes
amoureux, ha! je le crois bien! Vous me désirez,
et voulez m'avoir pour maîtresse, voilà tout. Hé
bien, non, *la duchesse de Langeais* ne descendra
pas jusque-là. Que de naïves bourgeoises soient
les dupes de vos faussetés; moi, je ne le serai
jamais. Rien ne m'assure de votre amour. Vous
me parlez de ma beauté, je puis devenir laide en
six mois, comme la chère princesse ma voisine.
Vous êtes ravi de mon esprit, de ma grâce; mon
Dieu, vous vous y accoutumerez comme vous
vous accoutumeriez au plaisir. Ne vous êtes-vous
pas habitué depuis quelques mois aux faveurs
que j'ai eu la faiblesse de vous accorder? Quand

je serai perdue, un jour, vous ne me donnerez d'autre raison de votre changement que le mot décisif : Je n'aime plus. Rang, fortune, honneur, toute la duchesse de Langeais se sera engloutie dans une espérance trompée. J'aurai des enfants qui attesteront ma honte, et... mais, reprit-elle en laissant échapper un geste d'impatience, je suis trop bonne de vous expliquer ce que vous savez mieux que moi. Allons! restons-en là. Je suis trop heureuse de pouvoir encore briser les liens que vous croyez si forts. Y a-t-il donc quelque chose de si héroïque à être venu à l'hôtel de Langeais passer tous les soirs quelques instants auprès d'une femme dont le babil vous plaisait, de laquelle vous vous amusiez comme d'un joujou? Mais quelques jeunes fats arrivent chez moi, de trois heures à cinq heures, aussi régulièrement que vous venez le soir. Ceux-là sont donc bien généreux. Je me moque d'eux, ils supportent assez tranquillement mes boutades, mes impertinences, et me font rire; tandis que vous, à qui j'accorde les plus précieux trésors de mon âme, vous voulez me perdre, et me causez mille ennuis. Taisez-vous, assez, assez, dit-elle en le voyant prêt à parler, vous n'avez ni cœur, ni âme, ni délicatesse. Je sais ce que vous voulez me dire. Eh bien! oui. J'aime mieux passer à vos yeux pour une femme froide, insensible, sans dévouement, sans cœur même, que de passer aux yeux du monde pour une femme ordinaire, que d'être condamnée à des peines éternelles après avoir été condamnée à vos prétendus plaisirs, qui vous lasseront certainement. Votre égoïste amour ne vaut pas tant de sacrifices...

Ces paroles représentent imparfaitement celles
que fredonna la duchesse avec la vive prolixité
d'une serinette. Certes, elle put parler longtemps,
le pauvre Armand n'opposait pour toute réponse
à ce torrent de notes flûtées qu'un silence plein
de sentiments horribles. Pour la première fois, il
entrevoyait la coquetterie de cette femme, et
devinait instinctivement que l'amour dévoué,
l'amour partagé ne calculait pas, ne raisonnait
pas ainsi chez une femme vraie. Puis il éprouvait
une sorte de honte en se souvenant d'avoir
involontairement fait les calculs dont les odieuses
pensées lui étaient reprochées. Puis, en s'examinant avec une bonne foi tout angélique, il ne
trouvait que de l'égoïsme dans ses paroles, dans
ses idées, dans ses réponses conçues et non
exprimées. Il se donna tort, et, dans son désespoir, il eut l'envie de se précipiter par la fenêtre.
Le *moi* le tuait. Que dire, en effet, à une femme
qui ne croit pas à l'amour? — « Laissez-moi vous
prouver combien je vous aime. » Toujours *moi*.
Montriveau ne savait pas, comme en ces sortes de
circonstances le savent les héros de boudoir,
imiter le rude logicien marchant devant les
Pyrrhoniens, qui niaient le mouvement. Cet
homme audacieux manquait précisément de l'audace habituelle aux amants qui connaissent les
formules de l'algèbre féminine. Si tant de
femmes, et même les plus vertueuses, sont la
proie des gens habiles en amour auxquels le
vulgaire donne un méchant nom, peut-être est-ce
parce qu'ils sont de grands *prouveurs*, et que
l'amour veut, malgré sa délicieuse poésie de
sentiment, un peu plus de géométrie qu'on ne le

pense. Or, la duchesse et Montriveau se ressemblaient en ce point qu'ils étaient également inexperts en amour. Elle en connaissait très peu la théorie, elle en ignorait la pratique, ne sentait rien et réfléchissait à tout. Montriveau connaissait peu de pratique, ignorait la théorie, et sentait trop pour réfléchir. Tous deux subissaient donc le malheur de cette situation bizarre. En ce moment suprême, ses myriades de pensées pouvaient se réduire à celle-ci : « Laissez-vous posséder. » Phrase horriblement égoïste pour une femme chez qui ces mots n'apportaient aucun souvenir et ne réveillaient aucune image. Néanmoins, il fallait répondre. Quoiqu'il eût le sang fouetté par ces petites phrases en forme de flèches, bien aiguës, bien froides, bien acérées, décochées coup sur coup, Montriveau devait aussi cacher sa rage, pour ne pas tout perdre par une extravagance.

— Madame la duchesse, je suis au désespoir que Dieu n'ait pas inventé pour la femme une autre façon de confirmer le don de son cœur que d'y ajouter celui de sa personne. Le haut prix que vous attachez à vous-même me montre que je ne dois pas en attacher un moindre. Si vous me donnez votre âme et tous vos sentiments, comme vous me le dites, qu'importe donc le reste? D'ailleurs, si mon bonheur vous est un si pénible sacrifice, n'en parlons plus. Seulement, vous pardonnerez à un homme de cœur de se trouver humilié en se voyant pris pour un épagneul.

Le ton de cette dernière phrase eût peut-être effrayé d'autres femmes; mais quand une de ces porte-jupes s'est mise au-dessus de tout en se laissant diviniser, aucun pouvoir ici-bas n'est orgueilleux comme elle sait être orgueilleuse.

— Monsieur le marquis, je suis au désespoir que Dieu n'ait pas inventé pour l'homme une plus noble façon de confirmer le don de son cœur que la manifestation de désirs prodigieusement vulgaires. Si, en donnant notre personne, nous devenons esclaves, un homme ne s'engage à rien en nous acceptant. Qui m'assurera que je serai toujours aimée? L'amour que je déploierais à tout moment pour vous mieux attacher à moi serait peut-être une raison d'être abandonnée. Je ne veux pas faire une seconde édition de madame de Beauséant. Sait-on jamais ce qui vous retient près de nous? Notre constante froideur est le secret de la constante passion de quelques-uns d'entre vous; à d'autres, il faut un dévouement perpétuel, une adoration de tous les moments; à ceux-ci, la douceur; à ceux-là, le despotisme. Aucune femme n'a encore pu bien déchiffrer vos cœurs. Il y eut une pause, après laquelle elle changea de ton. — Enfin, mon ami, vous ne pouvez pas empêcher une femme de trembler à cette question : Serai-je aimée toujours? Quelque dures qu'elles soient, mes paroles me sont dictées par la crainte de vous perdre. Mon Dieu! ce n'est pas moi, cher, qui parle, mais la raison; et comment s'en trouve-t-il chez une personne aussi folle que je le suis? En vérité, je n'en sais rien.

Entendre cette réponse commencée par la plus déchirante ironie, et terminée par les accents les plus mélodieux dont une femme se soit servie pour peindre l'amour dans son ingénuité, n'était-ce pas aller en un moment du martyre au ciel?

Montriveau pâlit, et tomba pour la première fois
de sa vie aux genoux d'une femme. Il baisa le bas
de la robe de la duchesse, les pieds, les genoux;
mais, pour l'honneur du faubourg Saint-Germain,
il est nécessaire de ne pas révéler les mystères de
ses boudoirs, où l'on voulait tout de l'amour,
moins ce qui pouvait attester l'amour.

— Chère Antoinette, s'écria Montriveau dans
le délire où le plongea l'entier abandon de la
duchesse qui se crut généreuse en se laissant
adorer; oui, tu as raison, je ne veux pas que tu
conserves de doutes. En ce moment, je tremble
aussi d'être quitté par l'ange de ma vie, et je
voudrais inventer pour nous des liens indisso-
lubles.

— Ah! dit-elle tout bas, tu vois, j'ai donc
raison.

— Laisse-moi finir, reprit Armand, je vais
d'un seul mot dissiper toutes tes craintes. Écoute,
si je t'abandonnais, je mériterais mille morts.
Sois toute à moi, je te donnerai le droit de me
tuer si je te trahissais. J'écrirai moi-même une
lettre par laquelle je déclarerai certains motifs
qui me contraindraient à me tuer; enfin, j'y
mettrai mes dernières dispositions. Tu posséderas
ce testament qui légitimerait ma mort, et pourras
ainsi te venger sans avoir rien à craindre de Dieu
ni des hommes.

— Ai-je besoin de cette lettre? Si j'avais perdu
ton amour, que me ferait la vie? Si je voulais te
tuer, ne saurais-je pas te suivre? Non, je te
remercie de l'idée, mais je ne veux pas de la
lettre. Ne pourrais-je pas croire que tu m'es fidèle
par crainte, ou le danger d'une infidélité ne

pourrait-il pas être un attrait pour celui qui livre ainsi sa vie? Armand, ce que je demande est seul difficile à faire.

— Et que veux-tu donc?

— Ton obéissance et ma liberté.

— Mon Dieu, s'écria-t-il, je suis comme un enfant.

— Un enfant volontaire et bien gâté, dit-elle en caressant l'épaisse chevelure de cette tête qu'elle garda sur ses genoux. Oh! oui, bien plus aimé qu'il ne le croit, et cependant bien désobéissant. Pourquoi ne pas rester ainsi? pourquoi ne pas me sacrifier des désirs qui m'offensent? pourquoi ne pas accepter ce que j'accorde, si c'est tout ce que je puis honnêtement octroyer? N'êtes-vous donc pas heureux?

— Oh! oui, dit-il, je suis heureux quand je n'ai point de doutes. Antoinette, en amour, douter, n'est-ce pas mourir?

Et il se montra tout à coup ce qu'il était et ce que sont tous les hommes sous le feu des désirs, éloquent, insinuant. Après avoir goûté les plaisirs permis sans doute par un secret et jésuitique oukase, la duchesse éprouva ces émotions cérébrales dont l'habitude lui avait rendu l'amour d'Armand nécessaire autant que l'étaient le monde, le bal et l'Opéra. Se voir adorée par un homme dont la supériorité, le caractère inspirent de l'effroi; en faire un enfant; jouer, comme Poppée, avec un Néron; beaucoup de femmes, comme firent les épouses d'Henri VIII, ont payé ce périlleux bonheur de tout le sang de leurs veines. Hé bien, pressentiment bizarre! en lui livrant les jolis cheveux blanchement blonds dans lesquels il

aimait à promener ses doigts, en sentant la petite
main de cet homme vraiment grand la presser, en
jouant elle-même avec les touffes noires de sa
chevelure, dans ce. boudoir où elle régnait, la
duchesse se disait : — Cet homme est capable de
me tuer, s'il s'aperçoit que je m'amuse de lui.

Monsieur de Montriveau resta jusqu'à deux
heures du matin près de sa maîtresse, qui, dès ce
moment, ne lui parut plus ni une duchesse, ni une
Navarreins : Antoinette avait poussé le déguisement jusqu'à paraître femme. Pendant cette
délicieuse soirée, la plus douce préface que jamais
Parisienne ait faite pour ce que le monde appelle
une faute, il fut permis au général de voir en elle,
malgré les minauderies d'une pudeur jouée, toute
la beauté des jeunes filles. Il put penser avec
quelque raison que tant de querelles capricieuses
formaient des voiles avec lesquels une âme céleste
s'était vêtue, et qu'il fallait lever un à un, comme
ceux dont elle enveloppait son adorable personne.
La duchesse fut pour lui la plus naïve, la plus
ingénue des maîtresses, et il en fit la femme de
son choix; il s'en alla tout heureux de l'avoir
enfin amenée à lui donner tant de gages d'amour,
qu'il lui semblait impossible de ne pas être
désormais, pour elle, un époux secret dont le
choix était approuvé par Dieu. Dans cette
pensée, avec la candeur de ceux qui sentent
toutes les obligations de l'amour en en savourant
les plaisirs, Armand revint chez lui lentement. Il
suivit les quais, afin de voir le plus grand espace
possible de ciel, il voulait élargir le firmament et
la nature en se trouvant le cœur agrandi. Ses
poumons lui paraissaient aspirer plus d'air qu'ils

n'en prenaient la veille. En marchant, il s'interrogeait, et se promettait d'aimer si religieusement
cette femme qu'elle pût trouver tous les jours une
absolution de ses fautes sociales dans un constant
bonheur. Douces agitations d'une vie pleine! Les
hommes qui ont assez de force pour teindre leur
âme d'un sentiment unique ressentent des jouissances infinies en contemplant par échappées
toute une vie incessamment ardente, comme
certains religieux pouvaient contempler la
lumière divine dans leurs extases. Sans cette
croyance en sa perpétuité, l'amour ne serait rien;
la constance le grandit. Ce fut ainsi qu'en s'en
allant en proie à son bonheur, Montriveau comprenait la passion. — Nous sommes donc l'un à
l'autre à jamais! Cette pensée était pour cet
homme un talisman qui réalisait les vœux de sa
vie. Il ne se demandait pas si la duchesse
changerait, si cet amour durerait; non, il avait la
foi, l'une des vertus sans laquelle il n'y a pas
d'avenir chrétien, mais qui peut-être est encore
plus nécessaire aux sociétés. Pour la première
fois, il concevait la vie par les sentiments, lui qui
n'avait encore vécu que par l'action la plus
exorbitante des forces humaines, le dévouement
quasi corporel du soldat.

Le lendemain, monsieur de Montriveau se
rendit de bonne heure au faubourg Saint-Germain. Il avait un rendez-vous dans une maison
voisine de l'hôtel de Langeais, où, quand ses
affaires furent faites, il alla comme on va chez
soi. Le général marchait alors de compagnie avec
un homme pour lequel il paraissait avoir une
sorte d'aversion quand il le rencontrait dans les

salons. Cet homme était le marquis de Ronquerolles, dont la réputation devint si grande
dans les boudoirs de Paris; homme d'esprit, de
talent, homme de courage surtout, et qui donnait
le ton à toute la jeunesse de Paris; un galant
homme dont les succès et l'expérience étaient
également enviés, et auquel ne manquaient ni la
fortune, ni la naissance, qui ajoutent à Paris tant
de lustre aux qualités des gens à la mode.

— Où vas-tu? dit monsieur de Ronquerolles à
Montriveau.

— Chez madame de Langeais.

— Ah! c'est vrai, j'oubliais que tu t'es laissé
prendre à sa glu. Tu perds chez elle un amour que
tu pourrais bien mieux employer ailleurs. J'avais
à te donner dans la Banque dix femmes qui
valent mille fois mieux que cette courtisane
titrée, qui fait avec sa tête ce que d'autres
femmes plus franches font...

— Que dis-tu là, mon cher, dit Armand en
interrompant Ronquerolles, la duchesse est un
ange de candeur.

Ronquerolles se prit à rire.

— Puisque tu en es là, mon cher, dit-il, je dois
t'éclairer. Un seul mot! entre nous, il est sans
conséquence. La duchesse t'appartient-elle? En
ce cas, je n'aurai rien à dire. Allons, fais-moi tes
confidences. Il s'agit de ne pas perdre ton temps
à greffer ta belle âme sur une nature ingrate qui
doit laisser avorter les espérances de ta culture.

Quand Armand eut naïvement fait une espèce
d'état de situation dans lequel il mentionna
minutieusement les droits qu'il avait si péniblement obtenus, Ronquerolles partit d'un éclat de

rire si cruel, qu'à tout autre il aurait coûté la vie.
Mais à voir de quelle manière ces deux êtres se
regardaient et se parlaient seuls au coin d'un
mur, aussi loin des hommes qu'ils eussent pu
l'être au milieu d'un désert, il était facile de
présumer qu'une amitié sans bornes les unissait
et qu'aucun intérêt humain ne pouvait les brouil-
ler.

— Mon cher Armand, pourquoi ne m'as-tu pas
dit que tu t'embarrassais de la duchesse? je
t'aurais donné quelques conseils qui t'auraient
fait mener à bien cette intrigue. Apprends
d'abord que les femmes de notre faubourg
aiment, comme toutes les autres, à se baigner
dans l'amour; mais elles veulent posséder sans
être possédées. Elles ont transigé avec la nature.
La jurisprudence de la paroisse leur a presque
tout permis, moins le péché positif. Les friandises
dont te régale ta jolie duchesse sont des péchés
véniels dont elle se lave dans les eaux de la
pénitence. Mais si tu avais l'impertinence de
vouloir sérieusement le grand péché mortel
auquel tu dois naturellement attacher la plus
haute importance, tu verrais avec quel profond
dédain la porte du boudoir et de l'hôtel te serait
incontinent fermée. La tendre Antoinette aurait
tout oublié, tu serais moins que zéro pour elle.
Tes baisers, mon cher ami, seraient essuyés avec
l'indifférence qu'une femme met aux choses de sa
toilette. La duchesse épongerait l'amour sur ses
joues comme elle en ôte le rouge. Nous connaissons ces sortes de femmes, la Parisienne pure. As-
tu jamais vu dans les rues une grisette trottant
menu? sa tête vaut un tableau : joli bonnet, joues

fraîches, cheveux coquets, fin sourire, le reste est
à peine soigné. N'en est-ce pas bien le portrait?
Voilà la Parisienne, elle sait que sa tête seule sera
vue; à sa tête, tous les soins, les parures, les
vanités. Hé bien, ta duchesse est tout tête, elle ne
sent que par sa tête, elle a un cœur dans la tête,
une voix de tête, elle est friande par la tête. Nous
nommons cette pauvre chose une Laïs intellectuelle. Tu es joué comme un enfant. Si tu en
doutes, tu en auras la preuve ce soir, ce matin, à
l'instant. Monte chez elle, essaie de demander, de
vouloir impérieusement ce que l'on te refuse;
quand même tu t'y prendrais comme feu monsieur le maréchal de Richelieu, néant au placet [63]

Armand était hébété.

— La désires-tu au point d'en être devenu sot?

— Je la veux à tout prix, s'écria Montriveau
désespéré.

— Hé bien, écoute. Sois aussi implacable
qu'elle le sera, tâche de l'humilier, de piquer sa
vanité; d'intéresser non pas le cœur, non pas
l'âme, mais les nerfs et la lymphe de cette femme
à la fois nerveuse et lymphatique. Si tu peux lui
faire naître un désir, tu es sauvé. Mais quitte tes
belles idées d'enfant. Si, l'ayant pressée dans tes
serres d'aigle, tu cèdes, si tu recules, si l'un de tes
sourcils remue, si elle croit pouvoir encore te
dominer, elle glissera de tes griffes comme un
poisson et s'échappera pour ne plus se laisser
prendre. Sois inflexible comme la loi. N'aie pas
plus de charité que n'en a le bourreau. Frappe.
Quand tu auras frappé, frappe encore. Frappe
toujours, comme si tu donnais le knout. Les
duchesses sont dures, mon cher Armand, et ces

natures de femme ne s'amollissent que sous les coups; la souffrance leur donne un cœur, et c'est œuvre de charité que de les frapper. Frappe donc sans cesse. Ah! quand la douleur aura bien attendri ces nerfs, ramolli ces fibres que tu crois douces et molles; fait battre un cœur sec, qui, à ce jeu, reprendra de l'élasticité; quand la cervelle aura cédé, la passion entrera peut-être dans les ressorts métalliques de cette machine à larmes, à manières, à évanouissements, à phrases fondantes; et tu verras le plus magnifique des incendies, si toutefois la cheminée prend feu. Ce système d'acier femelle aura le rouge du fer dans la forge! une chaleur plus durable que tout autre, et cette incandescence deviendra peut-être de l'amour. Néanmoins, j'en doute. Puis, la duchesse vaut-elle tant de peines? Entre nous, elle aurait besoin d'être préalablement formée par un homme comme moi, j'en ferais une femme charmante, elle a de la race; tandis qu'à vous deux, vous en resterez à l'A B C de l'amour. Mais tu aimes, et tu ne partagerais pas en ce moment mes idées sur cette matière. — Bien du plaisir, mes enfants, ajouta Ronquerolles en riant et après une pause. Je me suis prononcé, moi, en faveur des femmes faciles; au moins, elles sont tendres, elles aiment au naturel, et non avec les assaisonnements sociaux. Mon pauvre garçon, une femme qui se chicane, qui ne veut qu'inspirer de l'amour? eh, mais il faut en avoir une comme on a un cheval de luxe; voir, dans le combat du confessionnal contre le canapé, ou du blanc contre le noir, de la reine contre le fou, des scrupules contre le plaisir, une partie d'échecs fort divertissante à jouer. Un homme tant soit peu roué, qui sait le jeu, donne le *mat* en trois coups, à volonté. Si j'entreprenais une femme de ce genre, je me donnerais pour but de...

Il dit un mot à l'oreille d'Armand et le quitta brusquement pour ne pas entendre de réponse.

Quant à Montriveau, d'un bond il sauta dans la cour de l'hôtel de Langeais, monta chez la duchesse; et, sans se faire annoncer, il entra chez elle, dans sa chambre à coucher.

— Mais cela ne se fait pas, dit-elle en croisant à la hâte son peignoir, Armand, vous êtes un homme abominable. Allons, laissez-moi, je vous prie. Sortez, sortez donc. Attendez-moi dans le salon. Allez.

— Chère ange, lui dit-il, un époux n'a-t-il donc aucun privilège?

— Mais c'est d'un goût détestable, monsieur, soit à un époux, soit à un mari, de surprendre ainsi sa femme.

Il vint à elle, la prit, la serra dans ses bras : — Pardonne, ma chère Antoinette, mais mille soupçons mauvais me travaillent le cœur.

— Des soupçons, fi! Ah! fi, fi donc!

— Des soupçons presque justifiés. Si tu m'aimais, me ferais-tu cette querelle? N'aurais-tu pas été contente de me voir? n'aurais-tu pas senti je ne sais quel mouvement au cœur? Mais moi qui ne suis pas femme, j'éprouve des tressaillements intimes au seul son de ta voix. L'envie de te sauter au cou m'a souvent pris au milieu d'un bal.

— Ah! si vous avez des soupçons tant que je ne vous aurai pas sauté au cou devant tout le monde, je crois que je serai soupçonnée pendant toute ma vie; mais, auprès de vous, Othello n'est qu'un enfant!

— Ha! dit-il au désespoir, je ne suis pas aimé.

— Du moins, en ce moment, convenez que vous n'êtes pas aimable.

— J'en suis donc encore à vous plaire?

— Ah! je le crois. Allons, dit-elle d'un petit air impératif, sortez, laissez-moi. Je ne suis pas comme vous, moi : je veux toujours vous plaire...

Jamais aucune femme ne sut, mieux que madame de Langeais, mettre tant de grâce dans son impertinence; et n'est-ce pas en doubler l'effet? n'est-ce pas à rendre furieux l'homme le plus froid? En ce moment ses yeux, le son de sa voix, son attitude attestèrent une sorte de liberté parfaite qui n'est jamais chez la femme aimante, quand elle se trouve en présence de celui dont la seule vue doit la faire palpiter. Déniaisé par les avis du marquis de Ronquerolles, encore aidé par cette rapide intussusception [64] dont sont doués momentanément les êtres les moins sagaces par la passion, mais qui se trouve si complète chez les hommes forts, Armand devina la terrible vérité que trahissait l'aisance de la duchesse, et son cœur se gonfla d'un orage comme un lac prêt à se soulever.

— Si tu disais **vrai** hier, sois à moi, ma chère Antoinette, s'écria-t-il, je veux...

— D'abord, dit-elle en le repoussant avec force et calme, lorsqu'elle le vit s'avancer, ne me compromettez pas. Ma femme de chambre pourrait vous entendre. Respectez-moi, je vous prie. Votre familiarité est très bonne, le soir, dans mon boudoir; mais ici, point. Puis, que signifie votre je veux? je veux! Personne ne m'a dit encore ce mot. Il me semble très ridicule, parfaitement ridicule.

— Vous ne me céderiez rien sur ce point? dit-il.

— Ah! vous nommez un point, la libre disposition de nous-mêmes : un point très capital, en effet; et vous me permettrez d'être, en ce point, tout à fait la maîtresse.

— Et si, me fiant en vos promesses, je l'exigeais?

— Ah! vous me prouveriez que j'aurais eu le plus grand tort de vous faire la plus légère promesse, je ne serais pas assez sotte pour la tenir, et je vous prierais de me laisser tranquille.

Montriveau pâlit, voulut s'élancer; la duchesse sonna, sa femme de chambre parut, et cette femme lui dit en souriant avec une grâce moqueuse : — Ayez la bonté de revenir quand je serai visible.

Armand de Montriveau sentit alors la dureté de cette femme froide et tranchante autant que l'acier, elle était écrasante de mépris. En un moment, elle avait brisé des liens qui n'étaient forts que pour son amant. La duchesse avait lu sur le front d'Armand les exigences secrètes de cette visite, et avait jugé que l'instant était venu de faire sentir à ce soldat impérial que les duchesses pouvaient bien se prêter à l'amour, mais ne s'y donnaient pas, et que leur conquête était plus difficile à faire que ne l'avait été celle de l'Europe.

— Madame, dit Armand, je n'ai pas le temps

d'attendre. Je suis, vous l'avez dit vous-même,
un enfant gâté. Quand je voudrai sérieusement ce
dont nous parlions tout à l'heure, je l'aurai.

— Vous l'aurez? dit-elle d'un air de hauteur
auquel se mêla quelque surprise.

— Je l'aurai.

— Ah! vous me feriez bien plaisir de le
vouloir. Pour la curiosité du fait, je serais charmée
de savoir comment vous vous y prendriez...

— Je suis enchanté, répondit Montriveau en
riant de façon à effrayer la duchesse, de mettre
un intérêt dans votre existence. Me permettrez-
vous de venir vous chercher pour aller au bal ce
soir?

— Je vous rends mille grâces, monsieur de Marsay vous a prévenu, j'ai promis.

Montriveau salua gravement et se retira.

— Ronquerolles a donc raison, pensa-t-il, nous
allons jouer maintenant une partie d'échecs.

Dès lors il cacha ses émotions sous un calme
complet. Aucun homme n'est assez fort pour
pouvoir supporter ces changements, qui font
passer rapidement l'âme du plus grand bien à des
malheurs suprêmes. N'avait-il donc aperçu la vie
heureuse que pour mieux sentir le vide de son
existence précédente? Ce fut un terrible orage;
mais il savait souffrir, et reçut l'assaut de ses
pensées tumultueuses, comme un rocher de granit
reçoit les lames de l'Océan courroucé.

— Je n'ai rien pu lui dire; en sa présence, je n'ai
plus d'esprit. Elle ne sait pas à quel point elle est
vile et méprisable. Personne n'a osé mettre cette
créature en face d'elle-même. Elle a sans doute
joué bien des hommes, je les vengerai tous.

Pour la première fois peut-être, dans un cœur d'homme, l'amour et la vengeance se mêlèrent si également qu'il était impossible à Montriveau lui-même de savoir qui de l'amour, qui de la vengeance l'emporterait. Il se trouva le soir même au bal où devait être la duchesse de Langeais, et désespéra presque d'atteindre cette femme à laquelle il fut tenté d'attribuer quelque chose de démoniaque : elle se montra pour lui gracieuse et pleine d'agréables sourires, elle ne voulait pas sans doute laisser croire au monde qu'elle s'était compromise avec monsieur de Montriveau. Une mutuelle bouderie trahit l'amour. Mais que la duchesse ne changeât rien à ses manières, alors que le marquis était sombre et chagrin, n'était-ce pas faire voir qu'Armand n'avait rien obtenu d'elle ? Le monde sait bien deviner le malheur des hommes dédaignés, et ne le confond point avec les brouilles que certaines femmes ordonnent à leurs amants d'affecter dans l'espoir de cacher un mutuel amour. Et chacun se moqua de Montriveau qui, n'ayant pas consulté son cornac, resta rêveur, souffrant ; tandis que monsieur de Ronquerolles lui eût prescrit peut-être de compromettre la duchesse en répondant à ses fausses amitiés par des démonstrations passionnées. Armand de Montriveau quitta le bal, ayant horreur de la nature humaine, et croyant encore à peine à de si complètes perversités.

— S'il n'y a pas de bourreaux pour de semblables crimes, dit-il en regardant les croisées lumineuses des salons où dansaient, causaient et riaient les plus séduisantes femmes de Paris, je te

prendrai par le chignon du cou, madame la
duchesse, et t'y ferai sentir un fer plus mordant
que ne l'est le couteau de la Grève. Acier contre
acier, nous verrons quel cœur sera plus tran-
chant.

CHAPITRE III

LA FEMME VRAIE

Pendant une semaine environ, madame
de Langeais espéra revoir le marquis de Montriveau; mais Armand se contenta d'envoyer tous
les matins sa carte à l'hôtel de Langeais. Chaque
fois que cette carte était remise à la duchesse, elle
ne pouvait s'empêcher de tressaillir, frappée par
de sinistres pensées, mais indistinctes comme l'est
un pressentiment de malheur. En lisant ce nom,
tantôt elle croyait sentir dans ses cheveux la
main puissante de cet homme implacable, tantôt
ce nom lui pronostiquait des vengeances que son
mobile esprit lui faisait atroces. Elle l'avait trop
bien étudié pour ne pas le craindre. Serait-elle
assassinée? Cet homme à cou de taureau l'éven-
trerait-il en la lançant au-dessus de sa tête? la
foulerait-il aux pieds [65]? Quand, où, comment la
saisirait-il? la ferait-il bien souffrir, et quel genre
de souffrance méditait-il de lui imposer? Elle se
repentait. A certaines heures, s'il était venu, elle
se serait jetée dans ses bras avec un complet
abandon. Chaque soir, en s'endormant, elle

revoyait la physionomie de Montriveau sous un aspect différent. Tantôt son sourire amer; tantôt la contraction jupitérienne de ses sourcils, son regard de lion, ou quelque hautain mouvement d'épaules, le lui faisaient terrible. Le lendemain, la carte lui semblait couverte de sang. Elle vivait agitée par ce nom, plus qu'elle ne l'avait été par l'amant fougueux, opiniâtre, exigeant. Puis ses appréhensions grandissaient encore dans le silence, elle était obligée de se préparer, sans secours étranger, à une lutte horrible dont il ne lui était pas permis de parler. Cette âme, fière et dure, était plus sensible aux titillations de la haine qu'elle ne l'avait été naguère aux caresses de l'amour. Ha! si le général avait pu voir sa maîtresse au moment où elle amassait les plis de son front entre ses sourcils, en se plongeant dans d'amères pensées, au fond de ce boudoir où il avait savouré tant de joies, peut-être eût-il conçu de grandes espérances. La fierté n'est-elle pas un des sentiments humains qui ne peuvent enfanter que de nobles actions? Quoique madame de Langeais gardât le secret de ses pensées, il est permis de supposer que monsieur de Montriveau ne lui était plus indifférent. N'est-ce pas une immense conquête pour un homme que d'occuper une femme? Chez elle, il doit nécessairement se faire un progrès dans un sens ou dans l'autre. Mettez une créature féminine sous les pieds d'un cheval furieux, en face de quelque animal terrible; elle tombera, certes, sur les genoux, elle attendra la mort; mais si la bête est clémente et ne la tue pas entièrement. elle aimera le cheval, le lion, le taureau, elle en parlera tout à l'aise. La duchesse se sentait sous les pieds du lion : elle tremblait, elle ne haïssait pas. Ces deux personnes, si singulièrement posées l'une en face de l'autre, se rencontrèrent trois fois dans le monde durant cette semaine. Chaque fois, en réponse à de coquettes interrogations, la duchesse reçut d'Armand des saluts respectueux et des sourires empreints d'une ironie si cruelle, qu'ils confirmaient toutes les appréhensions inspirées le matin par la carte de visite. La vie n'est que ce que nous la font les sentiments, les sentiments avaient creusé des abîmes entre ces deux personnes.

La comtesse de Sérizy, sœur du marquis de Ronquerolles, donnait au commencement de la semaine suivante un grand bal auquel devait venir madame de Langeais. La première figure que vit la duchesse en entrant fut celle d'Armand, Armand l'attendait cette fois, elle le pensa du moins. Tous deux échangèrent un regard. Une sueur froide sortit soudain de tous les pores de cette femme. Elle avait cru Montriveau capable de quelque vengeance inouïe, proportionnée à leur état ; cette vengeance était trouvée, elle était prête, elle était chaude, elle bouillonnait. Les yeux de cet amant trahi lui lancèrent les éclairs de la foudre et son visage rayonnait de haine heureuse. Aussi, malgré la volonté qu'avait la duchesse d'exprimer la froideur et l'impertinence, son regard resta-t-il morne. Elle alla se placer près de la comtesse de Sérizy, qui ne put s'empêcher de lui dire : — Qu'avez-vous, ma chère Antoinette ? Vous êtes à faire peur.

— Une contredanse va me remettre, répondit-elle en donnant la main à un jeune homme qui s'avançait.

Madame de Langeais se mit à valser avec une sorte de fureur et d'emportement que redoubla le regard pesant de Montriveau. Il resta debout, en avant de ceux qui s'amusaient à voir les valseurs. Chaque fois que sa maîtresse passait devant lui, ses yeux plongeaient sur cette tête tournoyante, comme ceux d'un tigre sûr de sa proie. La valse finie, la duchesse vint s'asseoir près de la comtesse, et le marquis ne cessa de la regarder en s'entretenant avec un inconnu.

— Monsieur, lui disait-il, l'une des choses qui m'ont le plus frappé dans ce voyage...

La duchesse était tout oreilles.

... Est la phrase que prononce le gardien de Westminster en vous montrant la hache avec laquelle un homme masqué trancha, dit-on, la tête de Charles Ier en mémoire du roi qui les dit à un curieux.

— Que dit-il? demanda madame de Sérizy.

— *Ne touchez pas à la hache,* répondit Montriveau d'un son de voix où il y avait de la menace.

— En vérité, monsieur le marquis, dit la duchesse de Langeais, vous regardez mon cou d'un air si mélodramatique en répétant cette vieille histoire, connue de tous ceux qui vont à Londres, qu'il me semble vous voir une hache à la main.

Ces derniers mots furent prononcés en riant, quoiqu'une sueur froide eût saisi la duchesse.

— Mais cette histoire est, par circonstance, très neuve, répondit-il.

— Comment cela? je vous prie, de grâce, en quoi?

— En ce que, madame, vous avez touché à la hache, lui dit Montriveau à voix basse.

— Quelle ravissante prophétie! reprit-elle en souriant avec une grâce affectée. Et quand doit tomber ma tête?

— Je ne souhaite pas de voir tomber votre jolie tête, madame. Je crains seulement pour vous quelque grand malheur. Si l'on vous tondait, ne regretteriez-vous pas ces cheveux si mignonnement blonds, et dont vous tirez si bien parti...

— Mais il est des personnes auxquelles les femmes aiment à faire de ces sacrifices, et souvent même à des hommes qui ne savent pas leur faire crédit d'un mouvement d'humeur.

— D'accord. Eh bien, si tout à coup, par un procédé chimique, un plaisant vous enlevait votre beauté, vous mettait à cent ans, quand vous n'en avez pour nous que dix-huit?

— Mais, monsieur, dit-elle en l'interrompant, la petite vérole est notre bataille de Waterloo. Le lendemain nous connaissons ceux qui nous aiment véritablement.

— Vous ne regretteriez pas cette délicieuse figure qui...

— Ha, beaucoup; mais moins pour moi que pour celui dont elle ferait la joie. Cependant, si j'étais sincèrement aimée, toujours, bien, que m'importerait la beauté? Qu'en dites-vous, Clara?

— C'est une spéculation dangereuse, répondit madame de Sérizy.

— Pourrait-on demander à sa majesté le roi

des sorciers, reprit madame de Langeais, quand
j'ai commis la faute de toucher à la hache, moi
qui ne suis pas encore allée à Londres...

— *Non so* [66], fit-il en laissant échapper un rire
moqueur.

— Et quand commencera le supplice?

Là, Montriveau tira froidement sa montre et
vérifia l'heure avec une conviction réellement
effrayante.

— La journée ne finira pas sans qu'il vous
arrive un horrible malheur...

— Je ne suis pas un enfant qu'on puisse
facilement épouvanter, ou plutôt je suis un
enfant qui ne connaît pas le danger, dit la
duchesse, et vais danser sans crainte au bord de
l'abîme.

— Je suis enchanté, madame, de vous savoir
tant de caractère, répondit-il en la voyant aller
prendre sa place à un quadrille.

Malgré son apparent dédain pour les noires
prédictions d'Armand, la duchesse était en proie
à une véritable terreur. A peine l'oppression
morale et presque physique sous laquelle la tenait
son amant cessa-t-elle lorsqu'il quitta le bal.
Néanmoins, après avoir joui pendant un moment
du plaisir de respirer à son aise, elle se surprit à
regretter les émotions de la peur, tant la nature
femelle est avide de sensations extrêmes. Ce
regret n'était pas de l'amour, mais il appartenait
certes aux sentiments qui le préparent. Puis,
comme si la duchesse eût de nouveau ressenti
l'effet que monsieur de Montriveau lui avait fait
éprouver, elle se rappela l'air de conviction avec
lequel il venait de regarder l'heure, et, saisie

d'épouvante, elle se retira. Il était alors environ minuit. Celui de ses gens qui l'attendait lui mit sa pelisse et marcha devant elle pour faire avancer sa voiture; puis, quand elle y fut assise, elle tomba dans une rêverie assez naturelle, provoquée par la prédiction de monsieur de Montriveau. Arrivée dans sa cour, elle entra dans un vestibule presque semblable à celui de son hôtel; mais tout à coup elle ne reconnut pas son escalier; puis au moment où elle se retourna pour appeler ses gens, plusieurs hommes l'assaillirent avec rapidité, lui jetèrent un mouchoir sur la bouche, lui lièrent les mains, les pieds, et l'enlevèrent. Elle jeta de grands cris.

— Madame, nous avons ordre de vous tuer si vous criez, lui dit-on à l'oreille.

La frayeur de la duchesse fut si grande, qu'elle ne put jamais s'expliquer par où ni comment elle fut transportée. Quand elle reprit ses sens, elle se trouva les pieds et les poings liés, avec des cordes de soie, couchée sur le canapé d'une chambre de garçon. Elle ne put retenir un cri en rencontrant les yeux d'Armand de Montriveau, qui, tranquillement assis dans un fauteuil, et enveloppé dans sa robe de chambre, fumait un cigare.

— Ne criez pas, madame la duchesse, dit-il en s'ôtant froidement son cigare de la bouche, j'ai la migraine. D'ailleurs je vais vous délier. Mais écoutez bien ce que j'ai l'honneur de vous dire. Il dénoua délicatement les cordes qui serraient les pieds de la duchesse. — A quoi vous serviraient vos cris? personne ne peut les entendre. Vous êtes trop bien élevée pour faire des grimaces inutiles. Si vous ne vous teniez pas tranquille, si vous

vouliez lutter avec moi, je vous attacherais de
nouveau les pieds et les mains. Je crois, que, tout
bien considéré, vous vous respecterez assez pour
demeurer sur ce canapé, comme si vous étiez chez
vous, sur le vôtre; froide encore, si vous voulez...
Vous m'avez fait répandre, sur ce canapé, bien
des pleurs que je cachais à tous les yeux.

Pendant que Montriveau lui parlait, la
duchesse jeta autour d'elle ce regard de femme,
regard furtif qui sait tout voir en paraissant
distrait. Elle aima beaucoup cette chambre assez
semblable à la cellule d'un moine. L'âme et la
pensée de l'homme y planaient. Aucun ornement
n'altérait la peinture grise des parois vides. A
terre était un tapis vert. Un canapé noir, une
table couverte de papiers, deux grands fauteuils,
une commode ornée d'un réveil, un lit très bas
sur lequel était jeté un drap rouge bordé d'une
grecque noire annonçaient par leur contexture les
habitudes d'une vie réduite à sa plus simple
expression. Un triple flambeau posé sur la cheminée rappelait, par sa forme égyptienne, l'immensité des déserts où cet homme avait longtemps
erré. A côté du lit, entre le pied que d'énormes
pattes de sphinx faisaient deviner sous les plis de
l'étoffe et l'un des murs latéraux de la chambre,
se trouvait une porte cachée par un rideau vert à
franges rouges et noires que de gros anneaux
rattachaient sur une hampe. La porte par
laquelle les inconnus étaient entrés avait une
portière pareille, mais relevée par une embrasse.
Au dernier regard que la duchesse jeta sur les
deux rideaux pour les comparer, elle s'aperçut
que la porte voisine du lit était ouverte, et que

des lueurs rougeâtres allumées dans l'autre pièce se dessinaient sous l'effilé d'en bas. Sa curiosité fut naturellement excitée par cette lumière triste, qui lui permit à peine de distinguer dans les ténèbres quelques formes bizarres; mais, en ce moment, elle ne songea pas que son danger pût venir de là, et voulut satisfaire un plus ardent intérêt.

— Monsieur, est-ce une indiscrétion de vous demander ce que vous comptez faire de moi? dit-elle avec une impertinence et une moquerie perçante.

La duchesse croyait deviner un amour excessif dans les paroles de Montriveau. D'ailleurs, pour enlever une femme, ne faut-il pas l'adorer?

— Rien du tout, madame, répondit-il en soufflant avec grâce sa dernière bouffée de tabac. Vous êtes ici pour peu de temps. Je veux d'abord vous expliquer ce que vous êtes, et ce que je suis. Quand vous vous tortillez sur votre divan, dans votre boudoir, je ne trouve pas de mots pour mes idées. Puis chez vous, à la moindre pensée qui vous déplaît, vous tirez le cordon de votre sonnette, vous criez bien fort et mettez votre amant à la porte comme s'il était le dernier des misérables. Ici, j'ai l'esprit libre. Ici, personne ne peut me jeter à la porte. Ici, vous serez ma victime pour quelques instants, et vous aurez l'extrême bonté de m'écouter. Ne craignez rien. Je ne vous ai pas enlevée pour vous dire des injures, pour obtenir de vous par violence ce que je n'ai pas su mériter, ce que vous n'avez pas voulu m'octroyer de bonne grâce. Ce serait une indignité. Vous concevez peut-être le viol; moi, je ne le conçois pas.

Il lança, par un mouvement sec, son cigare au feu.

— Madame, la fumée vous incommode sans doute?

Aussitôt il se leva, prit dans le foyer une cassolette chaude, y brûla des parfums, et purifia l'air. L'étonnement de la duchesse ne pouvait se comparer qu'à son humiliation. Elle était au pouvoir de cet homme, et cet homme ne voulait pas abuser de son pouvoir. Ces yeux jadis si flamboyants d'amour, elle les voyait calmes et fixes comme des étoiles. Elle trembla. Puis la terreur qu'Armand lui inspirait fut augmentée par une de ces sensations pétrifiantes, analogues aux agitations sans mouvement ressenties dans le cauchemar. Elle resta clouée par la peur, en croyant voir la lueur placée derrière le rideau prendre de l'intensité sous les aspirations d'un soufflet. Tout à coup les reflets devenus plus vifs avaient illuminé trois personnes masquées. Cet aspect horrible s'évanouit si promptement qu'elle le prit pour une fantaisie d'optique.

— Madame, reprit Armand en la contemplant avec une méprisante froideur, une minute, une seule me suffira pour vous atteindre dans tous les moments de votre vie, la seule éternité dont je puisse disposer, moi. Je ne suis pas Dieu. Écoutez-moi bien, dit-il, en faisant une pause pour donner de la solennité à son discours. L'amour viendra toujours à vos souhaits; vous avez sur les hommes un pouvoir sans bornes; mais souvenez-vous qu'un jour vous avez appelé l'amour : il est venu pur et candide, autant qu'il peut l'être sur cette terre ; aussi respectueux qu'il était violent ; caressant, comme l'est l'amour d'une femme dévouée, ou comme l'est celui d'une mère pour son enfant ; enfin, si grand, qu'il était une folie. Vous vous êtes jouée de cet amour, vous avez commis un crime. Le droit de toute femme est de se refuser à un amour qu'elle sent ne pouvoir partager. L'homme qui aime sans se faire aimer ne saurait être plaint, et n'a pas le droit de se plaindre. Mais, madame la duchesse, attirer à soi, en feignant le sentiment, un malheureux privé de toute affection, lui faire comprendre le bonheur dans toute sa plénitude, pour le lui ravir ; lui voler son avenir de félicité ; le tuer non seulement aujourd'hui, mais dans l'éternité de sa vie, en empoisonnant toutes ses heures et toutes ses pensées, voilà ce que je nomme un épouvantable crime !

— Monsieur...

— Je ne puis encore vous permettre de me répondre. Écoutez-moi donc toujours. D'ailleurs, j'ai des droits sur vous ; mais je ne veux que de ceux du juge sur le criminel, afin de réveiller votre conscience. Si vous n'aviez plus de conscience, je ne vous blâmerais point ; mais vous êtes si jeune ! vous devez vous sentir encore de la vie au cœur, j'aime à le penser. Si je vous crois assez dépravée pour commettre un crime impuni par les lois, je ne vous fais pas assez dégradée pour ne pas comprendre la portée de mes paroles. Je reprends.

En ce moment, la duchesse entendit le bruit sourd d'un soufflet, avec lequel les inconnus

qu'elle venait d'entrevoir attisaient sans doute le
feu dont la clarté se projeta sur le rideau; mais le
regard fulgurant de Montriveau la contraignit à
rester palpitante et les yeux fixes devant lui.
Quelle que fût sa curiosité, le feu des paroles
d'Armand l'intéressait plus encore que la voix de
ce feu mystérieux.

— Madame, dit-il après une pause, lorsque,
dans Paris, le bourreau devra mettre la main sur
un pauvre assassin, et le couchera sur la planche
où la loi veut qu'un assassin soit couché pour
perdre la tête... Vous savez, les journaux en
préviennent les riches et les pauvres, afin de dire
aux uns de dormir tranquilles, et aux autres de
veiller pour vivre. Eh bien, vous qui êtes religieuse, et même un peu dévote, allez faire dire
des messes pour cet homme : vous êtes de la
famille; mais vous êtes de la branche aînée. Celle-
là peut trôner en paix, exister heureuse et sans
soucis. Poussé par la misère ou par la colère,
votre frère de bagne n'a tué qu'un homme; et
vous! vous avez tué le bonheur d'un homme, sa
plus belle vie, ses plus chères croyances. L'autre a
tout naïvement attendu sa victime; il l'a tuée
malgré lui, par peur de l'échafaud, mais vous!...
vous avez entassé tous les forfaits de la faiblesse
contre une force innocente; vous avez apprivoisé
votre patient [67] pour en mieux dévorer le cœur;
vous l'avez appâté de caresses; vous n'en avez
omis aucune de celles qui pouvaient lui faire
supposer, rêver, désirer les délices de l'amour.
Vous lui avez demandé mille sacrifices pour les
refuser tous. Vous lui avez bien fait voir la
lumière avant de lui crever les yeux. Admirable.

courage! De telles infamies sont un luxe que ne comprennent pas ces bourgeoises desquelles vous vous moquez. Elles savent se donner et pardonner; elles savent aimer et souffrir. Elles nous rendent petits par la grandeur de leurs dévouements. A mesure que l'on monte en haut de la société, il s'y trouve autant de boue qu'il y en a par le bas; seulement elle s'y durcit et se dore. Oui, pour rencontrer la perfection dans l'ignoble, il faut une belle éducation, un grand nom, une jolie femme, une duchesse. Pour tomber au-dessous de tout, il fallait être au-dessus de tout. Je vous dis mal ce que je pense, je souffre encore trop des blessures que vous m'avez faites; mais ne croyez pas que je me plaigne! Non. Mes paroles ne sont l'expression d'aucune espérance personnelle, et ne contiennent aucune amertume. Sachez-le bien, madame, je vous pardonne, et ce pardon est assez entier pour que vous ne vous plaigniez point d'être venue le chercher malgré vous... Seulement, vous pourriez abuser d'autres cœurs aussi enfants que l'est le mien, et je dois leur épargner des douleurs. Vous m'avez donc inspiré une pensée de justice. Expiez votre faute ici-bas, Dieu vous pardonnera peut-être, je le souhaite; mais il est implacable, et vous frappera.

A ces mots, les yeux de cette femme abattue, déchirée, se remplirent de pleurs.

— Pourquoi pleurez-vous? Restez fidèle à votre nature. Vous avez contemplé sans émotion les tortures du cœur que vous brisiez. Assez, madame, consolez-vous. Je ne puis plus souffrir. D'autres vous diront que vous leur avez donné la vie, moi je vous dis avec délices que vous m'avez donné le néant. Peut-être devinez-vous que je ne m'appartiens pas, que je dois vivre pour mes amis, et qu'alors j'aurai la froideur de la mort et les chagrins de la vie à supporter ensemble. Auriez-vous tant de bonté? Seriez-vous comme les tigres du désert, qui font d'abord la plaie, et puis la lèchent?

La duchesse fondit en larmes.

— Épargnez-vous donc ces pleurs, madame. Si j'y croyais, ce serait pour m'en défier. Est-ce ou n'est-ce pas un de vos artifices? Après tous ceux que vous avez employés, comment penser qu'il peut y avoir en vous quelque chose de vrai? Rien de vous n'a désormais la puissance de m'émouvoir. J'ai tout dit.

Madame de Langeais se leva par un mouvement à la fois plein de noblesse et d'humilité.

— Vous êtes en droit de me traiter durement, dit-elle en tendant à cet homme une main qu'il ne prit pas, vos paroles ne sont pas assez dures encore, et je mérite cette punition.

— Moi, vous punir, madame! mais punir, n'est-ce pas aimer? N'attendez de moi rien qui ressemble à un sentiment. Je pourrais me faire, dans ma propre cause, accusateur et juge, arrêt et bourreau; mais non. J'accomplirai tout à l'heure un devoir, et nullement un désir de vengeance. La plus cruelle vengeance est, selon moi, le dédain d'une vengeance possible. Qui sait! je serai peut-être le ministre de vos plaisirs. Désormais, en portant élégamment la triste livrée dont la société revêt les criminels, peut-être serez-vous forcée d'avoir leur probité. Et alors vous aimerez!

La duchesse écoutait avec une soumission qui n'était plus jouée ni coquettement calculée; elle ne prit la parole qu'après un intervalle de silence.

— Armand, dit-elle, il me semble qu'en résistant à l'amour, j'obéissais à toutes les pudeurs de la femme, et ce n'est pas de vous que j'eusse attendu de tels reproches. Vous vous armez de toutes mes faiblesses pour m'en faire des crimes. Comment n'avez-vous pas supposé que je pusse être entraînée au-delà de mes devoirs par toutes les curiosités de l'amour, et que le lendemain je fusse fâchée, désolée d'être allée trop loin? Hélas! c'était pécher par ignorance. Il y avait, je vous le jure, autant de bonne foi dans mes fautes que dans mes remords. Mes duretés trahissaient bien plus d'amour que n'en accusaient mes complaisances. Et d'ailleurs, de quoi vous plaignez-vous? Le don de mon cœur ne vous a pas suffi, vous avez exigé brutalement ma personne...

— Brutalement! s'écria monsieur de Montriveau. Mais il se dit à lui-même : — Je suis perdu, si je me laisse prendre à des disputes de mots.

— Oui, vous êtes arrivé chez moi comme chez une de ces mauvaises femmes, sans le respect, sans aucune des attentions de l'amour. N'avais-je pas le droit de réfléchir? Eh bien, j'ai réfléchi. L'inconvenance de votre conduite est excusable : l'amour en est le principe; laissez-moi le croire et vous justifier à moi-même. Hé bien! Armand, au moment même où ce soir vous me prédisiez le malheur, moi je croyais à notre bonheur. Oui, j'avais confiance en ce caractère noble et fier dont vous m'avez donné tant de preuves... Et j'étais toute à toi, ajouta-t-elle en se penchant à

l'oreille de Montriveau. Oui, j'avais je ne sais
quel désir de rendre heureux un homme si
violemment éprouvé par l'adversité. Maître pour
maître, je voulais un homme grand. Plus je me
sentais haut, moins je voulais descendre. Confiante
en toi, je voyais toute une vie d'amour au moment
où tu me montrais la mort... La force ne va pas sans
la bonté. Mon ami, tu es trop fort pour te faire
méchant contre une pauvre femme qui t'aime. Si
j'ai eu des torts, ne puis-je donc obtenir un
pardon? ne puis-je les réparer? Le repentir est la
grâce de l'amour, je veux être bien gracieuse pour
toi. Comment moi seule ne pouvais-je partager
avec toutes les femmes ces incertitudes, ces
craintes, ces timidités qu'il est si naturel d'éprouver quand on se lie pour la vie, et que vous brisez
si facilement ces sortes de liens! Ces bourgeoises,
auxquelles vous me comparez, se donnent, mais
elles combattent. Hé bien, j'ai combattu, mais
me voilà... — Mon Dieu! il ne m'écoute pas!
s'écria-t-elle en s'interrompant. Elle se tordit les
mains en criant : — Mais je t'aime! mais je suis à
toi! Elle tomba aux genoux d'Armand. — A toi! à
toi, mon unique, mon seul maître!

— Madame, dit Armand en voulant la relever,
Antoinette ne peut plus sauver la duchesse de
Langeais. Je ne crois plus ni à l'une ni à l'autre.
Vous vous donnerez aujourd'hui, vous vous
refuserez peut-être demain. Aucune puissance ni
dans les cieux ni sur la terre ne saurait me
garantir la douce fidélité de votre amour. Les
gages en étaient dans le passé; nous n'avons plus
de passé.

En ce moment, une lueur brilla si vivement,

que la duchesse ne put s'empêcher de tourner la tête vers la portière, et revit distinctement les trois hommes masqués.

— Armand, dit-elle, je ne voudrais pas vous mésestimer. Comment se trouve-t-il là des hommes? Que préparez-vous donc contre moi?

— Ces hommes sont aussi discrets que je le serai moi-même sur ce qui va se passer ici, dit-il. Ne voyez en eux que mes bras et mon cœur. L'un d'eux est un chirurgien...

— Un chirurgien, dit-elle. Armand, mon ami, l'incertitude est la plus cruelle des douleurs. Parlez donc, dites-moi si vous voulez ma vie : je vous la donnerai, vous ne la prendrez pas...

— Vous ne m'avez donc pas compris? répliqua Montriveau. Ne vous ai-je pas parlé de justice? Je vais, ajouta-t-il froidement, en prenant un morceau d'acier qui était sur la table, pour faire cesser vos appréhensions, vous expliquer ce que j'ai décidé de vous.

Il lui montra une croix de Lorraine adaptée au bout d'une tige d'acier.

— Deux de mes amis font rougir en ce moment une croix dont voici le modèle. Nous vous l'appliquerons au front, là, entre les deux yeux, pour que vous ne puissiez pas la cacher par quelques diamants, et vous soustraire ainsi aux interrogations du monde. Vous aurez enfin sur le front la marque infamante appliquée sur l'épaule de vos frères les forçats. La souffrance est peu de chose, mais je craignais quelque crise nerveuse, ou de la résistance...

— De la résistance, dit-elle en frappant de joie dans ses mains, non, non, je voudrais maintenant

voir ici la terre entière. Ah! mon Armand,
marque, marque vite ta créature comme une
pauvre petite chose à toi? Tu demandais des
gages à mon amour; mais les voilà tous dans un
seul. Ah! je ne vois que clémence et pardon, que
bonheur éternel en ta vengeance,.. Quand tu
auras ainsi désigné une femme pour la tienne,
quand tu auras une âme serve qui portera ton
chiffre rouge, eh bien, tu ne pourras jamais
l'abandonner, tu seras à jamais à moi. En
m'isolant sur la terre, tu seras chargé de mon
bonheur, sous peine d'être un lâche, et je te sais
noble, grand! Mais la femme qui aime se marque
toujours elle-même. Venez, messieurs, entrez et
marquez, marquez la duchesse de Langeais. Elle
est à jamais à monsieur de Montriveau. Entrez
vite, et tous, mon front brûle plus que votre fer.

Armand se retourna vivement pour ne pas voir
la duchesse palpitante, agenouillée. Il dit un mot
qui fit disparaître ses trois amis. Les femmes
habituées à la vie des salons connaissent le jeu
des glaces. Aussi la duchesse, intéressée à bien
lire dans le cœur d'Armand, était tout yeux.
Armand, qui ne se défiait pas de son miroir,
laissa voir deux larmes rapidement essuyées.
Tout l'avenir de la duchesse était dans ces deux
larmes. Quand il revint pour relever madame de
Langeais, il la trouva debout, elle se croyait
aimée. Aussi dut-elle vivement palpiter en entendant Montriveau lui dire avec cette fermeté
qu'elle savait si bien prendre jadis quand elle se
jouait de lui : — Je vous fais grâce, madame.
Vous pouvez me croire, cette scène sera comme si
elle n'eût jamais été. Mais ici, disons-nous adieu.

J'aime à penser que vous avez été franche sur votre canapé dans vos coquetteries, franche ici dans votre effusion de cœur. Adieu. Je ne me sens plus la foi. Vous me tourmenteriez encore, vous seriez toujours duchesse. Et... mais adieu, nous ne nous comprendrons jamais. Que souhaitez-vous maintenant? dit-il en prenant l'air d'un maître de cérémonies. Rentrer chez vous, ou revenir au bal de madame de Sérizy? J'ai employé tout mon pouvoir à laisser votre réputation intacte. Ni vos gens, ni le monde ne peuvent rien savoir de ce qui s'est passé entre nous depuis un quart d'heure. Vos gens vous croient au bal; votre voiture n'a pas quitté la cour de madame de Sérizy; votre coupé peut se trouver aussi dans celle de votre hôtel. Où voulez-vous être?

— Quel est votre avis, Armand?

— Il n'y a plus d'Armand, madame la duchesse. Nous sommes étrangers l'un à l'autre.

— Menez-moi donc au bal, dit-elle curieuse encore de mettre à l'épreuve le pouvoir d'Armand. Rejetez dans l'enfer du monde une créature qui y souffrait, et qui doit continuer d'y souffrir, si pour elle il n'est plus de bonheur. Oh! mon ami, je vous aime pourtant, comme aiment vos bourgeoises. Je vous aime à vous sauter au cou dans le bal, devant tout le monde, si vous le demandiez. Ce monde horrible, il ne m'a pas corrompue. Va, je suis jeune et viens de me rajeunir encore. Oui, je suis une enfant, ton enfant, tu viens de me créer. Oh! ne me bannis pas de mon Éden!

Armand fit un geste.

— Ah! si je sors, laisse-moi donc emporter

d'ici quelque chose, un rien! ceci, pour le mettre ce soir sur mon cœur, dit-elle en s'emparant du bonnet d'Armand, qu'elle roula dans son mouchoir...

— Non, reprit-elle, je ne suis pas de ce monde de femmes dépravées; tu ne le connais pas, et alors tu ne peux m'apprécier; sache-le donc! quelques-unes se donnent pour des écus; d'autres sont sensibles aux présents; tout y est infâme. Ah! je voudrais être une simple bourgeoise, une ouvrière, si tu aimes mieux une femme au-dessous de toi, qu'une femme en qui le dévouement s'allie aux grandeurs humaines. Ah! mon Armand, il est parmi nous de nobles, de grandes, de chastes, de pures femmes, et alors elles sont délicieuses. Je voudrais posséder toutes les noblesses pour te les sacrifier toutes; le malheur m'a faite duchesse; je voudrais être née près du trône, il ne me manquerait rien à te sacrifier. Je serais grisette pour toi et reine pour les autres.

Il écoutait en humectant ses cigares.

— Quand vous voudrez partir, dit-il, vous me préviendrez...

— Mais je voudrais rester...

— Autre chose, ça! fit-il.

— Tiens, il était mal arrangé, celui-là! s'écriat-elle en s'emparant d'un cigare, et y dévorant ce que les lèvres d'Armand y avaient laissé.

— Tu fumerais? lui dit-il.

— Oh! que ne ferais-je pas pour te plaire!

— Eh bien, allez-vous-en, madame...

— J'obéis, dit-elle en pleurant.

— Il faut vous couvrir la figure pour ne point voir les chemins par lesquels vous allez passer.

— Me voilà prête, Armand, dit-elle en se bandant les yeux.

— Y voyez-vous?

— Non.

Il se mit doucement à ses genoux.

— Ah! je t'entends, dit-elle en laissant échapper un geste plein de gentillesse en croyant que cette feinte rigueur allait cesser.

Il voulut lui baiser les lèvres, elle s'avança.

— Vous y voyez, madame.

— Mais je suis un peu curieuse.

— Vous me trompez donc toujours?

— Ah! dit-elle avec la rage de la grandeur méconnue, ôtez ce mouchoir et conduisez-moi, monsieur, je n'ouvrirai pas les yeux.

Armand, sûr de la probité en en entendant le cri, guida la duchesse qui, fidèle à sa parole, se fit noblement aveugle; mais, en la tenant paternellement par la main pour la faire tantôt monter, tantôt descendre, Montriveau étudia les vives palpitations qui agitaient le cœur de cette femme si promptement envahie par un amour vrai. Madame de Langeais, heureuse de pouvoir lui parler ainsi, se plut à lui tout dire, mais il demeura inflexible; et quand la main de la duchesse l'interrogeait, la sienne restait muette. Enfin, après avoir cheminé pendant quelque temps ensemble, Armand lui dit d'avancer, elle avança, et s'aperçut qu'il empêchait la robe d'effleurer les parois d'une ouverture sans doute étroite. Madame de Langeais fut touchée de ce soin, il trahissait encore un peu d'amour; mais ce fut en quelque sorte l'adieu de Montriveau, car il la quitta sans lui dire un mot. En se sentant dans

une chaude atmosphère, la duchesse ouvrit les
yeux. Elle se vit seule devant la cheminée du
boudoir de la comtesse de Sérizy. Son premier
soin fut de réparer le désordre de sa toilette ; elle
eut promptement rajusté sa robe et rétabli la
poésie de sa coiffure.

— Eh bien, ma chère Antoinette, nous vous
cherchons partout, dit la comtesse en ouvrant la
porte du boudoir.

— Je suis venue respirer ici, dit-elle, il fait
dans les salons une chaleur insupportable.

— L'on vous croyait partie ; mais mon frère
Ronquerolles m'a dit avoir vu vos gens qui vous
attendent.

— Je suis brisée, ma chère, laissez-moi un
moment me reposer ici.

Et la duchesse s'assit sur le divan de son amie.

— Qu'avez-vous donc ? vous êtes toute tremblante.

Le marquis de Ronquerolles entra.

— J'ai peur, madame la duchesse, qu'il ne
vous arrive quelque accident. Je viens de voir
votre cocher gris comme les Vingt-Deux Cantons [68].

La duchesse ne répondit pas, elle regardait la
cheminée, les glaces, en y cherchant les traces de
son passage ; puis, elle éprouvait une sensation
extraordinaire à se voir au milieu des joies du bal
après la terrible scène qui venait de donner à sa
vie un autre cours. Elle se prit à trembler
violemment.

— J'ai les nerfs agacés par la prédiction que
m'a faite ici monsieur de Montriveau. Quoique ce
soit une plaisanterie, je vais aller voir si sa hache

de Londres me troublera jusque dans mon sommeil. Adieu donc, chère. Adieu, monsieur le marquis.

Elle traversa les salons, où elle fut arrêtée par des complimenteurs qui lui firent pitié. Elle trouva le monde petit en s'en trouvant la reine, elle si humiliée, si petite. D'ailleurs, qu'étaient les hommes devant celui qu'elle aimait véritablement et dont le caractère avait repris les proportions gigantesques momentanément amoindries par elle, mais qu'alors elle grandissait peut-être outre mesure? Elle ne put s'empêcher de regarder celui de ses gens qui l'avait accompagnée, et le vit tout endormi.

— Vous n'êtes pas sorti d'ici? lui demanda-t-elle.

— Non, madame.

En montant dans son carrosse, elle aperçut effectivement son cocher dans un état d'ivresse dont elle se fût effrayée en tout autre circonstance; mais les grandes secousses de la vie ôtent à la crainte ses aliments vulgaires. D'ailleurs elle arriva sans accident chez elle; mais elle s'y trouva changée et en proie à des sentiments tout nouveaux. Pour elle il n'y avait plus qu'un homme dans le monde, c'est-à-dire que pour lui seul elle désirait désormais avoir quelque valeur. Si les physiologistes peuvent promptement définir l'amour en s'en tenant aux lois de la nature, les moralistes sont bien plus embarrassés de l'expliquer quand ils veulent le considérer dans tous les développements que lui a donnés la société. Néanmoins il existe, malgré les hérésies des mille sectes qui divisent l'église amoureuse,

une ligne droite et tranchée qui partage nettement leurs doctrines, une ligne que les discussions
ne courberont jamais, et dont l'inflexible applica-
tion explique la crise dans laquelle, comme
presque toutes les femmes, la duchesse de Langeais était plongée. Elle n'aimait pas encore, elle
avait une passion.

L'amour et la passion sont deux différents
états de l'àme que poètes et gens du monde,
philosophes et niais confondent continuellement.
L'amour comporte une mutualité de sentiments,
une certitude de jouissances que rien n'altère, et
un trop constant échange de plaisirs, une trop
complète adhérence entre les cœurs pour ne pas
exclure la jalousie. La possession est alors un
moyen et non un but ; une infidélité fait souffrir,
mais ne détache pas ; l'àme n'est ni plus ni moins
ardente ou troublée, elle est incessamment heureuse [69] ; enfin le désir étendu par un souffle divin
d'un bout à l'autre sur l'immensité du temps
nous le teint d'une même couleur : la vie est
bleue comme l'est un ciel pur. La passion est le
pressentiment de l'amour et de son infini auquel
aspirent toutes les àmes souffrantes. La passion
est un espoir qui peut-être sera trompé. Passion
signifie à la fois souffrance et transition ; la
passion cesse quand l'espérance est morte.
Hommes et femmes peuvent, sans se déshonorer,
concevoir plusieurs passions ; il est si naturel de
s'élancer vers le bonheur ! mais il n'est dans la vie
qu'un seul amour. Toutes les discussions, écrites
ou verbales, faites sur les sentiments, peuvent
donc être résumées par ces deux questions : Est-
ce une passion ? Est-ce l'amour ? L'amour n'exis-

tant pas sans la connaissance intime des plaisirs qui le perpétuent, la duchesse était donc sous le joug d'une passion; aussi en éprouva-t-elle les dévorantes agitations, les involontaires calculs, les desséchants désirs, enfin tout ce qu'exprime le mot *passion :* elle souffrit. Au milieu des troubles de son âme, il se rencontrait des tourbillons soulevés par sa vanité, par son amour-propre, par son orgueil ou par sa fierté : toutes ces variétés de l'égoïsme se tiennent. Elle avait dit à un homme : Je t'aime, je suis à toi! La duchesse de Langeais pouvait-elle avoir inutilement proféré ces paroles? Elle devait ou être aimée ou abdiquer son rôle social. Sentant alors la solitude de son lit voluptueux où la volupté n'avait pas encore mis ses pieds chauds, elle s'y roulait, s'y tordait en se répétant : — Je veux être aimée! Et la foi qu'elle avait encore en elle lui donnait l'espoir de réussir. La duchesse était piquée, la vaniteuse Parisienne était humiliée, la femme vraie entrevoyait le bonheur, et son imagination, vengeresse du temps perdu pour la nature, se plaisait à lui faire flamber les feux inextinguibles du plaisir. Elle atteignait presque aux sensations de l'amour; car, dans le doute d'être aimée qui la poignait, elle se trouvait heureuse de se dire à elle-même : — Je l'aime! Le monde et Dieu, elle avait envie de les fouler à ses pieds. Montriveau était maintenant sa religion. Elle passa la journée du lendemain dans un état de stupeur morale mêlé d'agitations corporelles que rien ne pourrait exprimer. Elle déchira autant de lettres qu'elle en écrivit, et fit mille suppositions impossibles. A l'heure où Montriveau venait jadis, elle voulut

croire qu'il arriverait, et prit plaisir à l'attendre.
Sa vie se concentra dans le seul sens de l'ouïe.
Elle fermait parfois les yeux et s'efforçait d'écouter à travers les espaces. Puis elle souhaitait le
pouvoir d'anéantir tout obstacle entre elle et son
amant afin d'obtenir ce silence absolu qui permet
de percevoir le bruit à d'énormes distances. Dans
ce recueillement, les pulsations de sa pendule lui
furent odieuses, elles étaient une sorte de bavardage sinistre qu'elle arrêta. Minuit sonna dans le
salon.

— Mon Dieu! se dit-elle, le voir ici, ce serait le
bonheur. Et cependant il y venait naguère,
amené par le désir. Sa voix remplissait ce
boudoir. Et maintenant, rien!

En se souvenant des scènes de coquetterie
qu'elle avait jouées, et qui le lui avaient ravi, des
larmes de désespoir coulèrent de ses yeux pendant longtemps.

— Madame la duchesse, lui dit sa femme de
chambre, ne sait peut-être pas qu'il est deux
heures du matin, j'ai cru que madame était
indisposée.

— Oui, je vais me coucher; mais rappelez-
vous, Suzette, dit madame de Langeais en
essuyant ses larmes, de ne jamais entrer chez moi
sans ordre, et je ne vous le dirai pas une seconde
fois.

Pendant une semaine, madame de Langeais
alla dans toutes les maisons où elle espérait
rencontrer monsieur de Montriveau. Contrairement à ses habitudes, elle arrivait de bonne heure
et se retirait tard; elle ne dansait plus, elle jouait.
Tentatives inutiles! elle ne put parvenir à voir

Armand, de qui elle n'osait plus prononcer le nom. Cependant un soir, dans un moment de désespérance, elle dit à madame de Sérizy, avec autant d'insouciance qu'il lui fut possible d'en affecter : — Vous êtes donc brouillée avec monsieur de Montriveau? je ne le vois plus chez vous.

— Mais il ne vient donc plus ici? répondit la comtesse en riant. D'ailleurs, on ne l'aperçoit plus nulle part, il est sans doute occupé de quelque femme.

— Je croyais, reprit la duchesse avec douceur, que le marquis de Ronquerolles était un de ses amis...

— Je n'ai jamais entendu dire à mon frère qu'il le connût.

Madame de Langeais ne répondit rien. Madame de Sérizy crut pouvoir alors impunément fouetter une amitié discrète qui lui avait été si longtemps amère, et reprit la parole.

— Vous le regrettez donc, ce triste personnage. J'en ai ouï-dire des choses monstrueuses : blessez-le, il ne revient jamais, ne pardonne rien; aimez-le, il vous met à la chaîne. A tout ce que je disais de lui, l'un de ceux qui le portent aux nues me répondait toujours par un mot : *Il sait aimer!* On ne cesse de me répéter : Montriveau quittera tout pour son ami, c'est une âme immense. Ah, bah! la société ne demande pas des âmes si grandes. Les hommes de ce caractère sont très bien chez eux, qu'il y restent, et qu'ils nous laissent à nos bonnes petitesses. Qu'en dites-vous, Antoinette?

Malgré son habitude du monde, la duchesse parut agitée, mais elle dit néanmoins avec un

naturel qui trompa son amie : — Je suis fâchée
de ne plus le voir, je prenais à lui beaucoup
d'intérêt, et lui vouais une sincère amitié. Dus-
siez-vous me trouver ridicule, chère amie, j'aime
les grandes âmes. Se donner à un sot, n'est-ce pas
avouer clairement que l'on n'a que des sens?

Madame de Sérizy n'avait jamais *distingué* que
des gens vulgaires, et se trouvait en ce moment
aimée par un bel homme, le marquis d'Aiglemont.

La comtesse abrégea sa visite, croyez-le. Puis
madame de Langeais voyant une espérance dans
la retraite absolue d'Armand, elle lui écrivit
aussitôt une lettre humble et douce qui devait le
ramener à elle, s'il aimait encore. Elle fit porter le
lendemain sa lettre par son valet de chambre, et,
quand il fut de retour, elle lui demanda s'il
l'avait remise à Montriveau lui-même; puis, sur
son affirmation, elle ne put retenir un mouvement de joie. Armand était à Paris, il y restait
seul, chez lui, sans aller dans le monde! Elle était
donc aimée. Pendant toute la journée elle attendit une réponse, et la réponse ne vint pas. Au
milieu des crises renaissantes que lui donna
l'impatience, Antoinette se justifia ce retard :
Armand était embarrassé, la réponse viendrait
par la poste; mais, le soir, elle ne pouvait plus
s'abuser. Journée affreuse, mêlée de souffrances
qui plaisent, de palpitations qui écrasent, excès
de cœur qui usent la vie. Le lendemain elle
envoya chez Armand chercher une réponse.

— Monsieur le marquis a fait dire qu'il viendrait chez madame la duchesse, répondit Julien.

Elle se sauva afin de ne pas laisser voir son

bonheur, elle alla tomber sur son canapé pour y
dévorer ses premières émotions.

— Il va venir! Cette pensée lui déchira l'âme.
Malheur, en effet, aux êtres pour lesquels l'attente n'est pas la plus horrible des tempêtes et la
fécondation des plus doux plaisirs, ceux-là n'ont
point en eux cette flamme qui réveille les images
des choses, et double la nature en nous attachant
autant à l'essence pure des objets qu'à leur
réalité. En amour, attendre n'est-ce pas incessamment épuiser une espérance certaine, se livrer
au fléau terrible de la passion, heureuse sans les
désenchantements de la vérité! Émanation constante de force et de désirs, l'attente ne serait-elle
pas à l'âme humaine ce que sont à certaines
fleurs leurs exhalations [70] parfumées? Nous avons
bientôt laissé les éclatantes et stériles couleurs du
coréopsis ou des tulipes, et nous revenons sans
cesse aspirer les délicieuses pensées de l'oranger
ou du volkameria [71], deux fleurs que leurs patries
ont involontairement comparées à de jeunes
fiancées pleines d'amour, belles de leur passé,
belles de leur avenir.

La duchesse s'instruisit des plaisirs de sa
nouvelle vie en sentant avec une sorte d'ivresse
ces flagellations de l'amour; puis, en changeant
de sentiments, elle trouva d'autres destinations
et un meilleur sens aux choses de la vie. En se
précipitant dans son cabinet de toilette, elle
comprit ce que sont les recherches de la parure,
les soins coporels les plus minutieux, quand ils
sont commandés par l'amour et non par la
vanité; déjà, ces apprêts lui aidèrent à supporter
la longueur du temps. Sa toilette finie, elle

retomba dans les excessives agitations, dans les foudroiements nerveux de cette horrible puissance qui met en fermentation toutes les idées, et qui n'est peut-être qu'une maladie dont on aime les souffrances. La duchesse était prête à deux heures de l'après-midi; monsieur de Montriveau n'était pas encore arrivé à onze heures et demie du soir. Expliquer les angoisses de cette femme, qui pouvait passer pour l'enfant gâté de la civilisation, ce serait vouloir dire combien le cœur peut concentrer de poésies dans une pensée; vouloir peser la force exhalée par l'âme au bruit d'une sonnette, ou estimer ce que consomme de vie l'abattement causé par une voiture dont le roulement continue sans s'arrêter [72].

— Se jouerait-il de moi? dit-elle en écoutant sonner minuit.

Elle pâlit, ses dents se heurtèrent, et elle se frappa les mains en bondissant dans ce boudoir, où jadis, pensait-elle, il apparaissait sans être appelé. Mais elle se résigna. Ne l'avait-elle pas fait pâlir et bondir sous les piquantes flèches de son ironie? Madame de Langeais comprit l'horreur de la destinée des femmes, qui, privées de tous les moyens d'action que possèdent les hommes, doivent attendre quand elles aiment. Aller au-devant de son aimé est une faute que peu d'hommes savent pardonner. La plupart d'entre eux voient une dégradation dans cette céleste flatterie; mais Armand avait une grande âme, et devait faire partie du petit nombre d'hommes qui savent acquitter par un éternel amour un tel excès d'amour.

— Hé bien, j'irai, se dit-elle en se tournant

dans son lit sans pouvoir y trouver le sommeil, j'irai vers lui, je lui tendrai la main sans me fatiguer de la lui tendre. Un homme d'élite voit dans chacun des pas que fait une femme vers lui des promesses d'amour et de constance. Oui, les anges doivent descendre des cieux pour venir aux hommes, et je veux être un ange pour lui.

Le lendemain elle écrivit un de ces billets où excelle l'esprit des dix mille Sévignés que compte maintenant Paris. Cependant, savoir se plaindre sans s'abaisser, voler à plein de ses deux ailes sans se traîner humblement, gronder sans offenser, se révolter avec grâce, pardonner sans compromettre la dignité personnelle, tout dire et ne rien avouer, il fallait être la duchesse de Langeais et avoir été élevée par madame la princesse de Blamont-Chauvry, pour écrire ce délicieux billet. Julien partit. Julien était, comme tous les valets de chambre, la victime des marches et contremarches de l'amour[73].

— Que vous a répondu monsieur de Montriveau? dit-elle aussi indifféremment qu'elle le put à Julien quand il vint lui rendre compte de sa mission.

— Monsieur le marquis m'a prié de dire à madame la duchesse que c'était bien.

Affreuse réaction de l'âme sur elle-même! recevoir devant de curieux témoins la question du cœur, et ne pas murmurer, et se voir forcée au silence. Une des mille douleurs du riche!

Pendant vingt-deux jours madame de Langeais écrivit à monsieur de Montriveau sans obtenir de réponse. Elle avait fini par se dire malade pour se dispenser de ses devoirs, soit envers la princesse à laquelle elle était attachée, soit envers le monde. Elle ne recevait que son père, le duc de Navarreins, sa tante la princesse de Blamont-Chauvry, le vieux vidame de Pamiers, son grand-oncle maternel, et l'oncle de son mari, le duc de Grandlieu. Ces personnes crurent facilement à la maladie de madame de Langeais, en la trouvant de jour en jour plus abattue, plus pâle, plus amaigrie. Les vagues ardeurs d'un amour réel, les irritations de l'orgueil blessé, la constante piqûre du seul mépris qui pût l'atteindre, ses élancements vers des plaisirs perpétuellement souhaités, perpétuellement trahis; enfin, toutes ses forces inutilement excitées, minaient sa double nature. Elle payait l'arriéré de sa vie trompée. Elle sortit enfin pour assister à une revue où devait se trouver monsieur de Montriveau. Placée sur le balcon des Tuileries, avec la famille royale, la duchesse eut une de ces fêtes dont l'âme garde un long souvenir. Elle apparut sublime de langueur, et tous les yeux la saluèrent avec admiration. Elle échangea quelques regards avec Montriveau, dont la présence la rendait si belle. Le général défila presque à ses pieds dans toute la splendeur de ce costume militaire dont l'effet sur l'imagination féminine est avoué même par les plus prudes personnes. Pour une femme bien éprise, qui n'avait pas vu son amant depuis deux mois, ce rapide moment ne dut-il pas ressembler à cette phase de nos rêves où, fugitivement, notre vue embrasse une nature sans horizon? Aussi, les femmes ou les jeunes gens peuvent-ils seuls imaginer l'avidité stupide et délirante qu'exprimèrent les yeux de la duchesse. Quant aux hommes, si, pendant leur jeunesse, ils ont éprouvé, dans le paroxysme de leurs premières passions, ces phénomènes de la puissance nerveuse, plus tard ils les oublient si complètement, qu'ils arrivent à nier ces luxuriantes extases, le seul nom possible de ces magnifiques intuitions. L'extase religieuse est la folie de la pensée dégagée de ses liens corporels; tandis que, dans l'extase amoureuse, se confondent, s'unissent et s'embrassent les forces de nos deux natures. Quand une femme est en proie aux tyrannies furieuses sous lesquelles ployait madame de Langeais, les résolutions définitives se succèdent si rapidement, qu'il est impossible d'en rendre compte. Les pensées naissent alors les unes des autres, et courent dans l'âme comme ces nuages emportés par le vent sur un fond grisâtre qui voile le soleil. Dès lors, les faits disent tout. Voici donc les faits. Le lendemain de la revue, madame de Langeais envoya sa voiture et sa livrée attendre à la porte du marquis de Montriveau depuis huit heures du matin jusqu'à trois heures après midi. Armand demeurait rue de Seine, à quelques pas de la Chambre des pairs, où il devait y avoir une séance ce jour-là. Mais longtemps avant que les pairs ne se rendissent à leur palais, quelques personnes aperçurent la voiture et la livrée de la duchesse. Un jeune officier dédaigné par madame de Langeais, et recueilli par madame de Sérizy, le baron de Maulincour [74], fut le premier qui reconnut les gens. Il alla sur-le-champ chez sa maîtresse lui raconter sous le secret cette étrange folie. Aussitôt, cette nouvelle fut télégraphiquement portée

à la connaissance de toutes les coteries du
faubourg Saint-Germain, parvint au château, à
l'Élysée-Bourbon[75], devint le bruit du jour, le
sujet de tous les entretiens, depuis midi jusqu'au
soir. Presque toutes les femmes niaient le fait,
mais de manière à le faire croire ; et les hommes le
croyaient en témoignant à madame de Langeais
le plus indulgent intérêt.

— Ce sauvage de Montriveau a un caractère
de bronze, il aura sans doute exigé cet éclat,
disaient les uns en rejetant la faute sur Armand.

— Hé bien, disaient les autres, madame de
Langeais a commis la plus noble des impru-
dences ! En face de tout Paris, renoncer, pour son
amant, au monde, à son rang, à sa fortune, à la
considération, est un coup d'État féminin beau
comme le coup de couteau de ce perruquier qui a
tant ému Canning à la cour d'assises[76]. Pas une
des femmes qui blâment la duchesse ne ferait
cette déclaration digne de l'ancien temps.
Madame de Langeais est une femme héroïque de
s'afficher ainsi franchement elle-même. Maintenant, elle ne peut plus aimer que Montriveau.
N'y a-t-il pas quelque grandeur chez une femme
à dire : Je n'aurai qu'une passion ?

— Que va donc devenir la société, monsieur, si
vous honorez ainsi le vice, sans respect pour la
vertu ? dit la femme du procureur général, la
comtesse de Grandville.

Pendant que le château, le faubourg et la
Chaussée d'Antin s'entretenaient du naufrage de
cette aristocratique vertu ; que d'empressés
jeunes gens couraient à cheval s'assurer, en
voyant la voiture dans la rue de Seine, que la

duchesse était bien réellement chez monsieur de Montriveau, elle gisait palpitante au fond de son boudoir. Armand, qui n'avait pas couché chez lui, se promenait aux Tuileries avec monsieur de Marsay. Puis, les grands-parents de madame de Langeais se visitaient les uns les autres en se donnant rendez-vous chez elle pour la semon-dre[77] et aviser aux moyens d'arrêter le scandale causé par sa conduite. A trois heures, monsieur le duc de Navarreins, le vidame de Pamiers, la vieille princesse de Blamont-Chauvry et le duc de Grandlieu se trouvaient réunis dans le salon de madame de Langeais, et l'y attendaient. A eux, comme à plusieurs curieux, les gens avaient dit que leur maîtresse était sortie. La duchesse n'avait excepté personne de la consigne. Ces quatre personnages, illustres dans la sphère aris-tocratique dont l'almanach de Gotha consacre annuellement les révolutions et les prétentions héréditaires, veulent une rapide esquisse sans laquelle cette peinture sociale serait incomplète.

La princesse de Blamont-Chauvry était, dans le monde féminin, le plus poétique débris du règne de Louis XV, au surnom duquel, durant sa belle jeunesse, elle avait, dit-on, contribué pour sa quote-part[78]. De ses anciens agréments, il ne lui restait qu'un nez remarquablement saillant, mince, recourbé comme une lame turque, et principal ornement d'une figure semblable à un vieux gant blanc; puis quelques cheveux crêpés et poudrés; des mules à talons, le bonnet de dentelles à coques, des mitaines noires et des *parfaits contentements*[79]. Mais, pour lui rendre entièrement justice, il est nécessaire d'ajouter

qu'elle avait une si haute idée de ses ruines,
qu'elle se décolletait le soir, portait des gants
longs, et se teignait encore les joues avec le rouge
classique de Martin[80]. Dans ses rides une amabilité redoutable, un feu prodigieux dans ses yeux,
une dignité profonde dans toute sa personne, sur
sa langue un esprit à triple dard, dans sa tête une
mémoire infaillible faisaient de cette vieille
femme une véritable puissance. Elle avait dans le
parchemin de sa cervelle tout celui du cabinet des
chartes et connaissait les alliances des maisons
princières, ducales et comtales de l'Europe, à
savoir où étaient les derniers germains de Charle-
magne. Aussi nulle usurpation de titre ne pouvait-elle lui échapper. Les jeunes gens qui voulaient être bien vus, les ambitieux, les jeunes
femmes lui rendaient de constants hommages.
Son salon faisait autorité dans le faubourg Saint-
Germain. Les mots de ce Talleyrand femelle
restaient comme des arrêts[81]. Certaines personnes venaient prendre chez elle des avis sur
l'étiquette ou les usages, et y chercher des leçons
de bon goût. Certes, nulle vieille femme ne savait
comme elle empocher sa tabatière; et elle avait,
en s'asseyant ou en se croisant les jambes, des
mouvements de jupe d'une précision, d'une grâce
qui désespérait les jeunes femmes les plus élégantes[82]. Sa voix lui était demeurée dans la tête
pendant le tiers de sa vie, mais elle n'avait pu
l'empêcher de descendre dans les membranes du
nez, ce qui la rendait étrangement significative.
De sa grande fortune il lui restait cent cinquante
mille *livres* en bois, généreusement rendus par
Napoléon. Ainsi, biens et personne, tout en elle

était considérable. Cette curieuse antique [83] était dans une bergère au coin de la cheminée et causait avec le vidame de Pamiers, autre ruine contemporaine. Ce vieux seigneur, ancien commandeur de l'ordre de Malte, était un homme grand, long et fluet, dont le col était toujours serré de manière à lui comprimer les joues qui débordaient légèrement la cravate et à lui maintenir la tête haute; attitude pleine de suffisance chez certaines gens, mais justifiée chez lui par un esprit voltairien. Ses yeux à fleur de tête semblaient tout voir et avaient effectivement tout vu. Il mettait du coton dans ses oreilles. Enfin sa personne offrait dans l'ensemble un modèle parfait des lignes aristocratiques, lignes menues et frêles, souples et agréables, qui, semblables à celles du serpent, peuvent à volonté se courber, se dresser, devenir coulantes ou roides.

Le duc de Navarreins se promenait de long en large dans le salon avec monsieur le duc de Grandlieu. Tous deux étaient des hommes âgés de cinquante-cinq ans, encore verts, gros et courts, bien nourris, le teint un peu rouge, les yeux fatigués, les lèvres inférieures déjà pendantes. Sans le ton exquis de leur langage, sans l'affable politesse de leurs manières, sans leur aisance qui pouvait tout à coup se changer en impertinence, un observateur superficiel aurait pu les prendre pour des banquiers. Mais toute erreur devait cesser en écoutant leur conversation armée de précautions avec ceux qu'ils redoutaient, sèche ou vide avec leurs égaux, perfide pour les inférieurs que les gens de cour ou les hommes d'État savent apprivoiser par de verbeuses délicatesses et blesser par un mot inattendu. Tels étaient les représentants de cette grande noblesse qui voulait mourir ou rester tout entière, qui méritait autant d'éloge que de blâme, et sera toujours imparfaitement jugée jusqu'à ce qu'un poète l'ait montrée heureuse d'obéir au roi en expirant sous la hache de Richelieu, et méprisant la guillotine de 89 comme une sale vengeance.

Ces quatre personnages se distinguaient tous par une voix grêle, particulièrement en harmonie avec leurs idées et leur maintien. D'ailleurs, la plus parfaite égalité régnait entre eux. L'habitude prise par eux à la cour de cacher leurs émotions les empêchait sans doute de manifester le déplaisir que leur causait l'incartade de leur jeune parente.

Pour empêcher les critiques de taxer de puérilité le commencement de la scène suivante, peut-être est-il nécessaire de faire observer ici que Locke, se trouvant dans la compagnie de seigneurs anglais renommés pour leur esprit, distingués autant par leurs manières que par leur consistance politique, s'amusa méchamment à sténographier leur conversation par un procédé particulier, et les fit éclater de rire en la leur lisant, afin de savoir d'eux ce qu'on en pouvait tirer [84]. En effet, les classes élevées ont en tout pays un jargon de clinquant qui, lavé dans les cendres littéraires ou philosophiques, donne infiniment peu d'or au creuset. A tous les étages de la société, sauf quelques salons parisiens, l'observateur retrouve les mêmes ridicules que différenciant seulement la transparence ou l'épaisseur du vernis. Ainsi, les conversations substantielles sont l'exception sociale, et le béotianisme [85] défraie habituellement les diverses zones du monde. Si forcément on parle beaucoup dans les hautes sphères, on y pense peu. Penser est une fatigue, et les riches aiment à voir couler la vie sans grand effort. Aussi est-ce en comparant le fond des plaisanteries par échelons, depuis le gamin de Paris jusqu'au pair de France, que l'observateur comprend le mot de monsieur de Talleyrand : *Les manières sont tout,* traduction élégante de cet axiome judiciaire : *La forme emporte le fond.* Aux yeux du poète, l'avantage restera aux classes inférieures qui ne manquent jamais à donner un rude cachet de poésie à leurs pensées. Cette observation fera peut-être aussi comprendre l'infertilité des salons, leur vide, leur peu de profondeur, et la répugnance que les gens supérieurs éprouvent à faire le méchant commerce d'y échanger leurs pensées.

Le duc [86] s'arrêta soudain, comme s'il concevait une idée lumineuse, et dit à son voisin : — Vous avez donc vendu Thornthon?

— Non, il est malade. J'ai bien peur de le perdre, et j'en serais désolé; c'est un cheval excellent à la chasse. Savez-vous comment va la duchesse de Marigny?

— Non, je n'y suis pas allé ce matin. Je sortais pour la voir, quand vous êtes venu me parler d'Antoinette. Mais elle avait été fort mal hier, l'on en désespérait, elle a été administrée.

— Sa mort changera la position de votre cousin.

— En rien, elle a fait ses partages de son

vivant et s'était réservé une pension que lui paye sa nièce, madame de Soulanges, à laquelle elle a donné sa terre de Guébriant à rente viagère.

— Ce sera une grande perte pour la société. Elle était bonne femme [87]. Sa famille aura de moins une personne dont les conseils et l'expérience avaient de la portée. Entre nous soit dit, elle était le chef de la maison. Son fils, Marigny, est un aimable homme; il a du trait; il sait causer [88]. Il est agréable, très agréable; oh! pour agréable, il l'est sans contredit; mais... aucun esprit de conduite. Eh bien! c'est extraordinaire, il est très fin. L'autre jour, il dînait au Cercle avec tous ces richards de la Chaussée d'Antin, et votre oncle (qui va toujours y faire sa partie) le voit. Étonné de le rencontrer là, il lui demande s'il est du Cercle [89]. — « Oui, je ne vais plus dans le monde, je vis avec les banquiers. » Vous savez pourquoi? dit le marquis [90] en jetant au duc un fin sourire.

— Non.

— Il est amouraché d'une nouvelle mariée, cette petite madame Keller, la fille de Gondreville, une femme que l'on dit fort à la mode dans ce monde-là.

— Mais Antoinette ne s'ennuie pas, à ce qu'il paraît, dit le vieux vidame.

— L'affection que je porte à cette petite femme me fait prendre en ce moment un singulier passe-temps, lui répondit la princesse en empochant sa tabatière.

— Ma chère tante, dit le duc en s'arrêtant, je suis désespéré. Il n'y avait qu'un homme de Bonaparte capable d'exiger d'une femme comme

il faut de semblables inconvenances. Entre nous
soit dit, Antoinette aurait dû choisir mieux.

— Mon cher, répondit la princesse, les Montriveau sont anciens et fort bien alliés, ils tiennent à
toute la haute noblesse de Bourgogne. Si les
Rivaudoult d'Arschoot, de la branche Dulmen,
finissaient en Galicie, les Montriveau succéde-
raient aux biens et aux titres d'Arschoot; ils en
héritent par leur bisaïeul.

— Vous en êtes sûre?...

— Je le sais mieux que ne le savait le père de
celui-ci, que je voyais beaucoup et à qui je l'ai
appris. Quoique chevalier des ordres [91], il s'en
moqua; c'était un encyclopédiste. Mais son frère
en a bien profité dans l'émigration. J'ai ouï dire
que ses parents du nord avaient été parfaits pour
lui...

— Oui, certes. Le comte de Montriveau est
mort à Petersbourg où je l'ai rencontré, dit le
vidame. C'était un gros homme qui avait une
incroyable passion pour les huîtres.

— Combien on mangeait-il donc? dit le duc
de Grandlieu.

— Tous les jours dix douzaines.

— Sans être incommodé?

— Pas le moins du monde.

— Oh! mais c'est extraordinaire! Ce goût ne
lui a donné ni la pierre, ni la goutte, ni aucune
incommodité?

— Non, il s'est parfaitement porté, il est mort
par accident.

— Par accident! La nature lui avait dit de
manger des huîtres, elles lui étaient probablement nécessaires; car, jusqu'à un certain point,

nos goûts prédominants sont des conditions de notre existence.

— Je suis de votre avis, dit la princesse en souriant.

— Madame, vous entendrez toujours malicieusement les choses, dit le marquis.

— Je veux seulement vous faire comprendre que ces choses seraient très mal entendues par une jeune femme, répondit-elle.

Elle s'interrompit pour dire : — Mais ma nièce! ma nièce!

— Chère tante, dit monsieur de Navarreins, je ne peux pas encore croire qu'elle soit allée chez monsieur de Montriveau.

— Bah! fit la princesse.

— Quelle est votre idée, vidame? demanda le marquis.

— Si la duchesse était naïve, je croirais...

— Mais une femme qui aime devient naïve, mon pauvre vidame. Vous vieillissez donc?

— Enfin, que faire? dit le duc.

— Si ma chère nièce est sage, répondit la princesse, elle ira ce soir à la Cour, puisque, par bonheur, nous sommes un lundi, jour de réception; vous verrez à la bien entourer et à démentir ce bruit ridicule. Il y a mille moyens d'expliquer les choses; et si le marquis de Montriveau est un galant homme, il s'y prêtera. Nous ferons entendre raison à ces enfants-là...

— Mais il est difficile de rompre en visière à monsieur de Montriveau, chère tante, c'est un élève de Bonaparte, et il a une position. Comment donc! c'est un seigneur du jour, il a un commandement important dans la Garde, où il est très utile. Il n'a pas la moindre ambition. Au premier mot qui lui déplairait, il est homme à dire au roi : — Voilà ma démission, laissez-moi tranquille.

— Comment pense-t-il donc?

— Très mal.

— Vraiment, dit la princesse, le Roi reste ce qu'il a toujours été, un jacobin fleurdelisé.

— Oh! un peu modéré, dit le vidame.

— Non, je le connais de longue date. L'homme qui disait à sa femme, le jour où elle assista au premier grand couvert : « Voilà nos gens! » en lui montrant la Cour, ne pouvait être qu'un noir scélérat. Je retrouve parfaitement MONSIEUR dans le Roi. Le mauvais frère qui votait si mal dans son bureau de l'Assemblée constituante [92] doit pactiser avec les Libéraux, les laisser parler, discuter. Ce cagot de philosophie sera tout aussi dangereux pour son cadet qu'il l'a été pour l'aîné; car je ne sais si son successeur pourra se tirer des embarras que se plaît à lui créer ce gros homme de petit esprit; d'ailleurs il l'exècre, et serait heureux de se dire en mourant : il ne régnera pas longtemps.

— Ma tante, c'est le Roi, j'ai l'honneur de lui appartenir, et...

— Mais, mon cher, votre charge vous ôte-t-elle votre franc-parler! Vous êtes d'aussi bonne maison que les Bourbons. Si les Guises avaient eu un peu plus de résolution, Sa Majesté serait un pauvre sire aujourd'hui. Je m'en vais de ce monde à temps, la noblesse est morte. Oui, tout est perdu pour vous, mes enfants, dit-elle en regardant le vidame. Est-ce que la conduite de

ma nièce devrait occuper la ville? Elle a eu tort,
je ne l'approuve pas, un scandale inutile est une
faute; aussi douté-je encore de ce manque aux
convenances, je l'ai élevée et je sais que...

En ce moment la duchesse sortit de son
boudoir. Elle avait reconnu la voix de sa tante et
entendu prononcer le nom de Montriveau. Elle
était dans un déshabillé du matin, et, quand elle
se montra, monsieur de Grandlieu, qui regardait
insouciamment par la croisée, vit revenir la
voiture de sa nièce sans elle.

— Ma chère fille, lui dit le duc en lui prenant
la tête et l'embrassant au front, tu ne sais donc
pas ce qui se passe?

— Que se passe-t-il d'extraordinaire, cher
père?

— Mais tout Paris te croit chez monsieur
de Montriveau.

— Ma chère Antoinette, tu n'es pas sortie,
n'est-ce pas? dit la princesse en lui tendant la
main que la duchesse baisa avec une respectueuse
affection.

— Non, chère mère, je ne suis pas sortie. Et,
dit-elle en se retournant pour saluer le vidame et
le marquis, j'ai voulu que tout Paris me crût chez
monsieur de Montriveau.

Le duc leva les mains au ciel, se les frappa
désespérément et se croisa les bras.

— Mais vous ne savez donc pas ce qui résul-
tera de ce coup de tête? dit-il enfin.

La vieille princesse s'était subitement dressée
sur ses talons, et regardait la duchesse qui se prit
à rougir et baissa les yeux; madame de Chauvry
l'attira doucement et lui dit : — Laissez-moi vous

baiser, mon petit ange. Puis, elle l'embrassa sur le front fort affectueusement, lui serra la main et reprit en souriant : — Nous ne sommes plus sous les Valois, ma chère fille. Vous avez compromis votre mari, votre état dans le monde; cependant, nous allons aviser à tout réparer.

— Mais, ma chère tante, je ne veux rien réparer. Je désire que tout Paris sache ou dise que j'étais ce matin chez monsieur de Montriveau. Détruire cette croyance, quelque fausse qu'elle soit, est me nuire étrangement.

— Ma fille, vous voulez donc vous perdre, et affliger votre famille?

— Mon père, ma famille, en me sacrifiant à des intérêts, m'a, sans le vouloir, condamnée à d'irréparables malheurs. Vous pouvez me blâmer d'y chercher des adoucissements, mais certes vous me plaindrez.

— Donnez-vous donc mille peines pour établir convenablement des filles! dit en murmurant monsieur de Navarreins au vidame.

— Chère petite, dit la princesse en secouant les grains de tabac tombés sur sa robe, soyez heureuse si vous pouvez; il ne s'agit pas de troubler votre bonheur, mais de l'accorder avec les usages. Nous savons tous, ici, que le mariage est une défectueuse institution tempérée par l'amour. Mais est-il besoin, en prenant un amant, de faire son lit sur le Carrousel? Voyons, ayez un peu de raison, écoutez-nous.

— J'écoute.

— Madame la duchesse, dit le duc de Grandlieu, si les oncles étaient obligés de garder leurs nièces, ils auraient un état dans le monde; la

société leur devrait des honneurs, des récompenses, des traitements comme elle en donne aux
gens du Roi. Aussi ne suis-je pas venu pour vous
parler de mon neveu, mais de vos intérêts.
Calculons un peu. Si vous tenez à faire un éclat,
je connais le sire, je ne l'aime guère. Langeais est
assez avare, personnel en diable ; il se séparera de
vous, gardera votre fortune, vous laissera pauvre,
et conséquemment sans considération. Les cent
mille livres de rente que vous avez héritées
dernièrement de votre grand-tante maternelle
payeront les plaisirs de ses maîtresses, et vous
serez liée, garrottée par les lois, obligée de dire
amen à ces arrangements-là. Que monsieur
de Montriveau vous quitte! Mon Dieu, chère
nièce, ne nous colérons point, un homme ne vous
abandonnera pas jeune et belle ; cependant nous
avons vu tant de jolies femmes délaissées, même
parmi les princesses, que vous me permettrez une
supposition presque impossible, je veux le croire ;
alors que deviendrez-vous sans mari? Ménagez
donc le vôtre au même titre que vous soignez
votre beauté, qui est après tout le parachute des
femmes, aussi bien qu'un mari. Je vous fais
toujours heureuse et aimée ; je ne tiens compte
d'aucun événement malheureux. Cela étant, par
bonheur ou par malheur vous aurez des enfants?
Qu'en ferez-vous? Des Montriveau? — Hé bien,
ils ne succéderont point à toute la fortune de leur
père. Vous voudrez leur donner toute la vôtre et
lui toute la sienne. Mon Dieu, rien n'est plus
naturel. Vous trouverez les lois contre · vous.
Combien avons-nous vu de procès faits par les
héritiers légitimes aux enfants de l'amour! J'en

entends retentir dans tous les tribunaux du monde. Aurez-vous recours à quelque *fidéicommis* [93] : si la personne en qui vous mettrez votre confiance vous trompe, à la vérité la justice humaine n'en saura rien; mais vos enfants seront ruinés. Choisissez donc bien! Voyez en quelles perplexités vous êtes. De toute manière vos enfants seront nécessairement sacrifiés aux fantaisies de votre cœur et privés de leur état. Mon Dieu, tant qu'ils seront petits, ils seront charmants; mais ils vous reprocheront un jour d'avoir songé plus à vous qu'à eux. Nous savons tout cela, nous autres vieux gentilshommes. Les enfants deviennent des hommes, et les hommes sont ingrats. N'ai-je pas entendu le jeune de Horn, en Allemagne, disant après souper : — Si ma mère avait été honnête femme, je serais prince régnant [94]. Mais ce SI, nous avons passé notre vie à l'entendre dire aux roturiers, et il a fait la révolution. Quand les hommes ne peuvent accuser ni leur père, ni leur mère, ils s'en prennent à Dieu de leur mauvais sort. En somme, chère enfant, nous sommes ici pour vous éclairer. Hé bien, je me résume par un mot que vous devez méditer : une femme ne doit jamais donner raison à son mari.

— Mon oncle, j'ai calculé tant que je n'aimais pas. Alors je voyais comme vous des intérêts là où il n'y a plus pour moi que des sentiments, dit la duchesse.

— Mais, ma chère petite, la vie est tout bonnement une complication d'intérêts et de sentiments, lui répliqua le vidame; et pour être heureux, surtout dans la position où vous êtes, il faut tâcher d'accorder ses sentiments avec ses intérêts. Qu'une grisette fasse l'amour à sa fantaisie, cela se conçoit; mais vous avez une jolie fortune, une famille, un titre, une place à la cour, et vous ne devez pas les jeter par la fenêtre. Pour tout concilier, que venons-nous vous demander? De tourner habilement la loi des convenances au lieu de la violer. Hé, mon Dieu, j'ai bientôt quatre-vingts ans, je ne me souviens pas d'avoir rencontré, sous aucun régime, un amour qui valût le prix dont vous voulez payer celui de cet heureux jeune homme.

La duchesse imposa silence au vidame par un regard; et si Montriveau l'avait pu voir, il aurait tout pardonné...

— Ceci serait d'un bel effet au théâtre, dit le duc de Grandlieu, et ne signifie rien quand il s'agit de vos paraphernaux [95], de votre position et de votre indépendance. Vous n'êtes pas reconnaissante, ma chère nièce. Vous ne trouverez pas beaucoup de familles où les parents soient assez courageux pour apporter les enseignements de l'expérience et faire entendre le langage de la raison à de jeunes têtes folles. Renoncez à votre salut en deux minutes, s'il vous plaît de vous damner; d'accord! Mais réfléchissez bien quand il s'agit de renoncer à vos rentes. Je ne connais pas de confesseur qui nous absolve de la misère. Je me crois le droit de vous parler ainsi; car, si vous vous perdez, moi seul je pourrai vous offrir un asile. Je suis presque l'oncle de Langeais, et moi seul aurai raison en lui donnant tort.

— Ma fille, dit le duc de Navarreins en se réveillant d'une douloureuse méditation, puisque

vous parlez de sentiments, laissez-moi vous faire
observer qu'une femme qui porte votre nom se
doit à des sentiments autres que ceux des gens du
commun. Vous voulez donc donner gain de cause
aux Libéraux, à ces jésuites de Robespierre qui
s'efforcent de honnir la noblesse. Il est certaines
choses qu'une Navarreins ne saurait faire sans
manquer à toute sa maison. Vous ne seriez pas
seule déshonorée.

— Allons, dit la princesse, voilà le déshonneur.
Mes enfants, ne faites pas tant de bruit pour la
promenade d'une voiture vide, et laissez-moi
seule avec Antoinette. Vous viendrez dîner avec
moi tous trois. Je me charge d'arranger convenablement les choses. Vous n'y entendez rien,
vous autres hommes, vous mettez déjà de l'ai-
greur dans vos paroles, et je ne veux pas vous
voir brouillés avec ma chère fille. Faites-moi donc
le plaisir de vous en aller.

Les trois gentilshommes devinèrent sans doute
les intentions de la princesse, ils saluèrent leurs
parentes; et monsieur de Navarreins vint embrasser sa fille au front, en lui disant : — Allons,
chère enfant, sois sage. Si tu veux, il en est
encore temps.

— Est-ce que nous ne pourrions pas trouver
dans la famille quelque bon garçon qui cherche-
rait dispute à ce Montriveau? dit le vidame en
descendant les escaliers.

— Mon bijou, dit la princesse, en faisant signe
à son élève de s'asseoir sur une petite chaise
basse, près d'elle, quand elles furent seules, je ne
sais rien de plus calomnié dans ce bas monde que
Dieu et le dix-huitième siècle, car, en me remé-

morant les choses de ma jeunesse, je ne me rappelle pas qu'une seule duchesse ait foulé aux pieds les convenances comme vous venez de le faire. Les romanciers et les écrivailleurs ont déshonoré le règne de Louis XV, ne les croyez pas. La Dubarry, ma chère, valait bien la veuve Scarron, et elle était meilleure personne. Dans mon temps, une femme savait, au milieu de ses galanteries, garder sa dignité. Les indiscrétions nous ont perdues. De là vient tout le mal. Les philosophes, ces gens de rien que nous mettions dans nos salons, ont eu l'inconvenance et l'ingratitude, pour prix de nos bontés, de faire l'inventaire de nos cœurs, de nous décrier en masse, en détail, et de déblatérer contre le siècle. Le peuple, qui est très mal placé pour juger quoi que ce soit, a vu le fond des choses, sans en voir la forme. Mais dans ce temps-là, mon cœur, les hommes et les femmes ont été tout aussi remarquables qu'aux autres époques de la monarchie. Pas un de vos Werther, aucune de vos notabilités, comme ça s'appelle, pas un de vos hommes en gants jaunes et dont les pantalons dissimulent la pauvreté de leurs jambes, ne traverserait l'Europe, déguisé en colporteur, pour aller s'enfermer, au risque de la vie et en bravant les poignards du duc de Modène, dans le cabinet de toilette de la fille du régent [96]. Aucun de vos petits poitrinaires à lunettes d'écaille ne se cacherait comme Lauzun, durant six semaines, dans une armoire pour donner du courage à sa maîtresse pendant qu'elle accouchait [97]. Il y avait plus de passion dans le petit doigt de monsieur de Jaucourt [98] que dans toute votre race de disputailleurs qui laissent les femmes pour des amendements! Trouvez-moi donc aujourd'hui des pages qui se fassent hacher et ensevelir sous un plancher pour venir baiser le doigt ganté d'une Königsmark [99]? Aujourd'hui, vraiment, il semblerait que les rôles soient changés, et que les femmes doivent se dévouer pour les hommes. Ces messieurs valent moins et s'estiment davantage. Croyez-moi, ma chère, toutes ces aventures qui sont devenues publiques et dont on s'arme aujourd'hui pour assassiner notre bon Louis XV, étaient d'abord secrètes. Sans un tas de poétriaux [100], de rimailleurs, de moralistes qui entretenaient nos femmes de chambre et en écrivaient les calomnies, notre époque aurait eu littérairement des mœurs. Je justifie le siècle et non sa lisière. Peut-être y a-t-il eu cent femmes de qualité perdues; mais les drôles en ont mis un millier, ainsi que font les gazetiers quand ils évaluent les morts du parti battu. D'ailleurs, je ne sais pas ce que la Révolution et l'Empire peuvent nous reprocher : ces temps-là ont été licencieux, sans esprit, grossiers, fi! tout cela me révolte. Ce sont les mauvais lieux de notre histoire! Ce préambule, ma chère enfant, reprit-elle après une pause, est pour arriver à te dire que si Montriveau te plaît, tu es bien la maîtresse de l'aimer à ton aise, et tant que tu pourras. Je sais, moi, par expérience (à moins de t'enfermer, mais on n'enferme plus aujourd'hui), que tu feras ce qui te plaira; et c'est ce que j'aurais fait à ton âge. Seulement, mon cher bijou, je n'aurais pas abdiqué le droit de faire des ducs de Langeais. Ainsi comporte-toi décemment. Le vidame a raison, aucun homme ne vaut

un seul des sacrifices par lesquels nous sommes
assez folles pour payer leur amour. Mets-toi donc
dans la position de pouvoir, si tu avais le malheur
d'en être à te repentir, te trouver encore la
femme de monsieur de Langeais. Quand tu seras
vieille, tu seras bien aise d'entendre la messe à la
cour et non dans un couvent de province, voilà
toute la question. Une imprudence, c'est une
pension, une vie errante, être à la merci de son
amant; c'est l'ennui causé par les impertinences
des femmes qui vaudront moins que toi, précisément parce qu'elles auront été très ignoblement
adroites. Il valait cent fois mieux aller chez
Montriveau, le soir, en fiacre, déguisée, que d'y
envoyer ta voiture en plein jour. Tu es une petite
sotte, ma chère enfant! Ta voiture a flatté sa
vanité, ta personne lui aurait pris le cœur. Je t'ai
dit ce qui est juste et vrai, mais je ne t'en veux
pas, moi. Tu es de deux siècles en arrière avec ta
fausse grandeur. Allons, laisse-nous arranger tes
affaires, dire que le Montriveau aura grisé tes
gens, pour satisfaire son amour-propre et te
compromettre...

— Au nom du ciel, ma tante, s'écria la
duchesse en bondissant, ne le calomniez pas.

— Oh! chère enfant, dit la princesse dont les
yeux s'animèrent, je voudrais te voir des illusions
qui ne te fussent pas funestes, mais toute illusion
doit cesser. Tu m'attendrirais, n'était mon âge.
Allons, ne fais de chagrin à personne, ni à lui, ni à
nous. Je me charge de contenter tout le monde;
mais promets-moi de ne pas te permettre désormais une seule démarche sans me consulter.
Conte-moi tout, je te mènerai peut-être à bien.

— Ma tante, je vous promets...

— De me dire tout...

— Oui, tout, tout ce qui pourra se dire.

— Mais, mon cœur, c'est précisément ce qui ne pourra pas se dire que je veux savoir. Entendons-nous bien. Allons, laisse-moi appuyer mes lèvres sèches sur ton beau front. Non, laisse-moi faire, je te défends de baiser mes os. Les vieillards ont une politesse à eux... Allons, conduis-moi jusqu'à mon carrosse, dit-elle après avoir embrassé sa nièce.

— Chère tante, je puis donc aller chez lui déguisée?

— Mais, oui, ça peut toujours se nier, dit la vieille.

La duchesse n'avait clairement perçu que cette idée dans le sermon que la princesse venait de lui faire. Quand madame de Chauvry fut assise dans le coin de sa voiture, madame de Langeais lui dit un gracieux adieu, et remonta chez elle tout heureuse.

— Ma personne lui aurait pris le cœur; elle a raison, ma tante. Un homme ne doit pas refuser une jolie femme, quand elle sait se bien offrir.

Le soir, au cercle de madame la duchesse de Berry, le duc de Navarreins, monsieur de Pamiers, monsieur de Marsay, monsieur de Grandlieu, le duc de Maufrigneuse démentirent victorieusement les bruits offensants qui couraient sur la duchesse de Langeais. Tant d'officiers et de personnes attestèrent avoir vu Montriveau se promenant aux Tuileries pendant la matinée, que cette sotte histoire fut mise sur le compte du hasard, qui prend tout ce qu'on lui

donne. Aussi le lendemain la réputation de la
duchesse devint-elle, malgré la station de sa
voiture, nette et claire comme l'armet de Mambrin après avoir été fourbi par Sancho [101].
Seulement, à deux heures, au bois de Boulogne,
monsieur de Ronquerolles, passant à côté de
Montriveau dans une allée déserte, lui dit en
souriant : — Elle va bien, ta duchesse! — Encore
et toujours, ajouta-t-il en appliquant un coup de
cravache significatif à sa jument qui fila comme
un boulet.

Deux jours après son éclat inutile, madame
de Langeais écrivit à monsieur de Montriveau
une lettre qui resta sans réponse comme les
précédentes. Cette fois elle avait pris ses mesures,
et corrompu Auguste, le valet de chambre d'Armand. Aussi, le soir, à huit heures, fut-elle
introduite chez Armand, dans une chambre tout
autre que celle où s'était passée la scène demeurée secrète. La duchesse apprit que le général ne
rentrerait pas. Avait-il deux domiciles? Le valet
ne voulut pas répondre. Madame de Langeais
avait acheté la clef de cette chambre, et non
toute la probité de cet homme. Restée seule, elle
vit ses quatorze lettres posées sur un vieux
guéridon; elles n'étaient ni froissées, ni décache-
tées; elles n'avaient pas été lues. A cet aspect,
elle tomba sur un fauteuil, et perdit pendant un
moment toute connaissance. En se réveillant, elle
aperçut Auguste, qui lui faisait respirer du
vinaigre.

— Une voiture, vite, dit-elle.

La voiture venue, elle descendit avec une
rapidité convulsive, revint chez elle, se mit au lit,

et fit défendre sa porte. Elle resta vingt-quatre
heures couchée, ne laissant approcher d'elle que
sa femme de chambre qui lui apporta quelques
tasses d'infusion de feuilles d'oranger. Suzette
entendit sa maîtresse faisant quelques plaintes, et
surprit des larmes dans ses yeux éclatants mais
cernés. Le surlendemain, après avoir médité dans
les larmes du désespoir le parti qu'elle voulait
prendre, madame de Langeais eut une conférence
avec son homme d'affaires, et le chargea sans
doute de quelques préparatifs. Puis elle envoya
chercher le vieux vidame de Pamiers. En attendant le commandeur, elle écrivit à monsieur de
Montriveau. Le vidame fut exact. Il trouva sa
jeune cousine pâle, abattue, mais résignée. Il
était environ deux heures après midi. Jamais
cette divine créature n'avait été plus poétique
qu'elle ne l'était alors dans les langueurs de son
agonie.

— Mon cher cousin, dit-elle au vidame, vos
quatre-vingts ans vous valent ce rendez-vous.
Oh! ne souriez pas, je vous en supplie, devant
une pauvre femme au comble du malheur. Vous
êtes un galant homme, et les aventures de votre
jeunesse vous ont, j'aime à le croire, inspiré
quelque indulgence pour les femmes.

— Pas la moindre, dit-il.

— Vraiment!

— Elles sont heureuses de tout, reprit-il.

— Ah! Eh bien, vous êtes au cœur de ma
famille; vous serez peut-être le dernier parent, le
dernier ami de qui j'aurai serré la main; je puis
donc réclamer de vous un bon office. Rendez-
moi, mon cher vidame, un service que je ne

saurais demander à mon père, ni à mon oncle
Grandlieu, ni à aucune femme. Vous devez me
comprendre. Je vous supplie de m'obéir, et
d'oublier que vous m'avez obéi, quelle que soit
l'issue de vos démarches. Il s'agit d'aller, muni de
cette lettre, chez monsieur de Montriveau, de le
voir, de la lui montrer, de lui demander, comme
vous savez d'homme à homme demander les
choses, car vous avez entre vous une probité, des
sentiments que vous oubliez avec nous, de lui
demander s'il voudra bien la lire, non pas en
votre présence, les hommes se cachent certaines
émotions. Je vous autorise, pour le décider, et si
vous le jugez nécessaire, à lui dire qu'il en va [102]
de ma vie ou de ma mort. S'il daigne...

— Daigne! fit le commandeur.

— S'il daigne la lire, reprit avec dignité la
duchesse, faites-lui une dernière observation.
Vous le verrez à cinq heures, il dîne à cette heure,
chez lui, aujourd'hui, je le sais; eh bien, il doit,
pour toute réponse, venir me voir. Si trois heures
après, si à huit heures, il n'est pas sorti, tout sera
dit. La duchesse de Langeais aura disparu de ce
monde. Je ne serai pas morte, cher, non; mais
aucun pouvoir humain ne me retrouvera sur cette
terre. Venez dîner avec moi, j'aurai du moins un
ami pour m'assister dans mes dernières angoisses.
Oui, ce soir, mon cher cousin, ma vie sera
décidée; et quoi qu'il arrive, elle ne peut être que
cruellement ardente. Allez, silence, je ne veux
rien entendre qui ressemble soit à des observations, soit à des avis. — Causons, rions, dit-elle
en lui tendant une main qu'il baisa. Soyons
comme deux vieillards philosophes qui savent

jouir de la vie jusqu'au moment de leur mort. Je
me parerai, je serai bien coquette pour vous.
Vous serez peut-être le dernier homme qui aura
vu la duchesse de Langeais.

Le vidame ne répondit rien, il salua, prit la
lettre et fit la commission. Il revint à cinq heures,
trouva sa parente mise avec recherche, délicieuse
enfin. Le salon était paré de fleurs comme pour
une fête. Le repas fut exquis. Pour ce vieillard, la
duchesse fit jouer tous les brillants de son esprit,
et se montra plus attrayante qu'elle ne l'avait
jamais été. Le commandeur voulut d'abord voir
une plaisanterie de jeune femme dans tous ces
apprêts; mais, de temps à autre, la fausse magie
des séductions déployées par sa cousine pâlissait.
Tantôt, il la surprenait à tressaillir émue par une
sorte de terreur soudaine; et tantôt elle semblait
écouter dans le silence. Alors, s'il lui disait : —
Qu'avez-vous?

— Chut! répondait-elle.

A sept heures, la duchesse quitta le vieillard, et
revint promptement, mais habillée comme aurait
pu l'être sa femme de chambre pour un voyage;
elle réclama le bras de son convive qu'elle voulut
pour compagnon, se jeta dans une voiture de
louage. Tous deux, ils furent, vers les huit heures
moins un quart, à la porte de monsieur de
Montriveau.

Armand, lui, pendant ce temps, avait médité
sur la lettre suivante :

« Mon ami, j'ai passé quelques moments chez
vous, à votre insu : j'y ai repris mes lettres. Oh!
Armand, de vous à moi, ce ne peut être indifférence, et la haine procède autrement. Si vous

m'aimez, cessez un jeu cruel. Vous me tueriez.
Plus tard, vous en seriez au désespoir, en
apprenant combien vous êtes aimé. Si je vous ai
malheureusement compris, si vous n'avez pour
moi que de l'aversion, l'aversion comporte et
mépris et dégoût; alors, tout espoir m'aban-
donne : les hommes ne reviennent pas de ces deux
sentiments. Quelque terrible qu'elle puisse être,
cette pensée apportera des consolations à ma
longue douleur. Vous n'aurez pas de regrets un
jour. Des regrets! ah, mon Armand, que je les
ignore. Si je vous en causais un seul?... Non je ne
veux pas vous dire quels ravages il ferait en moi.
Je vivrais et ne pourrais plus être votre femme.
Après m'être entièrement donnée à vous en
pensée, à qui donc me donner?... à Dieu. Oui, les
yeux que vous avez aimés pendant un moment
ne verront plus aucun visage d'homme; et puisse
la gloire de Dieu les fermer! Je n'entendrai plus
de voix humaine, après avoir entendu la vôtre, si
douce d'abord, si terrible hier, car je suis toujours
au lendemain de votre vengeance; puisse donc la
parole de Dieu me consumer! Entre sa colère et
la vôtre, mon ami, il n'y aura pour moi que
larmes et que prières. Vous vous demanderez
peut-être pourquoi vous écrire? Hélas! ne m'en
voulez pas de conserver une lueur d'espérance, de
jeter encore un soupir sur la vie heureuse avant
de la quitter pour un jamais. Je suis dans une
horrible situation. J'ai toute la sérénité que
communique à l'âme une grande résolution, et
sens encore les derniers grondements de l'orage.
Dans cette terrible aventure qui m'a tant attachée à vous, Armand, vous alliez du désert à

l'oasis, mené par un bon guide. Eh bien, moi, je me traîne de l'oasis au désert, et vous m'êtes un guide sans pitié. Néanmoins, vous seul, mon ami, pouvez comprendre la mélancolie des derniers regards que je jette au bonheur, et vous êtes le seul auquel je puisse me plaindre sans rougir. Si vous m'exaucez, je serai heureuse; si vous êtes inexorable, j'expierai mes torts. Enfin, n'est-il pas naturel à une femme de vouloir rester dans la mémoire de son aimé, revêtue de tous les sentiments nobles? Oh! seul cher à moi! laissez votre créature s'ensevelir avec la croyance que vous la trouverez grande. Vos sévérités m'ont fait réfléchir; et depuis que je vous aime bien, je me suis trouvée moins coupable que vous ne le pensez. Écoutez donc ma justification, je vous la dois; et vous, qui êtes tout pour moi dans le monde, vous me devez au moins un instant de justice.

» J'ai su, par mes propres douleurs, combien mes coquetteries vous ont fait souffrir; mais alors, j'étais dans une complète ignorance de l'amour. Vous êtes, vous, dans le secret de ces tortures, et vous me les imposez. Pendant les huit premiers mois que vous m'avez accordés, vous ne vous êtes point fait aimer. Pourquoi, mon ami? Je ne sais pas plus vous le dire, que je ne puis vous expliquer pourquoi je vous aime. Ah! certes, j'étais flattée de me voir l'objet de vos discours passionnés, de recevoir vos regards de feu; mais vous me laissiez froide et sans désirs. Non, je n'étais point femme, je ne concevais ni le dévouement ni le bonheur de notre sexe. A qui la faute! Ne m'auriez-vous pas méprisée, si je

m'étais livrée sans entraînement? Peut-être est-ce
le sublime de notre sexe, de se donner sans
recevoir aucun plaisir; peut-être n'y a-t-il aucun
mérite à s'abandonner à des jouissances connues
et ardemment désirées? Hélas! mon ami, je puis
vous le dire, ces pensées me sont venues quand
j'étais si coquette pour vous; mais je vous
trouvais déjà si grand, que je ne voulais pas que
vous me dussiez à la pitié... Quel mot viens-je
d'écrire? Ah! j'ai repris chez vous toutes mes
lettres, je les jette au feu! Elles brûlent. Tu ne
sauras jamais ce qu'elles accusaient d'amour, de
passion, de folie... Je me tais, Armand, je
m'arrête, je ne veux plus rien vous dire de mes
sentiments. Si mes vœux n'ont pas été entendus
d'âme à âme, je ne pourrais donc plus, moi aussi,
moi la femme, ne devoir votre amour qu'à votre
pitié. Je veux être aimée irrésistiblement ou
laissée impitoyablement. Si vous refusez de lire
cette lettre, elle sera brûlée. Si, l'ayant lue, vous
n'êtes pas trois heures après, pour toujours, mon
seul époux, je n'aurai point de honte à vous la
savoir entre les mains : la fierté de mon désespoir
garantira ma mémoire de toute injure, et ma fin
sera digne de mon amour. Vous-même, ne me
rencontrant plus sur cette terre, quoique vivante,
vous ne penserez pas sans frémir à une femme
qui, dans trois heures, ne respirera plus que pour
vous accabler de sa tendresse, à une femme
consumée par un amour sans espoir, et fidèle, non
pas à des plaisirs partagés, mais à des sentiments
méconnus. La duchesse de La Vallière pleurait un
bonheur perdu, sa puissance évanouie; tandis que
la duchesse de Langeais sera heureuse de ses

pleurs et restera pour vous un pouvoir. Oui, vous me regretterez. Je sens bien que je n'étais pas de ce monde, et vous remercie de me l'avoir prouvé. Adieu, vous ne toucherez point à ma hache; la vôtre était celle du bourreau, la mienne est celle de Dieu; la vôtre tue, et la mienne sauve. Votre amour était mortel, il ne savait supporter ni le dédain ni la raillerie; le mien peut tout endurer sans faiblir; il est immortellement vivace. Ah! j'éprouve une joie sombre à vous écraser, vous qui vous croyez si grand, à vous humilier par le sourire calme et protecteur des anges faibles qui prennent, en se couchant aux pieds de Dieu, le droit et la force de veiller en son nom sur les hommes. Vous n'avez eu que de passagers désirs; tandis que la pauvre religieuse vous éclairera sans cesse de ses ardentes prières, et vous couvrira toujours des ailes de l'amour divin. Je pressens votre réponse, Armand, et vous donne rendez-vous... dans le ciel. Ami, la force et la faiblesse y sont également admises; toutes deux sont des souffrances. Cette pensée apaise les agitations de ma dernière épreuve. Me voilà si calme, que je craindrais de ne plus t'aimer, si ce n'était pour toi que je quitte le monde.

» Antoinette. »

— Cher vidame, dit la duchesse en arrivant à la maison de Montriveau, faites-moi la grâce de demander à la porte s'il est chez lui.

Le commandeur, obéissant à la manière des hommes du xviiie siècle, descendit et revint dire à sa cousine un oui qui la fit frissonner. A ce mot, elle prit le commandeur, lui serra la main, se laissa baiser par lui sur les deux joues, et le pria de s'en aller sans l'espionner ni vouloir la protéger.

— Mais les passants? dit-il.

— Personne ne peut me manquer de respect, répondit-elle.

Ce fut le dernier mot de la femme à la mode et de la duchesse. Le commandeur s'en alla. Madame de Langeais resta sur le seuil de cette porte en s'enveloppant de son manteau, et attendit que huit heures sonnassent. L'heure expira. Cette malheureuse femme se donna dix minutes, un quart d'heure; enfin, elle voulut voir une nouvelle humiliation dans ce retard, et la foi l'abandonna. Elle ne put retenir cette exclamation : — O mon Dieu! puis quitta ce funeste seuil. Ce fut le premier mot de la carmélite.

Montriveau avait une conférence avec quelques amis, il les pressa de finir, mais sa pendule retardait, et il ne sortit pour aller à l'hôtel de Langeais qu'au moment où la duchesse, emportée par une rage froide, fuyait à pied dans les rues de Paris. Elle pleura quand elle atteignit le boulevard d'Enfer. Là, pour la dernière fois, elle regarda Paris fumeux, bruyant, couvert de la rouge atmosphère produite par ses lumières; puis elle monta dans une voiture de place, et sortit de cette ville pour n'y jamais rentrer. Quand le marquis de Montriveau vint à l'hôtel de Langeais, il n'y trouva point sa maîtresse, et se crut joué. Il courut alors chez le vidame, et y fut reçu au moment où le bonhomme passait sa robe de chambre en pensant au bonheur de sa jolie parente. Montriveau lui jeta ce regard terrible dont la commotion électrique frappait également les hommes et les femmes.

— Monsieur, vous seriez-vous prêté à quelque cruelle plaisanterie? s'écria-t-il. Je viens de chez madame de Langeais, et ses gens la disent sortie.

— Il est sans doute arrivé, par votre faute, un grand malheur, répondit le vidame. J'ai laissé la duchesse à votre porte...

— A quelle heure?

— A huit heures moins un quart.

— Je vous salue, dit Montriveau qui revint précipitamment chez lui pour demander à son portier s'il n'avait pas vu dans la soirée une dame à la porte.

— Oui, monsieur, une belle femme qui paraissait avoir bien du désagrément. Elle pleurait comme une Madeleine, sans faire de bruit, et se tenait droit comme un piquet. Enfin, elle a dit un : O mon Dieu! en s'en allant, qui nous a, sous votre respect, crevé le cœur à mon épouse et à moi, qu'étions là sans qu'elle s'en aperçût.

Ce peu de mots fit pâlir cet homme si ferme. Il écrivit quelques lignes à monsieur de Ronquerolles, chez lequel il envoya sur-le-champ, et remonta dans son appartement. Vers minuit, le marquis de Ronquerolles arriva.

— Qu'as-tu, mon bon ami? dit-il en voyant le général.

Armand lui donna la lettre de la duchesse à lire.

— Eh bien? lui demanda Ronquerolles.

— Elle était à ma porte à huit heures, et à huit heures un quart elle a disparu. Je l'ai

perdue, et je l'aime! Ah! si ma vie m'appartenait,
je me serais déjà fait sauter la cervelle!

— Bah! bah!, dit Ronquerolles, calme-toi. Les
duchesses ne s'envolent pas comme des bergeron-
nettes. Elle ne fera pas plus de trois lieues à
l'heure; demain, nous en ferons six, nous autres.

— Ah! peste! reprit-il, madame de Langeais
n'est pas une femme ordinaire. Nous serons tous
à cheval demain. Dans la journée, nous saurons
par la police où elle est allée. Il lui faut une
voiture, ces anges-là n'ont pas d'ailes. Qu'elle soit
en route ou cachée dans Paris, nous la trouve-
rons. N'avons-nous pas le télégraphe pour l'arrêter sans la suivre? Tu seras heureux. Mais, mon
cher frère, tu as commis la faute dont sont plus
ou moins coupables les hommes de ton énergie.
Ils jugent les autres âmes d'après la leur, et ne
savent pas où casse l'humanité quand ils en
tendent les cordes. Que ne me disais-tu donc un
mot tantôt? Je t'aurais dit : — Sois exact.

— A demain, donc, ajouta-t-il en serrant la
main de Montriveau qui restait muet. Dors, si tu
peux.

Mais les plus immenses ressources dont jamais
hommes d'État, souverains, ministres, banquiers,
enfin dont tout pouvoir humain se soit socialement investi, furent en vain déployées. Ni Montriveau ni ses amis ne purent trouver la trace de
la duchesse. Elle s'était évidemment cloîtrée.
Montriveau résolut de fouiller ou de faire fouiller
tous les couvents du monde. Il lui fallait la
duchesse, quand même il en aurait coûté la vie à
toute une ville. Pour rendre justice à cet homme
extraordinaire, il est nécessaire de dire que sa

fureur passionnée se leva également ardente chaque jour, et dura cinq années. En 1829 seulement, le duc de Navarreins apprit, par hasard, que sa fille était partie pour l'Espagne, comme femme de chambre de lady Julia Hopwood, et qu'elle avait quitté cette dame à Cadix, sans que lady Julia se fût aperçue que mademoiselle Caroline était l'illustre duchesse dont la disparition occupait la haute société parisienne.

Les sentiments qui animèrent les deux amants quand ils se retrouvèrent à la grille des Carmélites et en présence d'une mère supérieure doivent être maintenant compris dans toute leur étendue, et leur violence, réveillée de part et d'autre, expliquera sans doute le dénouement de cette aventure.

CHAPITRE IV

DIEU FAIT LES DÉNOUEMENTS

Donc, en 1823, le duc de Langeais mort, sa femme était libre. Antoinette de Navarreins vivait consumée par l'amour sur un banc de la Méditerranée; mais le pape pouvait casser les vœux de la sœur Thérèse. Le bonheur acheté par tant d'amour pouvait éclore pour les deux amants. Ces pensées firent voler Montriveau de Cadix à Marseille, de Marseille à Paris. Quelques mois après son arrivée en France, un brick de commerce armé en guerre partit du port de Marseille et fit route pour l'Espagne. Ce bâtiment était frété par plusieurs hommes de distinction, presque tous Français qui, épris de belle passion pour l'Orient, voulaient en visiter les contrées. Les grandes connaissances de Montriveau sur les mœurs de ces pays en faisaient un précieux compagnon de voyage pour ces personnes, qui le prièrent d'être des leurs, et il y consentit. Le ministre de la Guerre le nomma lieutenant général et le mit au comité d'artillerie pour lui faciliter cette partie de plaisir.

Le brick s'arrêta, vingt-quatre heures après

son départ, au nord-ouest d'une île en vue des
côtes d'Espagne. Le bâtiment avait été choisi
assez fin de carène, assez léger de mâture pour
qu'il pût sans danger s'ancrer à une demi-lieue
environ des récifs qui, de ce côté, défendaient
sûrement l'abordage de l'île. Si des barques ou
des habitants apercevaient le brick dans ce
mouillage, ils ne pouvaient d'abord en concevoir
aucune inquiétude. Puis il fut facile d'en justifier
aussitôt le stationnement. Avant d'arriver en vue
de l'île, Montriveau fit arborer le pavillon des
États-Unis. Les matelots engagés pour le service
du bâtiment étaient américains et ne parlaient
que la langue anglaise. L'un des compagnons de
monsieur de Montriveau les embarqua tous sur
une chaloupe et les amena dans une auberge de la
petite ville, où il les maintint à une hauteur
d'ivresse qui ne leur laissa pas la langue libre.
Puis il dit que le brick était monté par des
chercheurs de trésors, gens connus aux États-
Unis pour leur fanatisme, et dont un des écrivains de ce pays a écrit l'histoire[103]. Ainsi la
présence du vaisseau dans les récifs fut suffisamment expliquée. Les armateurs et les passagers y
cherchaient, dit le prétendu contremaître des
matelots, les débris d'un galion échoué en 1778
avec les trésors envoyés du Mexique. Les auber-
gistes et les autorités du pays n'en demandèrent
pas davantage.

Armand et les amis dévoués qui le secondaient
dans sa difficile entreprise pensèrent tout d'abord
que ni la ruse ni la force ne pouvaient faire
réussir la délivrance ou l'enlèvement de la sœur
Thérèse du côté de la petite ville. Alors, d'un

commun accord, ces hommes d'audace résolurent
d'attaquer le taureau par les cornes. Ils voulurent
se frayer un chemin jusqu'au couvent par les
lieux mêmes où tout accès y semblait imprati-
cable, et de vaincre la nature, comme le général
Lamarque l'avait vaincue à l'assaut de Caprée [104].
En cette circonstance, les tables de granit taillées à
pic, au bout de l'île, leur offraient moins de prise
que celles de Caprée n'en avaient offert à
Montriveau, qui fut de cette incroyable expédition, et les nonnes lui semblaient plus redoutables
que ne le fut sir Hudson Lowe. Enlever la
duchesse avec fracas couvrait ces hommes de
honte. Autant aurait valu faire le siège de la ville,
du couvent, et ne pas laisser un seul témoin de
leur victoire, à la manière des pirates. Pour eux
cette entreprise n'avait donc que deux faces. Ou
quelque incendie, quelque fait d'armes qui
effrayât l'Europe en y laissant ignorer la raison
du crime; ou quelque enlèvement aérien, mystérieux, qui persuadât aux nonnes que le diable
leur avait rendu visite. Ce dernier parti triompha
dans le conseil secret tenu à Paris avant le
départ. Puis, tout avait été prévu pour le succès
d'une entreprise qui offrait à ces hommes blasés
des plaisirs de Paris un véritable amusement.

Une espèce de pirogue d'une excessive légèreté,
fabriquée à Marseille d'après un modèle malais,
permit de naviguer dans les récifs jusqu'à l'endroit où ils cessaient d'être praticables. Deux
cordes en fil de fer, tendues parallèlement à une
distance de quelques pieds sur des inclinaisons
inverses, et sur lesquelles devaient glisser les
paniers également en fil de fer, servirent de pont,

comme en Chine, pour aller d'un rocher à l'autre. Les écueils furent ainsi unis les uns aux autres par un système de cordes et de paniers qui ressemblaient à ces fils sur lesquels voyagent certaines araignées, et par lesquels elles enveloppent un arbre; œuvre d'instinct que les Chinois, ce peuple essentiellement imitateur, a copiée le premier, historiquement parlant. Ni les lames ni les caprices de la mer ne pouvaient déranger ces fragiles constructions. Les cordes avaient assez de jeu pour offrir aux fureurs des vagues cette courbure étudiée par un ingénieur, feu Cachin, l'immortel créateur du port de Cherbourg, la ligne savante [105] au-delà de laquelle cesse le pouvoir de l'eau courroucée; courbe établie d'après une loi dérobée aux secrets de la nature par le génie de l'observation, qui est presque tout le génie humain.

Les compagnons de monsieur de Montriveau étaient seuls sur ce vaisseau. Les yeux de l'homme ne pouvaient arriver jusqu'à eux. Les meilleures longues-vues braquées du haut des tillacs par les marins des bâtiments à leur passage n'eussent laissé découvrir ni les cordes perdues dans les récifs ni les hommes cachés dans les rochers. Après onze jours de travaux préparatoires, ces treize démons humains arrivèrent au pied du promontoire élevé d'une trentaine de toises au-dessus de la mer, bloc aussi difficile à gravir par des hommes qu'il peut l'être à une souris de grimper sur les contours polis du ventre en porcelaine d'un vase uni. Cette table de granit était heureusement fendue. Sa fissure, dont les deux lèvres avaient la roideur de la ligne droite, permit d'y attacher, à un pied de distance, de gros coins de bois dans lesquels ces hardis travailleurs enfoncèrent des crampons de fer. Ces crampons, préparés à l'avance, étaient terminés par une palette trouée sur laquelle ils fixèrent une marche faite avec une planche de sapin extrêmement légère qui venait s'adapter aux entailles d'un mât aussi haut que le promontoire et qui fut assujetti dans le roc au bas de la grève. Avec une habileté digne de ces hommes d'exécution, l'un d'eux, profond mathématicien, avait calculé l'angle nécessaire pour écarter graduellement les marches en haut et en bas du mât, de manière à placer dans son milieu le point à partir duquel les marches de la partie supérieure gagnaient en éventail le haut du rocher; figure également représentée, mais en sens inverse, par les marches d'en bas. Cet escalier, d'une légèreté miraculeuse et d'une solidité parfaite, coûta vingt-deux jours de travail. Un briquet phosphorique, une nuit et le ressac de la mer suffisaient à en faire disparaître éternellement les traces. Ainsi nulle indiscrétion n'était possible, et nulle recherche contre les violateurs du couvent ne pouvait avoir de succès.

Sur le haut du rocher se trouvait une plateforme, bordée de tous côtés par le précipice taillé à pic. Les treize inconnus, en examinant le terrain avec leurs lunettes du haut de la hune, s'étaient assurés que, malgré quelques aspérités, ils pourraient facilement arriver aux jardins du couvent, dont les arbres suffisamment touffus offraient de sûrs abris. Là, sans doute, ils devaient ultérieurement décider par quels

moyens se consommerait le rapt de la religieuse.
Après de si grands efforts, ils ne voulurent pas
compromettre le succès de leur entreprise en
risquant d'être aperçus, et furent obligés d'attendre que le dernier quartier de la lune expirât.

Montriveau resta, pendant deux nuits, enveloppé dans son manteau, couché sur le roc. Les
chants du soir et ceux du matin lui causèrent
d'inexprimables délices. Il alla jusqu'au mur,
pour pouvoir entendre la musique des orgues, et
s'efforça de distinguer une voix dans cette masse
de voix. Mais, malgré le silence, l'espace ne
laissait parvenir à ses oreilles que les effets confus
de la musique. C'était de suaves harmonies où
les défauts de l'exécution ne se faisaient plus
sentir, et d'où la pure pensée de l'art se dégageait
en se communiquant à l'âme, sans lui demander
ni les efforts de l'attention ni les fatigues de
l'entendement. Terribles souvenirs pour Armand,
dont l'amour reflorissait tout entier dans cette
brise de musique, où il voulut trouver d'aériennes
promesses de bonheur. Le lendemain de la
dernière nuit, il descendit avant le lever du soleil,
après être resté durant plusieurs heures les yeux
attachés sur la fenêtre d'une cellule sans grille.
Les grilles n'étaient pas nécessaires au-dessus de
ces abîmes. Il y avait vu de la lumière pendant
toute la nuit. Or, cet instinct du cœur, qui
trompe aussi souvent qu'il dit vrai, lui avait crié :
— Elle est là !

— Elle est certainement là, et demain je
l'aurai, se dit-il en mêlant de joyeuses pensées
aux tintements d'une cloche qui sonnait lentement. Étrange bizarrerie du cœur! il aimait avec

plus de passion la religieuse dépérie dans les
élancements de l'amour, consumée par les larmes,
les jeûnes, les veilles et la prière, la femme de
vingt-neuf ans fortement éprouvée, qu'il n'avait
aimé la jeune fille légère, la femme de vingt-
quatre ans, la sylphide. Mais les hommes d'âme
vigoureuse n'ont-ils pas un penchant qui les
entraîne vers les sublimes expressions que de
nobles malheurs ou d'impétueux mouvements de
pensées ont gravées sur le visage d'une femme?
La beauté d'une femme endolorie n'est-elle pas la
plus attachante de toutes pour les hommes qui se
sentent au cœur un trésor inépuisable de consolations et de tendresses à répandre sur une créature
gracieuse de faiblesse et forte par le sentiment.
La beauté fraîche, colorée, unie, le *joli* en un mot,
est l'attrait vulgaire auquel se prend la médiocrité. Montriveau devait aimer ces visages où
l'amour se réveille au milieu des plis de la douleur
et des ruines de la mélancolie. Un amant ne fait-il
pas alors saillir, à la voix de ses puissants désirs,
un être tout nouveau, jeune, palpitant, qui brise
pour lui seul une enveloppe belle pour lui,
détruite pour le monde. Ne possède-t-il pas deux
femmes : celle qui se présente aux autres pâle,
décolorée, triste; puis celle du cœur que personne
ne voit, un ange qui comprend la vie par le
sentiment, et ne paraît dans toute sa gloire que
pour les solennités de l'amour? Avant de quitter
son poste, le général entendit de faibles accords
qui partaient de cette cellule, douces voix pleines
de tendresse. En revenant sous le rocher au bas
duquel se tenaient ses amis, il leur dit en
quelques mots, empreints de cette passion com-

municative quoique discrète dont les hommes respectent toujours l'expression grandiose, que jamais, en sa vie, il n'avait éprouvé de si captivantes félicités.

Le lendemain soir, onze compagnons dévoués se hissèrent dans l'ombre en haut de ces rochers, ayant chacun sur eux un poignard, une provision de chocolat, et tous les instruments que comporte le métier des voleurs. Arrivés au mur d'enceinte, ils le franchirent au moyen d'échelles qu'ils avaient fabriquées, et se trouvèrent dans le cimetière du couvent. Montriveau reconnut et la longue galerie voûtée par laquelle il était venu naguère au parloir, et les fenêtres de cette salle. Sur-le-champ, son plan fut fait et adopté. S'ouvrir un passage par la fenêtre de ce parloir qui en éclairait la partie affectée aux carmélites, pénétrer dans les corridors, voir si les noms étaient inscrits sur chaque cellule, aller à celle de la sœur Thérèse, y surprendre et bâillonner la religieuse pendant son sommeil, la lier et l'enlever, toutes ces parties du programme étaient faciles pour des hommes qui, à l'audace, à l'adresse des forçats, joignaient les connaissances particulières aux gens du monde, et auxquels il était indifférent de donner un coup de poignard pour acheter le silence.

La grille de la fenêtre fut sciée en deux heures. Trois hommes se mirent en faction au-dehors, et deux autres restèrent dans le parloir. Le reste, pieds nus, se posta de distance en distance à travers le cloître où s'engagea Montriveau, caché derrière un jeune homme, le plus adroit d'entre eux, Henri de Marsay, qui, par prudence, s'était vêtu d'un costume de carmélite absolument semblable à celui du couvent. L'horloge sonna trois heures quand la fausse religieuse et Montriveau parvinrent au dortoir. Ils eurent bientôt reconnu la situation des cellules. Puis, n'entendant aucun bruit, ils lurent, à l'aide d'une lanterne sourde, les noms heureusement écrits sur chaque porte, et accompagnés de ces devises mystiques, de ces portraits de saints ou de saintes que chaque religieuse inscrit en forme d'épigraphe sur le nouveau rôle de sa vie, et où elle révèle sa dernière pensée. Arrivé à la cellule de la sœur Thérèse, Montriveau lut cette inscription : *Sub invocatione sanctæ matris Theresæ!* La devise était : *Adoremus in æternum* [106]. Tout à coup son compagnon lui mit la main sur l'épaule, et lui fit voir une vive lueur qui éclairait les dalles du corridor par la fente de la porte. En ce moment, monsieur de Ronquerolles les rejoignit.

— Toutes les religieuses sont à l'église et commencent l'office des morts, dit-il.

— Je reste, répondit Montriveau; repliez-vous dans le parloir, et fermez la porte de ce corridor.

Il entra vivement en se faisant précéder de la fausse religieuse, qui rabattit son voile. Ils virent alors, dans l'antichambre de la cellule, la duchesse morte, posée à terre sur la planche de son lit, et éclairée par deux cierges. Ni Montriveau ni de Marsay ne dirent une parole, ne jetèrent un cri; mais ils se regardèrent. Puis le général fit un geste qui voulait dire : — Emportons-la.

— Sauvez-vous, cria Ronquerolles, la procession des religieuses se met en marche, vous allez être surpris.

Avec la rapidité magique que communique aux mouvements un extrême désir, la morte fut apportée dans le parloir, passée par la fenêtre et transportée au pied des murs, au moment où l'abbesse, suivie des religieuses, arrivait pour prendre le corps de la sœur Thérèse. La sœur chargée de garder la morte avait eu l'imprudence de fouiller dans sa chambre pour en connaître les secrets, et s'était si fort occupée à cette recherche qu'elle n'entendit rien et sortait alors épouvantée de ne plus trouver le corps. Avant que ces femmes stupéfiées n'eussent la pensée de faire des recherches, la duchesse avait été descendue par une corde en bas des rochers et les compagnons de Montriveau avaient détruit leur ouvrage. A neuf heures du matin, nulle trace n'existait ni de l'escalier ni des ponts de cordes ; le corps de la sœur Thérèse était à bord ; le brick vint au port embarquer ses matelots, et disparut dans la journée. Montriveau resta seul dans sa cabine avec Antoinette de Navarreins, dont, pendant quelques heures, le visage resplendit complaisamment pour lui des sublimes beautés dues au calme particulier que prête la mort à nos dépouilles mortelles.

— Ah ! çà, dit Ronquerolles à Montriveau quand celui-ci reparut sur le tillac, c'était une femme, maintenant ce n'est rien. Attachons un boulet à chacun de ses pieds, jetons-la dans la mer, et n'y pense plus que comme nous pensons à un livre lu pendant notre enfance.

— Oui, dit Montriveau, car ce n'est plus qu'un poème [107].

— Te voilà sage. Désormais aie des passions; mais de l'amour, il faut savoir le bien placer, et il n'y a que le dernier amour d'une femme qui satisfasse le premier amour d'un homme.

Genève, au Pré-Lévêque, 26 janvier 1834 [108].

LA FILLE AUX YEUX D'OR

A Eugène Delacroix, peintre [1]

CHAPITRE PREMIER

PHYSIONOMIES PARISIENNES

Un des spectacles où se rencontre le plus
d'épouvantement est certes l'aspect général de la
population parisienne, peuple horrible à voir,
hâve, jaune, tanné. Paris n'est-il pas un vaste
champ incessamment remué par une tempête
d'intérêts sous laquelle tourbillonne une moisson
d'hommes que la mort fauche plus souvent
qu'ailleurs et qui renaissent toujours aussi serrés,
dont les visages contournés, tordus, rendent par
tous les pores l'esprit, les désirs, les poisons dont
sont engrossés leurs cerveaux; non pas des
visages, mais bien des masques : masques de
faiblesse, masques de force, masques de misère,
masques de joie, masques d'hypocrisie; tous
exténués, tous empreints des signes ineffaçables
d'une haletante avidité? Que veulent-ils? De l'or,
ou du plaisir?

Quelques observations sur l'âme de Paris
peuvent expliquer les causes de sa physionomie
cadavéreuse qui n'a que deux âges, ou la jeunesse
ou la caducité : jeunesse blafarde et sans couleur,
caducité fardée qui veut paraître jeune. En

voyant ce peuple exhumé, les étrangers, qui ne sont pas tenus de réfléchir, éprouvent tout d'abord un mouvement de dégoût pour cette capitale, vaste atelier de jouissances, d'où bientôt eux-mêmes ils ne peuvent sortir, et restent à s'y déformer volontiers[2]. Peu de mots suffiront pour justifier physiologiquement la teinte presque infernale des figures parisiennes, car ce n'est pas seulement par plaisanterie que Paris a été nommé un enfer[3]. Tenez ce mot pour vrai. Là, tout fume, tout brûle, tout brille, tout bouillonne, tout flambe, s'évapore, s'éteint, se rallume, étincelle, pétille et se consume. Jamais vie en aucun pays ne fut plus ardente, ni plus cuisante. Cette nature sociale toujours en fusion semble se dire après chaque œuvre finie : — A une autre! comme se le dit la nature elle-même. Comme la nature, cette nature sociale s'occupe d'insectes, de fleurs d'un jour, de bagatelles, d'éphémères, et jette aussi feu et flamme par son éternel cratère[4]. Peut-être, avant d'analyser les causes qui font une physionomie spéciale à chaque tribu de cette nation intelligente et mouvante, doit-on signaler la cause générale qui en décolore, blêmit, bleuit et brunit plus ou moins les individus.

A force de s'intéresser à tout, le Parisien finit par ne s'intéresser à rien. Aucun sentiment ne dominant sur sa face usée par le frottement, elle devient grise comme le plâtre des maisons qui a reçu toute espèce de poussière et de fumée. En effet, indifférent la veille à ce dont il s'enivrera le lendemain, le Parisien vit en enfant quel que soit son âge. Il murmure de tout, se console de tout, se moque de tout, oublie tout, veut tout, goûte à

tout, prend tout avec passion, quitte tout avec
insouciance; ses rois, ses conquêtes, sa gloire, son
idole, qu'elle soit de bronze ou de verre; comme il
jette ses bas, ses chapeaux et sa fortune. A Paris,
aucun sentiment ne résiste au jet des choses, et
leur courant oblige à une lutte qui détend les
passions : l'amour y est un désir, et la haine une
velléité; il n'y a là de vrai parent que le billet de
mille francs, d'autre ami que le Mont-de-Piété.
Ce laisser-aller général porte ses fruits; et, dans le
salon, comme dans la rue, personne n'y est de
trop, personne n'y est absolument utile, ni
absolument nuisible : les sots et les fripons,
comme les gens d'esprit ou de probité. Tout y est
toléré, le gouvernement et la guillotine, la religion et le choléra [5]. Vous convenez toujours à ce
monde, vous n'y manquez jamais. Qui donc
domine en ce pays sans mœurs, sans croyance,
sans aucun sentiment; mais d'où partent et où
aboutissent tous les sentiments, toutes les
croyances et toutes les mœurs? L'or et le plaisir.
Prenez ces deux mots comme une lumière et
parcourez cette grande cage de plâtre, cette ruche
à ruisseaux noirs, et suivez-y les serpenteaux de
cette pensée qui l'agite, la soulève, la travaille?
Voyez. Examinez d'abord le monde qui n'a rien.

L'ouvrier, le prolétaire, l'homme qui remue ses
pieds, ses mains, sa langue, son dos, son seul bras,
ses cinq doigts pour vivre; eh bien, celui-là qui, le
premier, devrait économiser le principe de sa
vie [6], il outrepasse ses forces, attelle sa femme à
quelque machine, use son enfant et le cloue à un
rouage [7]. Le fabricant, le je ne sais quel fil
secondaire dont le branle agite ce peuple qui, de

ses mains sales, tourne et dore les porcelaines,
coud les habits et les robes, amincit le fer,
amenuise le bois, tisse l'acier, solidifie le chanvre
et le fil, satine les bronzes, festonne le cristal,
imite les fleurs, brode la laine, dresse les chevaux,
tresse les harnais et les galons, découpe le cuivre,
peint les voitures, arrondit les vieux ormeaux [8],
vaporise [9] le coton, souffle les tulles, corrode
le diamant, polit les métaux, transforme en
feuilles le marbre, lèche les cailloux, toilette la
pensée, colore, blanchit et noircit tout [10] ; hé bien,
ce sous-chef est venu promettre à ce monde de
sueur et de volonté, d'étude et de patience, un
salaire excessif, soit au nom des caprices de la
ville, soit à la voix du monstre nommé Spéculation. Alors ces quadrumanes se sont mis à veiller,
pâtir, travailler, jurer, jeûner, marcher ; tous se
sont excédés pour gagner cet or qui les fascine.
Puis, insouciants de l'avenir, avides de jouissances, comptant sur leurs bras comme le peintre
sur sa palette, ils jettent, grands seigneurs d'un
jour, leur argent le lundi dans les cabarets, qui
font une enceinte de boue à la ville ; ceinture de
la plus impudique des Vénus, incessamment pliée
et dépliée, où se perd comme au jeu la fortune
périodique de ce peuple, aussi féroce au plaisir
qu'il est tranquille au travail [11]. Pendant
cinq jours donc, aucun repos pour cette partie
agissante de Paris ! Elle se livre à des mouvements
qui la font se gauchir, se grossir, maigrir, pâlir,
jaillir en mille jets de volonté créatrice. Puis son
plaisir, son repos est une lassante débauche,
brune de peau, noire de tapes, blême d'ivresse, ou
jaune d'indigestion, qui ne dure que deux jours,

mais qui vole le pain de l'avenir, la soupe de la
semaine, les robes de la femme, les langes de
l'enfant tous en haillons. Ces hommes, nés sans
doute pour être beaux, car toute créature a sa
beauté relative, se sont enrégimentés, dès l'enfance, sous le commandement de la force, sous le
règne du marteau, des cisailles, de la filature, et
se sont promptement vulcanisés. Vulcain, avec sa
laideur et sa force, n'est-il pas l'emblème de cette
laide et forte nation, sublime d'intelligence méca-
nique, patiente à ses heures, terrible un jour par
siècle, inflammable comme la poudre, et préparée
à l'incendie révolutionnaire par l'eau-de-vie,
enfin assez spirituelle pour prendre feu sur un
mot captieux qui signifie toujours pour elle : or et
plaisir! En comprenant tous ceux qui tendent la
main pour une aumône, pour de légitimes salaires
ou pour les cinq francs accordés à tous les genres
de prostitution parisienne, enfin pour tout argent
bien ou mal gagné, ce peuple compte trois
cent mille individus. Sans les cabarets, le gouvernement ne serait-il pas renversé tous les
mardis? Heureusement, le mardi, ce peuple est
engourdi, cuve son plaisir, n'a plus le sou, et
retourne au travail, au pain sec, stimulé par un
besoin de procréation matérielle qui, pour lui,
devient une habitude. Néanmoins ce peuple a ses
phénomènes de vertu, ses hommes complets, ses
Napoléons inconnus, qui sont le type de ses forces
portées à leur plus haute expression, et résument
sa portée sociale dans une existence où la pensée
et le mouvement se combinent moins pour y jeter
de la joie que pour y régulariser l'action de la
douleur [12].

Le hasard a fait un ouvrier économe, le hasard l'a gratifié d'une pensée, il a pu jeter les yeux sur l'avenir, il a rencontré une femme, il s'est trouvé père, et après quelques années de privations dures il entreprend un petit commerce de mercerie, loue une boutique. Si ni la maladie ni le vice ne l'arrêtent en sa voie, s'il a prospéré, voici le croquis de cette vie normale.

Et, d'abord, saluez ce roi du mouvement parisien, qui s'est soumis le temps et l'espace. Oui, saluez cette créature composée de salpêtre et de gaz qui donne des enfants à la France pendant ses nuits laborieuses, et remultiplie pendant le jour son individu pour le service, la gloire et le plaisir de ses concitoyens. Cet homme résout le problème de suffire, à la fois, à une femme aimable, à son ménage, au *Constitutionnel*[13], à son bureau, à la Garde nationale[14], à l'Opéra, à Dieu; mais pour transformer en écus le *Constitutionnel*, le Bureau, l'Opéra, la Garde nationale, la femme et Dieu. Enfin, saluez un irréprochable cumulard. Levé tous les jours à cinq heures, il a franchi comme un oiseau l'espace qui sépare son domicile de la rue Montmartre. Qu'il vente ou tonne, pleuve ou neige, il est au *Constitutionnel* et y attend la charge de journaux dont il a soumissionné la distribution. Il reçoit ce pain politique avec avidité, le prend et le porte. A neuf heures, il est au sein de son ménage, débite un calembour à sa femme, lui dérobe un gros baiser, déguste une tasse de café ou gronde ses enfants. A dix heures moins un quart, il apparaît à la mairie. Là, posé sur un fauteuil, comme un perroquet sur son bâton, chauffé par la ville de

Paris, il inscrit jusqu'à quatre heures, sans leur donner une larme ou un sourire, les décès et les naissances de tout un arrondissement. Le bonheur, le malheur du quartier passe par le bec de sa plume, comme l'esprit du *Constitutionnel* voyageait naguère sur ses épaules. Rien ne lui pèse! Il va toujours droit devant lui, prend son patriotisme tout fait dans le journal, ne contredit personne, crie ou applaudit avec tout le monde, et vit en hirondelle. A deux pas de sa paroisse, il peut, en cas d'une cérémonie importante, laisser sa place à un surnuméraire, et aller chanter un *requiem* au lutrin de l'église, dont il est, le dimanche et les jours de fête, le plus bel ornement, la voix la plus imposante, où il tord avec énergie sa large bouche en faisant tonner un joyeux *Amen.* Il est chantre. Libéré à quatre heures de son service officiel, il apparaît pour répandre la joie et la gaieté au sein de la boutique la plus célèbre qui soit en la Cité. Heureuse est sa femme, il n'a pas le temps d'être jaloux; il est plutôt homme d'action que de sentiment. Aussi, dès qu'il arrive, agace-t-il les demoiselles de comptoir, dont les yeux vifs attirent force chalands; se gaudit [15] au sein des parures, des fichus, de la mousseline façonnée par ces habiles ouvrières; ou, plus souvent encore, avant de dîner, il sert une pratique, copie une page du journal ou porte chez l'huissier quelque effet en retard. A six heures, tous les deux jours, il est fidèle à son poste. Inamovible basse-taille des chœurs, il se trouve à l'Opéra [16], prêt à y devenir soldat, Arabe, prisonnier, sauvage, paysan, ombre, patte de chameau, lion, diable, génie, esclave, eunuque noir ou blanc, toujours expert à produire de la joie, de la douleur, de la pitié, de l'étonnement, à pousser d'invariables cris, à se taire, à chasser, à se battre, à représenter Rome ou l'Égypte; mais toujours *in petto*, mercier. A minuit, il redevient bon mari, homme, tendre père, il se glisse dans le lit conjugal, l'imagination encore tendue par les formes décevantes des nymphes de l'Opéra, et fait ainsi tourner, au profit de l'amour conjugal, les dépravations du monde et les voluptueux ronds de jambe de la Taglioni [17]. Enfin, s'il dort, il dort vite, et dépêche son sommeil comme il a dépêché sa vie [18]. N'est-ce pas le mouvement fait homme, l'espace incarné, le protée de la civilisation? Cet homme résume tout : histoire, littérature, politique, gouvernement, religion, art militaire. N'est-ce pas une encyclopédie vivante, un atlas grotesque, sans cesse en marche comme Paris et qui jamais ne repose? En lui tout est jambes. Aucune physionomie ne saurait se conserver pure en de tels travaux. Peut-être l'ouvrier qui meurt vieux à trente ans, l'estomac tanné par les doses progressives de son eau-de-vie, sera-t-il trouvé, au dire de quelques philosophes bien rentés, plus heureux que ne l'est le mercier. L'un périt d'un seul coup et l'autre en détail. De ses huit industries, de ses épaules, de son gosier, de ses mains, de sa femme et de son commerce, celui-ci retire, comme d'autant de fermes, des enfants, quelques mille francs et le plus laborieux bonheur qui ait jamais récréé cœur d'homme. Cette fortune et ces enfants, ou les enfants qui résument tout pour lui, deviennent la proie du monde supérieur, auquel il porte ses écus

et sa fille, ou son fils élevé au collège, qui, plus
instruit que ne l'est son père, jette plus haut ses
regards ambitieux. Souvent le cadet d'un petit
détaillant veut être quelque chose dans l'État.

Cette ambition introduit la pensée dans la
seconde des sphères parisiennes. Montez donc un
étage et allez à l'entresol; ou descendez du
grenier et restez au quatrième[19]; enfin pénétrez
dans le monde qui a quelque chose : là, même
résultat. Les commerçants en gros et leurs
garçons, les employés, les gens de la petite
banque et de grande probité, les fripons, les âmes
damnées, les premiers et les derniers commis, les
clercs de l'huissier, de l'avoué, du notaire, enfin
les membres agissants, pensants, spéculants de
cette petite bourgeoisie qui triture les intérêts de
Paris et veille à son grain, accapare les denrées,
emmagasine les produits fabriqués par les prolétaires, encaque les fruits du Midi, les poissons de
l'océan, les vins de toute côte aimée du soleil; qui
étend les mains sur l'Orient, y prend les châles
dédaignés par les Turcs et les Russes; va récolter
jusque dans les Indes, se couche pour attendre la
vente, aspire après le bénéfice, escompte les
effets, roule et encaisse toutes les valeurs;
emballe en détail Paris tout entier, le voiture,
guette les fantaisies de l'enfance, épie les caprices
et les vices de l'âge mûr, en pressure les maladies;
hé bien, sans boire de l'eau-de-vie comme l'ouvrier, ni sans aller se vautrer dans la fange des
barrières, tous excèdent aussi leurs forces;
tendent outre mesure leur corps et leur moral,
l'un par l'autre; se dessèchent de désirs, s'abî-
ment de courses précipitées. Chez eux, la torsion

physique s'accomplit sous le fouet des intérêts,
sous le fléau des ambitions qui tourmentent les
mondes élevés de cette monstrueuse cité, comme
celle des prolétaires s'est accomplie sous le cruel
balancier [20] des élaborations matérielles incessamment désirées par le despotisme du *je le veux*
aristocrate [21]. Là donc aussi, pour obéir à ce
maître universel, le plaisir ou l'or, il faut dévorer
le temps, presser le temps, trouver plus de vingt-
quatre heures dans le jour et la nuit, s'énerver, se
tuer, vendre trente ans de vieillesse pour
deux ans d'un repos maladif. Seulement l'ouvrier
meurt à l'hôpital, quand son dernier terme de
rabougrissement s'est opéré, tandis que le petit-
bourgeois persiste à vivre et vit, mais crétinisé :
vous le rencontrez la face usée, plate, vieille, sans
lueur aux yeux, sans fermeté dans la jambe, se
traînant d'un air hébété sur le boulevard, la
ceinture de sa Vénus, de sa ville chérie. Que
voulait le bourgeois? le briquet [22] du garde
national, un immuable pot-au-feu, une place
décente au Père-Lachaise, et pour sa vieillesse un
peu d'or légitimement gagné. Son lundi, à lui, est
le dimanche; son repos est la promenade en
voiture de remise, la partie de campagne, pendant laquelle femme et enfants avalent joyeusement de la poussière ou se rôtissent au soleil; sa
barrière est le restaurateur dont le vénéneux
dîner a du renom, ou quelque bal de famille où
l'on étouffe jusqu'à minuit. Certains niais
s'étonnent de la Saint-Gui dont sont atteints les
monades que le microscope fait apercevoir dans
une goutte d'eau, mais que dirait le Gargantua de
Rabelais, figure d'une sublime audace incom-

prise, que dirait ce géant, tombé des sphères célestes, s'il s'amusait à contempler le mouvement de cette seconde vie parisienne, dont voici l'une des formules? Avez-vous vu ces petites baraques, froides en été, sans autre foyer qu'une chaufferette en hiver, placées sous la vaste calotte de cuivre qui coiffe la halle au blé? Madame est là dès le matin, elle est factrice aux halles et gagne à ce métier douze mille francs par an, dit-on. Monsieur, quand madame se lève, passe dans un sombre cabinet, où il prête à la petite semaine aux commerçants de son quartier. A neuf heures, il se trouve au bureau des passeports, dont il est un des sous-chefs. Le soir, il est à la caisse du théâtre Italien, ou de tout autre théâtre qu'il vous plaira choisir. Les enfants sont mis en nourrice, et en reviennent pour aller au collège ou dans un pensionnat. Monsieur et madame demeurent à un troisième étage, n'ont qu'une cuisinière, donnent des bals dans un salon de douze pieds sur huit, et éclairé par des quinquets; mais ils donnent cent cinquante mille francs à leur fille, et se reposent à cinquante ans, âge auquel ils commencent à paraître aux troisièmes loges à l'Opéra, dans un fiacre à Longchamp, ou en toilette fanée, tous les jours de soleil, sur les boulevards, l'espalier de ces fructifications. Estimés dans le quartier, aimés du gouvernement, alliés à la haute bourgeoisie, Monsieur obtient à soixante-cinq ans la croix de la Légion d'honneur, et le père de son gendre, maire d'un arrondissement, l'invite à ses soirées. Ces travaux de toute une vie profitent donc à des enfants que cette petite bourgeoisie tend fatale-

ment à élever jusqu'à la haute. Chaque sphère
jette ainsi tout son frai dans sa sphère supérieure.
Le fils du riche épicier se fait notaire, le fils du
marchand de bois devient magistrat. Pas une
dent ne manque à mordre sa rainure, et tout
stimule le mouvement ascensionnel de l'argent.

Nous voici donc amenés au troisième cercle de
cet enfer, qui, peut-être, un jour, aura son
DANTE. Dans ce troisième cercle social, espèce de
ventre parisien, où se digèrent les intérêts de la
ville et où ils se condensent sous la forme dite
affaires, se remue et s'agite, par un âcre et
fielleux mouvement intestinal, la foule des
avoués, médecins, notaires, avocats, gens d'affaires, banquiers, gros commerçants, spécula-
teurs, magistrats. Là, se rencontrent encore plus
de causes pour la destruction physique et morale
que partout ailleurs. Ces gens vivent, presque
tous, en d'infectes études, en des salles d'au-
diences empestées, dans de petits cabinets grillés,
passent le jour courbés sous le poids des affaires,
se lèvent dès l'aurore pour être en mesure, pour
ne pas se laisser dévaliser, pour tout gagner ou
pour ne rien perdre, pour saisir un homme ou son
argent, pour emmancher ou démancher une
affaire, pour tirer parti d'une circonstance fugi-
tive, pour faire pendre ou acquitter un homme.
Ils réagissent sur les chevaux, ils les crèvent, les
surmènent, leur vieillissent, aussi à eux, les
jambes avant le temps. Le temps est leur tyran,
il leur manque, il leur échappe; ils ne peuvent ni
l'étendre, ni le resserrer. Quelle âme peut rester
grande, pure, morale, généreuse, et conséquemment quelle figure demeure belle dans le dépra-

vant exercice d'un métier qui force à supporter le
poids des misères publiques, à les analyser, les
peser, les estimer, les mettre en coupe réglée? Ces
gens-là déposent leur cœur, où?... je ne sais; mais
ils le laissent quelque part, quand ils en ont un,
avant de descendre tous les matins au fond des
peines qui poignent les familles. Pour eux, point
de mystères, ils voient l'envers de la société dont
ils sont les confesseurs, et la méprisent. Or, quoi
qu'ils fassent, à force de se mesurer avec la
corruption, ils en ont horreur et s'attristent; ou,
par lassitude, par transaction secrète, ils
l'épousent; enfin, nécessairement, ils se blasent
sur tous les sentiments, eux que les lois, les
hommes, les institutions font voler comme des
choucas sur les cadavres encore chauds. A
toute heure, l'homme d'argent pèse les vivants,
l'homme des contrats pèse les morts, l'homme de
loi pèse la conscience. Obligés de parler sans
cesse, tous remplacent l'idée par la parole, le
sentiment par la phrase, et leur âme devient un
larynx. Ils s'usent et se démoralisent. Ni le grand
négociant, ni le juge, ni l'avocat ne conservent
leur sens droit : ils ne sentent plus, ils appliquent
les règles que faussent les espèces. Emportés par
leur existence torrentueuse, ils ne sont ni époux,
ni pères, ni amants; ils glissent à la ramasse [23] sur
les choses de la vie, et vivent à toute heure poussés
par les affaires de la grande cité. Quand ils
rentrent chez eux, ils sont requis d'aller au bal, à
l'Opéra, dans les fêtes où ils vont se faire des
clients, des connaissances, des protecteurs. Tous
mangent démesurément, jouent, veillent, et leurs
figures s'arrondissent, s'aplatissent, se rougissent.

A de si terribles dépenses de forces intellectuelles, à des contractions morales si multipliées, ils opposent non pas le plaisir, il est trop pâle et ne produit aucun contraste, mais la débauche, débauche secrète, effrayante, car ils peuvent disposer de tout, et font la morale de la société. Leur stupidité réelle se cache sous une science spéciale. Ils savent leur métier, mais ils ignorent tout ce qui n'en est pas. Alors, pour sauver leur amour-propre, ils mettent tout en question, critiquent à tort et à travers; paraissent douteurs et sont gobe-mouches en réalité, noient leur esprit dans leurs interminables discussions. Presque tous adoptent commodément les préjugés sociaux, littéraires ou politiques pour se dispenser d'avoir une opinion; de même qu'ils mettent leurs consciences à l'abri du code, ou du tribunal de commerce. Partis de bonne heure pour être des hommes remarquables, ils deviennent médiocres, et rampent sur les sommités du monde. Aussi leurs figures offrent-elles cette pâleur aigre, ces colorations fausses, ces yeux ternis, cernés, ces bouches bavardes et sensuelles où l'observateur reconnaît les symptômes de l'abâtardissement de la pensée et sa rotation dans le cirque d'une spécialité qui tue les facultés génératives du cerveau, le don de voir en grand, de généraliser et de déduire. Ils se ratatinent presque tous dans la fournaise des affaires. Aussi jamais un homme qui s'est laissé prendre dans les concassations [24] ou dans l'engrenage de ces immenses machines ne peut-il devenir grand. S'il est médecin, ou il a peu fait la médecine, ou il est une exception, un Bichat qui

meurt jeune [25]. Si, grand négociant, il reste
quelque chose, il est presque Jacques Cœur.
Robespierre exerça-t-il? Danton était un paresseux qui attendait. Mais qui d'ailleurs a jamais
envié les figures de Danton et de Robespierre,
quelque superbes qu'elles puissent être? Ces
affairés par excellence attirent à eux l'argent et
l'entassent pour s'allier aux familles aristocratiques. Si l'ambition de l'ouvrier est celle du petit-
bourgeois, ici, mêmes passions encore. A Paris, la
vanité résume toutes les passions. Le type de
cette classe serait soit le bourgeois ambitieux,
qui, après une vie d'angoisses et de manœuvres
continuelles, passe au Conseil d'État comme une
fourmi passe par une fente; soit quelque rédacteur de journal, roué d'intrigues, que le roi fait
pair de France, peut-être pour se venger de la
noblesse [26]; soit quelque notaire devenu maire de
son arrondissement, tous gens laminés par les
affaires et qui, s'ils arrivent à leur but, y arrivent
tués. En France, l'usage est d'introniser la per-
ruque. Napoléon, Louis XIV, les grands rois seuls
ont toujours voulu des jeunes gens pour mener
leurs desseins.

    Au-dessus de cette sphère, vit le monde artiste.
Mais là encore les visages, marqués du sceau de
l'originalité, sont noblement brisés, mais brisés,
fatigués, sinueux. Excédés par un besoin de
produire, dépassés par leurs coûteuses fantaisies,
lassés par un génie dévoreur, affamés de plaisir,
les artistes de Paris veulent tous regagner par
d'excessifs travaux les lacunes laissées par la
paresse, et cherchent vainement à concilier le
monde et la gloire, l'argent et l'art. En commen-

çant, l'artiste est sans cesse haletant sous le créancier; ses besoins enfantent les dettes, et ses dettes lui demandent ses nuits[27]. Après le travail, le plaisir. Le comédien joue jusqu'à minuit, étudie le matin, répète à midi; le sculpteur plie sous sa statue; le journaliste est une pensée en marche comme le soldat en guerre; le peintre en vogue est accablé d'ouvrage, le peintre sans occupation se ronge les entrailles s'il se sent homme de génie. La concurrence, les rivalités, les calomnies assassinent ces talents. Les uns, désespérés, roulent dans les abîmes du vice, les autres meurent jeunes et ignorés pour s'être escompté trop tôt leur avenir. Peu de ces figures, primitivement sublimes, restent belles. D'ailleurs la beauté flamboyante de leurs têtes demeure incomprise. Un visage d'artiste est toujours exorbitant, il se trouve toujours en dessus ou en dessous des lignes convenues pour ce que les imbéciles nomment le beau idéal. Quelle puissance les détruit? La passion. Toute passion à Paris se résout par deux termes : or et plaisir.

Maintenant, ne respirez-vous pas? Ne sentez-vous pas l'air et l'espace purifiés? Ici, ni travaux ni peines. La tournoyante volute de l'or a gagné les sommités. Du fond des soupiraux où commencent ses rigoles, du fond des boutiques où l'arrêtent de chétifs batardeaux[28], du sein des comptoirs et des grandes officines où il se laisse mettre en barres, l'or, sous forme de dots ou de successions, amené par la main des jeunes filles ou par les mains osseuses du vieillard, jaillit vers la gent aristocratique où il va reluire, s'étaler, ruisseler. Mais avant de quitter les quatre ter-

rains sur lesquels s'appuie la haute propriété
parisienne, ne faut-il pas, après les causes morales
dites, déduire les causes physiques, et faire
observer une peste, pour ainsi dire sous-jacente,
qui constamment agit sur les visages du portier,
du boutiquier, de l'ouvrier; signaler une délétère
influence dont la corruption égale celle des
administrateurs parisiens qui la laissent complaisamment subsister? Si l'air des maisons où vivent
la plupart des bourgeois est infect, si l'atmosphère des rues crache des miasmes cruels en
des arrière-boutiques où l'air se raréfie, sachez
qu'outre cette pestilence, les quarante mille
maisons de cette grande ville baignent leurs pieds
en des immondices que le pouvoir n'a pas encore
voulu sérieusement enceindre de murs en béton
qui pussent empêcher la plus fétide boue de
filtrer à travers le sol, d'y empoisonner les puits
et de continuer souterrainement à Lutèce son
nom célèbre [29]. La moitié de Paris couche dans
les exhalaisons putrides des cours, des rues et des
basses œuvres. Mais abordons les grands salons
aérés et dorés, les hôtels à jardins, le monde
riche, oisif, heureux, renté. Les figures y sont
étiolées et rongées par la vanité. Là rien de réel.
Chercher le plaisir, n'est-ce pas trouver l'ennui?
Les gens du monde ont de bonne heure fourbu
leur nature. N'étant occupés qu'à se fabriquer de
la joie, ils ont promptement abusé de leurs sens,
comme l'ouvrier abuse de l'eau-de-vie. Le plaisir
est comme certaines substances médicales : pour
obtenir constamment les mêmes effets, il faut
doubler les doses, et la mort ou l'abrutissement
est contenu dans la dernière. Toutes les classes

inférieures sont tapies devant les riches et en
guettent les goûts pour en faire des vices et les
exploiter. Comment résister aux habiles séductions qui se trament en ce pays? Aussi Paris a-t-il
ses thériakis [30], pour qui le jeu, la gastrolàtrie [31]
ou la courtisane sont un opium. Aussi voyez-vous
de bonne heure à ces gens-là des goûts et non des
passions, des fantaisies romanesques et des
amours frileux. Là règne l'impuissance; là plus
d'idées, elles ont passé comme l'énergie dans les
simagrées du boudoir, dans les singeries féminines. Il y a des blancs-becs de quarante ans, de
vieux docteurs de seize ans. Les riches rencontrent à Paris de l'esprit tout fait, la science toute
màchée, des opinions toutes formulées qui les
dispensent d'avoir esprit, science ou opinion.
Dans ce monde, la déraison est égale à la faiblesse
et au libertinage. On y est avare de temps à force
d'en perdre. N'y cherchez pas plus d'affections
que d'idées. Les embrassades couvrent une profonde indifférence, et la politesse un mépris
continuel. On n'y aime jamais autrui. Des saillies
sans profondeur, beaucoup d'indiscrétions, des
commérages, par-dessus tout des lieux communs;
tel est le fond de leur langage; mais ces malheureux *Heureux* prétendent qu'ils ne se rassemblent
pas pour dire et faire des maximes à la façon de
La Rochefoucauld; comme s'il n'existait pas
un milieu, trouvé par le dix-huitième siècle, entre
le trop-plein et le vide absolu Si quelques hommes
valides usent d'une plaisanterie fine et légère, elle
est incomprise; bientôt fatigués de donner sans
recevoir, ils restent chez eux et laissent régner les
sots sur leur terrain. Cette vie creuse, cette

attente continuelle d'un plaisir qui n'arrive jamais, cet ennui permanent, cette inanité d'esprit, de cœur et de cervelle, cette lassitude du grand raout [32] parisien se reproduisent sur les traits, et confectionnent ces visages de carton, ces rides prématurées, cette physionomie des riches où grimace l'impuissance [33], où se reflète l'or, et d'où l'intelligence a fui.

Cette vue du Paris moral prouve que le Paris physique ne saurait être autrement qu'il n'est. Cette ville à diadème est une reine [34] qui, toujours grosse, a des envies irrésistiblement furieuses. Paris est la tête du globe, un cerveau qui crève de génie et conduit la civilisation humaine, un grand homme, un artiste incessamment créateur, un politique à seconde vue qui doit nécessairement avoir les rides du cerveau, les vices du grand homme, les fantaisies de l'artiste et les blasements [35] du politique. Sa physionomie sous-entend la germination du bien et du mal, le combat et la victoire; la bataille morale de 89 dont les trompettes retentissent encore dans tous les coins du monde; et aussi l'abattement de 1814. Cette ville ne peut donc pas être plus morale, ni plus cordiale, ni plus propre que ne l'est la chaudière motrice de ces magnifiques pyroscaphes [36] que vous admirez fendant les ondes! Paris n'est-il pas un sublime vaisseau chargé d'intelligence? Oui, ses armes sont un de ces oracles que se permet quelquefois la fatalité. La VILLE DE PARIS a son grand mât tout de bronze, sculpté de victoires, et pour vigie Napoléon [37]. Cette nauf [38] a bien son tangage et son roulis; mais elle sillonne le monde, y fait feu par

les cent bouches de ses tribunes, laboure les mers
scientifiques, y vogue à pleines voiles, crie du
haut de ses huniers par la voix de ses savants et
de ses artistes : — « En avant, marchez! suivez-
moi! » Elle porte un équipage immense qui se
plaît à la pavoiser de nouvelles banderoles. Ce
sont mousses et gamins riant dans les cordages;
lest de lourde bourgeoisie; ouvriers et matelots
goudronnés; dans ses cabines, les heureux passagers; d'élégants midshipmen [39] fument leurs
cigares, penchés sur le bastingage; puis sur le
tillac, ses soldats, novateurs ou ambitieux, vont
aborder à tous les rivages, et, tout en y répandant de vives lueurs, demandent de la gloire qui
est un plaisir, ou des amours qui veulent de l'or.

Donc le mouvement exorbitant des prolétaires,
donc la dépravation des intérêts qui broient les
deux bourgeoisies, donc les cruautés de la pensée
artiste, et les excès du plaisir incessamment
cherché par les grands, expliquent la laideur
normale de la physionomie parisienne. En Orient
seulement, la race humaine offre un buste magnifique; mais il est un effet du calme constant
affecté par ces profonds philosophes à longue
pipe, à petites jambes, à torses carrés, qui
méprisent le mouvement et l'ont en horreur;
tandis qu'à Paris, Petits, Moyens et Grands
courent, sautent et cabriolent, fouettés par une
impitoyable déesse, la Nécessité : nécessité
d'argent, de gloire ou d'amusement. Aussi
quelque visage frais, reposé, gracieux, vraiment
jeune y est-il la plus extraordinaire des exceptions : il s'y rencontre rarement. Si vous en voyez
un, assurément il appartient : à un ecclésiastique

jeune et fervent, ou à quelque bon abbé quadra-
génaire, à triple menton; à une jeune personne de
mœurs pures comme il s'en élève dans certaines
familles bourgeoises; à une mère de vingt ans,
encore pleine d'illusions et qui allaite son premier-
né; à un jeune homme frais débarqué de province, et confié à une douairière dévote qui le
laisse sans un sou; ou peut-être à quelque garçon
de boutique, qui se couche à minuit, bien fatigué
d'avoir plié ou déplié du calicot, et qui se lève à
sept heures pour arranger l'étalage; ou, souvent,
à un homme de science ou de poésie, qui vit
monastiquement en bonne fortune avec une belle
idée, qui demeure sobre, patient et chaste; ou à
quelque sot, content de lui-même, se nourrissant
de bêtise, crevant de santé, toujours occupé de se
sourire à lui-même; ou à l'heureuse et molle
espèce des flâneurs, les seuls gens réellement
heureux à Paris, et qui en dégustent à chaque
heure les mouvantes poésies. Néanmoins, il est à
Paris une portion d'êtres privilégiés auxquels
profite ce mouvement excessif des fabrications,
des intérêts, des affaires, des arts et de l'or. Ces
êtres sont les femmes. Quoiqu'elles aient aussi
mille causes secrètes qui là, plus qu'ailleurs,
détruisent leur physionomie, il se rencontre, dans
le monde féminin, de petites peuplades heureuses
qui vivent à l'orientale, et peuvent conserver leur
beauté; mais ces femmes se montrent rarement à
pied dans les rues, elles demeurent cachées,
comme des plantes rares qui ne déploient leurs
pétales qu'à certaines heures, et qui constituent
de véritables exceptions exotiques. Cependant
Paris est essentiellement aussi le pays des

contrastes. Si les sentiments vrais y sont rares, il se rencontre aussi, là comme ailleurs, de nobles amitiés, des dévouements sans bornes. Sur ce champ de bataille des intérêts et des passions, de même qu'au milieu de ces sociétés en marche où triomphe l'égoïsme, où chacun est obligé de se défendre lui seul, et que nous appelons des *armées*, il semble que les sentiments se plaisent à être complets quand ils se montrent, et sont sublimes par juxtaposition. Ainsi des figures. A Paris, parfois, dans la haute aristocratie, se voient clairsemés quelques ravissants visages de jeunes gens, fruits d'une éducation et de mœurs tout exceptionnelles. A la juvénile beauté du sang anglais ils unissent la fermeté des traits méridionaux, l'esprit français, la pureté de la forme. Le feu de leurs yeux, une délicieuse rougeur de lèvres, le noir lustré de leur chevelure fine, un teint blanc, une coupe de visage distinguée les rendent de belles fleurs humaines, magnifiques à voir sur la masse des autres physionomies, ternies, vieillottes, crochues, grimaçantes. Aussi les femmes admirent-elles aussitôt ces jeunes gens avec ce plaisir avide que prennent les hommes à regarder une jolie personne, décente, gracieuse, décorée de toutes les virginités dont notre imagination se plaît à embellir la fille parfaite. Si ce coup d'œil rapidement jeté sur la population de Paris a fait concevoir la rareté d'une figure raphaëlesque, et l'admiration passionnée qu'elle y doit inspirer à première vue, le principal intérêt de notre histoire se trouvera justifié. *Quod erat demonstrandum*, ce qui était à démontrer, s'il est permis d'appliquer les formules de la scolastique à la science des mœurs.

Or, par une de ces belles matinées de printemps où les feuilles ne sont pas vertes encore, quoique dépliées; où le soleil commence à faire flamber les toits et où le ciel est bleu; où la population parisienne sort de ses alvéoles, vient bourdonner sur les boulevards, coule comme un serpent aux mille couleurs, par la rue de la Paix, vers les Tuileries, en saluant les pompes de l'hyménée que recommence la campagne; dans une de ces joyeuses journées donc, un jeune homme, beau comme était le jour de ce jour-là, mis avec goût, aisé dans ses manières, (disons le secret) un enfant de l'amour, le fils naturel de lord Dudley et de la célèbre marquise de Vordac, se promenait dans la grande allée des Tuileries. Cet Adonis, nommé Henri de Marsay[40], naquit en France, où lord Dudley vint marier la jeune personne, déjà mère d'Henri, à un vieux gentilhomme appelé monsieur de Marsay. Ce papillon déteint et presque éteint reconnut l'enfant pour sien, moyennant l'usufruit d'une rente de cent mille francs définitivement attribuée à son fils putatif; folie qui ne coûta pas fort cher à lord Dudley : les rentes françaises valaient alors dix-sept francs cinquante centimes. Le vieux gentilhomme mourut sans avoir connu sa femme. Madame de Marsay épousa depuis le marquis de Vordac; mais, avant de devenir marquise, elle s'inquiéta peu de son enfant et de lord Dudley. D'abord, la guerre déclarée entre la France et l'Angleterre avait séparé les deux amants, et la fidélité *quand même* n'était pas et ne sera guère de mode à Paris. Puis les succès de la femme élégante, jolie, universellement adorée étourdirent dans la Parisienne le sentiment maternel. Lord Dudley ne fut pas plus soigneux de sa progéniture que ne l'était la mère. La prompte infidélité d'une jeune fille ardemment aimée lui donna peut-être une sorte d'aversion pour tout ce qui venait d'elle. D'ailleurs, peut-être aussi les pères n'aiment-ils que les enfants avec lesquels ils ont fait une ample connaissance; croyance sociale de la plus haute importance pour le repos des familles, et que doivent entretenir tous les célibataires, en prouvant que la paternité est un sentiment élevé en serre chaude par la femme, par les mœurs et les lois.

Le pauvre Henri de Marsay ne rencontra de père que dans celui des deux qui n'était pas obligé de l'être. La paternité de monsieur de Marsay fut naturellement très incomplète. Les enfants n'ont, dans l'ordre naturel, de père que pendant peu de moments; et le gentilhomme imita la nature. Le bonhomme n'eût pas vendu son nom s'il n'avait point eu de vices. Alors il mangea sans remords dans les tripots, et but ailleurs le peu de semestres que payait aux rentiers le trésor national. Puis il livra l'enfant à une vieille sœur, une demoiselle de Marsay, qui en eut grand soin, et lui donna, sur la maigre pension allouée par son frère, un précepteur, un abbé sans sou ni maille, qui toisa l'avenir du jeune homme et résolut de se payer, sur les cent mille livres de rente, des soins donnés à son pupille, qu'il prit en affection. Ce précepteur se trouvait par hasard, être un vrai prêtre, un de ces

ecclésiastiques taillés pour devenir cardinaux en
France ou Borgia sous la tiare. Il apprit en trois
ans à l'enfant ce qu'on lui eût appris en dix ans
au collège. Puis ce grand homme, nommé l'abbé
de Maronis, acheva l'éducation de son élève en lui
faisant étudier la civilisation sous toutes ses
faces : il le nourrit de son expérience, le traîna
fort peu dans les églises, alors fermées; le
promena quelquefois dans les coulisses, plus
souvent chez les courtisanes; il lui démonta les
sentiments humains pièce à pièce; lui enseigna
la politique au cœur des salons où elle se rôtissait
alors; il lui numérota les machines du gouvernement, et tenta, par amitié pour une belle nature
délaissée, mais riche en espérance, de remplacer
virilement la mère : l'Église n'est-elle pas la mère
des orphelins? L'élève répondit à tant de soins.
Ce digne homme mourut évêque en 1812, avec la
satisfaction d'avoir laissé sous le ciel un enfant
dont le cœur et l'esprit étaient à seize ans si bien
façonnés, qu'il pouvait jouer sous jambe [41] un
homme de quarante. Qui se serait attendu à
rencontrer un cœur de bronze, une cervelle
alcoolisée sous les dehors les plus séduisants que
les vieux peintres, ces artistes naïfs, aient donné
au serpent dans le paradis terrestre? Ce n'est rien
encore [42]. De plus, le bon diable violet avait
fait faire à son enfant de prédilection certaines
connaissances dans la haute société de Paris qui
pouvaient équivaloir comme produit, entre les
mains du jeune homme, à cent autres mille livres
de rente. Enfin, ce prêtre, vicieux mais politique,
incrédule mais savant, perfide mais aimable,
faible en apparence mais aussi vigoureux de tête

que de corps, fut si réellement utile à son élève, si
complaisant à ses vices, si bon calculateur de
toute espèce de force, si profond quand il fallait
faire quelque décompte humain, si jeune à table,
à Frascati [43], à... je ne sais où, que le reconnaissant Henri de Marsay ne s'attendrissait plus
guère, en 1814, qu'en voyant le portrait de son
cher évêque, seule chose mobilière qu'ait pu lui
léguer ce prélat, admirable type des hommes
dont le génie sauvera l'Église catholique, aposto-
lique et romaine, compromise en ce moment par
la faiblesse de ses recrues, et par la vieillesse de
ses pontifes; mais si veut l'Église [44]. La guerre
continentale empêcha le jeune de Marsay de
connaître son vrai père dont il est douteux qu'il
sût le nom. Enfant abandonné, il ne connut pas
davantage madame de Marsay. Naturellement il
regretta fort peu son père putatif. Quant à
mademoiselle de Marsay, sa seule mère, il lui fit
élever dans le cimetière du Père-Lachaise lorsqu'elle mourut un fort joli petit tombeau. Mgr de
Maronis avait garanti à ce vieux bonnet à coques
l'une des meilleures places dans le ciel, en sorte
que, la voyant heureuse de mourir, Henri lui
donna des larmes égoïstes, il se mit à la pleurer
pour lui-même. Voyant cette douleur, l'abbé
sécha les larmes de son élève, en lui faisant
observer que la bonne fille prenait bien dégoû-
tamment son tabac, et devenait si laide, si
sourde, si ennuyeuse, qu'il devait des remercie-
ments à la mort. L'évêque avait fait émanciper
son élève en 1811. Puis quand la mère de
monsieur de Marsay se remaria, le prêtre choisit,
dans un conseil de famille, un de ces honnêtes

acéphales triés par lui sur le volet du confessionnal, et le chargea d'administrer la fortune dont il
appliquait bien les revenus au besoin de la
communauté, mais dont il voulait conserver le
capital.

Vers la fin de 1814, Henri de Marsay n'avait
donc sur terre aucun sentiment obligatoire et se
trouvait libre autant que l'oiseau sans compagne.
Quoiqu'il eût vingt-deux ans accomplis[45], il
paraissait en avoir à peine dix-sept. Généralement, les plus difficiles de ses rivaux le regardaient comme le plus joli garçon de Paris. De son
père, lord Dudley, il avait pris les yeux bleus les
plus amoureusement décevants; de sa mère, les
cheveux noirs les plus touffus[46]; de tous deux,
un sang pur, une peau de jeune fille, un air doux
et modeste, une taille fine et aristocratique, de
fort belles mains. Pour une femme, le voir, c'était
en être folle; vous savez? concevoir un de ces
désirs qui mordent le cœur, mais qui s'oublient
par impossibilité de le satisfaire, parce que la
femme est vulgairement à Paris sans ténacité.
Peu d'entre elles se disent à la manière des
hommes le : JE MAINTIENDRAI de la maison
d'Orange. Sous cette fraîcheur de vie, et malgré
l'eau limpide de ses yeux, Henri avait un courage
de lion, une adresse de singe. Il coupait une balle
à dix pas dans la lame d'un couteau; montait à
cheval de manière à réaliser la fable du centaure;
conduisait avec grâce une voiture à grandes
guides; était leste comme Chérubin et tranquille
comme un mouton; mais il savait battre un
homme du faubourg au terrible jeu de la savate
ou du bâton; puis, il touchait du piano de

manière à pouvoir se faire artiste s'il tombait dans le malheur, et possédait une voix qui lui aurait valu de Barbaja[47] cinquante mille francs par saison. Hélas, toutes ces belles qualités, ces jolis défauts étaient ternis par un épouvantable vice : il ne croyait ni aux hommes ni aux femmes, ni à Dieu ni au diable. La capricieuse nature avait commencé à le douer; un prêtre l'avait achevé.

Pour rendre cette aventure compréhensible, il est nécessaire d'ajouter ici que lord Dudley trouva naturellement beaucoup de femmes disposées à tirer quelques exemplaires d'un si délicieux portrait. Son second chef-d'œuvre en ce genre fut une jeune fille nommée Euphémie, née d'une dame espagnole, élevée à La Havane, ramenée à Madrid avec une jeune créole des Antilles, avec les goûts ruineux des colonies; mais heureusement mariée à un vieux et puissamment riche seigneur espagnol, don Hijos, marquis de San-Réal qui, depuis l'occupation de l'Espagne par les troupes françaises, était venu habiter Paris, et demeurait rue Saint-Lazare. Autant par insouciance que par respect pour l'innocence du jeune âge, lord Dudley ne donna point avis à ses enfants des parentés qu'il leur créait partout. Ceci est un léger inconvénient de la civilisation, elle a tant d'avantages, il faut lui passer ses malheurs en faveur de ses bienfaits. Lord Dudley, pour n'en plus parler, vint, en 1816, se réfugier à Paris, afin d'éviter les poursuites de la justice anglaise qui, de l'Orient, ne protège que la marchandise. Le lord voyageur demanda quel était ce beau jeune homme en voyant Henri.

Puis, en l'entendant nommer : — Ah! c'est mon fils. Quel malheur! dit-il.

Telle était l'histoire du jeune homme qui, vers le milieu du mois d'avril, en 1815, parcourait nonchalamment la grande allée des Tuileries, à la manière de tous les animaux qui, connaissant leurs forces, marchent dans leur paix et leur majesté; les bourgeoises se retournaient tout naïvement pour le revoir, les femmes ne se retournaient point, elles l'attendaient au retour, et gravaient dans leur mémoire, pour s'en souvenir à propos, cette suave figure qui n'eût pas déparé le corps de la plus belle d'entre elles.

— Que fais-tu donc ici le dimanche? dit à Henri le marquis de Ronquerolles en passant.

— Il y a du poisson dans la nasse, répondit le jeune homme.

Cet échange de pensées se fit au moyen de deux regards significatifs et sans que ni Ronquerolles ni de Marsay eussent l'air de se connaître. Le jeune homme examinait les promeneurs, avec cette promptitude de coup d'œil et d'ouïe particulière au Parisien qui paraît, au premier aspect, ne rien voir et ne rien entendre, mais qui voit et entend tout. En ce moment, un jeune homme vint à lui, lui prit familièrement le bras, en lui disant : — Comment cela va-t-il, mon bon de Marsay?

— Mais très bien, lui répondit de Marsay de cet air affectueux en apparence, mais qui entre les jeunes gens parisiens ne prouve rien, ni pour le présent ni pour l'avenir.

En effet, les jeunes gens de Paris ne ressemblent aux jeunes gens d'aucune autre ville. Ils se

divisent en deux classes : le jeune homme qui a
quelque chose, et le jeune homme qui n'a rien; ou
le jeune homme qui pense et celui qui dépense.
Mais entendez-le bien, il ne s'agit ici que de ces
indigènes qui mènent à Paris le train délicieux
d'une vie élégante. Il y existe bien quelques
autres jeunes gens, mais ceux-là sont des enfants
qui conçoivent très tard l'existence parisienne et
en restent les dupes [48]. Ils ne spéculent pas, ils
étudient, ils piochent, disent les autres. Enfin il
s'y voit encore certains jeunes gens, riches ou
pauvres, qui embrassent des carrières et les
suivent tout uniment; ils sont un peu l'Émile de
Rousseau, de la chair à citoyen, et n'apparaissent
jamais dans le monde. Les diplomates les nomment impoliment des niais. Niais ou non, ils
augmentent le nombre de ces gens médiocres sous
le poids desquels plie la France. Ils sont toujours
là; toujours prêts à gâcher les affaires publiques
ou particulières, avec la plate truelle de la
médiocrité, en se targuant de leur impuissance
qu'ils nomment mœurs et probité. Ces espèces de
Prix d'excellence [49] sociaux infestent l'administration, l'armée, la magistrature, les chambres, la
cour. Ils amoindrissent, aplatissent le pays et
constituent en quelque sorte dans le corps politique une lymphe qui le surcharge et le rend
mollasse. Ces honnêtes personnes nomment les
gens de talent, immoraux, ou fripons. Si ces
fripons font payer leurs services, du moins ils
servent; tandis que ceux-là nuisent et sont
respectés par la foule; mais heureusement pour la
France, la jeunesse élégante les stigmatise sans
cesse du nom de ganaches [50].

Donc, au premier coup d'œil, il est naturel de croire très distinctes, les deux espèces de jeunes gens qui mènent une vie élégante; aimable corporation à laquelle appartenait Henri de Marsay. Mais les observateurs qui ne s'arrêtent pas à la superficie des choses sont bientôt convaincus que les différences sont purement morales, et que rien n'est trompeur comme l'est cette jolie écorce. Néanmoins tous prennent également le pas sur tout le monde; parlent, à tort et à travers, des choses, des hommes, de littérature, de beaux-arts; ont toujours à la bouche le *Pitt et Cobourg*[51] de chaque année; interrompent une conversation par un calembour; tournent en ridicule la science et le savant; méprisent tout ce qu'ils ne connaissent pas ou tout ce qu'ils craignent; puis se mettent au-dessus de tout, en s'instituant juges suprêmes de tout. Tous mystifieraient leurs pères, et seraient prêts à verser dans le sein de leurs mères des larmes de crocodile; mais généralement ils ne croient à rien, médisent des femmes, ou jouent la modestie, et obéissent en réalité à une mauvaise courtisane, ou à quelque vieille femme. Tous sont également cariés jusqu'aux os par le calcul, par la dépravation, par une brutale envie de parvenir, et s'ils sont menacés de la pierre, en les sondant on la leur trouverait à tous, au cœur. A l'état normal, ils ont les plus jolis dehors, mettent l'amitié à tout propos en jeu, sont également entraînants. Le même persiflage domine leurs changeants jargons; ils visent à la bizarrerie dans leurs toilettes, se font gloire de répéter les bêtises de tel ou tel acteur en vogue, et débutent avec

qui que ce soit par le mépris ou l'impertinence
pour avoir en quelque sorte la première manche à
ce jeu; mais malheur à qui ne sait pas se laisser
crever un œil pour leur en crever deux. Ils
paraissent également indifférents aux malheurs
de la patrie, et à ses fléaux. Ils ressemblent enfin
bien tous à la jolie écume blanche qui couronne le
flot des tempêtes. Ils s'habillent, dînent, dansent,
s'amusent le jour de la bataille de Waterloo,
pendant le choléra, ou pendant une révolution.
Enfin, ils font bien tous la même dépense; mais
ici commence le parallèle. De cette fortune
flottante et agréablement gaspillée, les uns ont le
capital, et les autres l'attendent; ils ont les
mêmes tailleurs, mais les factures de ceux-là sont
à solder. Puis si les uns, semblables à des cribles,
reçoivent toutes espèces d'idées sans en garder
aucune, ceux-là les comparent et s'assimilent
toutes les bonnes. Si ceux-ci croient savoir
quelque chose, ne savent rien et comprennent
tout, prêtent tout à ceux qui n'ont besoin de rien
et n'offrent rien à ceux qui ont besoin de quelque
chose, ceux-là étudient secrètement les pensées
d'autrui, et placent leur argent aussi bien que
leurs folies à gros intérêts. Les uns n'ont plus
d'impressions fidèles, parce que leur âme, comme
une glace dépolie par l'user[52], ne réfléchit plus
aucune image; les autres économisent leurs sens
et leur vie tout en paraissant la jeter, comme
ceux-là, par les fenêtres. Les premiers, sur la foi
d'une espérance, se dévouent sans conviction à
un système qui a le vent et remonte le courant,
mais ils sautent sur une autre embarcation
politique, quand la première va en dérive; les

seconds toisent l'avenir, le sondent et voient dans
la fidélité politique ce que les Anglais voient dans
la probité commerciale, un élément de succès.
Mais là où le jeune homme qui a quelque chose
fait un calembour ou dit un bon mot sur le
revirement du trône, celui qui n'a rien, fait un
calcul public, ou une bassesse secrète, et parvient
tout en donnant des poignées de main à ses amis.
Les uns ne croient jamais de facultés à autrui,
prennent toutes leurs idées pour neuves, comme
si le monde était fait de la veille, ils ont une
confiance illimitée en eux, et n'ont pas d'ennemi
plus cruel que leur personne. Mais les autres sont
armés d'une défiance continuelle des hommes
qu'ils estiment à leur valeur, et sont assez
profonds pour avoir une pensée de plus que leurs
amis qu'ils exploitent; alors le soir, quand leur
tête est sur l'oreiller, ils pèsent les hommes
comme un avare pèse ses pièces d'or. Les uns se
fâchent d'une impertinence sans portée et se
laissent plaisanter par les diplomates qui les font
poser devant eux en tirant le fil principal de ces
pantins, l'amour-propre; tandis que les autres se
font respecter et choisissent leurs victimes et
leurs protecteurs. Alors, un jour, ceux qui
n'avaient rien, ont quelque chose; et ceux qui
avaient quelque chose, n'ont rien. Ceux-ci
regardent leurs camarades parvenus à une position comme des sournois, des mauvais cœurs,
mais aussi comme des hommes forts. — Il est très
fort!... est l'immense éloge décerné à ceux qui
sont arrivés, *quibuscumque viis* [53], à la politique, à
une femme ou à une fortune. Parmi eux, se
rencontrent certains jeunes gens qui jouent ce

rôle en le commençant avec des dettes; et naturellement, ils sont plus dangereux que ceux qui le jouent sans avoir un sou.

Le jeune homme qui s'intitulait ami de Henri de Marsay était un étourdi, arrivé de province et auquel les jeunes gens, alors à la mode, apprenaient l'art d'écorner proprement une succession, mais il avait un dernier gâteau à manger dans sa province, un établissement certain. C'était tout simplement un héritier passé sans transition de ses maigres cent francs par mois à toute la fortune paternelle, et qui, s'il n'avait pas assez d'esprit pour s'apercevoir que l'on se moquait de lui, savait assez de calcul pour s'arrêter aux deux tiers de son capital. Il venait découvrir à Paris, moyennant quelques billets de mille francs, la valeur exacte des harnais, l'art de ne pas trop respecter ses gants, y entendre de savantes méditations sur les gages à donner aux gens, et chercher quel forfait était le plus avantageux à conclure avec eux; il tenait beaucoup à pouvoir parler en bons termes de ses chevaux, de son chien des Pyrénées, à reconnaître d'après la mise, le marcher, le brodequin, à quelle espèce appartenait une femme, étudier l'écarté, retenir quelques mots à la mode, et conquérir, par son séjour dans le monde parisien, l'autorité nécessaire pour importer plus tard en province le goût du thé, l'argenterie à forme anglaise, et se donner le droit de tout mépriser autour de lui pendant le reste de ses jours. De Marsay l'avait pris en amitié pour s'en servir dans le monde, comme un hardi spéculateur se sert d'un commis de confiance. L'amitié fausse ou vraie de de Marsay était une position sociale pour Paul de Manerville qui, de son côté, se croyait fort en exploitant à sa manière son ami intime[54]. Il vivait dans le reflet de son ami, se mettait constamment sous son parapluie, en chaussait les bottes, se dorait de ses rayons. En se posant près de Henri, ou même en marchant à ses côtés, il avait l'air de dire : — Ne nous insultez pas, nous sommes de vrais tigres. Souvent il se permettait de dire avec fatuité : — Si je demandais telle ou telle chose à Henri, il est assez mon ami pour le faire... Mais il avait soin de ne lui jamais rien demander. Il le craignait, et sa crainte, quoique imperceptible, réagissait sur les autres, et servait de Marsay. — C'est un fier homme que de Marsay, disait Paul. Ha, ha, vous verrez, il sera ce qu'il voudra être. Je ne m'étonnerais pas de le trouver un jour ministre des Affaires étrangères[55]. Rien ne lui résiste. Puis il faisait de de Marsay ce que le caporal Trim faisait de son bonnet, un enjeu perpétuel[56]. Demandez à de Marsay, et vous verrez !

Ou bien : — L'autre jour, nous chassions, de Marsay et moi, il ne voulait pas me croire, j'ai sauté un buisson sans bouger de mon cheval !

Ou bien : — Nous étions, de Marsay et moi, chez des femmes, et, ma parole d'honneur, j'étais, etc.

Ainsi Paul de Manerville ne pouvait se classer que dans la grande, l'illustre et puissante famille des niais qui arrivent. Il devait être un jour député. Pour le moment il n'était même pas un jeune homme. Son ami de Marsay le définissait ainsi : — Vous me demandez ce que c'est que Paul. Mais Paul?... c'est Paul de Manerville.

— Je m'étonne, mon bon, dit-il à de Marsay,
que vous soyez là, le dimanche.

— J'allais te faire la même question.

— Une intrigue?

— Peut-être...

— Bah!

— Je puis bien te dire cela à toi, sans
compromettre ma passion. Puis une femme qui
vient le dimanche aux Tuileries n'a pas de valeur,
aristocratiquement parlant.

— Ha! ha!

— Tais-toi donc, ou je ne te dis plus rien. Tu
ris trop haut, tu vas faire croire que nous avons
trop déjeuné. Jeudi dernier, ici, sur la terrasse
des Feuillants [57], je me promenais sans penser à
rien du tout. Mais en arrivant à la grille de la rue
de Castiglione par laquelle je comptais m'en aller,
je me trouve nez à nez avec une femme, ou plutôt
avec une jeune personne qui, si elle ne m'a pas
sauté au cou, fut arrêtée, je crois, moins par le
respect humain que par un de ces étonnements
profonds qui coupent bras et jambes, descendent
le long de l'épine dorsale et s'arrêtent dans la
plante des pieds pour vous attacher au sol. J'ai
souvent produit des effets de ce genre, espèce de
magnétisme animal qui devient très puissant
lorsque les rapports sont respectivement crochus.
Mais, mon cher, ce n'était ni une stupéfaction, ni
une fille vulgaire. Moralement parlant, sa figure
semblait dire : — Quoi, te voilà, mon idéal, l'être
de mes pensées, de mes rêves du soir et du matin.
Comment es-tu là? pourquoi ce matin? pourquoi
pas hier? Prends-moi, je suis à toi, *et cœtera!* —
Bon, me dis-je en moi-même, encore une! Je

l'examine donc. Ah! mon cher, physiquement parlant, l'inconnue est la personne la plus adorablement femme que j'aie jamais rencontrée. Elle appartient à cette variété féminine que les Romains nommaient *fulva, flava*, la femme de feu [58]. Et d'abord, ce qui m'a le plus frappé, ce dont je suis encore épris, ce sont deux yeux jaunes comme ceux des tigres; un jaune d'or qui brille, de l'or vivant, de l'or qui pense, de l'or qui aime et veut absolument venir dans votre gousset!

— Nous ne connaissons que ça, mon cher! s'écria Paul. Elle vient quelquefois ici, c'est la *Fille aux yeux d'or*. Nous lui avons donné ce nom-là. C'est une jeune personne d'environ vingt-deux ans, et que j'ai vue ici quand les Bourbons y étaient, mais avec une femme qui vaut cent mille fois mieux qu'elle.

— Tais-toi, Paul! Il est impossible à quelque femme que ce soit de surpasser cette fille semblable à une chatte qui veut venir frôler vos jambes, une fille blanche à cheveux cendrés, délicate en apparence, mais qui doit avoir des fils cotonneux sur la troisième phalange de ses doigts; et le long des joues un duvet blanc dont la ligne, lumineuse par un beau jour, commence aux oreilles et se perd sur le col.

— Ah! l'autre! mon cher de Marsay. Elle vous a des yeux noirs qui n'ont jamais pleuré, mais qui brûlent; des sourcils noirs qui se rejoignent et lui donnent un air de dureté démentie par le réseau plissé de ses lèvres, sur lesquelles un baiser ne reste pas, des lèvres ardentes et fraîches; un teint mauresque auquel un homme se chauffe comme au

soleil; mais, ma parole d'honneur, elle te ressemble...

— Tu la flattes!

— Une taille cambrée, la taille élancée d'une
corvette construite pour faire la course, et qui se
rue sur le vaisseau marchand avec une impétuosité française, le mord et le coule bas en deux
temps [59].

— Enfin, mon cher, que me fait celle que je
n'ai point vue! reprit de Marsay. Depuis que
j'étudie les femmes, mon inconnue est la seule
dont le sein vierge, les formes ardentes et
voluptueuses m'aient réalisé la seule femme que
j'aie rêvée, moi! Elle est l'original de la délirante
peinture appelée *la femme caressant sa chimère*, la
plus chaude, la plus infernale inspiration du génie
antique [60]; une sainte poésie prostituée par ceux
qui l'ont copiée pour les fresques et les
mosaïques; pour un tas de bourgeois qui ne
voient dans ce camée qu'une breloque, et la
mettent à leurs clefs de montre, tandis que c'est
toute la femme, un abîme de plaisirs où l'on roule
sans en trouver la fin, tandis que c'est une femme
idéale qui se voit quelquefois en réalité dans
l'Espagne, dans l'Italie, presque jamais en
France. Hé bien, j'ai revu cette fille aux yeux
d'or, cette femme caressant sa chimère, je l'ai
revue ici, vendredi. Je pressentais que le lendemain elle reviendrait à la même heure. Je ne me
trompais point. Je me suis plu à la suivre sans
qu'elle me vît, à étudier cette démarche indolente
de la femme inoccupée, mais dans les mouvements de laquelle se devine la volupté qui dort.
Eh bien, elle s'est retournée, elle m'a vu, m'a de

nouveau adoré, a de nouveau tressailli, frissonné.
Alors j'ai remarqué la véritable *duègne* espagnole
qui la garde, une hyène à laquelle un jaloux a mis
une robe, quelque diablesse bien payée pour
garder cette suave créature... Oh! alors, la
duègne m'a rendu plus qu'amoureux, je suis
devenu curieux. Samedi, personne. Me voilà,
aujourd'hui, attendant cette fille dont je suis la
chimère, et ne demandant pas mieux que de me
poser comme le monstre de la fresque.

— La voilà, dit Paul, tout le monde se
retourne pour la voir...

L'inconnue rougit, ses yeux scintillèrent en
apercevant Henri, elle les ferma, et passa.

— Tu dis qu'elle te remarque? s'écria plaisam-
ment Paul de Manerville.

La duègne regarda fixement et avec attention
les deux jeunes gens. Quand l'inconnue et Henri
se rencontrèrent de nouveau, la jeune fille le
frôla, et de sa main serra la main du jeune
homme. Puis, elle se retourna, sourit avec passion; mais la duègne l'entraînait fort vite, vers la
grille de la rue Castiglione. Les deux amis
suivirent la jeune fille en admirant la torsion
magnifique de ce cou auquel la tête se joignait
par une combinaison de lignes vigoureuses, et
d'où se relevaient avec force quelques rouleaux
de petits cheveux. La fille aux yeux d'or avait ce
pied bien attaché, mince, recourbé, qui offre tant
d'attraits aux imaginations friandes[61]. Aussi
était-elle élégamment chaussée, et portait-elle
une robe courte. Pendant ce trajet, elle se
retourna de moments en moments pour revoir
Henri, et parut suivre à regret la vieille dont elle

semblait être tout à la fois la maîtresse et
l'esclave : elle pouvait la faire rouer de coups,
mais non la faire renvoyer. Tout cela se voyait.
Les deux amis arrivèrent à la grille. Deux valets
en livrée dépliaient le marchepied d'un coupé de
bon goût, chargé d'armoiries. La fille aux yeux
d'or y monta la première, prit le côté où elle
devait être vue quand la voiture se retournerait;
mit sa main sur la portière, et agita son mouchoir, à l'insu de la duègne, en se moquant du
qu'en dira-t-on des curieux et disant à Henri
publiquement à coups de mouchoir : — Suivez-
moi...

— As-tu jamais vu mieux jeter le mouchoir?
dit Henri à Paul de Manerville.

Puis apercevant un fiacre prêt à s'en aller
après avoir amené du monde, il fit signe au
cocher de rester.

— Suivez ce coupé, voyez dans quelle rue,
dans quelle maison il entrera, vous aurez dix
francs. — Adieu, Paul.

Le fiacre suivit le coupé. Le coupé rentra rue
Saint-Lazare, dans un des plus beaux hôtels de ce
quartier.

CHAPITRE II

SINGULIÈRE BONNE FORTUNE

De Marsay n'était pas un étourdi. Tout autre jeune homme aurait obéi au désir de prendre aussitôt quelques renseignements sur une fille qui réalisait si bien les idées les plus lumineuses, exprimées sur les femmes par la poésie orientale; mais, trop adroit pour compromettre ainsi l'avenir de sa bonne fortune, il avait dit à son fiacre de continuer la rue Saint-Lazare, et de le ramener à son hôtel. Le lendemain, son premier valet de chambre nommé Laurent, garçon rusé comme un Frontin de l'ancienne comédie, attendit aux environs de la maison habitée par l'inconnue l'heure à laquelle se distribuent les lettres. Afin de pouvoir espionner à son aise et rôder autour de l'hôtel, il avait, suivant la coutume des gens de police qui veulent se bien déguiser, acheté sur place la défroque d'un Auvergnat, en essayant d'en prendre la physionomie. Quand le facteur qui pour cette matinée faisait le service de la rue Saint-Lazare vint à passer, Laurent feignit d'être un commissionnaire en peine de se rappeler le nom d'une personne à laquelle il devait remettre un paquet, et consulta le facteur. Trompé d'abord par les apparences, ce personnage si pittoresque au milieu de la civilisation parisienne, lui apprit que l'hôtel où demeurait la *Fille aux yeux d'or* appartenait à Don Hijos, marquis de San-Réal, Grand d'Espagne. Naturellement l'Auvergnat n'avait pas affaire au marquis.

— Mon paquet, dit-il, est pour la marquise.

— Elle est absente, répondit le facteur. Ses lettres sont retournées sur Londres.

— La marquise n'est donc pas une jeune fille qui...

— Ah! dit le facteur en interrompant le valet de chambre et le regardant avec attention, tu es un commissionnaire comme je danse.

Laurent montra quelques pièces d'or au fonctionnaire à claquette [62], qui se mit à sourire.

- Tenez, voici le nom de votre gibier, dit-il en prenant dans sa boîte de cuir une lettre qui portait le timbre de Londres et sur laquelle cette adresse :

A mademoiselle

Paquita Valdès,

Rue Saint-Lazare [63], *hôtel de San-Réal.*

Paris

était écrite en caractères allongés et menus qui annonçaient une main de femme.

— Seriez-vous cruel à une bouteille de vin de Chablis, accompagnée d'un filet sauté aux champignons, et précédée de quelques douzaines d'huitres? dit Laurent qui voulait conquérir la précieuse amitié du facteur.

— A neuf heures et demie, après mon service. Où?

— Au coin de la rue de la Chaussée-d'Antin et de la rue Neuve-des-Mathurins, au-puits-sans-vin [64], dit Laurent.

— Écoutez [65], l'ami, dit le facteur en rejoignant le valet de chambre, une heure après cette rencontre, si votre maître est amoureux de cette fille, il s'inflige un fameux travail! Je doute que vous réussissiez à la voir. Depuis dix ans que je suis facteur à Paris, j'ai pu y remarquer bien des systèmes de porte! mais je puis bien dire, sans crainte d'être démenti par aucun de mes camarades, qu'il n'y a pas une porte aussi mystérieuse que l'est celle de monsieur de San-Réal. Personne ne peut pénétrer dans l'hôtel sans je ne sais quel mot d'ordre, et remarquez qu'il a été choisi exprès entre cour et jardin pour éviter toute communication avec d'autres maisons. Le suisse est un vieil Espagnol qui ne dit jamais un mot de français; mais qui vous dévisage les gens, comme ferait Vidocq [66], pour savoir s'ils ne sont pas des voleurs. Si ce premier guichetier pouvait se laisser tromper par un amant, par un voleur ou par vous, sans comparaison, eh bien, vous rencontreriez dans la première salle, qui est fermée par une porte vitrée, un majordome entouré de laquais, un vieux farceur encore plus sauvage et plus bourru que ne l'est le suisse. Si quelqu'un franchit la porte cochère, mon majordome sort, vous attend sous le péristyle et te lui fait subir un interrogatoire comme à un criminel. Ça m'est

arrivé, à moi, simple facteur. Il me prenait pour
un *hémisphère*[67] déguisé, dit-il en riant de son
coq-à-l'âne. Quant aux gens, n'en espérez rien
tirer, je les crois muets, personne dans le quartier
ne connaît la couleur de leurs paroles ; je ne sais pas
ce qu'on leur donne de gages pour ne point parler et
pour ne point boire ; le fait est qu'ils sont inaborda-
bles, soit qu'ils aient peur d'être fusillés, soit qu'ils
aient une somme énorme à perdre en cas d'indiscrétion. Si votre maître aime assez mademoiselle Paquita Valdès pour surmonter tous ces
obstacles, il ne triomphera certes pas de doña
Concha Marialva, la duègne qui l'accompagne et
qui la mettrait sous ses jupes plutôt que de la
quitter. Ces deux femmes ont l'air d'être cousues
ensemble.

— Ce que vous me dites, estimable facteur,
reprit Laurent après avoir dégusté le vin, me
confirme ce que je viens d'apprendre. Foi d'honnête homme, j'ai cru que l'on se moquait de moi.
La fruitière d'en face m'a dit qu'on lâchait
pendant la nuit, dans les jardins, des chiens dont
la nourriture est suspendue à des poteaux, de
manière qu'ils ne puissent pas y atteindre. Ces
damnés animaux croient alors que les gens
susceptibles d'entrer en veulent à leur manger, et
les mettraient en pièces. Vous me direz qu'on
peut leur jeter des boulettes, mais il paraît qu'ils
sont dressés à ne rien manger que de la main du
concierge.

— Le portier de monsieur le baron de Nucingen, dont le jardin touche par en haut à celui de
l'hôtel San-Réal, me l'a dit effectivement, reprit
le facteur.

— Bon, mon maître le connaît, se dit Laurent. Savez-vous, reprit-il en guignant le facteur, que j'appartiens à un maître qui est un fier homme, et s'il se mettait en tête de baiser la plante des pieds d'une impératrice, il faudrait bien qu'elle en passât par là? S'il avait besoin de vous, ce que je vous souhaite, car il est généreux, pourrait-on compter sur vous?

— Dame, monsieur Laurent, je me nomme Moinot. Mon nom s'écrit absolument comme un moineau : M-o-i-n-o-t, not, Moinot.

— Effectivement, dit Laurent.

— Je demeure rue des Trois-Frères[68], n° 11, au cintième[69], reprit Moinot; j'ai une femme et quatre enfants. Si ce que vous voudrez de moi ne dépasse pas les possibilités de la conscience et mes devoirs administratifs, vous comprenez! je suis le vôtre.

— Vous êtes un brave homme, lui dit Laurent en lui serrant la main.

— Paquita Valdès est sans doute la maîtresse du marquis de San-Réal, l'ami du roi Ferdinand. Un vieux cadavre espagnol de quatre-vingts ans est seul capable de prendre des précautions semblables, dit Henri quand son valet de chambre lui eut raconté le résultat de ses recherches.

— Monsieur, lui dit Laurent, à moins d'y arriver en ballon, personne ne peut entrer dans cet hôtel-là.

— Tu es une bête! Est-il donc nécessaire d'entrer dans l'hôtel pour avoir Paquita, du moment où Paquita peut en sortir?

— Mais, monsieur, et la duègne?

— On la chambrera pour quelques jours, ta duègne.

— Alors, nous aurons Paquita! dit Laurent en se frottant les mains.

— Drôle! répondit Henri, je te condamne à la Concha si tu pousses l'insolence jusqu'à parler ainsi d'une femme avant que je ne l'aie eue. Pense à m'habiller, je vais sortir.

Henri resta pendant un moment plongé dans de joyeuses réflexions. Disons-le à la louange des femmes, il obtenait toutes celles qu'il daignait désirer. Et que faudrait-il donc penser d'une femme sans amant, qui aurait su résister à un jeune homme armé de la beauté qui est l'esprit du corps, armé de l'esprit qui est une grâce de l'âme, armé de la force morale et de la fortune qui sont les deux seules puissances réelles? Mais en triomphant aussi facilement, de Marsay devait s'ennuyer de ses triomphes; aussi depuis environ deux ans s'ennuyait-il beaucoup. En plongeant au fond des voluptés, il en rapportait plus de gravier que de perles. Donc il en était venu, comme les souverains, à implorer du hasard quelque obstacle à vaincre, quelque entreprise qui demandât le déploiement de ses forces morales et physiques inactives. Quoique Paquita Valdès lui présentât le merveilleux assemblage des perfections dont il n'avait encore joui qu'en détail, l'attrait de la passion était presque nul chez lui. Une satiété constante avait affaibli dans son cœur le sentiment de l'amour. Comme les vieillards et les gens blasés, il n'avait plus que des caprices extravagants, des goûts ruineux, des fantaisies qui, satisfaites, ne lui laissaient aucun bon souvenir au cœur. Chez les jeunes gens, l'amour est le plus beau des sentiments, il fait fleurir la vie dans l'âme, il épanouit par sa puissance solaire les plus belles inspirations et leurs grandes pensées : les prémices en toute chose ont une délicieuse saveur. Chez les hommes, l'amour devient une passion : la force mène à l'abus. Chez les vieillards, il se tourne au vice : l'impuissance conduit à l'extrême. Henri était à la fois vieillard, homme et jeune. Pour lui rendre les émotions d'un véritable amour, il lui fallait comme à Lovelace une Clarisse Harlowe. Sans le reflet magique de cette perle introuvable, il ne pouvait plus avoir que, soit des passions aiguisées par quelque vanité parisienne, soit des partis pris avec lui-même de faire arriver telle femme à tel degré de corruption, soit des aventures qui stimulassent sa curiosité. Le rapport de Laurent, son valet de chambre, venait de donner un prix énorme à la *Fille aux yeux d'or*. Il s'agissait de livrer bataille à quelque ennemi secret, qui paraissait aussi dangereux qu'habile ; et, pour remporter la victoire, toutes les forces dont Henri pouvait disposer n'étaient pas inutiles. Il allait jouer cette éternelle vieille comédie qui sera toujours neuve, et dont les personnages sont un vieillard, une jeune fille et un amoureux[70] : don Hijos, Paquita, de Marsay. Si Laurent valait Figaro, la duègne paraissait incorruptible. Ainsi, la pièce vivante était plus fortement nouée par le hasard qu'elle ne l'avait jamais été par aucun auteur dramatique ! Mais aussi le hasard n'est-il pas un homme de génie ?

— Il va falloir jouer serré, se dit Henri.

— Hé bien, lui dit Paul de Manerville en entrant, où en sommes-nous? Je viens déjeuner avec toi.

— Soit, dit Henri. Tu ne te choqueras pas si je fais ma toilette devant toi?

— Quelle plaisanterie!

— Nous prenons tant de choses des Anglais en ce moment que nous pourrions devenir hypocrites et prudes comme eux, dit Henri.

Laurent avait apporté devant son maître tant d'ustensiles, tant de meubles différents, et de si jolies choses, que Paul ne put s'empêcher de dire : — Mais, tu vas en avoir pour deux heures?

— Non! dit Henri, deux heures et demie.

— Eh bien, puisque nous sommes entre nous et que nous pouvons tout nous dire, explique-moi pourquoi un homme supérieur autant que tu l'es, car tu es supérieur, affecte d'outrer une fatuité qui ne doit pas être naturelle en lui. Pourquoi passer deux heures et demie à s'étriller, quand il suffit d'entrer un quart d'heure dans un bain, de se peigner en deux temps, et de se vêtir? Là, dis-moi ton système.

— Il faut que je t'aime bien, mon gros balourd, pour te confier de si hautes pensées, dit le jeune homme qui se faisait en ce moment brosser les pieds avec une brosse douce frottée de savon anglais.

— Mais je t'ai voué le plus sincère attachement, répondit Paul de Manerville, et je t'aime en te trouvant supérieur à moi...

— Tu as dû remarquer, si toutefois tu es capable d'observer un fait moral, que la femme aime le fat, reprit de Marsay sans répondre

autrement que par un regard à la déclaration de
Paul. Sais-tu pourquoi les femmes aiment les
fats? Mon ami, les fats sont les seuls hommes qui
aient soin d'eux-mêmes. Or, avoir trop soin de
soi, n'est-ce pas dire qu'on soigne en soi-même le
bien d'autrui? L'homme qui ne s'appartient pas
est précisément l'homme dont les femmes sont
friandes. L'amour est essentiellement voleur. Je
ne te parle pas de cet excès de propreté dont elles
raffolent. Trouves-en une qui se soit passionnée
pour un *sans-soin*, fût-ce un homme remarquable? Si le fait a eu lieu, nous devons le mettre sur
le compte des envies de femme grosse, ces idées
folles qui passent par la tête à tout le monde. Au
contraire, j'ai vu des gens fort remarquables
plantés net pour cause de leur incurie. Un fat qui
s'occupe de sa personne s'occupe d'une niaiserie,
de petites choses. Et qu'est-ce que la femme?
Une petite chose, un ensemble de niaiseries. Avec
deux mots dits en l'air, ne la fait-on pas travailler
pendant quatre heures? Elle est sûre que le fat
s'occupera d'elle, puisqu'il ne pense pas à de
grandes choses. Elle ne sera jamais négligée pour
la gloire, l'ambition, la politique, l'art, ces
grandes filles publiques qui, pour elle, sont des
rivales. Puis les fats ont le courage de se couvrir
de ridicule pour plaire à la femme, et son cœur
est plein de récompenses pour l'homme ridicule
par amour. Enfin, un fat ne peut être fat que s'il
a quelque [71] raison de l'être. C'est les femmes qui
nous donnent ce grade-là. Le fat est le colonel de
l'amour, il a des bonnes fortunes, il a son
régiment de femmes à commander! Mon cher! à
Paris, tout se sait, et un homme ne peut pas y

être fat *gratis*. Toi qui n'as qu'une femme et qui
peut-être as raison de n'en avoir qu'une, essaie de
faire le fat?... tu ne deviendras même pas
ridicule, tu seras mort. Tu deviendrais un préjugé
à deux pattes, un de ces hommes condamnés
inévitablement à faire une seule et même chose.
Tu signifierais *sottise* comme M. de La Fayette
signifie Amérique; M. de Talleyrand, diplomatie;
Désaugiers, chanson [72]; M. de Ségur, romance [73].
S'ils sortent de leur genre, on ne croit plus à la
valeur de ce qu'ils font. Voilà comme nous
sommes en France, toujours souverainement
injustes! M. de Talleyrand est peut-être un grand
financier, M. de La Fayette un tyran, et Désaugiers un administrateur. Tu aurais quarante
femmes l'année suivante, on ne t'en accorderait
pas publiquement une seule. Ainsi donc la
fatuité, mon ami Paul, est le signe d'un incontes-
table pouvoir conquis sur le peuple femelle. Un
homme aimé par plusieurs femmes passe pour
avoir des qualités supérieures; et alors c'est à qui
l'aura, le malheureux! Mais crois-tu que ce ne
soit rien aussi que d'avoir le droit d'arriver dans
un salon, d'y regarder tout le monde du haut de
sa cravate, ou à travers un lorgnon, et de pouvoir
mépriser l'homme le plus supérieur s'il porte un
gilet arriéré [74]? Laurent, tu me fais mal! Après
déjeuner, Paul, nous irons aux Tuileries voir
l'adorable *Fille aux yeux d'or*.

Quand, après avoir fait un excellent repas, les
deux jeunes gens eurent arpenté la terrasse des
Feuillants et la grande allée des Tuileries, ils ne
rencontrèrent nulle part la sublime Paquita
Valdès pour le compte de laquelle se trouvaient

cinquante des plus élégants jeunes gens de Paris,
tous musqués, haut cravatés, bottés, éperonnail-
lés, cravachant, marchant, parlant, riant, et se
donnant à tous les diables.

— Messe blanche[75], dit Henri; mais il m'est
venu la plus excellente idée du monde. Cette fille
reçoit des lettres de Londres, il faut acheter ou
griser le facteur, décacheter une lettre, naturellement la lire, y glisser un petit billet doux, et la
recacheter. Le vieux tyran, *crudel tiranno*[76], doit
sans doute connaître la personne qui écrit les
lettres venant de Londres et ne s'en défie plus.

Le lendemain, de Marsay vint encore se promener au soleil sur la terrasse des Feuillants, et y vit
Paquita Valdès : déjà pour lui la passion l'avait
embellie. Il s'affola sérieusement de ces yeux
dont les rayons semblaient avoir la nature de
ceux que lance le soleil et dont l'ardeur résumait
celle de ce corps parfait où tout était volupté. De
Marsay brûlait de frôler la robe de cette séduisante fille quand ils se rencontraient dans leur
promenade; mais ses tentatives étaient toujours
vaines. En un moment où il avait dépassé la
duègne et Paquita, pour pouvoir se trouver du
côté de la *Fille aux yeux d'or* quand il se
retournerait, Paquita, non moins impatiente,
s'avança vivement, et de Marsay se sentit presser
la main par elle d'une façon tout à la fois si
rapide et si passionnément significative, qu'il
crut avoir reçu le choc d'une étincelle électrique.
En un instant toutes ses émotions de jeunesse lui
sourdirent au cœur. Quand les deux amants se
regardèrent, Paquita parut honteuse; elle baissa
les yeux pour ne pas revoir les yeux d'Henri,

mais son regard se coula par en dessous pour
regarder les pieds et la taille de celui que les
femmes nommaient avant la révolution *leur
vainqueur.*

— J'aurai décidément cette fille pour maîtresse, se dit Henri.

En la suivant au bout de la terrasse, du côté de
la place Louis-XV, il aperçut le vieux marquis de
San-Réal qui se promenait appuyé sur le bras de
son valet de chambre, en marchant avec toute la
précaution d'un goutteux et d'un cacochyme.
Doña Concha, qui se défiait d'Henri, fit passer
Paquita entre elle et le vieillard.

— Oh! toi, se dit de Marsay en jetant un
regard de mépris sur la duègne, si l'on ne peut
pas te faire capituler, avec un peu d'opium l'on
t'endormira. Nous connaissons la Mythologie et
la fable d'Argus[77].

Avant de monter en voiture, la *Fille aux yeux
d'or* échangea avec son amant quelques regards
dont l'expression n'était pas douteuse et dont
Henri fut ravi; mais la duègne en surprit un, et
dit vivement quelques mots à Paquita, qui se
jeta dans le coupé d'un air désespéré. Pendant
quelques jours Paquita ne vint plus aux Tuileries. Laurent, qui, par ordre de son maître, alla
faire le guet autour de l'hôtel, apprit par les
voisins que ni les deux femmes ni le vieux
marquis n'étaient sortis depuis le jour où la
duègne avait surpris un regard entre la jeune fille
commise à sa garde et Henri. Le lien si faible qui
unissait les deux amants était donc déjà rompu.

Quelques jours après, sans que personne sût
par quels moyens, de Marsay était arrivé à son

but, il avait un cachet et de la cire absolument
semblables au cachet et à la cire qui cachetaient
les lettres envoyées de Londres à mademoiselle Valdès, du 'papier pareil à celui dont se
servait le correspondant, puis tous les ustensiles
et les fers nécessaires pour y apposer les timbres
des postes anglaise et française. Il avait écrit la
lettre suivante, à laquelle il donna toutes les
façons d'une lettre envoyée de Londres.

« Chère Paquita, je n'essaierai pas de vous
peindre, par des paroles, la passion que vous
m'avez inspirée. Si, pour mon bonheur, vous la
partagez, sachez que j'ai trouvé les moyens de
correspondre avec vous. Je me nomme Adolphe
de Gouges, et demeure rue de l'Université, n° 54.
Si vous êtes trop surveillée pour m'écrire, si vous
n'avez ni papier ni plumes, je le saurai par votre
silence. Donc, si demain, de huit heures du matin
à dix heures du soir, vous n'avez pas jeté de
lettre par-dessus le mur de votre jardin dans celui
du baron de Nucingen, où l'on attendra pendant
toute la journée, un homme qui m'est entièrement dévoué vous glissera par-dessus le mur, au
bout d'une corde, deux flacons, à dix heures du
matin, le lendemain. Soyez à vous promener vers
ce moment-là, l'un des deux flacons contiendra
de l'opium pour endormir votre Argus, il suffira
de lui en donner six gouttes. L'autre contiendra
de l'encre. Le flacon à l'encre est taillé, l'autre est
uni. Tous deux sont assez plats pour que vous
puissiez les cacher dans votre corset. Tout ce que
j'ai fait déjà pour pouvoir correspondre avec
vous doit vous dire combien je vous aime. Si vous

en doutiez, je vous avoue que, pour obtenir un rendez-vous d'une heure, je donnerais ma vie. »

— Elles croient cela pourtant, ces pauvres créatures! se dit de Marsay; mais elles ont raison. Que penserions-nous d'une femme qui ne se laisserait pas séduire par une lettre d'amour accompagnée de circonstances si probantes?

Cette lettre fut remise par le sieur Moinot, facteur, le lendemain, vers huit heures du matin, au concierge de l'hôtel San-Réal.

Pour se rapprocher du champ de bataille, de Marsay était venu déjeuner chez Paul, qui demeurait rue de la Pépinière. A deux heures, au moment où les deux amis se contaient en riant la déconfiture d'un jeune homme qui avait voulu mener le train de la vie élégante sans une fortune assise, et qu'ils lui cherchaient une fin, le cocher d'Henri vint chercher son maître jusque chez Paul, et lui présenta un personnage mystérieux, qui voulait absolument lui parler à lui-même. Ce personnage était un mulâtre dont Talma se serait certes inspiré pour jouer Othello s'il l'avait rencontré[78]. Jamais figure africaine n'exprima mieux la grandeur dans la vengeance, la rapidité du soupçon, la promptitude dans l'exécution d'une pensée, la force du Maure et son irréflexion d'enfant. Ses yeux noirs avaient la fixité des yeux d'un oiseau de proie, et ils étaient enchâssés, comme ceux d'un vautour, par une membrane bleuâtre dénuée de cils. Son front, petit et bas, avait quelque chose de menaçant. Évidemment cet homme était sous le joug d'une seule et même pensée. Son bras nerveux ne lui appartenait pas. Il était suivi d'un homme que toutes les imaginations, depuis celles qui grelottent au Groenland jusqu'à celles qui suent à la Nouvelle-Angleterre, se peindront d'après cette phrase : *c'était un homme malheureux*[79]. A ce mot, tout le monde le devinera, se le représentera d'après les idées particulières à chaque pays. Mais qui se figurera son visage blanc, ridé, rouge aux extrémités, et sa barbe longue? qui verra sa cravate jaunasse en corde, son col de chemise gras, son chapeau tout usé, sa redingote verdâtre, son pantalon piteux, son gilet recroquevillé, son épingle en faux or, ses souliers crottés, dont les rubans avaient barboté dans la boue? qui le comprendra dans toute l'immensité de sa misère présente et passée? Qui? le Parisien seulement. L'homme malheureux de Paris est l'homme malheureux complet, car il trouve encore de la joie pour savoir combien il est malheureux. Le mulâtre semblait être un bourreau de Louis XI tenant un homme à pendre.

— Qu'est-ce qui nous a pêché ces deux drôles-là? dit Henri.

— Pantoufle! il y en a un qui me donne le frisson, répondit Paul.

— Qui es-tu, toi qui as l'air d'être le plus chrétien des deux? dit Henri en regardant l'homme malheureux.

Le mulâtre resta les yeux attachés sur ces deux jeunes gens, en homme qui n'entendait rien, et qui cherchait néanmoins à deviner quelque chose d'après les gestes et le mouvement des lèvres.

— Je suis écrivain public et interprète. Je

demeure au Palais de Justice et me nomme Poincet.

— Bon! Et celui-là? dit Henri à Poincet en montrant le mulâtre.

— Je ne sais pas; il ne parle qu'une espèce de patois espagnol, et m'a emmené ici pour pouvoir s'entendre avec vous.

Le mulâtre tira de sa poche la lettre écrite à Paquita par Henri, et la lui remit, Henri la jeta dans le feu.

— Eh bien, voilà qui commence à se dessiner, se dit en lui-même Henri. Paul, laisse-nous seuls un moment.

— Je lui ai traduit cette lettre, reprit l'interprète lorsqu'ils furent seuls. Quand elle fut traduite, il a été je ne sais où. Puis il est revenu me chercher pour m'amener ici en me promettant deux louis.

— Qu'as-tu à me dire, Chinois? demanda Henri.

— Je ne lui ai pas dit *Chinois*, dit l'interprète en attendant la réponse du mulâtre.

— Il dit, monsieur, reprit l'interprète après avoir écouté l'inconnu, qu'il faut que vous vous trouviez demain soir, à dix heures et demie, sur le boulevard Montmartre, auprès du café. Vous y verrez une voiture, dans laquelle vous monterez en disant à celui qui sera prêt à ouvrir la portière le mot *cortejo*, un mot espagnol qui veut dire *amant*, ajouta Poincet en jetant un regard de félicitation à Henri.

— Bien!

Le mulâtre voulut donner deux louis; mais de Marsay ne le souffrit pas et récompensa l'interprète; pendant qu'il le payait, le mulâtre proféra quelques paroles.

— Que dit-il?

— Il me prévient, répondit l'homme malheureux, que, si je fais une seule indiscrétion, il m'étranglera. Il est gentil, et il a très fort l'air d'en être capable.

— J'en suis sûr, répondit Henri. Il le ferait comme il le dit.

— Il ajoute, reprit l'interprète, que la personne dont il est l'envoyé vous supplie, pour vous et pour elle, de mettre la plus grande prudence dans vos actions, parce que les poignards levés sur vos têtes tomberaient dans vos cœurs, sans qu'aucune puissance humaine pût vous en garantir.

— Il a dit cela! Tant mieux, ce sera plus amusant. — Mais tu peux entrer, Paul! cria-t-il à son ami.

Le mulâtre, qui n'avait pas cessé de regarder l'amant de Paquita Valdès avec une attention magnétique, s'en alla suivi de l'interprète.

— Enfin, voici donc une aventure bien romanesque, se dit Henri quand Paul revint. A force de participer à quelques-unes, j'ai fini par rencontrer dans ce Paris une intrigue accompagnée de circonstances graves, de périls majeurs. Ah! diantre, combien le danger rend la femme hardie! Gêner une femme, la vouloir contraindre, n'est-ce pas lui donner le droit et le courage de franchir en un moment des barrières qu'elle mettrait des années à sauter? Gentille créature, va, saute. Mourir? pauvre enfant! Des poignards? imagination de femmes! Elles sentent toutes le besoin de

faire valoir leur petite plaisanterie. D'ailleurs on
y pensera, Paquita! on y pensera, ma fille! Le
diable m'emporte, maintenant que je sais que
cette belle fille, ce chef-d'œuvre de la nature est à
moi, l'aventure a perdu de son piquant.

Malgré cette parole légère, le jeune homme
avait reparu chez Henri. Pour attendre jusqu'au
lendemain sans souffrances, il eut recours à
d'exorbitants plaisirs : il joua, dîna, soupa avec
ses amis; il but comme un fiacre, mangea comme
un Allemand, et gagna dix ou douze mille francs.
Il sortit du Rocher de Cancale[80] à deux heures
du matin, dormit comme un enfant, se réveilla le
lendemain frais et rose, et s'habilla pour aller aux
Tuileries, en se proposant de monter à cheval
après avoir vu Paquita pour gagner de l'appétit
et mieux dîner, afin de pouvoir brûler le temps.

A l'heure dite, Henri fut sur le boulevard, vit
la voiture et donna le mot d'ordre à un homme
qui lui parut être le mulâtre. En entendant ce
mot, l'homme ouvrit la portière et déplia vivement le marchepied. Henri fut si rapidement
emporté dans Paris, et ses pensées lui laissèrent si
peu la faculté de faire attention aux rues par
lesquelles il passait, qu'il ne sut pas où la voiture
s'arrêta. Le mulâtre l'introduisit dans une maison
où l'escalier se trouvait près de la porte cochère.
Cet escalier était sombre, aussi bien que le palier,
sur lequel Henri fut obligé d'attendre pendant le
temps que le mulâtre mit à ouvrir la porte d'un
appartement humide, nauséabond, sans lumière,
et dont les pièces, à peine éclairées par la bougie
que son guide trouva dans l'antichambre, lui
parurent vides et mal meublées, comme le sont

celles d'une maison dont les habitants sont en
voyage. Il reconnut cette sensation que lui
procurait la lecture d'un de ces romans d'Anne
Radcliffe [81] où le héros traverse les salles froides,
sombres, inhabitées, de quelque lieu triste et
désert. Enfin le mulâtre ouvrit la porte d'un
salon. L'état des vieux meubles et des draperies
passées dont cette pièce était ornée la faisait
ressembler au salon d'un mauvais lieu. C'était la
même prétention à l'élégance et le même assemblage de choses de mauvais goût, de poussière et
de crasse. Sur un canapé couvert en velours
d'Utrecht rouge, au coin d'une cheminée qui
fumait, et dont le feu était enterré dans les
cendres, se tenait une vieille femme assez mal
vêtue, coiffée d'un de ces turbans que savent
inventer les femmes anglaises quand elles
arrivent à un certain âge, et qui auraient
infiniment de succès en Chine, où le beau idéal
des artistes est la monstruosité [82]. Ce salon, cette
vieille femme, ce foyer froid, tout eût glacé
l'amour, si Paquita n'avait pas été là sur une
causeuse dans un voluptueux peignoir, libre de
jeter ses regards d'or et de flamme, libre de
montrer son pied recourbé, libre de ses mouvements lumineux. Cette première entrevue fut ce
que sont tous les premiers rendez-vous que se
donnent des personnes passionnées qui ont rapidement franchi les distances et qui se désirent
ardemment, sans néanmoins se connaître. Il est
impossible qu'il ne se rencontre pas d'abord
quelques discordances dans cette situation, gê-
nante jusqu'au moment où les âmes se sont
mises au même ton. Si le désir donne de la

hardiesse à l'homme et le dispose à ne rien ménager, sous peine de ne pas être femme, la maîtresse, quelque extrême que soit son amour, est effrayée de se trouver si promptement arrivée au but et face à face avec la nécessité de se donner, qui pour beaucoup de femmes équivaut à une chute dans un abîme, au fond duquel elles ne savent pas ce qu'elles trouveront. La froideur involontaire de cette femme contraste avec sa passion avouée et réagit nécessairement sur l'amant le plus épris. Ces idées, qui souvent flottent comme des vapeurs à l'alentour des âmes, y déterminent donc une sorte de maladie passagère. Dans le doux voyage que deux êtres entreprennent à travers les belles contrées de l'amour, ce moment est comme une lande à traverser, une lande sans bruyères, alternativement humide et chaude, pleine de sables ardents, coupée par des marais, et qui mène aux riants bocages vêtus de roses où se déploient l'amour et son cortège de plaisirs sur des tapis de fine verdure. Souvent l'homme spirituel se trouve doué d'un rire bête qui lui sert de réponse à tout ; son esprit est comme engourdi sous la glaciale compression de ses désirs. Il ne serait pas impossible que deux êtres également beaux, spirituels et passionnés, parlassent d'abord des lieux communs les plus niais, jusqu'à ce que le hasard, un mot, le tremblement d'un certain regard, la communication d'une étincelle, leur ait fait rencontrer l'heureuse transition qui les amène dans le sentier fleuri où l'on ne marche pas, mais où l'on roule sans néanmoins descendre. Cet état de l'âme est toujours en raison de la

violence des sentiments. Deux êtres qui s'aiment
faiblement n'éprouvent rien de pareil. L'effet de
cette crise peut encore se comparer à celui que
produit l'ardeur d'un ciel pur. La nature semble
au premier aspect couverte d'un voile de gaze,
l'azur du firmament paraît noir, l'extrême
lumière ressemble aux ténèbres. Chez Henri,
comme chez l'Espagnole, il se rencontrait une
égale violence : et cette loi de la statique en vertu
de laquelle deux forces identiques s'annulent en
se rencontrant pourrait être vraie aussi dans le
règne moral [83]. Puis l'embarras de ce moment fut
singulièrement augmenté par la présence de la
vieille momie. L'amour s'effraie ou s'égaie de
tout, pour lui tout a un sens, tout lui est présage
heureux ou funeste. Cette femme décrépite était
là comme un dénouement possible, et figurait
l'horrible queue de poisson par laquelle les
symboliques génies de la Grèce ont terminé les
Chimères et les Sirènes, si séduisantes, si décevantes par le corsage, comme le sont toutes les
passions au début. Quoique Henri fût, non pas un
esprit fort, ce mot est toujours une raillerie, mais
un homme d'une puissance extraordinaire, un
homme aussi grand qu'on peut l'être sans
croyance, l'ensemble de toutes ces circonstances
le frappa. D'ailleurs les hommes les plus forts
sont naturellement les plus impressionnés, et
conséquemment les plus superstitieux, si toutefois l'on peut appeler superstition le préjugé du
premier mouvement, qui sans doute est l'aperçu
du résultat dans les causes cachées à d'autres
yeux, mais perceptibles aux leurs.

L'Espagnole profitait de ce moment de stupeur

pour se laisser aller à l'extase de cette adoration
infinie qui saisit le cœur d'une femme quand elle
aime véritablement et qu'elle se trouve en présence d'une idole vainement espérée. Ses yeux
étaient toute joie, tout bonheur, et il s'en échappait des étincelles. Elle était sous le charme, et
s'enivrait sans crainte d'une félicité longtemps
rêvée. Elle parut alors si merveilleusement belle à
Henri que toute cette fantasmagorie de haillons,
de vieillesse, de draperies rouges usées, de paillas-
sons verts devant les fauteuils, que le carreau
rouge mal frotté, que tout ce luxe infirme et
souffrant disparut aussitôt. Le salon s'illumina, il
ne vit plus qu'à travers un nuage la terrible
harpie, fixe, muette sur son canapé rouge, et dont
les yeux jaunes trahissaient les sentiments serviles que le malheur inspire ou que cause un vice
sous l'esclavage duquel on est tombé comme sous
un tyran qui vous abrutit sous les flagellations de
son despotisme. Ses yeux avaient l'éclat froid de
ceux d'un tigre en cage qui sait son impuissance
et se trouve obligé de dévorer ses envies de
destruction [84].

— Quelle est cette femme? dit Henri à
Paquita.

Mais Paquita ne répondit pas. Elle fit signe
qu'elle n'entendait pas le français, et demanda à
Henri s'il parlait anglais. De Marsay répéta sa
question en anglais.

— C'est la seule femme à laquelle je puisse me
fier, quoiqu'elle m'ait déjà vendue, dit Paquita
tranquillement. Mon cher Adolphe, c'est ma
mère, une esclave achetée en Géorgie pour sa rare

beauté, mais dont il reste peu de chose aujourd'hui. Elle ne parle que sa langue maternelle.

L'attitude de cette femme et son envie de deviner, par les mouvements de sa fille et d'Henri, ce qui se passait entre eux furent expliquées soudain au jeune homme, que cette explication mit à l'aise.

— Paquita, lui dit-il, nous ne serons donc pas libres?

— Jamais! dit-elle d'un air triste. Nous avons même peu de jours à nous.

Elle baissa les yeux, regarda sa main, et compta de sa main droite sur les doigts de sa main gauche, en montrant ainsi les plus belles mains qu'Henri eût jamais vues.

— Un, deux, trois...

Elle compta jusqu'à douze.

— Oui, dit-elle, nous avons douze jours.

— Et après?

— Après, dit-elle en restant absorbée comme une femme faible devant la hache du bourreau et tuée d'avance par une crainte qui la dépouillait de cette magnifique énergie que la nature semblait ne lui avoir départie que pour agrandir les voluptés et pour convertir en poèmes sans fin les plaisirs les plus grossiers. — Après, répéta-t-elle. Ses yeux devinrent fixes; elle parut contempler un objet éloigné, menaçant. — Je ne sais pas, dit-elle.

— Cette fille est folle, se dit Henri, qui tomba lui-même en des réflexions étranges.

Paquita lui parut occupée de quelque chose qui n'était pas lui, comme une femme également contrainte et par le remords et par la passion.

Peut-être avait-elle dans le cœur un autre amour qu'elle oubliait et se rappelait tour à tour. En un moment, Henri fut assailli de mille pensées contradictoires. Pour lui cette fille devint un mystère ; mais, en la contemplant avec la savante attention de l'homme blasé, affamé de voluptés nouvelles, comme ce roi d'Orient qui demandait qu'on lui créât un plaisir, soif horrible, dont les grandes âmes sont saisies, Henri reconnaissait dans Paquita la plus riche organisation que la nature se fût complu à composer pour l'amour. Le jeu présumé de cette machine, l'âme mise à part, eût effrayé tout autre homme que de Marsay ; mais il fut fasciné par cette riche moisson de plaisirs promis, par cette constante variété dans le bonheur, le rêve de tout homme, et que toute femme aimante ambitionne aussi. Il fut affolé par l'infini rendu palpable et transporté dans les plus excessives jouissances de la créature. Il vit tout cela dans cette fille plus distinctement qu'il ne l'avait encore vu, car elle se laissait complaisamment voir, heureuse d'être admirée. L'admiration de de Marsay devint une rage secrète, et il la dévoila tout entière en lançant un regard que comprit l'Espagnole, comme si elle était habituée à en recevoir de semblables.

— Si tu ne devais pas être à moi seul, je te tuerais ! s'écria-t-il.

En entendant ce mot, Paquita se voila le visage de ses mains et s'écria naïvement :

— Sainte Vierge, où me suis-je fourrée !

Elle se leva, s'alla jeter sur le canapé rouge, se plongea la tête dans les haillons qui couvraient le

sein de sa mère, et y pleura. La vieille reçut sa
fille sans sortir de son immobilité, sans lui rien
témoigner. La mère possédait au plus haut degré
cette gravité des· peuplades sauvages, cette
impassibilité de la statuaire sur laquelle échoue
l'observation. Aimait-elle, n'aimait-elle pas sa
fille? Nulle réponse. Sous ce masque couvaient
tous les sentiments humains, les bons et les
mauvais, et l'on pouvait tout attendre de cette
créature. Son regard allait lentement des beaux
cheveux de sa fille, qui la couvraient comme
d'une mantille, à la figure d'Henri, qu'elle obser-
vait avec une inexprimable curiosité. Elle semblait se demander par quel sortilège il était là,
par quel caprice la nature avait fait un homme si
séduisant.

— Ces femmes se moquent de moi! se dit
Henri.

En ce moment, Paquita leva la tête, jeta sur
lui un de ces regards qui vont jusqu'à l'âme et la
brûlent. Elle lui parut si belle, qu'il se jura de
posséder ce trésor de beauté.

— Ma Paquita, sois à moi!

— Tu veux me tuer? dit-elle peureuse, palpitante, inquiète, mais ramenée à lui par une force
inexplicable.

— Te tuer, moi! dit-il en souriant.

Paquita jeta un cri d'effroi, dit un mot à la
vieille, qui prit d'autorité la main de Henri, celle
de sa fille, les regarda longtemps, les leur rendit
en hochant la tête d'une façon horriblement
significative.

— Sois à moi ce soir, à l'instant, suis-moi, ne

me quitte pas, je le veux, Paquita! m'aimes-tu? viens!

En un moment, il lui dit mille paroles insensées avec la rapidité d'un torrent qui bondit entre des rochers, et répète le même son sous mille formes différentes.

— C'est la même voix! dit Paquita mélancoliquement, sans que de Marsay pût l'entendre, et... la même ardeur, ajouta-t-elle.

— Hé bien, oui, dit-elle avec un abandon de passion que rien ne saurait exprimer. Oui, mais pas ce soir. Ce soir, Adolphe, j'ai donné trop peu d'opium à la *Concha,* elle pourrait se réveiller, je serais perdue. En ce moment, toute la maison me croit endormie dans ma chambre. Dans deux jours, sois au même endroit, dis le même mot au même homme. Cet homme est mon père nourricier, Christemio m'adore et mourrait pour moi dans les tourments sans qu'on lui arrachât une parole contre moi. Adieu, dit-elle en saisissant Henri par le corps et s'entortillant autour de lui comme un serpent.

Elle le pressa de tous les côtés à la fois, lui apporta sa tête sous la sienne, lui présenta ses lèvres, et prit un baiser qui leur donna de tels vertiges à tous deux, que de Marsay crut que la terre s'ouvrait, et que Paquita cria : — « Va-t'en! » d'une voix qui annonçait assez combien elle était peu maîtresse d'elle-même. Mais elle le garda tout en lui criant toujours : « Va-t'en! » et le mena lentement jusqu'à l'escalier.

Là, le mulâtre, dont les yeux blancs s'allumèrent à la vue de Paquita, prit le flambeau des mains de son idole, et conduisit Henri jusqu'à la

rue. Il laissa le flambeau sous la voûte, ouvrit la
portière, remit Henri dans la voiture, et le déposa
sur le boulevard des Italiens avec une rapidité
merveilleuse. Les chevaux semblaient avoir l'enfer dans le corps.

Cette scène fut comme un songe pour de
Marsay, mais un de ces songes qui, tout en
s'évanouissant, laissent dans l'âme un sentiment
de volupté surnaturelle, après laquelle un homme
court pendant le reste de sa vie. Un seul baiser
avait suffi. Aucun rendez-vous ne s'était passé
d'une manière plus décente, ni plus chaste, ni
plus froide peut-être, dans un lieu plus horrible
par les détails, devant une plus hideuse divinité;
car cette mère était restée dans l'imagination
d'Henri comme quelque chose d'infernal, d'ac-
croupi, de cadavéreux, de vicieux, de sauvagement féroce, que la fantaisie des peintres et des
poètes n'avait pas encore deviné. En effet, jamais
rendez-vous n'avait plus irrité ses sens, n'avait
révélé de voluptés plus hardies, n'avait mieux
fait jaillir l'amour de son centre pour se répandre
comme une atmosphère autour d'un homme. Ce
fut quelque chose de sombre, de mystérieux, de
doux, de tendre, de contraint et d'expansif, un
accouplement de l'horrible et du céleste, du
paradis et de l'enfer, qui rendit de Marsay comme
ivre. Il ne fut plus lui-même, et il était assez
grand cependant pour pouvoir résister aux
enivrements du plaisir.

Pour bien comprendre sa conduite au dénouement de cette histoire, il est nécessaire d'expliquer comment son âme s'était élargie à l'âge où
les jeunes gens se rapetissent ordinairement en se

mêlant aux femmes ou en s'en occupant trop. Il avait grandi par un concours de circonstances secrètes qui l'investissaient d'un immense pouvoir inconnu. Ce jeune homme avait en main un sceptre plus puissant que ne l'est celui des rois modernes presque tous bridés par les lois dans leurs moindres volontés. De Marsay exerçait le pouvoir autocratique du despote oriental. Mais ce pouvoir, si stupidement mis en œuvre dans l'Asie par des hommes abrutis, était décuplé par l'intelligence européenne, par l'esprit français, le plus vif, le plus acéré de tous les instruments intelligentiels. Henri pouvait ce qu'il voulait dans l'intérêt de ses plaisirs et de ses vanités. Cette invisible action sur le monde social l'avait revêtu d'une majesté réelle, mais secrète, sans emphase et repliée sur lui-même. Il avait de lui, non pas l'opinion que Louis XIV pouvait avoir de soi, mais celle que le plus orgueilleux des Califes, des Pharaons, des Xerxès qui se croyaient de race divine, avaient d'eux-mêmes, quand ils imitaient Dieu en se voilant à leurs sujets, sous prétexte que leurs regards donnaient la mort. Ainsi, sans avoir aucun remords d'être à la fois juge et partie, de Marsay condamnait froidement à mort l'homme ou la femme qui l'avait offensé sérieusement. Quoique souvent prononcé presque légèrement, l'arrêt était irrévocable. Une erreur était un malheur semblable à celui que cause la foudre en tombant sur une Parisienne heureuse dans quelque fiacre, au lieu d'écraser le vieux cocher qui la conduit à un rendez-vous. Aussi la plaisanterie amère et profonde qui distinguait la conversation de ce jeune homme causait-elle assez généralement de l'effroi; personne ne se sentait l'envie de le choquer. Les femmes aiment prodigieusement ces gens qui se nomment pachas eux-mêmes, qui semblent accompagnés de lions, de bourreaux, et marchent dans un appareil de terreur. Il en résulte chez ces hommes une sécurité d'action, une certitude de pouvoir, une fierté de regard, une conscience léonine qui réalise pour les femmes le type de force qu'elles rêvent toutes. Ainsi était de Marsay.

Heureux en ce moment de son avenir, il redevint jeune et flexible, et ne songeait qu'à aimer en allant se coucher. Il rêva de la *Fille aux yeux d'or*, comme rêvent les jeunes gens passionnés. Ce fut des images monstrueuses, des bizarreries insaisissables, pleines de lumière, et qui révèlent les mondes invisibles, mais d'une manière toujours incomplète, car un voile interposé change les conditions de l'optique. Le lendemain et le surlendemain, il disparut sans que l'on pût savoir où il était allé. Sa puissance ne lui appartenait qu'à de certaines conditions, et heureusement pour lui, pendant ces deux jours, il fut simple soldat au service du démon dont il tenait sa talismanique existence. Mais à l'heure dite, le soir, sur le boulevard, il attendit la voiture, qui ne se fit pas attendre. Le mulâtre s'approcha d'Henri pour lui dire en français une phrase qu'il paraissait avoir apprise par cœur — Si vous voulez venir, m'a-t-elle dit, il faut consentir à vous laisser bander les yeux.

Et Christemio montra un foulard de soie blanche.

— Non! dit Henri dont la toute-puissance se révolta soudain.

Et il voulut monter. Le mulâtre fit un signe; la voiture partit.

— Oui! cria de Marsay furieux de perdre un bonheur qu'il s'était promis. D'ailleurs, il voyait l'impossibilité de capituler[85] avec un esclave dont l'obéissance était aveugle autant que celle d'un bourreau. Puis, était-ce sur cet instrument passif que devait tomber sa colère?

Le mulâtre siffla, la voiture revint. Henri monta précipitamment. Déjà quelques curieux s'amassaient niaisement sur le boulevard. Henri était fort, il voulut se jouer du mulâtre. Lorsque la voiture partit au grand trot, il lui saisit les mains pour s'emparer de lui et pouvoir garder, en domptant son surveillant, l'exercice de ses facultés afin de savoir où il allait. Tentative inutile. Les yeux du mulâtre étincelèrent dans l'ombre. Cet homme poussa des cris que la fureur faisait expirer dans sa gorge, se dégagea, rejeta de Marsay par une main de fer, et le cloua, pour ainsi dire, au fond de la voiture; puis, de sa main libre, il tira un poignard triangulaire, en sifflant. Le cocher entendit le sifflement, et s'arrêta. Henri était sans armes, il fut forcé de plier; il tendit la tête vers le foulard. Ce geste de soumission apaisa Christemio, qui lui banda les yeux avec un respect et un soin qui témoignaient une sorte de vénération pour la personne de l'homme aimé par son idole. Mais, avant de prendre cette précaution, il avait serré son poignard avec défiance dans sa poche de côté, et se boutonna jusqu'au menton.

— Il m'aurait tué, ce Chinois-là! se dit de Marsay.

La voiture roula de nouveau rapidement. Il restait une ressource à un jeune homme qui connaissait aussi bien Paris que le connaissait Henri. Pour savoir où il allait, il lui suffisait de se recueillir, de compter, par le nombre des ruisseaux franchis, les rues devant lesquelles on passerait sur les boulevards tant que la voiture continuerait d'aller droit. Il pouvait ainsı reconnaître par quelle rue latérale la voiture se dirigerait, soit vers la Seine, soit vers les hauteurs de Montmartre, et deviner le nom ou la position de la rue où son guide le ferait arrêter. Mais l'émotion violente que lui avait causée sa lutte, la fureur où le mettait sa dignité compromise, les idées de vengeance auxquelles il se livrait, les suppositions que lui suggérait le soin minutieux que prenait cette fille mystérieuse pour le faire arriver à elle, tout l'empêcha d'avoir cette attention d'aveugle, nécessaire à la concentration de son intelligence, et à la parfaite perspicacité du souvenir. Le trajet dura une demi-heure. Quand la voiture s'arrêta, elle n'était plus sur le pavé. Le mulâtre et le cocher prirent Henri à bras-le-corps, l'enlevèrent, le mirent sur une espèce de civière, et le transportèrent à travers un jardin dont il sentit les fleurs et l'odeur particulière aux arbres et à la verdure. Le silence qui y régnait était si profond qu'il put distinguer le bruit que faisaient quelques gouttes d'eau en tombant des feuilles humides. Les deux hommes le montèrent dans un escalier, le firent lever, le conduisirent à travers plusieurs pièces, en le guidant par les mains, et le laissèrent dans une chambre dont l'atmosphère était parfumée, et dont il sentit sous ses pieds le tapis épais. Une main de femme le poussa sur un divan et lui dénoua le foulard. Henri vit Paquita devant lui, mais Paquita dans sa gloire de femme voluptueuse.

La moitié du boudoir où se trouvait Henri décrivait une ligne circulaire mollement gracieuse, qui s'opposait à l'autre partie parfaitement carrée, au milieu de laquelle brillait une cheminée en marbre blanc et or. Il était entré par une porte latérale que cachait une riche portière en tapisserie, et qui faisait face à une fenêtre. Le fer-à-cheval était orné d'un véritable divan turc, c'est-à-dire un matelas posé par terre, mais un matelas large comme un lit, un divan de cinquante pieds de tour, en cachemire blanc, relevé par des bouffettes en soie noire et ponceau, disposées en losanges. Le dossier de cet immense lit s'élevait de plusieurs pouces au-dessus des nombreux coussins qui l'enrichissaient encore par le goût de leurs agréments. Ce boudoir était tendu d'une étoffe rouge, sur laquelle était posée une mousseline des Indes cannelée comme l'est une colonne corinthienne, par des tuyaux alternativement creux et ronds, arrêtés en haut et en bas dans une bande d'étoffe couleur ponceau sur laquelle étaient dessinées des arabesques noires. Sous la mousseline, le ponceau devenait rose, couleur amoureuse que répétaient les rideaux de la fenêtre qui étaient en mousseline des Indes doublée de taffetas rose, et ornés de franges ponceau mélangé de noir. Six bras en vermeil,

supportant chacun deux bougies, étaient attachés
sur la tenture à d'égales distances pour éclairer le
divan. Le plafond, au milieu duquel pendait un
lustre en vermeil mat, étincelait de blancheur, et
la corniche était dorée. Le tapis ressemblait à un
châle d'Orient, il en offrait les dessins et rappelait
les poésies de la Perse, où des mains d'esclaves
l'avaient travaillé. Les meubles étaient couverts
en cachemire blanc, rehaussé par des agréments
noirs et ponceau. La pendule, les candélabres,
tout était en marbre blanc et or. La seule table
qu'il y eût avait un cachemire pour tapis.
D'élégantes jardinières contenaient des roses de
toutes les espèces, des fleurs ou blanches ou
rouges. Enfin le moindre détail semblait avoir été
l'objet d'un soin pris avec amour. Jamais la
richesse ne s'était plus coquettement cachée pour
devenir de l'élégance, pour exprimer la grâce,
pour inspirer la volupté. Là tout aurait réchauffé
l'être le plus froid. Les chatoiements de la
tenture, dont la couleur changeait suivant la
direction du regard, en devenant ou toute
blanche, ou toute rose, s'accordaient avec les
effets de la lumière qui s'infusait dans les
diaphanes tuyaux de la mousseline, en produisant de nuageuses apparences. L'âme a je ne sais
quel attachement pour le blanc, l'amour se plaît
dans le rouge, et l'or flatte les passions, il a la
puissance de réaliser leurs fantaisies. Ainsi tout
ce que l'homme a de vague et de mystérieux en
lui-même, toutes ses affinités inexpliquées se
trouvaient caressées dans leurs sympathies involontaires. Il y avait dans cette harmonie parfaite
un concert de couleurs auquel l'âme répondait

par des idées voluptueuses, indécises, flottantes[86].

Ce fut au milieu d'une vaporeuse atmosphère chargée de parfums exquis que Paquita, vêtue d'un peignoir blanc, les pieds nus, des fleurs d'oranger dans ses cheveux noirs[87], apparut à Henri agenouillée devant lui, l'adorant comme le dieu de ce temple où il avait daigné venir. Quoique de Marsay eût l'habitude de voir les recherches du luxe parisien, il fut surpris à l'aspect de cette coquille, semblable à celle où naquit Vénus. Soit effet du contraste entre les ténèbres d'où il sortait et la lumière qui baignait son âme, soit par une comparaison rapidement faite entre cette scène et celle de la première entrevue, il éprouva une de ces sensations délicates que donne la vraie poésie. En apercevant, au milieu de ce reduit éclos par la baguette d'une fée, le chef-d'œuvre de la création, cette fille dont le teint chaudement coloré, dont la peau douce, mais légèrement dorée par les reflets du rouge et par l'effusion de je ne sais quelle vapeur d'amour étincelait comme si elle eût réfléchi les rayons des lumières et des couleurs, sa colère, ses désirs de vengeance, sa vanité blessée, tout tomba. Comme un aigle qui fond sur sa proie, il la prit à plein corps, l'assit sur ses genoux, et sentit avec une indicible ivresse la voluptueuse pression de cette fille dont les beautés si grassement développées l'enveloppèrent doucement.

— Viens, Paquita! dit-il à voix basse.

— Parle! parle sans crainte, lui dit-elle. Cette retraite a été construite pour l'amour. Aucun son ne s'en échappe, tant on y veut ambitieusement garder les accents et les musiques de la voix aimée. Quelque forts que soient des cris, ils ne sauraient être entendus au-delà de cette enceinte. On y peut assassiner quelqu'un, ses plaintes y seraient vaines comme s'il était au milieu du Grand Désert [88].

— Qui donc a si bien compris la jalousie et ses besoins?

— Ne me questionne jamais là-dessus, répondit-elle en défaisant avec une incroyable gentillesse de geste la cravate du jeune homme, sans doute pour en bien voir le col.

— Oui, voilà ce cou que j'aime tant! dit-elle. Veux-tu me plaire?

Cette interrogation, que l'accent rendait presque lascive, tira de Marsay de la rêverie où l'avait plongé la despotique réponse par laquelle Paquita lui avait interdit toute recherche sur l'être inconnu qui planait comme une ombre au-dessus d'eux.

— Et si je voulais savoir qui règne ici?

Paquita le regarda en tremblant.

— Ce n'est donc pas moi, dit-il en se levant et se débarrassant de cette fille qui tomba la tête en arrière. Je veux être seul, là où je suis.

— Frappant! frappant! dit la pauvre esclave en proie à la terreur.

— Pour qui me prends-tu donc? Répondras-tu?

Paquita se leva doucement, les yeux en pleurs, alla prendre dans un des deux meubles d'ébène un poignard et l'offrit à Henri par un geste de soumission qui aurait attendri un tigre.

— Donne-moi une fête comme en donnent les hommes quand ils aiment, dit-elle, et pendant

que je dormirai, tue-moi, car je ne saurais te
répondre. Écoute : Je suis attachée comme un
pauvre animal à son piquet; je suis étonnée
d'avoir pu jeter un pont sur l'abîme qui nous
sépare. Enivre-moi, puis tue-moi. Oh! non, non,
dit-elle en joignant les mains, ne me tue pas!
j'aime la vie! La vie est si belle pour moi! Si je
suis esclave, je suis reine aussi. Je pourrais
t'abuser par des paroles, te dire que je n'aime que
toi, te le prouver, profiter de mon empire
momentané pour te dire : — Prends-moi comme
on goûte en passant le parfum d'une fleur dans le
jardin d'un roi. Puis, après avoir déployé l'élo-
quence rusée de la femme et les ailes du plaisir,
après avoir désaltéré ma soif, je pourrais te faire
jeter dans un puits où personne ne te trouverait,
et qui a été construit pour satisfaire la vengeance
sans avoir à redouter celle de la justice, un puits
plein de chaux qui s'allumerait pour te consumer
sans qu'on retrouvât une parcelle de ton être. Tu
resterais dans mon cœur, à moi pour toujours.

Henri regarda cette fille sans trembler, et ce
regard sans peur la combla de joie.

— Non, je ne le ferai pas! tu n'es pas tombé ici
dans un piège, mais dans un cœur de femme qui
t'adore, et c'est moi qui serai jetée dans le puits.

— Tout cela me paraît prodigieusement drôle,
lui dit de Marsay en l'examinant. Mais tu me
parais une bonne fille, une nature bizarre; tu es,
foi d'honnête homme, une charade vivante dont
le mot me semble bien difficile à trouver.

Paquita ne comprit rien à ce que disait le jeune
homme; elle le regarda doucement en ouvrant

des yeux qui ne pouvaient jamais être bêtes, tant il s'y peignait de volupté.

— Tiens, mon amour, dit-elle en revenant à sa première idée, veux-tu me plaire?

— Je ferai tout ce que tu voudras, et même ce que tu ne voudras pas, répondit en riant de Marsay, qui retrouva son aisance de fat en prenant la résolution de se laisser aller au cours de sa bonne fortune sans regarder ni en arrière ni en avant. Puis peut-être comptait-il sur sa puissance et sur son savoir-faire d'homme à bonnes fortunes pour dominer quelques heures plus tard cette fille, et en apprendre tous les secrets.

— Eh bien, lui dit-elle, laisse-moi t'arranger à mon goût.

— Mets-moi donc à ton goût, dit Henri.

Paquita joyeuse alla prendre dans un des deux meubles une robe de velours rouge, dont elle habilla de Marsay, puis elle le coiffa d'un bonnet de femme et l'entortilla d'un châle. En se livrant à ses folies, faites avec une innocence d'enfant, elle riait d'un rire convulsif, et ressemblait à un oiseau battant des ailes; mais elle ne voyait rien au-delà.

S'il est impossible de peindre les délices inouïes que rencontrèrent ces deux belles créatures faites par le ciel dans un moment où il était en joie, il est peut-être nécessaire de traduire métaphysiquement les impressions extraordinaires et presque fantastiques du jeune homme. Ce que les gens qui se trouvent dans la situation sociale où était de Marsay et qui vivent comme il vivait savent le mieux reconnaître, est l'innocence d'une

fille. Mais, chose étrange! si la *Fille aux yeux d'or*
était vierge, elle n'était certes pas innocente.
L'union si bizarre du mystérieux et du réel, de
l'ombre et de la lumière, de l'horrible et du beau,
du plaisir et du danger, du paradis et de l'enfer,
qui s'était déjà rencontrée dans cette aventure, se
continuait dans l'être capricieux et sublime dont
se jouait de Marsay. Tout ce que la volupté la
plus raffinée a de plus savant, tout ce que
pouvait connaître Henri de cette poésie des sens
que l'on nomme l'amour, fut dépassé par les
trésors que déroula cette fille dont les yeux
jaillissants ne mentirent à aucune des promesses
qu'ils faisaient. Ce fut un poème oriental, où
rayonnait le soleil que Saadi, Hafiz[89] ont mis
dans leurs bondissantes strophes. Seulement, ni le
rythme de Saadi, ni celui de Pindare n'auraient
exprimé l'extase pleine de confusion et la stupeur
dont cette délicieuse fille fut saisie quand cessa
l'erreur dans laquelle une main de fer la faisait
vivre.

— Morte! dit-elle, je suis morte! Adolphe,
emmène-moi donc au bout de la terre, dans une
île où personne ne nous sache. Que notre fuite ne
laisse pas de traces! Nous serions suivis dans
l'enfer. Dieu! voici le jour. Sauve-toi. Te reverrai-
je jamais? Oui, demain, je veux te revoir, dussé-
je, pour avoir ce bonheur, donner la mort à tous
mes surveillants. A demain.

Elle le serra dans ses bras par une étreinte où il
y avait la terreur de la mort. Puis elle poussa un
ressort qui devait répondre à une sonnette, et
supplia de Marsay de se laisser bander les yeux.

— Et si je ne voulais plus, et si je voulais rester ici.

— Tu causerais plus promptement ma mort, dit-elle; car maintenant je suis sûre de mourir pour toi.

Henri se laissa faire. Il se rencontre en l'homme qui vient de se gorger de plaisir une pente à l'oubli, je ne sais quelle ingratitude, un désir de liberté, une fantaisie d'aller se promener, une teinte de mépris et peut-être de dégoût pour son idole, il se rencontre enfin d'inexplicables sentiments qui le rendent infâme et ignoble. La certitude de cette affection confuse, mais réelle chez les âmes qui ne sont ni éclairées par cette lumière céleste, ni parfumées de ce baume saint d'où nous vient la pertinacité du sentiment, a dicté sans doute à Rousseau les aventures de milord Édouard, par lesquelles sont terminées les lettres de *La Nouvelle Héloïse*[90]. Si Rousseau s'est évidemment inspiré de l'œuvre de Richardson, il s'en est éloigné par mille détails qui laissent son monument magnifiquement original; il l'a recommandé à la postérité par de grandes idées qu'il est difficile de dégager par l'analyse, quand, dans la jeunesse, on lit cet ouvrage avec le dessein d'y trouver la chaude peinture du plus physique de nos sentiments, tandis que les écrivains sérieux et philosophes n'en emploient jamais les images que comme la conséquence ou la nécessité d'une vaste pensée; et les aventures de milord Édouard sont une des idées les plus européennement délicates de cette œuvre.

Henri se trouvait donc sous l'empire de ce sentiment confus que ne connaît pas le véritable

amour. Il fallait en quelque sorte le persuasif
arrêt des comparaisons et l'attrait irrésistible des
souvenirs pour le ramener à une femme. L'amour
vrai règne surtout par la mémoire. La femme qui
ne s'est gravée dans l'âme ni par l'excès du
plaisir, ni par la force du sentiment, celle-là peut-
elle jamais être aimée? A l'insu d'Henri, Paquita
s'était établie chez lui par ces deux moyens. Mais
en ce moment, tout entier à la fatigue du
bonheur, cette délicieuse mélancolie du corps, il
ne pouvait guère s'analyser le cœur en reprenant
sur ses lèvres le goût des plus vives voluptés qu'il
eût encore égrappées. Il se trouva sur le boulevard Montmartre au petit jour, regarda stupidement l'équipage qui s'enfuyait, tira deux cigares
de sa poche, en alluma un à la lanterne d'une
bonne femme qui vendait de l'eau-de-vie et du
café aux ouvriers, aux gamins, aux maraîchers, à
toute cette population parisienne qui commence
sa vie avant le jour[91]; puis il s'en alla, fumant
son cigare, et mettant ses mains dans les poches
de son pantalon avec une insouciance vraiment
déshonorante.

— La bonne chose qu'un cigare! Voilà ce dont
un homme ne se lassera jamais[92], se dit-il.

Cette *Fille aux yeux d'or* dont raffolait à cette
époque toute la jeunesse élégante de Paris, il y
songeait à peine! L'idée de la mort exprimée à
travers les plaisirs, et dont la peur avait à
plusieurs reprises rembruni le front de cette belle
créature qui tenait aux houris de l'Asie par sa
mère, à l'Europe par son éducation, aux Tro-
piques par sa naissance, lui semblait être une de

ces tromperies par lesquelles toutes les femmes essaient de se rendre intéressantes.

— Elle est de La Havane, du pays le plus espagnol qu'il y ait dans le Nouveau Monde ; elle a donc mieux aimé jouer la terreur que de me jeter au nez de la souffrance, de la difficulté, de la coquetterie ou le devoir, comme font les Parisiennes. Par ses yeux d'or, j'ai bien envie de dormir.

Il vit un cabriolet de place, qui stationnait au coin de Frascati en attendant quelques joueurs, il le réveilla, se fit conduire chez lui, se coucha, et s'endormit du sommeil des mauvais sujets, lequel, par une bizarrerie dont aucun chansonnier n'a encore tiré parti, se trouve être aussi profond que celui de l'innocence. Peut-être est-ce un effet de cet axiome proverbial, *les extrêmes se touchent.*

CHAPITRE III

LA FORCE DU SANG

Vers midi, de Marsay se détira les bras en se réveillant, et sentit les atteintes d'une de ces faims canines que tous les vieux soldats peuvent se souvenir d'avoir éprouvée au lendemain de la victoire. Aussi vit-il devant lui Paul de Manerville avec plaisir, car rien n'est alors plus agréable que de manger en compagnie.

— Eh bien, lui dit son ami, nous imaginions tous que tu t'étais enfermé depuis dix jours avec la *Fille aux yeux d'or.*

— *La Fille aux yeux d'or!* je n'y pense plus. Ma foi! j'ai bien d'autres chats à fouetter.

— Ah! tu fais le discret.

— Pourquoi pas? dit en riant de Marsay. Mon cher, la discrétion est le plus habile des calculs. Écoute... Mais non, je ne te dirai pas un mot. Tu ne m'apprends jamais rien, je ne suis pas disposé à donner en pure perte les trésors de ma politique. La vie est un fleuve qui sert à faire du commerce. Par tout ce qu'il y a de plus sacré sur la terre, par les cigares, je ne suis pas un professeur d'économie sociale mise à la portée des niais. Déjeunons.

Il est moins coûteux de te donner une omelette au thon que de te prodiguer ma cervelle.

— Tu comptes avec tes amis?

— Mon cher, dit Henri qui se refusait rarement une ironie, comme il pourrait t'arriver cependant tout comme à un autre d'avoir besoin de discrétion, et que je t'aime beaucoup... Oui, je t'aime! Ma parole d'honneur, s'il ne te fallait qu'un billet de mille francs pour t'empêcher de te brûler la cervelle, tu le trouverais ici, car nous n'avons encore rien hypothéqué là-bas, hein, Paul? Si tu te battais demain, je mesurerais la distance et chargerais les pistolets, afin que tu sois tué dans les règles. Enfin, si une personne autre que moi s'avisait de dire du mal de toi en ton absence, il faudrait se mesurer avec un rude gentilhomme qui se trouve dans ma peau, voilà ce que j'appelle une amitié à toute épreuve. Hé bien, quand tu auras besoin de discrétion, mon petit, apprends qu'il existe deux espèces de discrétions : discrétion active et discrétion négative. La discrétion négative est celle des sots qui emploient le silence, la négation, l'air renfrogné, la discrétion des portes fermées, véritable impuissance! La discrétion active procède par affirmation. Si ce soir, au Cercle[93], je disais : — Foi d'honnête homme, *la Fille aux yeux d'or* ne valait pas ce qu'elle m'a coûté! tout le monde, quand je serais parti, s'écrierait : — Avez-vous entendu ce fat de de Marsay qui voudrait nous faire accroire qu'il a déjà eu *la Fille aux yeux d'or*? il voudrait ainsi se débarrasser de ses rivaux, il n'est pas maladroit. Mais cette ruse est vulgaire et dangereuse. Quelque grosse que soit la sottise qui nous

échappe, il se rencontre toujours des niais qui
peuvent y croire. La meilleure des discrétions est
celle dont usent les femmes adroites quand elles
veulent donner le change à leurs maris. Elle
consiste à compromettre une femme à laquelle
nous ne tenons pas, ou que nous n'aimons pas, ou
que nous n'avons pas, pour conserver l'honneur
de celle que nous aimons assez pour la respecter.
C'est ce que j'appelle *la femme-écran* [94]. — Ha!
voici Laurent. Que nous apportes-tu?

— Des huîtres d'Ostende, monsieur le comte...

— Tu sauras quelque jour, Paul, combien il
est amusant de se jouer du monde en lui
dérobant le secret de nos affections. J'éprouve un
immense plaisir d'échapper à la stupide juridic-
tion de la masse qui ne sait jamais ni ce qu'elle
veut ni ce qu'on lui fait vouloir, qui prend le
moyen pour le résultat, qui tour à tour adore et
maudit, élève et détruit! Quel bonheur de lui
imposer des émotions et de n'en pas recevoir, de
la dompter, de ne jamais lui obéir! Si l'on peut
être fier de quelque chose, n'est-ce pas d'un
pouvoir acquis par soi-même, dont nous sommes
à la fois la cause, l'effet, le principe et le résultat?
Hé bien, aucun homme ne sait qui j'aime, ni ce
que je veux. Peut-être saura-t-on qui j'ai aimé, ce
que j'aurai voulu, comme on sait les drames
accomplis; mais laisser voir dans mon jeu?...
faiblesse, duperie. Je ne connais rien de plus
méprisable que la force jouée par l'adresse. Je
m'initie tout en riant au métier d'ambassadeur, si
toutefois la diplomatie est aussi difficile que l'est
la vie! J'en doute. As-tu de l'ambition? veux-tu
devenir quelque chose?

— Mais, Henri, tu te moques de moi, comme si je n'étais pas assez médiocre pour arriver à tout.

— Bien! Paul. Si tu continues à te moquer de toi-même, tu pourras bientôt te moquer de tout le monde.

En déjeunant, de Marsay commença, quand il en fut à fumer ses cigares, à voir les événements de sa nuit sous un singulier jour. Comme beaucoup de grands esprits, sa perspicacité n'était pas spontanée, il n'entrait pas tout à coup au fond des choses. Comme chez toutes les natures douées de la faculté de vivre beaucoup dans le présent, d'en exprimer pour ainsi dire le jus et de le dévorer, sa seconde vue avait besoin d'une espèce de sommeil pour s'identifier aux causes. Le cardinal de Richelieu était ainsi, ce qui n'excluait pas en lui le don de prévoyance nécessaire à la conception des grandes choses. De Marsay se trouvait dans toutes ces conditions, mais il n'usa d'abord de ses armes qu'au profit de ses plaisirs, et ne devint l'un des hommes politiques les plus profonds du temps actuel que quand il se fut saturé des plaisirs auxquels pense tout d'abord un jeune homme lorsqu'il a de l'or et le pouvoir. L'homme se bronze ainsi : il use la femme, pour que la femme ne puisse pas l'user. En ce moment donc, de Marsay s'aperçut qu'il avait été joué par la *Fille aux yeux d'or,* en voyant dans son ensemble cette nuit dont les plaisirs n'avaient que graduellement ruisselé pour finir par s'épancher à torrents. Il put alors lire dans cette page si brillante d'effet, en deviner le sens caché. L'innocence purement physique de Paquita, l'étonnement de sa joie, quelques mots d'abord obscurs et

maintenant clairs, échappés au milieu de la joie,
tout lui prouva qu'il avait posé pour une autre
personne. Comme aucune des corruptions sociales
ne lui était inconnue, qu'il professait au sujet de
tous les caprices une parfaite indifférence, et les
croyait justifiés par cela même qu'ils se pouvaient satisfaire, il ne s'effaroucha pas du vice, il
le connaissait comme on connaît un ami, mais il
fut blessé de lui avoir servi de pâture. Si ses
présomptions étaient justes, il avait été outragé
dans le vif de son être. Ce seul soupçon le mit en
fureur, il laissa éclater le rugissement du tigre
dont une gazelle se serait moquée, le cri d'un
tigre qui joignait à la force de la bête l'intelligence du démon.

— Eh bien, qu'as-tu donc? lui dit Paul.

— Rien!

— Je ne voudrais pas, si l'on te demandait si
tu as quelque chose contre moi, que tu répon-
disses un *rien* semblable, il faudrait sans doute
nous battre le lendemain.

— Je ne me bats plus, dit de Marsay.

— Ceci me semble encore plus tragique. Tu
assassines donc?

— Tu travestis les mots. J'exécute.

— Mon cher ami, dit Paul, tes plaisanteries
sont bien poussées au noir, ce matin.

— Que veux-tu? la volupté mène à la férocité.
Pourquoi? je n'en sais rien, et je ne suis pas assez
curieux pour en chercher la cause. — Ces cigares
sont excellents. Donne du thé à ton ami. — Sais-
tu, Paul, que je mène une vie de brute? Il serait
bien temps de se choisir une destinée, d'employer
ses forces à quelque chose qui valût la peine de

vivre. La vie est une singulière comédie. Je suis effrayé, je ris de l'inconséquence de notre ordre social. Le gouvernement fait trancher la tête à de pauvres diables qui ont tué un homme, et il patente des créatures qui expédient, médicalement parlant, une douzaine de jeunes gens par hiver. La morale est sans force contre une douzaine de vices qui détruisent la société, et que rien ne peut punir. — Encore une tasse? — Ma parole d'honneur! l'homme est un bouffon qui danse sur un précipice. On nous parle de l'immoralité des *Liaisons dangereuses,* et de je ne sais quel autre livre qui a un nom de femme de chambre [95]; mais il existe un livre horrible, sale, épouvantable, corrupteur, toujours ouvert, qu'on ne fermera jamais, le grand livre du monde, sans compter un autre livre mille fois plus dangereux, qui se compose de tout ce qui se dit à l'oreille, entre hommes, ou sous l'éventail entre femmes, le soir, au bal [96].

— Henri, certes il se passe en toi quelque chose d'extraordinaire, et cela se voit malgré ta discrétion active.

— Oui! tiens, il faut que je dévore le temps jusqu'à ce soir. Allons au jeu. Peut-être aurai-je le bonheur de perdre.

De Marsay se leva, prit une poignée de billets de banque, les roula dans sa boîte à cigares, s'habilla et profita de la voiture de Paul pour aller au Salon des étrangers [97] où, jusqu'au dîner, il consuma le temps dans ces émouvantes alternatives de perte et de gain qui sont la dernière ressource des organisations fortes, quand elles sont contraintes de s'exercer dans le vide. Le soir

il vint au rendez-vous, et se laissa complaisamment bander les yeux. Puis, avec cette ferme
volonté que les hommes vraiment forts ont seuls la
faculté de concentrer, il porta son attention et
appliqua son intelligence à deviner par quelles
rues passait la voiture. Il eut une sorte de
certitude d'être mené rue Saint-Lazare, et d'être
arrêté à la petite porte du jardin de l'hôtel San-
Réal. Quand il passa, comme la première fois,
cette porte et qu'il fut mis sur un brancard porté
sans doute par le mulâtre et par le cocher, il
comprit, en entendant crier le sable sous leurs
pieds, pourquoi l'on prenait de si minutieuses
précautions. Il aurait pu, s'il avait été libre, ou
s'il avait marché, cueillir une branche d'arbuste,
regarder la nature du sable qui se serait attaché à
ses bottes; tandis que, transporté pour ainsi dire
aériennement dans un hôtel inaccessible, sa
bonne fortune devait être ce qu'elle avait été
jusqu'alors, un rève. Mais, pour le désespoir de
l'homme, il ne peut rien faire que d'imparfait,
soit en bien soit en mal. Toutes ses œuvres
intellectuelles ou physiques sont signées par une
marque de destruction. Il avait plu légèrement,
la terre était humide. Pendant la nuit certaines
odeurs végétales sont beaucoup plus fortes que
pendant le jour, Henri sentit donc les parfums du
réséda le long de l'allée par laquelle il était
convoyé. Cette indication devait l'éclairer dans
les recherches qu'il se promettait de faire pour
reconnaître l'hôtel où se trouvait le boudoir de
Paquita. Il étudia de même les détours que ses
porteurs firent dans la maison, et crut pouvoir se
les rappeler. Il se vit comme la veille sur

l'ottomane, devant Paquita qui lui défaisait son bandeau ; mais il la vit pâle et changée. Elle avait pleuré. Agenouillée comme un ange en prière, mais comme un ange triste et profondément mélancolique, la pauvre fille ne ressemblait plus à la curieuse, à l'impatiente, à la bondissante créature qui avait pris de Marsay sur ses ailes pour le transporter dans le septième ciel de l'amour. Il y avait quelque chose de si vrai dans ce désespoir voilé par le plaisir, que le terrible de Marsay sentit en lui-même une admiration pour ce nouveau chef-d'œuvre de la nature, et oublia momentanément l'intérêt principal de ce rendez-vous.

— Qu'as-tu donc, ma Paquita ?

— Mon ami, dit-elle, emmène-moi, cette nuit même ? Jette-moi quelque part où l'on ne puisse pas dire en me voyant : Voici Paquita ; où personne ne réponde : Il y a ici une fille au regard doré, qui a de longs cheveux. Là je te donnerai des plaisirs tant que tu voudras en recevoir de moi. Puis, quand tu ne m'aimeras plus, tu me laisseras, je ne me plaindrai pas, je ne dirai rien ; et mon abandon ne devra te causer aucun remords, car un jour passé près de toi, un seul jour pendant lequel je t'aurai regardé, m'aura valu toute une vie. Mais si je reste ici, je suis perdue.

— Je ne puis pas quitter Paris, ma petite, répondit Henri. Je ne m'appartiens pas, je suis lié par un serment au sort de plusieurs personnes qui sont à moi comme je suis à elles. Mais je puis te faire dans Paris un asile où nul pouvoir humain n'arrivera.

— Non, dit-elle, tu oublies le pouvoir féminin.

Jamais phrase prononcée par une voix humaine n'exprima plus complètement la terreur.

— Qui pourrait donc arriver à toi, si je me mets entre toi et le monde?

— Le poison! dit-elle. Déjà doña Concha te soupçonne. Et, reprit-elle en laissant couler des larmes qui brillèrent le long de ses joues, il est bien facile de voir que je ne suis plus la même. Eh bien, si tu m'abandonnes à la fureur du monstre qui me dévorera, que ta sainte volonté soit faite! Mais viens, fais qu'il y ait toutes les voluptés de la vie dans notre amour. D'ailleurs, je supplierai, je pleurerai, je crierai, je me défendrai, je me sauverai peut-être.

— Qui donc imploreras-tu? dit-il.

— Silence! reprit Paquita. Si j'obtiens ma grâce, ce sera peut-être à cause de ma discrétion.

— Donne-moi ma robe, dit insidieusement Henri.

— Non, non, répondit-elle vivement, reste ce que tu es, un de ces anges qu'on m'avait appris à haïr, et dans lesquels je ne voyais que des monstres, tandis que vous êtes ce qu'il y a de plus beau sous le ciel, dit-elle en caressant les cheveux d'Henri. Tu ignores à quel point je suis idiote? je n'ai rien appris. Depuis l'âge de douze ans, je suis enfermée sans avoir vu personne. Je ne sais ni lire ni écrire, je ne parle que l'anglais et l'espagnol.

— Comment se fait-il donc que tu reçoives des lettres de Londres?

— Mes lettres! tiens, les voici! dit-elle en

allant prendre quelques papiers dans un long vase du Japon.

Elle tendit à de Marsay des lettres où le jeune homme vit avec surprise des figures bizarres semblables à celles des rébus, tracées avec du sang, et qui exprimaient des phrases pleines de passion.

— Mais, s'écria-t-il en admirant ces hiéroglyphes créés par une habile jalousie, tu es sous la puissance d'un infernal génie?

— Infernal, répéta-t-elle.

— Mais comment donc as-tu pu sortir...

— Ha! dit-elle, de là vient ma perte. J'ai mis doña Concha entre la peur d'une mort immédiate et une colère à venir. J'avais une curiosité de démon, je voulais rompre ce cercle d'airain que l'on avait décrit entre la création et moi, je voulais voir ce que c'était que des jeunes gens, car je ne connais d'hommes que le marquis et Christemio. Notre cocher et le valet qui nous accompagne sont des vieillards...

— Mais, tu n'étais pas toujours enfermée? Ta santé voulait...

— Ha! reprit-elle, nous nous promenions, mais pendant la nuit et dans la campagne, au bord de la Seine, loin du monde.

— N'es-tu pas fière d'être aimée ainsi?

— Non, dit-elle, plus! Quoique bien remplie, cette vie cachée n'est que ténèbres en comparaison de la lumière.

— Qu'appelles-tu la lumière?

— Toi, mon bel Adolphe! toi, pour qui je donnerais ma vie. Toutes les choses de passion que l'on m'a dites et que j'inspirais, je les ressens pour toi! Pendant certains moments je ne comprenais rien à l'existence, mais maintenant je sais comment nous aimons, et jusqu'à présent j'étais aimée seulement, moi je n'aimais pas. Je quitterais tout pour toi, emmène-moi. Si tu le veux, prends-moi comme un jouet, mais laisse-moi près de toi jusqu'à ce que tu me brises.

— Tu n'auras pas de regret?

— Pas un seul! dit-elle en laissant lire dans ses yeux dont la teinte d'or resta pure et claire.

— Suis-je le préféré? se dit en lui-même Henri qui, s'il entrevoyait la vérité, se trouvait alors disposé à pardonner l'offense en faveur d'un amour si naïf. — Je verrai bien, pensa-t-il.

Si Paquita ne lui devait aucun compte du passé, le moindre souvenir devenait un crime à ses yeux. Il eut donc la triste force d'avoir une pensée à lui, de juger sa maîtresse, de l'étudier tout en s'abandonnant aux plaisirs les plus entraînants que jamais Péri[98] descendue des cieux ait trouvés pour son bien-aimé. Paquita semblait avoir été créée pour l'amour, avec un soin spécial de la nature. D'une nuit à l'autre, son génie de femme avait fait les plus rapides progrès. Quelle que fût la puissance de ce jeune homme, et son insouciance en fait de plaisirs, malgré sa satiété de la veille, il trouva dans la *Fille aux yeux d'or* ce sérail que sait créer la femme aimante et à laquelle un homme ne renonce jamais. Paquita répondait à cette passion que sentent tous les hommes vraiment grands pour l'infini, passion mystérieuse si dramatiquement exprimée dans Faust, si poétiquement traduite dans Manfred[99], et qui poussait

Don Juan à fouiller le cœur des femmes, en espérant y trouver cette pensée sans bornes à la recherche de laquelle se mettent tant de chasseurs de spectres, que les savants croient entrevoir dans la science, et que les mystiques trouvent en Dieu seul. L'espérance d'avoir enfin l'Être idéal avec lequel la lutte pouvait être constante sans fatigue ravit de Marsay qui, pour la première fois, depuis longtemps, ouvrit son cœur. Ses nerfs se détendirent, sa froideur se fondit dans l'atmosphère de cette âme brûlante, ses doctrines tranchantes s'envolèrent, et le bonheur lui colora son existence, comme l'était ce boudoir blanc et rose. En sentant l'aiguillon d'une volupté supérieure, il fut entraîné par-delà les limites dans lesquelles il avait jusqu'alors enfermé la passion. Il ne voulut pas être dépassé par cette fille qu'un amour en quelque sorte artificiel avait formée par avance aux besoins de son âme, et alors il trouva, dans cette vanité qui pousse l'homme à rester en tout vainqueur, des forces pour dompter cette fille; mais aussi, jeté par-delà cette ligne où l'âme est maîtresse d'elle-même, il se perdit dans ces limbes délicieuses [100] que le vulgaire nomme si niaisement *les espaces imaginaires*. Il fut tendre, bon et communicatif. Il rendit Paquita presque folle.

— Pourquoi n'irions-nous pas à Sorrente, à Nice, à Chiavari, passer toute notre vie ainsi? Veux-tu? disait-il à Paquita d'une voix pénétrante.

— As-tu donc jamais besoin de me dire : — *Veux-tu?* s'écria-t-elle. Ai-je une volonté? Je ne suis quelque chose hors de toi qu'afin d'être un

plaisir pour toi. Si tu veux choisir une retraite
digne de nous, l'Asie est le seul pays où l'amour
puisse déployer ses ailes...

— Tu as raison, reprit Henri. Allons aux
Indes, là où le printemps est éternel, où la terre
n'a jamais que des fleurs, où l'homme peut
déployer l'appareil des souverains, sans qu'on
en glose comme dans les sots pays où l'on veut
réaliser la plate chimère de l'égalité. Allons dans
la contrée où l'on vit au milieu d'un peuple
d'esclaves, où le soleil illumine toujours un palais
qui reste blanc, où l'on sème des parfums dans
l'air, où les oiseaux chantent l'amour, et où l'on
meurt quand on ne peut plus aimer...

— Et où l'on meurt ensemble! dit Paquita.
Mais ne partons pas demain, partons à l'instant,
emmenons Christemio.

— Ma foi, le plaisir est le plus beau dénouement de la vie. Allons en Asie, mais pour partir,
enfant! il faut beaucoup d'or, et pour avoir de
l'or, il faut arranger ses affaires.

Elle ne comprenait rien à ces idées.

— De l'or, il y en a ici haut comme ça! dit-elle
en levant la main.

— Il n'est pas à moi.

— Qu'est-ce que cela fait? reprit-elle, si nous
en avons besoin, prenons-le.

— Il ne t'appartient pas.

— Appartenir! répéta-t-elle. Ne m'as-tu pas
prise? Quand nous l'aurons pris, il nous appar-
tiendra.

Il se mit à rire.

— Pauvre innocente! tu ne sais rien des choses
de ce monde.

— Non, mais voilà ce que je sais, s'écria-t-elle en attirant Henri sur elle.

Au moment même où de Marsay oubliait tout, et concevait le désir de s'approprier à jamais cette créature, il reçut au milieu de sa joie un coup de poignard qui traversa de part en part son cœur mortifié pour la première fois. Paquita, qui l'avait enlevé vigoureusement en l'air comme pour le contempler, s'était écriée : — Oh! Mariquita!

— Mariquita! cria le jeune homme en rugissant, je sais maintenant tout ce dont je voulais encore douter.

Il sauta sur le meuble où était renfermé le long poignard. Heureusement pour elle et pour lui, l'armoire était fermée. Sa rage s'accrut de cet obstacle; mais il recouvra sa tranquillité, alla prendre sa cravate et s'avança vers elle d'un air si férocement significatif, que, sans connaître de quel crime elle était coupable, Paquita comprit néanmoins qu'il s'agissait pour elle de mourir. Alors elle s'élança d'un seul bond au bout de la chambre pour éviter le nœud fatal que de Marsay voulait lui passer autour du cou. Il y eut un combat. De part et d'autre la souplesse, l'agilité, la vigueur furent égales. Pour finir la lutte, Paquita jeta dans les jambes de son amant un coussin qui le fit tomber, et profita du répit que lui laissa cet avantage pour pousser la détente du ressort auquel répondait un avertissement. Le mulâtre arriva brusquement. En un clin d'œil Christemio sauta sur de Marsay, le terrassa, lui mit le pied sur la poitrine, le talon tourné vers la gorge. De Marsay comprit que s'il se débattait il était à l'instant écrasé sur un seul signe de Paquita.

— Pourquoi voulais-tu me tuer, mon amour? lui dit-elle.

De Marsay ne répondit pas.

— En quoi t'ai-je déplu? lui dit-elle. Parle, expliquons-nous.

Henri garda l'attitude flegmatique de l'homme fort qui se sent vaincu; contenance froide, silencieuse, tout anglaise, qui annonçait la conscience de sa dignité par une résignation momentanée. D'ailleurs il avait déjà pensé, malgré l'emportement de sa colère, qu'il était peu prudent de se commettre avec la justice en tuant cette fille à l'improviste et sans en avoir préparé le meurtre de manière à s'assurer l'impunité.

— Mon bien-aimé, reprit Paquita, parle-moi; ne me laisse pas sans un adieu d'amour! Je ne voudrais pas garder dans mon cœur l'effroi que tu viens d'y mettre. Parleras-tu? dit-elle en frappant du pied avec colère.

De Marsay lui jeta pour réponse un regard qui signifiait si bien : *tu mourras!* que Paquita se précipita sur lui.

— Hé bien, veux-tu me tuer? Si ma mort peut te faire plaisir, tue-moi!

Elle fit un signe à Christemio, qui leva son pied de dessus le jeune homme et s'en alla sans laisser voir sur sa figure qu'il portât un jugement bon ou mauvais sur Paquita.

— Voilà un homme! dit[101] de Marsay en montrant le mulâtre par un geste sombre. Il n'y a de dévouement que le dévouement qui obéit à l'amitié sans la juger. Tu as en cet homme un véritable ami.

— Je te le donnerai si tu veux, répondit-elle ; il te servira avec le même dévouement qu'il a pour moi si je le lui recommande.

Elle attendit un mot de réponse, et reprit avec un accent plein de tendresse : — Adolphe, dis-moi donc une bonne parole. Voici bientôt le jour.

Henri ne répondit pas. Ce jeune homme avait une triste qualité, car on regarde comme une grande chose tout ce qui ressemble à de la force, et souvent les hommes divinisent des extravagances. Henri ne savait pas pardonner. Le savoir-revenir, qui certes est une des grâces de l'âme, était un non-sens pour lui. La férocité des hommes du Nord, dont le sang anglais est assez fortement teint, lui avait été transmise par son père. Il était inébranlable dans ses bons comme dans ses mauvais sentiments. L'exclamation de Paquita fut d'autant plus horrible pour lui qu'il avait été détrôné du plus doux triomphe qui eût jamais agrandi sa vanité d'homme. L'espérance, l'amour et tous les sentiments s'étaient exaltés chez lui, tout avait flambé dans son cœur et dans son intelligence ; puis ces flambeaux, allumés pour éclairer sa vie, avaient été soufflés par un vent froid. Paquita, stupéfaite, n'eut dans sa douleur que la force de donner le signal du départ.

— Ceci est inutile, dit-elle en jetant le bandeau. S'il ne m'aime plus, s'il me hait, tout est fini.

Elle attendit un regard, ne l'obtint pas, et tomba demi morte. Le mulâtre jeta sur Henri un

coup d'œil si épouvantablement significatif qu'il
fit trembler, pour la première fois de sa vie, ce
jeune homme, à qui personne ne refusait le don
d'une rare intrépidité. — « Si tu ne l'aimes pas
bien, si tu lui fais la moindre peine, je te tuerai. »
Tel était le sens de ce rapide regard. De Marsay
fut conduit avec des soins presque serviles le long
d'un corridor éclairé par des jours de souffrance,
et au bout duquel il sortit par une porte secrète
dans un escalier dérobé qui conduisait au jardin
de l'hôtel San-Réal. Le mulâtre le fit marcher
précautionneusement le long d'une allée de tilleuls qui aboutissait à une petite porte donnant
sur une rue déserte à cette époque. De Marsay
remarqua bien tout, la voiture l'attendait; cette
fois le mulâtre ne l'accompagna point; et, au
moment où Henri mit la tête à la portière pour
revoir les jardins et l'hôtel, il rencontra les yeux
blancs de Christemio, avec lequel il échangea un
regard. De part et d'autre ce fut une provocation,
un défi, l'annonce d'une guerre de sauvages, d'un
duel où cessaient les lois ordinaires, où la
trahison, où la perfidie était un moyen admis.
Christemio savait qu'Henri avait juré la mort de
Paquita. Henri savait que Christemio voulait le
tuer avant qu'il ne tuât Paquita. Tous deux
s'entendirent à merveille.

— L'aventure se complique d'une façon assez
intéressante, se dit Henri.

— Où monsieur va-t-il? lui demanda le cocher.

De Marsay se fit conduire chez Paul de
Manerville.

Pendant plus d'une semaine Henri fut absent
de chez lui, sans que personne pût savoir ni ce

qu'il fit pendant ce temps, ni dans quel endroit il
demeura. Cette retraite le sauva de la fureur du
mulâtre, et causa la perte de la pauvre créature
qui avait mis toute son espérance dans celui
qu'elle aimait comme jamais aucune créature
n'aima sur cette terre. Le dernier jour de cette
semaine, vers onze heures du soir, Henri vint en
voiture à la petite porte du jardin de l'hôtel San-
Réal. Trois hommes l'accompagnaient. Le cocher
était évidemment un de ses amis, car il se leva
droit sur son siège, en homme qui voulait, comme
une sentinelle attentive, écouter le moindre bruit.
L'un des trois autres se tint en dehors de la porte,
dans la rue; le second resta debout dans le jardin,
appuyé sur le mur; le dernier, qui tenait à la main
un trousseau de clefs, accompagna de Marsay.

— Henri, lui dit son compagnon, nous sommes
trahis.

— Par qui, mon bon Ferragus?

— Ils ne dorment pas tous, répondit le chef
des Dévorants : il faut absolument que quelqu'un
de la maison n'ait ni bu ni mangé. Tiens, vois
cette lumière.

— Nous avons le plan de la maison, d'où
vient-elle?

— Je n'ai pas besoin du plan pour le savoir,
répondit Ferragus; elle vient de la chambre de la
marquise.

— Ah! cria de Marsay. Elle sera sans doute
arrivée de Londres aujourd'hui. Cette femme
m'aura pris jusqu'à ma vengeance! Mais, si elle
m'a devancé, mon bon Gratien, nous la livrerons
à la justice.

— Écoute donc! l'affaire est faite, dit Ferragus à Henri.

Les deux amis prêtèrent l'oreille et entendirent des cris affaiblis qui eussent attendri des tigres.

— Ta marquise n'a pas pensé que les sons sortiraient par le tuyau de la cheminée, dit le chef des Dévorants avec le rire d'un critique enchanté de découvrir une faute dans une belle œuvre.

— Nous seuls, nous savons tout prévoir, dit Henri. Attends-moi, je veux aller voir comment cela se passe là-haut, afin d'apprendre la manière dont se traitent leurs querelles de ménage. Par le nom de Dieu, je crois qu'elle la fait cuire à petit feu.

De Marsay grimpa lestement l'escalier qu'il connaissait et reconnut le chemin du boudoir. Quand il en ouvrit la porte, il eut le frissonnement involontaire que cause à l'homme le plus déterminé la vue du sang répandu. Le spectacle qui s'offrit à ses regards eut d'ailleurs pour lui plus d'une cause d'étonnement. La marquise était femme : elle avait calculé sa vengeance avec cette perfection de perfidie qui distingue les animaux faibles. Elle avait dissimulé sa colère pour s'assurer du crime avant de le punir.

— Trop tard, mon bien-aimé! dit Paquita mourante dont les yeux pâles se tournèrent vers de Marsay.

La *Fille aux yeux d'or* expirait noyée dans le sang. Tous les flambeaux allumés, un parfum délicat qui se faisait sentir, certain désordre où l'œil d'un homme à bonnes fortunes devait reconnaître des folies communes à toutes les

passions, annonçaient que la marquise avait
savamment questionné la coupable. Cet appartement blanc, où le sang paraissait si bien, trahissait un long combat. Les mains de Paquita
étaient empreintes sur les coussins. Partout elle
s'était accrochée à la vie, partout elle s'était
défendue, et partout elle avait été frappée. Des
lambeaux entiers de la tenture cannelée étaient
arrachés par ses mains ensanglantées, qui sans
doute avaient lutté longtemps. Paquita devait
avoir essayé d'escalader le plafond. Ses pieds nus
étaient marqués le long du dossier du divan, sur
lequel elle avait sans doute couru. Son corps,
déchiqueté à coups de poignard par son bourreau,
disait avec quel acharnement elle avait disputé
une vie qu'Henri lui rendait si chère. Elle gisait à
terre, et avait, en mourant, mordu les muscles du
cou-de-pied de madame de San-Réal, qui gardait
à la main son poignard trempé de sang. La
marquise avait les cheveux arrachés, elle était
couverte de morsures, dont plusieurs saignaient,
et sa robe déchirée la laissait voir à demi nue, les
seins égratignés. Elle était sublime ainsi. Sa tête
avide et furieuse respirait l'odeur du sang. Sa
bouche haletante restait entrouverte, et ses
narines ne suffisaient pas à ses aspirations.
Certains animaux, mis en fureur, fondent sur leur
ennemi, le mettent à mort, et, tranquilles dans
leur victoire, semblent avoir tout oublié. Il en est
d'autres qui tournent autour de leur victime, qui
la gardent en craignant qu'on ne la leur vienne
enlever, et qui, semblables à l'Achille d'Homère,
font neuf fois le tour de Troie en traînant leur
ennemi par les pieds. Ainsi était la marquise. Elle

ne vit pas Henri. D'abord, elle se savait trop bien seule pour craindre des témoins; puis, elle était trop enivrée de sang chaud, trop animée par la lutte, trop exaltée pour apercevoir Paris entier, si Paris avait formé un cirque autour d'elle. Elle n'aurait pas senti la foudre. Elle n'avait même pas entendu le dernier soupir de Paquita, et croyait qu'elle pouvait encore être écoutée par la morte.

— Meurs sans confession! lui disait-elle; va en enfer, monstre d'ingratitude; ne sois plus à personne qu'au démon. Pour le sang que tu lui as donné, tu me dois tout le tien! Meurs, meurs, souffre mille morts, j'ai été trop bonne, je n'ai mis qu'un moment à te tuer, j'aurais voulu te faire éprouver toutes les douleurs que tu me lègues. Je vivrai, moi! je vivrai malheureuse, je suis réduite à ne plus aimer que Dieu! Elle la contempla. — Elle est morte! se dit-elle après une pause en faisant un violent retour sur elle-même. Morte, ah! j'en mourrai de douleur!

La marquise voulut s'aller jeter sur le divan, accablée par un désespoir qui lui ôtait la voix, et ce mouvement lui permit alors de voir Henri de Marsay.

— Qui es-tu? lui dit-elle en courant à lui le poignard levé

Henri lui arrêta le bras, et ils purent ainsi se contempler tous deux face à face. Une surprise horrible leur fit couler à tous deux un sang glacé dans les veines, et ils tremblèrent sur leurs jambes comme des chevaux effrayés. En effet, deux Ménechmes ne se seraient pas mieux ressemblé. Ils dirent ensemble le même mot : — Lord Dudley doit être votre père?

Chacun d'eux baissa la tête affirmativement.

— Elle était fidèle au sang, dit Henri en montrant Paquita.

— Elle était aussi peu coupable qu'il est possible, reprit Margarita-Euphémia Porrabéril, qui se jeta sur le corps de Paquita en poussant un cri de désespoir. — Pauvre fille! oh! je voudrais te ranimer! J'ai eu tort, pardonne-moi, Paquita! Tu es morte, et je vis, moi! Je suis la plus malheureuse.

En ce moment apparut l'horrible figure de la mère de Paquita.

— Tu vas me dire que tu ne l'avais pas vendue pour que je la tuasse, s'écria la marquise. Je sais pourquoi tu sors de ta tanière. Je te la payerai deux fois. Tais-toi.

Elle alla prendre un sac d'or dans le meuble d'ébène et le jeta dédaigneusement aux pieds de cette vieille femme. Le son de l'or eut le pouvoir de dessiner un sourire sur l'immobile physionomie de la Géorgienne.

— J'arrive à temps pour toi, ma sœur, dit Henri. La justice va te demander...

— Rien, répondit la marquise. Une seule personne pouvait demander compte de cette fille. Christemio est mort.

— Et cette mère, demanda Henri en montrant la vieille, ne te rançonnera-t-elle pas toujours?

— Elle est d'un pays où les femmes ne sont pas des êtres, mais des choses dont on fait ce qu'on veut, que l'on vend, que l'on achète, que l'on tue, enfin dont on se sert pour ses caprices, comme vous vous servez ici de vos meubles. D'ailleurs, elle a une passion qui fait capituler toutes les autres, et qui aurait anéanti son amour maternel, si elle avait aimé sa fille; une passion...

— Laquelle? dit vivement Henri en interrompant sa sœur.

— Le jeu, dont Dieu te garde! répondit la marquise.

— Mais par qui vas-tu te faire aider, dit Henri en montrant la *Fille aux yeux d'or*, pour enlever les traces de cette fantaisie, que la justice ne te passerait pas?

— J'ai sa mère, répondit la marquise, en montrant la vieille Géorgienne à qui elle fit signe de rester.

— Nous nous reverrons, dit Henri, qui songeait à l'inquiétude de ses amis et sentait la nécessité de partir.

— Non, mon frère, dit-elle, nous ne nous reverrons jamais. Je retourne en Espagne pour m'aller mettre au couvent de *los Dolores*.

— Tu es encore trop jeune, trop belle, dit Henri en la prenant dans ses bras et lui donnant un baiser.

— Adieu, dit-elle, rien ne console d'avoir perdu ce qui nous a paru être l'infini.

Huit jours après, Paul de Manerville rencontra de Marsay aux Tuileries, sur la terrasse des Feuillants.

— Eh bien, qu'est donc devenue notre belle FILLE AUX YEUX D'OR, grand scélérat?

— Elle est morte.

— De quoi?

— De la poitrine.

Paris, mars 1834, — avril 1835.

DOSSIER

VIE DE BALZAC

La biographie de Balzac est tellement chargée d'événements si divers, et tout s'y trouve si bien emmêlé, qu'un exposé purement chronologique des faits serait d'une confusion extrême.

Dans l'ordre chronologique, nous nous sommes donc contenté de distinguer, d'une manière aussi peu arbitraire que possible, cinq grandes époques de la vie de Balzac : des origines à 1814, 1815-1828, 1828-1833, 1833-1840, 1841-1850.

A l'intérieur des périodes principales, nous avons préféré, quand il y avait lieu, classer les faits selon leur nature : l'œuvre, les autres activités touchant la littérature, la vie sentimentale, les voyages, etc. (mais en reprenant, à l'intérieur de chaque paragraphe, l'ordre chronologique).

Famille, enfance; des origines à 1814.

En juillet 1746 naît dans le Rouergue, d'une lignée paysanne, Bernard-François Balssa, qui sera le père du romancier et mourra en 1829; trente ans plus tard nous retrouvons le nom orthographié « Balzac ».

Janvier 1797 : Bernard-François, directeur des vivres de la division militaire de Tours, épouse à cinquante ans Laure Sallambier, qui en a dix-huit, et qui vivra jusqu'en 1854.

1799, 20 mai : naissance à Tours d'Honoré Balzac (le nom ne comporte pas encore la particule). Un premier fils, né jour pour jour un an plus tôt, n'avait pas vécu.

Après Honoré, trois autres enfants naîtront : 1° Laure (1800-1871), qui épousera en 1820 Eugène Surville, ingénieur des Ponts et Chaussées; 2° Laurence (1802-1825), devenue en 1821 Mme de Montzaigle : c'est sur son acte de baptême que la particule « de » apparaît pour la première fois devant le nom des Balzac. Elle mourra dans la misère, honnie par sa mère, sans raison; 3° Henry (1807-1858), fils adultérin dont le père était Jean de Margonne (1780-1858), châtelain de Saché.

L'enfance et l'adolescence d'Honoré seront affectées par la préférence de la mère pour Henry, lequel, dépourvu de dons et de caractère, traînera une existence assez misérable; les ternes séjours qu'il fera dans les îles de l'océan Indien avant de mourir à Mayotte contrastent absolument avec les aventures des romanesques coureurs de mers balzaciens. Balzac gardera des liens étroits avec Margonne et séjournera souvent à Saché, où l'on montre encore sa chambre et sa table de travail.

Dès sa naissance, Honoré est mis en nourrice chez la femme d'un gendarme à Saint-Cyr-sur-Loire, aujourd'hui faubourg de Tours (rive droite). De 1804 à 1807 il est externe dans un établissement scolaire de Tours, de 1807 à 1813 il est pensionnaire au collège de Vendôme. Puis, pendant quelques mois, en 1813, atteint de troubles et d'une espèce d'hébétude qu'on attribue à un abus de lecture, il demeure dans sa famille, au repos. De l'été 1813 à juin 1814, il est pensionnaire dans une institution du Marais. De juillet à septembre 1814, il reprend ses études au collège de Tours, comme externe.

Son père, alors administrateur de l'Hospice général de Tours, est nommé directeur des vivres dans une entreprise parisienne de fournitures aux armées. Toute la famille quitte Tours pour Paris en novembre 1814.

Apprentissage, 1815-1828.

1815-1819. Honoré poursuit ses études à Paris. Il entreprend son droit, suit des cours à la Sorbonne et au Muséum. Il travaille comme clerc dans l'étude de Me Guillonnet-Merville, avoué, puis dans celle de Me Passez, notaire; ces deux stages laisseront sur lui une empreinte profonde.

Son père ayant pris sa retraite, la famille, dont les ressources sont désormais réduites, quitte Paris et s'installe pendant l'été 1819 à Villeparisis. Le 16 août, le frère cadet de Bernard-

François était guillotiné à Albi pour l'assassinat, dont il n'était peut-être pas coupable, d'une fille de ferme. Cependant Honoré, qu'on destinait au notariat, obtient de renoncer à cette carrière, et de demeurer seul à Paris, dans une mansarde, rue Lesdiguières, pour éprouver sa vocation en s'exerçant au métier des lettres. En septembre 1820, au tirage au sort, il a obtenu un « bon numéro » le dispensant du service militaire.

Dès 1817 il a rédigé des *Notes sur la philosophie et la religion*, suivies en 1818 de *Notes sur l'immortalité de l'âme*, premiers indices du goût prononcé qu'il gardera longtemps pour la spéculation philosophique; maintenant il s'attaque à une tragédie, *Cromwell*, cinq actes en vers, qu'il termine au printemps de 1820. Soumise à plusieurs juges successifs, l'œuvre est uniformément estimée détestable; Andrieux, aimable écrivain, professeur au Collège de France et académicien, conclut que l'auteur peut tenter sa chance dans n'importe quelle voie, hormis la littérature. Balzac continue sa recherche philosophique avec *Falthurne* (1820) et *Sténie* (1821), que suivront bientôt (1823) un *Traité de la prière* et un second *Falthurne* d'inspiration religieuse et mystique.

De 1822 à 1827, soit en collaboration, soit seul, sous les pseudonymes de lord R'hoone et Horace de Saint-Aubin, il publie une masse considérable de produits romanesques « de consommation courante », qu'il lui arrivera d'appeler « petites opérations de littérature marchande » ou même « cochonneries littéraires ». A leur sujet, les balzaciens se partagent; les uns y cherchent des ébauches de thèmes et les signes avant-coureurs du génie romanesque; les autres doutent que Balzac, soucieux seulement de satisfaire sa clientèle, y ait rien mis qui soit vraiment de lui-même.

En 1822 commence sa longue liaison (mais, de sa part, non exclusive) avec Antoinette de Berny, qu'il a rencontrée à Villeparisis l'année précédente. Née en 1777, elle a alors deux fois l'âge d'Honoré qui aura pour celle qu'il a rebaptisée Laure, et la *Dilecta*, un amour ambivalent, où il trouvera une compensation à son enfance frustrée.

Fille d'un musicien de la Cour et d'une femme de la chambre de Marie-Antoinette, femme d'expérience, Laure initiera son jeune amant aux secrets de la vie. Elle restera pour lui un soutien, et le guide le plus sûr. Elle mourra en 1836.

En 1825, Balzac entre en relations avec la duchesse

d'Abrantès (1784-1838); cette nouvelle maîtresse, qui d'ailleurs s'ajoute à la précédente et ne se substitue pas à elle, a encore quinze ans de plus que lui. Fort avertie de la grande et petite histoire de la Révolution et de l'Empire, elle complète l'éducation que lui a donnée Mme de Berny, et le présente aux nombreux amis qu'elle garde dans le monde; lui-même, plus tard, se fera son conseiller et peut-être son collaborateur lorsqu'elle écrira ses *Mémoires*.

Durant la fin de cette période, il se lance dans des affaires qui enrichissent d'une manière incomparable l'expérience du futur auteur de *La Comédie humaine*, mais qui, en attendant, se soldent par de pénibles et coûteux échecs.

Il se fait éditeur en 1825, imprimeur en 1826, fondeur de caractères en 1827, toujours en association, les fonds de ses propres apports étant constitués par sa famille et par Mme de Berny. En 1825 et 1826, il publie, entre autres, des éditions compactes de Molière et de La Fontaine, pour lesquelles il a composé des notices. En 1828, la société de fonderie est remaniée; il en est écarté au profit d'Alexandre de Berny, fils de son amie : l'entreprise deviendra une des plus belles réalisations françaises dans ce domaine. L'imprimerie est liquidée quelques mois plus tard, en août; elle laisse à Balzac 60 000 francs de dettes (dont 50 000 envers sa famille).

Nombreux voyages et séjours en province, notamment dans la région de l'Isle-Adam, en Normandie, et souvent en Touraine.

Les débuts, 1828-1833.

A la mi-septembre 1828, Balzac va s'établir pour six semaines à Fougères, en vue du roman qu'il prépare sur la chouannerie. *Le Dernier Chouan ou la Bretagne en 1800*, dont le titre deviendra finalement *Les Chouans*, paraît en mars 1829; c'est le premier roman dont il assume ouvertement la responsabilité en le signant de son véritable nom.

En décembre 1829, il publie sous l'anonymat *Physiologie du mariage*, un essai ou, comme il dira plus tard, une « étude analytique » qu'il avait ébauchée puis délaissée plusieurs années auparavant.

1830 : les *Scènes de la vie privée* réunissent en deux volumes six courts récits. Ce nombre sera porté à quinze dans une réédition du même titre en quatre tomes (1832). C'est dans le troisième tome que paraîtra pour la première fois *Le Curé de Tours.*

1831 : *La Peau de chagrin;* ce roman est repris pour former la même année, avec douze autres récits, trois volumes de *Romans et contes philosophiques;* l'ensemble est précédé d'une introduction de Philarète Chasles, certainement inspirée par l'auteur. 1832 : les *Nouveaux Contes philosophiques* augmentent cette collection de quatre récits (dont une première version de *Louis Lambert*).

Les *Contes drolatiques.* A l'imitation des *Cent Nouvelles nouvelles* (il avait un goût très vif pour la vieille littérature), il voulait en écrire cent, répartis en dix dizains. Le premier dizain paraît en 1832, le deuxième en 1833; le troisième ne sera publié qu'en 1837, et l'entreprise s'arrêtera là.

Septembre 1833 : *Le Médecin de campagne.* Pendant toute cette époque, Balzac donne une foule de textes divers à de nombreux périodiques. Il poursuivra ce genre de collaboration durant toute sa vie, mais à une cadence moindre.

Laure de Berny reste la *Dilecta.* Laure d'Abrantès devient une amie.

Passade avec Olympe Pélissier.

Entré en liaison d'abord épistolaire avec la duchesse de Castries en 1831, il séjourne auprès d'elle, à Aix-les-Bains et à Genève, en septembre et octobre 1832; elle se laisse chaudement courtiser, mais ne cède pas, ce dont il se « venge » par *La Duchesse de Langeais.*

Au début de 1832, il reçoit d'Odessa une lettre signée « L'Étrangère », et répond par une petite annonce insérée dans *La Gazette de France :* c'est le début de ses relations avec Mme Hanska (1805-1882), sa future femme, qu'il rencontre pour la première fois à Neuchâtel dans les derniers jours de septembre 1833.

Vers cette même époque il a une maîtresse discrète, Maria du Fresnay

Voyages très nombreux. Outre ceux que nous avons signalés ci-dessus (Fougères, Aix, Genève, Neuchâtel), il faut mentionner plusieurs séjours à Saché, près de Nemours chez Mme de Berny, près d'Angoulème chez Zulma Carraud, etc.

Son travail acharné n'empêche pas qu'il ne soit très répandu dans les milieux littéraires et dans le monde; il mène une vie ostentatoire et dispendieuse.

En politique, il s'affiche légitimiste. Il envisage de se présenter aux élections législatives de 1831, et en 1832 à une élection partielle.

L'essor, 1833-1840.

Durant cette période, Balzac ne se contente pas d'assurer le développement de son œuvre : il se préoccupe de lui assurer une organisation d'ensemble, comme en témoignaient déjà les *Scènes de la vie privée* et les *Romans et contes philosophiques*. Maintenant il s'avance sur la voie qui le conduira à la conception globale de *La Comédie humaine*.

En octobre 1833, il signe un contrat pour la publication des *Études de Mœurs au XIXe siècle*, qui doivent rassembler aussi bien les rééditions que des ouvrages nouveaux répartis en quatre tomes de *Scènes de la vie privée*, quatre de *Scènes de la vie de province* et quatre de *Scènes de la vie parisienne*. Les douze volumes paraissent en ordre dispersé de décembre 1833 à février 1837. Le tome I est précédé d'une importante *Introduction* de Félix Davin, prête-nom de Balzac. La classification a une valeur littérale et symbolique; elle se fonde à la fois sur le cadre de l'action et sur la signification du thème.

Parallèlement paraissent de 1834 à 1840 vingt volumes d'*Études philosophiques*, avec une nouvelle introduction de Félix Davin.

Principales créations en librairie de cette période : *Eugénie Grandet*, fin 1833; *La Recherche de l'absolu*, 1834; *Le Père Goriot*, *La Fleur des pois* (titre qui deviendra *Le Contrat de mariage*), *Séraphîta*, 1835; *Histoire des Treize*, 1833-1835; *Le Lys dans la vallée*, 1836; *La Vieille Fille*, *Illusions perdues* (début), *César Birotteau*, 1837; *La Femme supérieure* (titre qui deviendra *Les Employés*), *La Maison Nucingen*, *La Torpille* (début de *Splendeurs et misères des courtisanes*), 1838; *Le Cabinet des antiques*, *Une fille d'Ève*, *Béatrix*, 1839; *Une princesse parisienne* (titre qui deviendra *Les Secrets de la princesse de Cadignan*), *Pierrette*, *Pierre Grassou*, 1840.

En marge de cette activité essentielle, Balzac prend à la fin de 1835 une participation majoritaire dans la *Chronique de Paris*, journal politique et littéraire ; il y publie un bon nombre de textes, jusqu'à ce que la société, irrémédiablement déficitaire, soit dissoute six mois plus tard. Curieusement il réédite (et complète à l'aide de « nègres »), en gardant un pseudonyme qui n'abuse personne, une partie de ses romans de jeunesse : les *Œuvres complètes d'Horace de Saint-Aubin*, seize volumes, 1836-1840.

En 1838, il s'inscrit à la toute jeune Société des Gens de Lettres, il la préside en 1839, et mène diverses campagnes pour la protection de la propriété littéraire et des droits des auteurs.

Candidat à l'Académie française en 1839, il s'efface devant Hugo, qui ne sera pas élu.

En 1840, il fonde la *Revue parisienne*, mensuelle et entièrement rédigée par lui ; elle disparaît après le troisième numéro, où il a inséré son long et fameux article sur *La Chartreuse de Parme*.

Théâtre, vieille et durable préoccupation depuis le *Cromwell* de ses vingt ans : en 1839, la Renaissance refuse *L'École des ménages*, pièce dont il donne chez Custine une lecture à laquelle assistent Stendhal et Théophile Gautier. En 1840, la censure, après plusieurs refus, finit par autoriser *Vautrin*, qui sera interdit dès le lendemain de la première.

Il séjourne à Genève auprès de Mme Hanska du 24 décembre 1833 au 8 février 1834 ; il la retrouve à Vienne (Autriche) en mai-juin 1835 ; alors commence une séparation qui durera huit ans.

Le 4 juin 1834, naît Marie du Fresnay, présumée être sa fille, et qu'il regarde comme telle ; elle mourra en 1930.

Mme de Berny malade depuis 1834, accablée de malheurs familiaux, cesse de le voir à la fin de 1835 ; elle va mourir le 27 juillet 1836.

Le 29 mai 1836, naissance de Lionel-Richard, fils présumé de Balzac et de la comtesse Guidoboni-Visconti.

Juillet-août 1836 : Mme Marbouty, déguisée en homme, l'accompagne à Turin où il doit régler une affaire de succession pour le compte et avec la procuration du mari de Frances Sarah, le comte Guidoboni-Visconti. Ils rentrent par la Suisse.

Autres voyages toujours nombreux, et nombreuses rencontres.

Au cours de l'excursion autrichienne de 1835, il est reçu par Metternich, et visite le champ de bataille de Wagram en vue d'un roman qu'il ne parviendra jamais à écrire. En 1836, séjournant en Touraine, il se voit accueilli par Talleyrand et la duchesse de Dino. L'année suivante, c'est George Sand qui l'héberge à Nohant; elle lui suggère le sujet de *Béatrix*.

Durant un second voyage italien en 1837, il a appris à Gênes qu'on pouvait exploiter fructueusement en Sardaigne les scories d'anciennes mines de plomb argentifère; en 1838, en passant par la Corse, il se rend sur place pour y constater que l'idée était si bonne qu'une société marseillaise l'a devancé; retour par Gênes, Turin, et Milan où il s'attarde.

On signale en 1834 un dîner réunissant Balzac, Vidocq et les bourreaux Sanson père et fils.

Démêlés avec la Garde nationale, où il se refuse obstinément à assurer des tours de garde : en 1835, à Chaillot sous le nom de « madame veuve Durand », il se cache autant de ses créanciers que de la garde qui l'incarcérera, en 1836, pendant une semaine dans sa prison surnommée « Hôtel des Haricots »; nouvel emprisonnement en 1839, pour la même raison.

En 1837, près de Paris, à Sèvres, au lieu-dit les Jardies, il achète les premiers éléments de ce dont il voudra constituer tout un domaine. Sa légende commençant, on prétendra qu'il aurait rêvé d'y faire fortune en y acclimatant la culture de l'ananas. Ses projets assez grandioses lui coûteront fort cher et ne lui amèneront que des déboires. Liquidation onéreuse et longue : à la mort de Balzac, l'affaire n'était pas entièrement liquidée.

C'est en octobre 1840 que, quittant les Jardies, il s'installe à Passy dans l'actuelle rue Raynouard, où sa maison est redevenue aujourd'hui « La Maison de Balzac ».

Suite et fin, 1841-1850.

Le fait marquant qui inaugure cette période est l'acte de naissance officiel de *La Comédie humaine* considérée comme un ensemble organique. Cet acte, c'est le contrat passé le 2 octobre 1841 avec un groupe d'éditeurs pour la publication, sous ce « titre général », des « œuvres complètes » de Balzac, celui-ci se réservant « l'ordre et la distribution des matières, la tomaison et l'ordre des volumes

Nous avons vu le romancier, dès ses véritables débuts ou presque, montrer le souci d'un ordre et d'un classement. Une lettre à Mme Hanska du 26 octobre 1834 en faisait déjà état. Une lettre de décembre 1839 ou janvier 1840, adressée à un éditeur non identifié, et restée sans suite, mentionnait pour la première fois le « titre général », avec un plan assez détaillé. Cette fois le grand projet va enfin se réaliser (sous réserve de quelques changements de détails ultérieurs dans le plan, de plusieurs ouvrages annoncés qui ne seront jamais composés et, enfin, de quelques autres composés et non annoncés).

Réunissant rééditions et nouveautés, l'ensemble désormais intitulé *La Comédie humaine* paraît de 1842 à 1848 en dix-sept volumes, complétés en 1855 par un tome XVIII, et suivis, en 1855 encore, d'un tome XIX (*Théâtre*) et d'un tome XX (*Contes drolatiques*). Trois parties : *Études de Mœurs, Études philosophiques, Études analytiques,* — la première partie étant elle-même divisée en *Scènes de la vie privée, Scènes de la vie de province, Scènes de la vie parisienne, Scènes de la vie politique, Scènes de la vie militaire* et *Scènes de la vie de campagne.*

L'*Avant-propos* est un texte doctrinal capital. Avant de se résoudre à l'écrire lui-même, Balzac avait demandé vainement une préface à Nodier, à George Sand, ou envisagé de reproduire les introductions de Davin aux anciennes *Études de mœurs* et *Études philosophiques.*

Premières publications en librairie : *Le Curé de village,* 1841; *Mémoires de deux jeunes mariées, Ursule Mirouët, Albert Savarus, La Femme de trente ans* (sous sa forme et son titre définitifs après beaucoup d'avatars), *Les Deux Frères* (titre qui deviendra *La Rabouilleuse*), 1842; *Une ténébreuse affaire, La Muse du département, Illusions perdues* (au complet), 1843; *Honorine, Modeste Mignon,* 1844; *Petites misères de la vie conjugale,* 1846; *La Dernière Incarnation de Vautrin* (achevant *Splendeurs et Misères des courtisanes*), 1847; *Les Parents pauvres* (*Le Cousin Pons* et *La Cousine Bette*), 1847-1848.

Romans posthumes. *Le Député d'Arcis* et *Les Petits Bourgeois,* restés inachevés, et terminés, avec une désinvolture confondante, par Charles Rabou agréé par la veuve, paraissent respectivement en 1854 et 1856. La veuve assure elle-même, avec beaucoup plus de tact, la mise au point des *Paysans* qu'elle publie en 1855.

Théâtre. Représentation et échec des *Ressources de Quinola*, 1842; de *Paméla Giraud*, 1843. Succès sans lendemain de *La Marâtre*, pièce créée à une date peu favorable (25 mai 1848); trois mois plus tard la Comédie-Française reçoit *Mercadet ou le Faiseur*, mais la pièce ne sera pas représentée.

Chevalier de la Légion d'honneur depuis avril 1845, Balzac, encore candidat à l'Académie française, obtient 4 voix le 11 janvier 1849, dont celles de Hugo et de Lamartine (on lui préfère le duc de Noailles), et, aux trois scrutins du 18 janvier, 2 voix (Vigny et Hugo), 1 voix (Hugo) et 0 voix, le comte de Saint-Priest étant élu.

Amours et voyages, durant toute cette période, portent pratiquement un seul et même nom : Mme Hanska. Le comte Hanski était mort le 10 novembre 1841, en Ukraine; mais Balzac sera informé le 5 janvier 1842 seulement de l'événement. Son amie, libre désormais de l'épouser, va néanmoins le faire attendre près de dix ans encore, soit qu'elle manque d'empressement, soit que réellement le régime tsariste se dispose à confisquer ses biens, qui sont considérables, si elle s'unit à un étranger.

En 1843, après huit ans de séparation, Balzac va la retrouver pour deux mois à Saint-Pétersbourg; il rentre par Berlin, les pays rhénans, la Belgique. En 1845, voyages communs en Allemagne, en France, en Hollande, en Belgique, en Italie. En 1846, ils se rencontrent à Rome et voyagent en Italie, en Suisse, en Allemagne.

Mme Hanska est enceinte; Balzac en est profondément heureux, et, de surcroît, voit dans cette circonstance une occasion de hâter son mariage; il se désespère lorsqu'elle accouche en novembre 1846 d'un enfant mort-né.

En 1847, elle passe quelques mois à Paris; lui-même, peu après, rédige un testament en sa faveur. A l'automne, il va la retrouver en Ukraine, où il séjourne près de cinq mois. Il rentre à Paris, assiste à la révolution de février 1848 et envisage une candidature aux élections législatives, puis il repart dès la fin de septembre pour l'Ukraine, où il séjourne jusqu'à la fin d'avril 1850. Malade, il ne travaille plus : depuis plusieurs années sa santé n'a pas cessé de se dégrader.

Il épouse Mme Hanska, le 14 mars 1850, à Berditcheff.

Rentrés à Paris vers le 20 mai, les deux époux, le 4 juin, se font donation mutuelle de tous leurs biens en cas de décès.

Balzac est rentré à Paris pour mourir. Affaibli, presque aveugle, il ne peut bientôt plus écrire; la dernière lettre connue, de sa main, date du 1er juin 1850. Le 18 août, il reçoit l'extrême-onction, et Hugo, venu en visite, le trouve inconscient : il meurt à onze heures et demie du soir. On l'enterre au Père-Lachaise trois jours plus tard; les cordons du poêle sont tenus par Hugo et Dumas, mais aussi par le navrant Sainte-Beuve qui lui vouait la haine des impuissants, et par le ministre de l'Intérieur; devant sa tombe, superbe discours de Hugo : ni Hugo ni Baudelaire ne se sont trompés sur le génie de Balzac.

La femme de Balzac, après avoir trouvé quelques consolations à son veuvage, mourra ruinée de sa propre main et par sa fille en 1882.

NOTICE

La Duchesse de Langeais

Édition préoriginale : le premier chapitre de *Ne touchez pas la hache* (premier titre de *La Duchesse de Langeais*) et le début du second chapitre parurent dans *L'Écho de la Jeune France*, respectivement à la fin d'avril et au début de mai 1833.

Édition originale : le roman, terminé en mars 1834, parut à la suite de *Ferragus* (la première des trois nouvelles que comporte l'*Histoire des Treize*) en avril 1834, dans le onzième tome des *Études de mœurs au XIXe siècle* publié par Mme veuve Béchet (volume III des *Scènes de la vie parisienne*).

Seconde édition : sous le titre définitif de *La Duchesse de Langeais*, elle fut publiée par Charpentier en 1839 à la suite de *Ferragus*. La division en chapitres a disparu.

Troisième édition : elle fut publiée par Furne en 1843 dans le neuvième volume de *La Comédie humaine* (tome I des *Scènes de la vie parisienne*).

La Fille aux yeux d'or

Édition originale : le premier chapitre, *Physionomies parisiennes*, parut en avril 1834, à la suite de *Ferragus* et de *La Duchesse de Langeais*, dans le onzième tome des *Études de mœurs au XIXe siècle* publié par Mme veuve Béchet (volume III des *Scènes de la vie parisienne*). Les deux derniers chapitres parurent en mai 1835 dans le douzième tome des *Études de mœurs au XIXe siècle* (volume IV des *Scènes de la vie parisienne*) publié par Mme veuve Béchet. Suit la postface, datée *Meudon, 6 avril 1835*, dont nous donnons le texte dans les documents.

Seconde édition : elle fut publiée par Furne en 1843 dans le neuvième volume de *La Comédie humaine* (tome I des *Scènes de la vie parisienne*).

*

Au fur et à mesure que paraissaient les volumes de l'édition Furne de *La Comédie humaine*, Balzac portait des corrections dans les marges de son propre exemplaire, en vue d'une prochaine édition. Ces exemplaires sont conservés à la collection Lovenjoul. Les « Bibliophiles de l'Originale » en ont donné une édition fac-similé. C'est ce texte dit « Furne corrigé » que nous suivons, à la réserve de quelques corrections indispensables (graphies et orthographe anciennes ou fautives, mots oubliés, etc.) qui rendront ce texte plus lisible. Le même souci nous a fait rétablir la division primitive en chapitres.

*

On trouvera dans les documents qui suivent :

— la préface à l'*Histoire des Treize* qui précède *Ferragus* (premier épisode des *Treize*) dans l'édition préoriginale de *La Revue de Paris* (mars 1833). Cette préface fut remaniée par la suite. Nous suivons ici le texte de Furne (1843). Quant à la date qu'indique Balzac dans Furne (1831), elle est évidemment fausse, mais elle rend très bien compte de l'esprit et du style de cette préface qui rappelle celles des romans de jeunesse et les articles des années 1830-1831 ;

— la postface de *Ferragus* (dans *La Revue de Paris*, avril 1833) qui annonce les deux épisodes suivants des *Treize;*

— la note qui suit la première édition de *La Duchesse de Langeais* (*Ne touchez pas la hache*, 1834) et qui annonce *La Fille aux yeux d'or;*

— la postface de la première édition de *La Fille aux yeux d'or* (mai 1835).

DOCUMENTS

Préface de l' « Histoire des Treize »

Il s'est rencontré, sous l'Empire et dans Paris, treize hommes également frappés du même sentiment, tous doués d'une assez grande énergie pour être fidèles à la même pensée, assez probes entre eux pour ne point se trahir, alors même que leurs intérêts se trouvaient opposés, assez profondément politiques pour dissimuler les liens sacrés qui les unissaient, assez forts pour se mettre au-dessus de toutes les lois, assez hardis pour tout entreprendre, et assez heureux pour avoir presque toujours réussi dans leurs desseins, ayant couru les plus grands dangers, mais taisant leurs défaites; inaccessibles à la peur, et n'ayant tremblé ni devant le prince, ni devant le bourreau, ni devant l'innocence; s'étant acceptés tous, tels qu'ils étaient, sans tenir compte des préjugés sociaux; criminels sans doute, mais certainement remarquables par quelques-unes des qualités qui font les grands hommes, et ne se recrutant que parmi les hommes d'élite. Enfin, pour que rien ne manquât à la sombre et mystérieuse poésie de cette histoire, ces treize hommes sont restés inconnus, quoique tous aient réalisé les plus bizarres idées que suggère à l'imagination la fantastique puissance faussement attribuée aux Manfred, aux Faust, aux Melmoth; et tous aujourd'hui sont brisés, dispersés du moins. Ils sont paisiblement rentrés sous le joug des lois civiles, de même que Morgan, l'Achille des pirates, se fit, de ravageur, colon tranquille, et disposa sans remords, à la lueur du foyer domestique, de millions ramassés dans le sang, à la rouge clarté des incendies.

Depuis la mort de Napoléon, un hasard que l'auteur doit taire encore a dissous les liens de cette vie secrète, curieuse, autant que peut l'être le plus noir des romans de madame Radcliffe. La permission assez étrange de raconter à sa guise quelques-unes des aventures arrivées à ces hommes, tout en respectant certaines convenances, ne lui a été que récemment donnée par un de ces héros anonymes auxquels la société tout entière fut occultement soumise, et chez lequel il croit avoir surpris un vague désir de célébrité.

Cet homme en apparence jeune encore, à cheveux blonds, aux yeux bleus, dont la voix douce et claire semblait annoncer une âme féminine, était pâle de visage et mystérieux dans ses manières, il causait avec amabilité, prétendait n'avoir que quarante ans, et pouvait appartenir aux plus hautes classes sociales. Le nom qu'il avait pris paraissait être un nom supposé; dans le monde, sa personne était inconnue. Qu'est-il? On ne sait.

Peut-être en confiant à l'auteur les choses extraordinaires qu'il lui a révélées, l'inconnu voulait-il les voir en quelque sorte reproduites, et jouir des émotions qu'elles feraient naître au cœur de la foule, sentiment analogue à celui qui agitait Macpherson quand le nom d'Ossian, sa créature, s'inscrivait dans tous les langages. Et c'était, certes, pour l'avocat écossais, une des sensations les plus vives, ou les plus rares du moins, que l'homme puisse se donner. N'est-ce pas l'incognito du génie? Écrire l'*Itinéraire de Paris à Jérusalem*, c'est prendre sa part dans la gloire humaine d'un siècle; mais doter son pays d'un Homère, n'est-ce pas usurper sur Dieu?

L'auteur connaît trop les lois de la narration pour ignorer les engagements que cette courte préface lui fait contracter; mais il connaît assez l'*Histoire des Treize* pour être certain de ne jamais se trouver au-dessous de l'intérêt que doit inspirer ce programme. Des drames dégouttant de sang, des comédies pleines de terreurs, des romans où roulent des têtes secrètement coupées, lui ont été confiés. Si quelque lecteur n'était pas rassasié des horreurs froidement servies au public depuis quelque temps, il pourrait lui révéler de calmes atrocités, de surprenantes tragédies de famille, pour peu que le désir de les savoir lui fût témoigné. Mais il a choisi de préférence les aventures les plus douces, celles où des scènes pures succèdent à l'orage des passions, où la femme est radieuse de vertus et de beauté. Pour l'honneur des Treize, il s'en rencontre de telles dans leur histoire, qui peut-être aura l'honneur d'être mise un jour en pendant de celle des flibustiers, ce peuple à part, si curieusement énergique, si attachant malgré ses crimes.

Un auteur doit dédaigner de convertir son récit, quand ce récit est véritable, en une espèce de joujou à surprise, et de promener, à la manière de quelques romanciers, le lecteur, pendant quatre volumes, de souterrains en souterrains, pour lui montrer un cadavre tout sec, et lui dire, en forme de conclusion, qu'il lui a constamment fait peur d'une porte cachée dans quelque tapisserie, ou d'un mort laissé par mégarde sous des planchers. Malgré son aversion pour les préfaces, l'auteur a dù jeter ces phrases en tête de ce fragment. *Ferragus* est un premier épisode qui tient par d'invisibles liens à l'Histoire des Treize, dont la puissance naturellement acquise peut seule expliquer certains ressorts en apparence surnaturels. Quoiqu'il soit permis aux conteurs d'avoir une sorte de coquetterie littéraire, en devenant historiens, ils doivent renoncer aux bénéfices que procure l'apparente bizarrerie des titres sur lesquels se fondent aujourd'hui de légers succès. Aussi l'auteur expliquera-t-il succinctement ici les raisons qui l'ont obligé d'accepter des intitulés peu naturels en apparence.

FERRAGUS est, suivant une ancienne coutume, un nom pris par un chef de Dévorants. Le jour de leur élection, ces chefs continuent celle des dynasties dévorantesques dont le nom leur plaît le plus, comme le font les papes à leur avènement, pour les dynasties pontificales. Ainsi les Dévorants ont *Trempe-la-soupe IX, Ferragus XXII, Tutanus XIII, Masche-Fer IV*, de même que l'Église a ses Clément XIV, Grégoire IX, Jules II, Alexandre VI, etc. Maintenant, que sont les Dévorants? Dévorants est le nom d'une des tribus de *Compagnons* ressortissant jadis de la grande association mystique formée entre les ouvriers de la chrétienté pour rebâtir le temple de Jérusalem. Le *Compagnonnage* est encore debout en France dans le peuple. Ses traditions, puissantes sur des têtes peu éclairées et sur des gens qui ne sont point assez instruits pour manquer à leurs serments, pourraient servir à de formidables entreprises, si quelque grossier génie voulait s'emparer de ces diverses sociétés. En effet, là, tous les instruments sont presque aveugles; là, de ville en ville, existe pour les

Compagnons, depuis un temps immémorial, une *Obade*, espèce d'étape tenue par une Mère, vieille femme, bohémienne à demi, n'ayant rien à perdre, sachant tout ce qui se passe dans le pays, et dévouée, par peur ou par une longue habitude, à la tribu qu'elle loge et nourrit en détail. Enfin, ce peuple changeant, mais soumis à d'immuables coutumes, peut avoir des yeux en tous lieux, exécuter partout une volonté sans la juger, car le plus vieux Compagnon est encore dans l'âge où l'on croit à quelque chose. D'ailleurs, le corps entier professe des doctrines assez vraies, assez mystérieuses, pour électriser patriotiquement tous les adeptes si elles recevaient le moindre développement. Puis l'attachement des Compagnons à leurs lois est si passionné, que les diverses tribus se livrent entre elles de sanglants combats, afin de défendre quelques questions de principes. Heureusement pour l'ordre public actuel, quand un Dévorant est ambitieux, il construit des maisons, fait fortune, et quitte le Compagnonnage. Il y aurait beaucoup de choses curieuses à dire sur les *Compagnons du Devoir*, les rivaux des Dévorants, et sur toutes les différentes sectes d'ouvriers, sur leurs usages et leur fraternité, sur les rapports qui se trouvent entre eux et les francs-maçons; mais ici ces détails seraient déplacés. Seulement, l'auteur ajoutera que sous l'ancienne monarchie il n'était pas sans exemple de trouver un Trempe-la-Soupe au service du roi, ayant place pour cent et un ans sur ses galères; mais de là, dominant toujours sa tribu, consulté religieusement par elle; puis, s'il quittait sa chiourme, certain de rencontrer aide, secours et respect en tous lieux. Voir son chef aux galères n'est pour la tribu fidèle qu'un de ces malheurs dont la Providence est responsable, mais qui ne dispense pas les Dévorants d'obéir au pouvoir créé par eux, au-dessus d'eux. C'est l'exil momentané de leur roi légitime, toujours roi pour eux. Voici donc le prestige romanesque attaché au nom de Ferragus et à celui de Dévorants complètement dissipé.

Quant aux Treize, l'auteur se sent assez fortement appuyé par les détails de cette histoire presque romanesque, pour abdiquer encore l'un des plus beaux privilèges de romancier dont il y ait exemple, et qui, sur le Châtelet de la littérature, pourrait s'adjuger à haut prix, et imposer le public d'autant de volumes que lui en a donnés la Contemporaine. Les Treize étaient tous des hommes trempés comme le fut Trelawney, l'ami de lord Byron, et, dit-on, l'original du *Corsaire;* tous fatalistes, gens de cœur et de poésie, mais ennuyés de la vie plate qu'ils menaient, entraînés vers des jouissances asiatiques par des forces d'autant plus excessives que, longtemps endormies, elles se réveillaient plus furieuses. Un jour, l'un d'eux, après avoir relu *Venise sauvée*, après avoir admiré l'union sublime de Pierre et de Jaffier, vint à songer aux vertus particulières des gens jetés en dehors de l'ordre social, à la probité des bagnes, à la fidélité des voleurs entre eux, aux privilèges de puissance exorbitante que ces hommes savent conquérir en confondant toutes les idées dans une seule volonté. Il trouva l'homme plus grand que les hommes. Il présuma que la société devait appartenir tout entière à des gens distingués qui, à leur esprit naturel, à leurs lumières acquises, à leur fortune, joindraient un fanatisme assez chaud pour fondre en un seul jet ces différentes forces. Dès lors, immense d'action et d'intensité, leur puissance occulte, contre laquelle l'ordre social serait sans défense, y renverserait les obstacles, foudroierait les volontés, et donnerait à chacun d'eux le pouvoir diabolique de tous. Ce monde à part dans le monde, hostile au monde, n'admettant aucune des idées du monde, n'en reconnaissant aucune loi, ne se soumettant qu'à la conscience de sa nécessité, n'obéissant qu'à un dévouement, agissant tout entier pour un seul des associés quand l'un d'eux réclamerait l'assistance de tous; cette vie de flibustier en gants jaunes et en carrosse; cette union intime de gens supérieurs, froids et railleurs, souriant et maudissant au milieu d'une société fausse et mesquine; la certitude de tout faire plier sous un caprice, d'ourdir une vengeance avec habileté, de vivre dans treize cœurs; puis le bonheur continu d'avoir un secret de haine en face des hommes, d'être toujours armé contre eux, et de pouvoir se retirer en soi avec une idée de plus que n'en avaient les gens les plus remarquables; cette religion de plaisir et d'égoïsme fanatisa treize hommes qui recommencèrent la Société de Jésus au profit du diable. Ce fut horrible et sublime. Puis le pacte eut lieu; puis il dura, précisément parce qu'il paraissait impossible. Il y eut donc dans Paris treize frères qui s'appartenaient et se méconnaissaient tous dans le monde; mais qui se retrouvaient réunis, le soir, comme des conspirateurs, ne se cachant aucune pensée, usant tour à tour d'une fortune semblable à celle du Vieux de la Montagne; ayant les pieds dans tous les salons, les mains dans tous les coffres-forts, les coudes dans la rue, leurs têtes sur tous les oreillers, et, sans scrupules, faisant tout servir à leur fantaisie. Aucun chef ne les commanda, personne ne put s'arroger le pouvoir; seulement la passion la plus vive, la circonstance la plus exigeante passait la première. Ce furent treize rois inconnus, mais réellement rois, et plus que rois, des juges et des bourreaux qui, s'étant fait des ailes pour parcourir la société du haut en bas, dédaignèrent d'y être quelque chose, parce qu'ils y pouvaient tout. Si l'auteur apprend les causes de leur abdication, il les dira.

Maintenant, il lui est permis de commencer le récit des trois épisodes qui, dans cette histoire, l'ont plus particulièrement séduit par la senteur parisienne des détails, et par la bizarrerie des contrastes.

Paris, 1831.

Postface de « Ferragus »

Cette aventure, où se pressent plusieurs physionomies parisiennes, et dans le récit de laquelle les digressions étaient en quelque sorte le sujet principal pour l'auteur, montre la froide et puissante figure du seul personnage qui, dans la grande association des Treize, ait succombé sous la main de la Justice, au milieu du duel que ces hommes livraient secrètement à la société.

Si l'auteur a réussi à peindre Paris sous quelques-unes de ses faces, en le parcourant en hauteur, en largeur; en allant du faubourg Saint-Germain, au Marais; de la rue, au boudoir; de l'hôtel, à la mansarde; de la prostituée, à la figure d'une femme qui avait mis l'amour dans le mariage; et du mouvement de la vie au repos de la mort, peut-être aura-t-il courage de poursuivre cette entreprise et de l'achever, en donnant deux autres histoires où les aventures de deux nouveaux Treize seront mises en lumière.

La seconde aura pour titre : *Ne touchez pas la hache*, et la troisième : *La Femme aux yeux rouges*.

Ces trois épisodes de l'*Histoire des Treize* sont les seuls que l'auteur puisse publier. Quant aux autres drames de cette histoire, si féconde en drames, ils peuvent se conter entre onze heures et minuit; mais il est impossible de les écrire.

DE BALZAC.

Note qui suit la première édition de « La Duchesse de Langeais »
(« Ne touchez pas la hache »)

En ces deux épisodes de leur histoire, la puissance des Treize n'a rencontré d'autres empêchements que l'obstacle éternellement opposé par la nature aux volontés humaines : *La mort* et *Dieu*. Le confident involontaire de ces curieux personnages se permet de donner un troisième épisode, parce que, dans l'aventure toute parisienne de *La Fille aux yeux d'or*, les Treize ont vu leur pouvoir également brisé, leur vengeance trompée, et que cette fois, au dénouement, ils n'ont vu ni *Dieu* ni la *mort*, mais une passion terrible, devant laquelle a reculé notre littérature, qui ne s'effraie cependant de rien.

1834.

Postface de la première édition de « La Fille aux yeux d'or »

Depuis le jour où le premier épisode de l'*Histoire des Treize* fut publié, jusqu'aujourd'hui que paraît le dernier, plusieurs personnes ont questionné l'auteur pour savoir si cette histoire était vraie; mais il s'est bien gardé de satisfaire leur curiosité. Cette concession pourrait porter atteinte à la foi due aux narrateurs. Cependant, il ne terminera pas sans avouer ici que l'épisode de *La Fille aux yeux d'or* est vrai dans la plupart de ses détails, que la circonstance la plus poétique, et qui en fait le nœud, celle de la ressemblance des deux principaux personnages, est exacte. Le héros de l'aventure, qui vint la lui raconter, en le priant de la publier, sera sans doute satisfait de voir son désir accompli, quoique d'abord l'auteur ait jugé l'entreprise impossible. Ce qui semblait surtout difficile à faire croire était cette beauté merveilleuse, et féminine à demi, qui distinguait le héros quand il avait dix-sept ans, et dont l'auteur a reconnu les traces dans le jeune homme de vingt-six ans. Si quelques personnes s'intéressent à *La Fille aux yeux d'or*, elles pourront la revoir après le rideau tombé sur la pièce, comme une de ces actrices qui, pour recevoir leurs couronnes éphémères, se relèvent bien portantes après avoir été publiquement poignardées. Rien ne se dénoue poétiquement dans la nature. Aujourd'hui, la Fille aux yeux d'or a trente ans et s'est bien fanée. La marquise de San-Réal, coudoyée pendant cet hiver aux Bouffes ou à l'Opéra par quelques-unes des honorables personnes qui viennent de lire cet épisode, a précisément l'âge que les femmes ne disent plus, mais que révèlent ces effroyables coiffures dont quelques étrangères se permettent d'embarrasser le devant des loges, au grand déplaisir des jeunes personnes qui se tiennent sur l'*arrière*. Cette marquise est une personne élevée aux îles, où les mœurs légitiment si bien les Filles aux yeux d'or, qu'elles y sont presque une institution.

Quant aux deux autres épisodes, assez de personnes dans Paris en ont connu les acteurs pour que l'auteur soit dispensé d'avouer ici que les écrivains n'inventent jamais rien, aveu que le grand Walter Scott a fait humblement dans la préface où il déchira le voile dont il s'était si longtemps enveloppé. Les détails appartiennent même rarement à l'écrivain, qui n'est qu'un copiste plus ou moins heureux. La seule chose qui vienne de lui, la combinaison des événements, leur disposition littéraire est presque toujours le côté faible que la critique s'empresse d'attaquer. La critique a tort. La société moderne, en nivelant toutes les conditions, en éclairant tout, a supprimé le comique et le tragique. L'historien des mœurs est obligé comme ici d'aller prendre, là où ils sont, les faits engendrés par la même passion, mais arrivés à plusieurs sujets, et de les coudre ensemble pour obtenir un drame complet. Ainsi, le dénouement de *La Fille aux yeux d'or*, auquel s'est arrêtée l'histoire réelle que l'auteur a racontée dans toute sa vérité, ce dénouement est un fait périodique à Paris, dont les chirurgiens des hôpitaux connaissent seuls la triste gravité, car la médecine et la chirurgie sont les confidentes des excès auxquels mènent les passions, comme les gens de loi sont témoins de ceux que produit le conflit des intérêts. Tout le dramatique et le comique de notre époque est à l'hôpital ou dans l'étude des gens de loi.

Quoique chacun des Treize puisse offrir le sujet de plus d'un épisode, l'auteur a pensé qu'il était convenable et peut-être poétique de laisser leurs aventures dans l'ombre, comme s'y est constamment tenue leur étrange association.

Meudon, 6 avril 1835.

INDICATIONS BIBLIOGRAPHIQUES

LA DUCHESSE DE LANGEAIS

BERTAULT (Philippe), *Balzac et la musique religieuse*, Paris, Naert, 1929.

BODIN (Thierry), « Du côté de chez Sand », *L'Année balzacienne*, 1972, p. 239-257.

CHOLLET (Roland), « De *Dezesperance d'amour* à *La Duchesse de Langeais* », *L'Année balzacienne*, 1965, p. 93-120.

CITRON (Pierre), « Situations balzaciennes avant Balzac », *L'Année balzacienne*, 1960, p. 149-160.

FORTASSIER (Rose), *Les Mondains de la Comédie humaine*, Paris, Klincksieck, 1974.

FRANGI (Françoise), « Sur *La Duchesse de Langeais*. Un essai de lecture stylistique », *L'Année balzacienne*, 1971, p. 235-252.

GAUTHIER (Henri), « Un projet d'Étude de femme : *Les Amours d'une laide* », *L'Année balzacienne*, 1961, p. 111-136.

GUYON (Bernard), *Un inédit de Balzac. Le Catéchisme social, précédé de l'article Du Gouvernement moderne*, Paris, La Renaissance du Livre, 1933.

GUYON (Bernard), *Études balzaciennes. La Marquise de Castries et La Duchesse de Langeais*, Paris, Jouve, 1954.

THOUVENIN (Georges), « La Composition de *La Duchesse de Langeais* », *Revue d'Histoire littéraire de la France*, octobre-décembre 1947, p. 331-347.

LA FILLE AUX YEUX D'OR

CHARRETON (Pierre), « A propos du Paris de Balzac : le principe de l'identité des contraires comme structure de l'imaginaire dans *La Fille aux yeux d'or* », *Travaux de l'Université de Saint-Étienne*, VII, 1974, p. 1-67.

CITRON (Pierre), « Sur deux zones obscures de la psychologie de Balzac », *L'Année balzacienne*, 1967, p. 3-27.

CITRON (Pierre), « Le Rêve asiatique de Balzac », *L'Année balzacienne*, 1968, p. 303-336.

CONNER (Wayne), « La Composition de *La Fille aux yeux d'or* », *Revue d'histoire littéraire de la France*, 1956, p. 535-547.

DELATTRE (Geneviève), « De *Séraphîta* à *La Fille aux yeux d'or* », *L'Année balzacienne*, 1970, p. 183-226.

FORTASSIER (Rose), *Les Mondains de La Comédie humaine*, Klincksieck, 1974.

FORTASSIER (Rose), « Échos des *Liaisons dangereuses* dans *La Comédie humaine* », *L'Année balzacienne*, 1976.

HOFFMANN (Léon-François), « Mignonne et Paquita », *L'Année balzacienne*, 1964, p. 181-186.

MOZET (Nicole), « Les Prolétaires dans *La Fille aux yeux d'or* », *L'Année balzacienne*, 1974, p. 91-119.

PERRONE-MOISÉS (Leyla), « Le Récit euphémique », *Poétique*, n° 17, 1974, p. 27-38.

PRINCIPALES ÉDITIONS MODERNES

On se reportera avec profit à l'édition critique de l'*Histoire des Treize* procurée par Pierre-Georges Castex aux éditions Garnier en 1956. On pourra aussi consulter :

— pour les deux nouvelles, les introductions ou préfaces d'Albert Prioult (*La Comédie humaine*, éd. Hazan, t. 11, 1950), de Roland Chollet (*La Comédie humaine*, éd. Rencontre, t. 6 et 8, 1959), de Pierre Citron (*La Comédie humaine*, éd. du Seuil, t. 4, 1966), de Maurice Bardèche (*Œuvres complètes* de Balzac, Club de l'Honnête Homme, t. 9, 1959);

— pour *La Duchesse de Langeais* seulement, l'introduction

de Paul Vernière (éd. Delmas, 1949) et celle de Samuel S. de Sacy (*L'Œuvre de Balzac*, Club Français du Livre, t. 2, 1949);
— pour *La Fille aux yeux d'or* seulement, l'introduction d'Albert Béguin (éd. du Livre Français, 1946; texte repris dans *Balzac visionnaire*, Skira, 1946, p. 109-126, et dans *Balzac lu et relu*, Le Seuil, 1965, p. 81-87) et celle d'André Rouveyre (*L'Œuvre de Balzac*, Club Français du Livre, t. 2, 1949).

NOTES

Page 41.

1. On ne s'étonnera pas de voir Balzac dédier au grand compositeur une nouvelle qui donne un rôle important, dramatique, à l'improvisation musicale. Balzac avait rencontré Liszt vers 1833-1834 chez le baron Gérard, chez Delphine de Girardin et à l'ambassade d'Autriche. En 1838, il sera initié par George Sand aux secrets de la liaison entre le virtuose et la comtesse d'Agoult et prêtera certains traits de Liszt, dans *Béatrix*, au chanteur Gennaro Conti, comme au compositeur Gambara (dans la nouvelle du même nom). A Liszt, Balzac préférait Chopin. S'il dédie sa nouvelle au premier en 1843, c'est pour le remercier de s'être fait son messager en Russie auprès de Mme Hanska. Liszt mit d'ailleurs trop de zèle à remplir sa mission, et Balzac lui en voulut de la cour pressante qu'il fit à l'Étrangère : dans une lettre du 13 décembre 1843 adressée à Mme Hanska, il dit son regret d'avoir dédié *La Duchesse de Langeais* à celui qu'il appelle un « démon ».

Le texte de l'édition Furne donne l'orthographe *Frantz Listz*, que nous corrigeons.

L'édition originale portait en épigraphe un texte de sainte Thérèse : « C'est une chose merveilleuse que de voir combien cet amour est cordial et véhément; combien de larmes il fait répandre; combien d'oraisons il coûte; quel soin on prend de recommander à Dieu la personne aimée; quel désir presse le cœur de la voir heureuse; combien de mécontentements et de peines on ressent si, l'ayant trouvée en avant, on l'aperçoit après, tournée en arrière. On est toujours dans la crainte que cette âme, qu'on chérit tant, ne prenne un mauvais chemin, et que, venant à se perdre, on en soit séparé pour jamais. C'est, comme j'ai dit, un amour sans peu ni beaucoup de propre intérêt ; tout ce qu'on veut, c'est de voir cette âme riche des dons du ciel. » (*Le Chemin de la perfection*, chap. VII ; traduction du R.P. Cyprien de la Nativité de la Vierge, carme déchaussé, 1650.) Notons que Balzac ne cite pas exactement le père Cyprien, dont l'ouvrage ne parut pas d'ailleurs en 1650, mais successivement en 1644, 1644-1645 et 1657.

Page 43.

2. Cette ville marine évoque immédiatement Palma de Majorque, dans les îles Baléares. Si le couvent des Carmélites ne surplombe pas la mer, la cathédrale du moins s'élève sur une terrasse qui domine le port, et il existe aussi une chapelle Santa Catalina qui domine la plage de Soller. Balzac avait dû entendre parler de Majorque par son ami Étienne Arago, dont le frère avait fait là-bas un séjour mouvementé en 1808, lors d'une expédition scientifique.

Page 44.

3. Le romancier pense évidemment à la Grande-Chartreuse où il était allé avec Mme de Castries, et dont il est question dans *Le Médecin de campagne*, ouvrage contemporain de *La Duchesse de Langeais*.

Page 47.

4. C'est à Cadix qu'éclata le 5 janvier 1820 la révolte fomentée par le colonel Riego et qui s'étendit vite à toute l'Espagne, contraignant Ferdinand VII à accepter le rétablissement de la constitution libérale de 1812. Chateaubriand, qui avait le portefeuille des Affaires étrangères, obtint du congrès de Vérone que la France intervînt en Espagne pour rétablir le roi dans ses privilèges. Une armée française commandée par le duc d'Angoulême entra en Espagne en avril 1823, prit Cadix le 3 octobre et libéra Ferdinand VII prisonnier des Cortès.

5. Cf. le mot de Vautrin à Rastignac : « Je suis un grand poète. Mes poésies, je ne les écris pas : elles consistent en actions et en sentiments » (*Le Père Goriot*).

Page 49.

6. Créé au théâtre San-Carlo de Naples pour le carême de
1818, le *Mosè in Egitto* de Rossini fut joué pour la première fois
à Paris le 20 octobre 1822 au théâtre Louvois par la troupe du
Théâtre-Italien. En 1827 l'Opéra en donna une adaptation,
avec un livret d'Étienne de Jouy. En 1832 le Théâtre-Italien
venait de reprendre l'œuvre dans sa version italienne à la salle
Favart. Balzac qui a assisté à une représentation parle dans sa
Théorie de la démarche (1833) du fameux duo du premier acte,
alors chanté par les célèbres Tamburini et Rubini. *Massimilla
Doni* (1839) contient une analyse très développée du *Mosè*.
Lorsqu'il écrit *La Duchesse de Langeais*, Balzac a présent à
l'esprit l'opéra de Rossini, mais il n'est pas vraisemblable que
la duchesse, qui a quitté Paris depuis cinq ans, connaisse en
1823 la fameuse *prière* que Rossini avait ajoutée à son œuvre
en 1819.

Page 50.

7. Situé sur l'emplacement de l'actuel Opéra-Comique, il
abritait le Théâtre-Italien, et était depuis 1827 dirigé par
Rossini.

Page 51.

8. Voici le texte de cette mélodie de Pollet, à la mode vers
1820 :

> *Fleuve du Tage*
> *Je fuis tes bords heureux.*
> *A ton rivage*
> *J'adresse mes adieux.*
> *Rochers, bois de la rive,*
> *Écho, nymphe plaintive,*
> *Adieu! Je vais*
> *Vous quitter pour jamais.*

On s'est parfois gaussé de la mention de cette romance
médiocre. C'est oublier que peu importe la valeur du *timbre*
proposé à l'organiste, que tout l'intérêt est dans les *variations*.

Page 52.

9. Littré condamne cet emploi du mot dans le sens
d'*embarquement*.

Page 56.

10. Les différentes éditions donnent *elles* qui ne peut être qu'une erreur. Nous rétablissons la leçon du manuscrit, *ils*.

Page 58.

11. A vrai dire, le chant leur étant interdit, les Carmélites psalmodiaient *recto tono*.

Page 62

12. La couleur *carmélite*, d'un brun pâle

Page 63.

13. Balzac aime ce néologisme qui a le même sens qu'*harmoniser*.

Page 66.

14. L'adjectif *mondain* a ici son premier sens. Il s'oppose à *religieux*, comme le *monde*, ou *siècle*, à la *retraite*.

Page 68.

15. L'édition Furne donne « n'absoudrait pas ». On voit en étudiant les variantes que Balzac a oublié de supprimer une négation devenue inutile et fautive. Nous la supprimons.

Page 71.

16. Ainsi dans *la Comédie humaine* on voit Mme d'Espard et Mme de Cadignan habiter le faubourg Saint-Honoré.

Page 72.

17. L'hôtel d'Uzès était situé au 178 de la rue Montmartre. Construit par le grand architecte Ledoux vers 1767, il ne fut jamais habité par l'excellent duc dont parle Balzac, Charles-Emmanuel de Crusol, premier duc et pair de France, huitième duc d'Uzès, dit le Bossu, poète et ami de Voltaire, qui mourut avant l'achèvement de cette demeure. Siège du Bureau des Douanes sous le Directoire, acquis ensuite par la famille Delessert, il appartenait en 1834 au banquier Benjamin Delessert qui y mourut en 1847. En 1857, on démolit le magnifique portail, et, en 1870, l'hôtel lui-même.

18. C'est tout à fait à la fin de son règne que Louis XIV aida le duc du Maine — son préféré parmi les enfants que lui avait donnés Mme de Montespan — à élever un hôtel au bout

de la rue de Bourbon (l'actuelle rue de Lille), « sur la rivière »
dit Saint-Simon (*Mémoires*, éd. Pléiade, t. V, p. 189).

Page 73.

19. L'édition Furne donne *trouveraient*. Nous corrigeons.

20. C'est-à-dire : « Qu'ils soient tels qu'ils sont, ou qu'ils ne
soient pas. » Ce n'est pas le pape, mais le fameux père Ricci,
général des Jésuites, qui fit cette réponse au gouvernement
français quand celui-ci demanda en 1762 une réforme des
statuts de la Compagnie.

Page 75.

21. Cf. : « Quoique nous fassions peu de cas des leçons
historiques, il est cependant utile de dire que Rome, Venise et
l'Angleterre n'ont dû leur étonnante prospérité qu'à un sénat
héréditaire » (article *Du Gouvernement moderne*, in B. Guyon,
Un inédit de Balzac, p. 66).

Page 76.

22. Le mot est pris dans son sens ancien de « vérité de
coutumes, mœurs, usages, qui est reproduite par les poètes, les
écrivains ou les artistes » (Littré).

Page 77.

23. Terme de botanique : « l'acte par lequel la floraison
commence ; le premier moment où elle a lieu » (Littré). Ici le
mot désigne plutôt les précieuses fleurs produites.

24. Le *Traité de la vie élégante* (1830) disait déjà l'importance de ces nouvelles aristocraties. Cf. le mot de David
Séchard dans *Illusions perdues* : « Je n'ai encore ni la fortune
d'un Keller [banquier], ni le renom d'un Desplein [grand
chirurgien], deux sortes de puissances que les nobles essaient
encore de nier, mais qui, je suis d'accord avec eux en ceci, ne
sont rien sans le savoir-vivre et les manières du gentilhomme. »

25. Les Fugger étaient des banquiers d'Augsbourg, qui
furent les créanciers de Charles Quint. Le nom de Rothschild —
Balzac écrit : Rostchild — n'apparaît que dans le Furne
corrigé. Installés en France en 1812, les frères Rothschild
étaient particulièrement puissants dans la société depuis la
révolution de Juillet. Balzac connaissait depuis son séjour à
Aix James de Rothschild, chez qui il était reçu rue Laffitte et à

Ferrières. Après 1840, il fréquente aussi chez Anselme de Rothschild à Suresnes.

Page 81.

26. Ce sont souvent des noms roturiers. Balzac écrit dans *Du Gouvernement moderne :* « La pairie doit admettre constamment les supériorités d'argent, d'intelligence ou de talent qui se forment à la superficie de la nation. »

27. Le duc de Montmorency-Laval, ambassadeur à Rome, « cet homme si poli », écrit Stendhal (*Correspondance*, éd. Pléiade, t. II, p. 217). Balzac loue la grâce de son maintien dans sa *Théorie de la démarche* (1833).

Page 82.

28. Sous le Directoire, le prince de Talleyrand s'était lié avec une aventurière anglaise née aux Indes, Mme Grand, que Napoléon le força à épouser en 1802.

Page 83.

29. Cf. dans *Du Gouvernement moderne :* « Les richesses héréditaires de la Pairie doivent être purement territoriales. »

30. Les *Lettres sur Paris* (1831) et *Ferragus* (1833) dénonçaient déjà la gérontocratie de la Restauration.

31. C'est-à-dire chez la duchesse de Berry, à l'Élysée-Bourbon.

Page 84.

32. Ce petit avocat est Dupin. La loi qui abolit l'hérédité de la pairie est du 29 décembre 1831. L'hérédité avait été défendue par Royer-Collard et par le duc de Fitz-James.

Page 85.

33. Le texte de *L'Écho de la Jeune France*, plus explicite, donne des noms : Chateaubriand dans les lettres, le duc de Fitz-James et le duc de Brézé à la tribune, Talleyrand dans les congrès, Lamartine en poésie.

Page 86.

34. En particulier Mlle de La Vallière (elle-même carmélite) et Mme de Montespan, que Balzac cite dans d'autres romans.

35. C'est surtout après la révolution de Juillet, en 1832, qu'une coterie de femmes à la mode remit en usage les « petits

soupers » et les « petits spectacles » Régence (Rodolphe Appo-
nyi, *Vingt-cinq ans à Paris*, II, 6).

Page 87.

36. Cet emploi transitif est rare et archaïque.

Page 88.

37. A propos de Mme de Castries, Balzac écrit en 1844 à
Mme Hanska : « Cette femme est plus atroce que jamais et sans
l'ombre de religion. »

Page 89.

38. Cf. la fière réponse de la Médée de Corneille à la
question de sa confidente :
>   *Dans un si grand revers, que vous reste-t-il? — Moi;*
>   *Moi, dis-je, et c'est assez.*
>   (*Médée*, I, 5)

39. En 1816 Louis XVIII avait dissous la fameuse
« Chambre introuvable ». Mais après l'assassinat du duc de
Berry, les ultras, en obtenant le renvoi de Decazes, mirent fin
à la politique modérée de Louis XVIII.

Page 91.

40. Le chevalier de Folard (1669-1752), après avoir servi
sous les ordres du duc de Vendôme pendant la guerre de
Succession d'Espagne, passa au service du roi de Suède
Charles XII. Il a laissé des ouvrages de tactique.

Page 92.

41. C'est en 1816 que le duc de Berry, second fils de
Monsieur, épousa la fille du roi de Naples, Marie-Caroline de
Bourbon.
42. C'est le nom d'une coterie de très grandes dames qui
constituaient une sorte de cour personnelle à Monsieur, dont
on sait les sentiments ultras.

Page 94.

43. Balzac écrit Sainte-n'y-touche. Nous corrigeons.

Page 96.

44. C'est le mot mondain par excellence. Cf. plus loin

amusement (p. 104 et 116). Voir notre livre sur *Les Mondains de La Comédie humaine*, p. 229.

Page 104.

45. C'est probablement du *Voyage à Tombouctou* de Caillié que s'est inspiré le romancier. Après avoir traversé le désert, Caillié découvre aussi, entre d'énormes rochers de granit, un miraculeux paysage de verdure. Caillié a lui aussi éprouvé la bonté d'un guide maure qui le porta blessé dans ses bras.

Page 105.

46. Dans les éditions qui précèdent Furne, Balzac attribuait à Calderon *El Perro del Hortelano*, qui est de Lope de Vega. Le sujet de la pièce vient d'un proverbe espagnol : « Le chien du jardinier ne veut pas de sa pâtée et grogne si les bœufs la mangent. » L'héroïne de la pièce, la comtesse Diane de Belflor, se refuse par orgueil à son secrétaire qu'elle aime, mais elle est dépitée de le voir courtiser sa suivante.

Page 109.

47. Maxime de Chamfort, dont le texte exact est : « Otez l'amour-propre de l'amour, il en reste trop peu de chose. Une fois purgé de vanité, c'est un convalescent affaibli, qui peut à peine se traîner » (*Maximes et pensées, Caractères et anecdotes*, maxime 358).

Page 110.

48. Ou plutôt *Les Amours du chevalier de Faublas* (1787-1790) de Louvet de Couvrai dont le héros est un jeune roué malgré lui.

Page 112.

49. Dentelles faites au fuseau.

Page 113.

50. Un jour qu'à l'église ce compagnon d'armes d'Henri IV entendait lire le récit de la flagellation du Christ, il porta la main à son épée en s'écriant : « Où étais-tu, Crillon? »

Page 122.

51. Cf. le chapitre de la *Physiologie du mariage* sur la migraine, qui est la meilleure des excuses.

Page 123.

52. On reconnaît là le goût des surnoms dans l'entourage de Charles X.

53. Euphémisme mondain. Sur les surnoms, euphémismes et langage mondain en général, voir *Les Mondains de la Comédie humaine*, p. 227-233.

Page 124.

54. On voit que la duchesse étend railleusement le sens du mot, qui se dit d'un mariage contracté entre un prince et une personne de rang inférieur qu'il ne peut faire accéder aux honneurs nobiliaires.

Page 126.

55. Qui a de l'humeur, difficile à vivre.

Page 128.

56. Forbannir. Terme de droit coutumier. Bannir, reléguer (Littré).

Page 130.

57. Langage mondain (emploi du mot *bien*).

Page 135.

58. Le *Dictionnaire de l'Académie* de 1835 ne donne que l'adjectif *flagrant*, qui signifie *brûlant*.

Page 137.

59. Balzac donne à ce verbe le sens de *diriger (un cheval) en le maintenant ferme avec une bricole (pièce de harnais)*.

Page 140.

60. Le romancier développe la même idée dans *Le Médecin de campagne*. Il avait également écrit dans son *Essai sur la situation du parti royaliste :* « Parmi tous les moyens de gouvernement, la religion n'est-elle pas le plus puissant de tous pour faire accepter au peuple ses souffrances et le travail constant de sa vie?... Jésus-Christ et la Vierge, sublimes images du dévouement nécessaire à l'existence des sociétés, retiennent des populations entières dans leur voie de malheur, et leur font accepter l'indigence. »

Page 142.

61. Nous restituons *se*, que demande le sens et conformément aux précédentes éditions.

62. « Allons, allons, mon amour. » Ce sont les derniers mots chantés ensemble par Zerline et Don Juan, à la fin du duettino célèbre du *Don Juan* de Mozart : *La ci darem la mano* (« Là nous nous donnerons la main »), acte I, scène 9. Dans ce duo, c'est la voix pleine de tremblements de Zerline qui émeut tout particulièrement. C'est elle aussi qui peut tomber dans un fâcheux balbutiement, si la cantatrice n'est pas excellente.

Page 157.

63. Expression juridique une fois encore (voir plus haut *forbanni, atteint, convaincu*). Le *placet* (du latin *placet, il plaît*, c'est-à-dire *l'autorisation est accordée*) est une *requête*. On dit, en termes de palais, *mettre néant sur une requête*. D'où l'expression familière vieillie : *mettre néant à la requête de quelqu'un, refuser ce qu'il demande*.

Page 160.

64. Mot qui désigne la *nutrition*. Balzac l'emploie volontiers dans un sens psychologique.

Page 165.

65. Dans cet homme à cou de taureau on reconnaît Balzac lui-même, d'ailleurs astrologiquement placé sous le signe du taureau.

Page 170.

66. « Je ne sais. »

Page 176.

67. Furne donnait : « Vous avez apprivoisé le cœur de votre patient pour en mieux dévorer le cœur. » Nous avons cru pouvoir corriger, comme J.-A. Ducourneau le propose dans son édition, ce qui paraît être le résultat d'une inadvertance.

Page 186.

68. Qui composent la Suisse. On accuse proverbialement les Suisses d'aimer boire. Témoins ces vers de Boisrobert que cite Littré : « Mais ils boivent, comme il me semble, / Mieux que

tous les cantons ensemble. » Cf. les excès de Saint-Preux (*La Nouvelle Héloïse*, première partie, lettre 50).

Page 188.

69. Le style de Balzac s'inspire ici à l'évidence de celui de sainte Thérèse d'Avila, que l'édition originale citait en épigraphe.

Page 193.

70. On attendrait *exhalaisons*, qui est la forme correcte.

71. La théorie de ces *correspondances* se trouve dans *Louis Lambert* et dans la *Théorie de la démarche*. La fleur du coréopsis n'a pas de parfum. Le volkameria, arbuste à épines, donne au contraire des fleurs odoriférantes.

Page 194.

72. Cette sorte de problème est également posé dans la *Théorie de la démarche*. On sait que pour Balzac philosophe la vie est un capital que les émotions écornent peu à peu ou gaspillent d'un seul coup.

Page 195.

73. Transposition du mot d'Oxenstiern (Johan Tureson), homme d'État suédois du xviie siècle que Balzac cite aussi dans la *Théorie de la démarche* sous la forme : « Ce sont les marches qui usent les soldats et les courtisans. » Oxenstiern écrit exactement : « ... le courtisan se tue à monter et à descendre des escaliers... » (*Réflexions et maximes morales*, 1825, t. II, p. 213).

Page 197.

74. Balzac a oublié de corriger *Maulincour* en *d'Aiglemont*, comme il l'avait fait plus haut. Maulincour est le héros malheureux de *Ferragus*, première nouvelle de l'*Histoire des Treize*.

Page 198

75. L'actuel palais de l'Élysée, résidence du duc et de la duchesse de Berry.

76. Ni dans les biographies de Canning le célèbre homme d'État anglais (1770-1827), ni dans ses discours nous n'avons trouvé trace de cet émouvant perruquier.

Page 199.

77. Réprimander. Ce mot, désuet, est utilisé pour faire un effet amusant.

78. Au surnom de *Bien-Aimé*.

79. Signifie, au jeu de l'hombre, cinq levées. Par analogie le mot désigne une parure de cou rehaussée de cinq diamants.

Page 200.

80. Les frères Martin avaient créé au xviiie siècle un beau vernis rouge destiné à imiter les laques du Japon.

81. Comme tous les romanciers et mémorialistes de son temps, Balzac a souvent rappelé le rôle très important joué par les douairières dans la société de la Restauration. Un des modèles réels de ces douairières balzaciennes est sans doute Mme de Vaudémont, vieille amie de Talleyrand qui faisait presque tous les jours son whist chez elle. Cf. *Les Mondains de la Comédie humaine*, p. 347-350.

82. Cf. dans le *Traité de la vie élégante :* « Il y a des mouvements de jupe qui valent un prix Montyon. »

Page 201.

83. Le mot, qui désigne des œuvres d'art de l'antiquité, est employé ici ironiquement, comme dans *Le Cabinet des Antiques*.

Page 202.

84. Locke fréquentait la société mondaine qui se réunissait autour de son protecteur, le comte de Shaftesbury. Le premier traducteur du philosophe anglais, Coste, dit dans son éloge liminaire que Locke connut ainsi « tout ce qu'il y avait en Angleterre de plus fin, de plus spirituel et de plus poli ». Mais il ajoute que Locke se moquait volontiers de la gravité de ces aristocrates, et qu'il avait fait sienne la maxime de La Rochefoucauld : « La gravité est un mystère du corps inventé pour cacher les défauts de l'esprit. » Nous n'avons pas trouvé trace de l'anecdote contée par Balzac, mais peut-être la tenait-il de son ami Philarète Chasles, qui avait travaillé sur Locke.

Page 203.

85. Mot formé par Balzac sur Béotien, qui n'a donné que béotisme.

86. Le mot est ambigu puisqu'il y a deux ducs. Il s'agit du

duc de Grandlieu (qui a remplacé un marquis de Cassan, dans l'édition Furne).

Page 204.

87. « Elle était bonne femme », comme à la page suivante « ses parents... avaient été parfaits pour lui », sont des expressions très caractéristiques du langage aristocratique. Sur ce langage, cf. *Les Mondains de la Comédie humaine.* loc. cit.

88. L'éloge suprême dans le monde aristocratique.

89. Balzac désigne très probablement ainsi le Jockey-Club, qui fut destiné par ses fondateurs, l'agent de change Denormandie et l'ancien manutentionnaire Nicolas Rieussec, à être un lieu de rencontre entre la grande bourgeoisie et l'aristocratie. Ce cercle ne devint « exclusif » qu'à partir de 1842.

90. Balzac a oublié de corriger en *duc.*

Page 205.

91. Chevalier des ordres du Roi, c'est-à-dire de l'ordre de Saint-Michel et de l'ordre du Saint-Esprit.

Page 207.

92. C'est à l'Assemblée des notables, et non à la Constituante, que siégea le comte de Provence, futur Louis XVIII. Il vota pour la double représentation du Tiers État.

Page 211.

93. Homme de confiance désigné par un testateur pour recueillir et gérer un legs, à charge de le transmettre au véritable héritier.

94 Horn (Klas-Fredrick), comte d'Aminne, l'assassin de Gustave III, né à Stockholm en 1763, mort à Copenhague en 1823

Page 212.

95 Ce sont les biens que le contrat de mariage réserve à l'épouse pour qu'elle en use librement.

Page 214.

96. Balzac a lu cette anecdote dans *La Vie privée du Maréchal de Richelieu, contenant ses amours et ses intrigues,* Paris, Buisson, 1791, t. I, chap. IX. Une des filles du Régent, Charlotte de Valois, duchesse de Modène, avait eu des liaisons

avant son mariage avec le Maréchal, libertin célèbre. Elle
l'engagea à la venir voir à Modène, mais en se montrant
prudent. Le Maréchal se présenta sous le déguisement d'un
colporteur. La duchesse « lui sut un gré infini du rôle qu'il
jouait pour elle, et le dédommagea amplement des petits
désagréments qu'il [son déguisement] lui avait fait essuyer ».
Les amants faillirent tout de même être surpris par le mari,
rentré de la chasse plus tôt que prévu.

97. Anecdote rapportée par le héros, Armand-Louis de
Gontaut, duc de Lauzun, dans ses *Mémoires*, Paris, Barrois
l'Aîné, 1822, p. 190-192. Sa maîtresse était la princesse
Czartoryska. Elle attendait un enfant du duc et espérait obtenir
de son mari la permission de le donner à son amant. Le duc
vint de Paris à Varsovie pour assister à la naissance de
l'enfant. Mais le mari était trop mal disposé pour que la jeune
femme pût lui avouer son infidélité : « J'obtins avec beaucoup
de peine, dit le duc, d'être introduit dans le palais bleu, où
Madame Parisot m'enferma dans une grande armoire où l'on
mettait des robes, derrière le lit de la princesse. Elle eut un
travail douloureux qui dura près de trente-six heures. J'enten-
dais ses cris, et chacun semblait devoir être le dernier. Je
n'entreprendrai pas de décrire ce qui se passa dans mon âme :
mes malheurs étaient les fruits de mes crimes, ce que j'aimais
le mieux sur la terre en était la victime. Ce supplice finit
enfin : on me tira de ma prison, on me fit entrer dans la
chambre de Madame Chartoriska (*sic*). J'inondai son visage de
mes larmes; je ne pouvais proférer un seul mot. — Tu m'as
sauvé la vie, me dit-elle; je te savais là, je n'ai dû mes forces
qu'au courage que m'inspirait la certitude d'être si près de toi;
pouvais-je en manquer, sûre que tu recevrais mon dernier
soupir? Baise cet enfant, qui m'est déjà plus cher que les
autres. Il serait dangereux pour lui que tu fusses découvert!
Éloigne-toi!... » D'après son propre témoignage, Lauzun ne
semble pas être resté dans son armoire pendant *six semaines*,
comme le dit un peu complaisamment Mᵐᵉ de Blamont-
Chauvry.

98. Il ne s'agit pas du chevalier de Jaucourt, l'encyclopédiste, mais d'Arnail-Francois, comte, puis marquis de Jaucourt (1757-1852), député à la Législative, ami de Mᵐᵉ de
Staël et amant de Mᵐᵉ de La Châtre (voir Balzac, *Correspondance*, t. II, p. 188). L'anecdote est racontée par Decazes dans
ses *Mémoires :* « Le marquis de Jaucourt avait donné dans une

occasion privée l'exemple d'un courage et d'une force d'âme héroïques, et acquis une réputation presque proverbiale d'énergie et de stoïcisme. La main prise dans une porte en quittant précipitamment un appartement où sa présence aurait compromis une personne qui lui était chère, il avait surmonté d'horribles douleurs pendant un temps assez long pour que, en se retirant, il eût pu faire disparaître avec lui les traces de la mutilation dont il avait payé sa fermeté. » Balzac fait allusion à ce courage dans *Sarrasine;* et, dans *La Femme de trente ans,* il prête l'héroïsme de Jaucourt à son héros, Lord Grenville, qui, lui, meurt victime de son dévouement. On lit aussi cette anecdote dans l'*Album historique et anecdotique* imprimé par Balzac en 1827.

Page 215.

99. On lit dans *Pensées, sujets, fragments* (f° 53) : « Histoire de Wielopolski, racontée par le comte Zaleski, et la comtesse de Königsmark. L'amant haché, enterré, fils du premier électeur George Iᵉʳ, George II faisant couronner sa mère dans une peinture. » (*Œuvres complètes* de Balzac, Club de l'Honnête Homme, t. 28, 1963.)

100. Boiste, comme Littré, ignorent ce mot et ne donnent que *poétereau.*

Page 218.

101. Armet (doublet de *heaume*) : petit casque fermé en usage aux xivᵉ, xvᵉ et xviᵉ siècles. Ce casque du roi maure Mambrin passait pour être enchanté. Don Quichotte croit s'en être emparé, alors qu'il ne s'agit que d'un plat à barbe (*Don Quichotte,* chap. xxi).

Page 220.

102. Furne dit : il *s'en va.* Nous corrigeons.

Page 232.

103. Fenimore Cooper, probablement, qui s'embarqua à seize ans et qui a écrit trois romans maritimes : *Le Pilote,* inspiré du *Pirate* de Walter Scott; *Le Corsaire rouge* (1829) dont Balzac s'est inspiré pour décrire la cabine d'Hélène d'Aiglemont dans *La Femme de trente ans; L'Écumeur de mers ou la Sorcière des eaux* (1831).

Page 233.

104. L'île de Caprée ou Capri fut conquise sur les Anglais par le général Lamarque après douze jours de siège et une périlleuse escalade. Cet épisode militaire est une des scènes du roman de Latouche *Fragoletta*, dont Balzac s'inspire dans la troisième nouvelle de l'*Histoire des Treize, La Fille aux yeux d'or*.

Page 234.

105. Balzac a vu ces travaux en juillet 1822, lors du séjour qu'il fit à Bayeux chez sa sœur, Mme Surville. « Ces travaux, écrit-il à Mme de Berny, sont la plus belle conquête des hommes, le *nec plus ultra* des constructions humaines, et jamais les Romains n'ont rien fait d'aussi étonnant... M. Cachin, l'Homère, le Newton, le Dante de l'architecture, n'est connu que des savants... » (*Correspondance*, t. I, p. 195-196).

Page 239.

106. « Sous l'invocation de la sainte mère Thérèse », et « Adorons éternellement ». Balzac avait lu cette devise-ci à la Grande-Chartreuse, et voulut en faire la devise de son amour pour Mme Hanska.

Page 241.

107. Cf. ce que le romancier écrit à Mme Hanska le 28 avril 1834 : « J'espère que vous n'avez rien mêlé d'individuel à vos réflexions sur *ce n'a été qu'un poème* [corrigé par la suite dans le texte en *ce n'est plus qu'un poème*], vous sentez bien qu'un XIII doit être un homme de bronze. Accuseriez-vous l'auteur de penser ce qu'il écrit? Si les peintres, les poètes, les artistes étaient complices de ce qu'ils peignent, ils mourraient tous à vingt-cinq ans » (*Lettres à Mme Hanska*, t. I, p. 207).

108. Le roman ne fut en fait terminé que deux mois plus tard, mais le romancier a voulu inscrire ici la date qui consacrait son amour pour Mme Hanska, et en même temps sa revanche sur Mme de Castries, qui, elle, l'avait méprisé.

LA FILLE AUX YEUX D'OR

Page 243.

1. Balzac connaissait peut-être Delacroix depuis 1824, grâce

à son ami et collaborateur, Horace Raisson, condisciple du peintre. En tout cas il le rencontra pendant l'hiver 1829-1830, chez Mme O'Reilly ou chez Mme O'Donnell, sœur de Delphine Gay (Delacroix, *Journal*, éd. Joubin, 1932, t. I, p. 453). Au moment où Balzac commence *La Fille aux yeux d'or*, Delacroix venait de lui écrire son admiration pour *Louis Lambert*. Balzac admirait en Delacroix le peintre de l'exotisme, qui venait de rapporter d'un voyage en Espagne, au Maroc et en Alger l'inspiration de sa *Fantasia* et des *Femmes d'Alger dans leur appartement*, exposées au Salon de 1834 (n° 497 du livret), où le romancier les avait admirées (*Lettres à Madame Hanska*, t. I, p. 210). Il avait beaucoup aimé aussi l'*Odalisque couchée ou Femme au perroquet* exposée en 1832 à la galerie Colbert.

Delacroix a probablement fourni des traits à plusieurs artistes de *La Comédie humaine*, en particulier au Sommervieux de *La Maison du Chat-qui-pelote*, et au Joseph Bridau de *La Rabouilleuse*.

Page 246.

2. C'est ce que constatent plusieurs auteurs du temps. Cf. : « Il est vrai qu'en revenant de France, c'est à qui fulminera le plus contre les Français, peuple de pécheurs et de mécréants, ce qui n'empêche pas les pieux calomniateurs de revenir en masse chaque année dans ce pays de honte et de scandale, pour y prendre ses modes, ses habitudes, ses plaisirs et ses arts, en attendant qu'ils puissent acquérir sa philosophie et sa gaieté » (Cabet, *Voyage en Icarie*, 1839).

3. Cf. ce proverbe qui fait de Paris « le Paradis des femmes, le purgatoire des hommes et l'enfer des chevaux »; et ce que Chamfort écrit de la capitale : « On pourrait appliquer à la ville de Paris les propres termes de sainte Thérèse pour définir l'Enfer : l'endroit où il pue et où l'on n'aime point. » (maxime 496). A partir de 1825, c'est un lieu commun que de comparer Paris à l'enfer (cf. P. Citron, *La Poésie de Paris*...).

4. Balzac a encore présentes à l'esprit les journées révolutionnaires de 1830-1831-1832.

Page 247.

5. On sait que le printemps 1832 avait vu une effroyable épidémie de choléra morbus.

6. Pour le romancier philosophe de *La Peau de chagrin*, de *Louis Lambert* et de la *Théorie de la démarche*, tout être

humain possède un certain capital de vie que la passion de *savoir* ou de *pouvoir*, et de grandes émotions, peuvent dépenser d'un coup.

7. Balzac écrivait déjà à sa sœur Laure en 1821 : « Si j'ai une place, je suis perdu, et M. Nacquart en cherche une. Je deviendrai un commis, une machine, un cheval de manège qui fait ses trente ou quarante tours, boit, mange et dort à ses heures ; je serai à tout le monde. Et l'on appelle vivre cette rotation de meule de moulin, ce perpétuel retour des mêmes choses? » (*Correspondance*, t. I, p. 112.)

Page 248.

8. Expression assez curieuse, l'ormeau étant un jeune orme. Mais les deux mots s'emploient facilement l'un pour l'autre et Delille, avant Balzac, a parlé d' « antique ormeau ».

9. Ce mot paraît être un néologisme formé sur le nom de *wapeur* donné à l'ouvrier qui, dans la confection des tulles et des cotonnades, dévide le fil et le dispose en rouleaux.

10. L'édition originale énumère « ce peuple infatigable de doreurs, de tourneurs, de passementiers, de filtreurs, de peintres, de tailleurs, de couturiers ». Il est probable que Balzac en a lu la liste dans l'ouvrage de Benoiston de Châteauneuf, *Extraits des recherches statistiques dans la Ville de Paris et le département de la Seine.*

11. *Le Nouveau Tableau de Paris au XIXᵉ siècle* (auquel, nous l'avons vu, Balzac a fourni sa contribution) consacre un article aux *Barrières et guinguettes* (de J. Rousseau). Le public s'intéressait beaucoup à ces *bouges, souricières, estaminets* et *divans* installés généralement aux barrières de Paris.

Page 249.

12. Par exemple le personnage de Benoît Vautour, forgeron au grand cœur, qui apparaît dans une œuvre ébauchée de Balzac, *La Modiste* (1830 probablement). Il a rencontré ces ouvriers au temps où il vivait, à vingt ans, près de la Bastille, rue Lesdiguières, et il les peindra encore dans *Facino Cane* (1836).

Page 250.

13. Journal de la bourgeoisie libérale.

14. Tout citoyen devait, on le sait, depuis 1830, assurer son temps de faction. Pour s'être dérobé à cette obligation, Balzac

tâtera de la prison, à Paris en 1836 et à Sèvres en janvier 1839
« pour fait de garde nationale ».

Page 251.

15. C'est-à-dire *se réjouit, se moque de* (Cf. le nom du héros
de Balzac, l'illustre *Gaudissart*). L'auteur des *Contes drolatiques*
aime utiliser la langue du XVIe siècle.

16. Cf. les *Mémoires* de Berlioz, qui raconte avoir concouru
pour un poste de choriste au théâtre des Nouveautés avec un
tisserand et un forgeron (éd. Citron, t. I, p. 92).

Page 252.

17. La grande ballerine romantique, entrée à l'Opéra en
1827, avait triomphé dans *La Sylphide*.

18. L'auteur de *La Fille aux yeux d'or* n'a pas retenu un
passage amusant de *La Caricature* qui donnait une occupation
supplémentaire à son « irréprochable cumulard ». Le voici :
« Comme il est bel homme, il a obtenu la place lucrative de
tambour-major de sa légion. Alors, les dimanches, il est, selon
les vœux de l'Église et du général La Fayette, ou chantre
divin, rossignol liturgique, ou modèle des grâces, une sorte
d'Apollon militaire, réglant la marche des tambours, et se
balançant en tête de la garde nationale, comme une préface de
Victor Hugo devant un volume de poésie !... »

Page 253.

19. Cf. le dessin de Gérard-Fontallard dans *La Silhouette* (en
1829) qui s'intitule *Les Étages* et représente superposés : la
Soirée chez la portière, le Salon, le Boudoir, la Mansarde.

Page 254.

20. Il s'agit évidemment de la lourde machine pour frapper
les monnaies et les médailles.

21. Écho de *La Duchesse de Langeais*. Quant à ce *despotisme*, il est couramment considéré comme bénéfique par les
journalistes de 1830, et par Balzac lui-même, qui voit dans le
luxe des riches la garantie pour les ouvriers de ne pas
connaître le chômage et la faim.

22. Sabre court des gardes nationaux.

Page 257.

23. Sorte de traîneau montagnard. Souvenir d'Aix-les-
Bains?

Page 258.

24. C'est-à-dire *réduction en petits fragments*. Littré donne le mot comme rare et *didactique*.

Page 259.

25. Bichat est mort en 1802, à trente et un ans, usé par le travail. Le 10 avril 1834, Balzac rapporte à Mme Hanska cet avertissement (prophétique!) que lui a donné le docteur Nacquart : « Vous mourrez comme Bichat, comme Béclard [chirurgien et anatomiste mort en 1825 d'un érysipèle compliqué de méningite], comme tous ceux qui ont abusé par le cerveau des forces humaines... »; et dans une lettre du 20 août, il cite deux autres grands médecins qui meurent aussi d'avoir trop travaillé, Broussais et Dupuytren (*Lettres à Madame Hanska*, t. I, p. 204 et 244).

26. En fait de publiciste, la liste des nouveaux pairs de 1833 ne donne que le nom de Bertin de Veaux, frère de *Monsieur* Bertin, le fameux directeur des *Débats*.

Page 260.

27. Tel Balzac lui-même, évidemment.

28. Terme de maçonnerie qui désigne une *digue*.

Page 261.

29. *Lutèce* vient d'un mot celtique qui signifie *lieu des marais*.

Page 262.

30. Fumeurs ou mangeurs d'opium.

31. Vice de celui qui, selon l'expression de Littré, « fait un dieu de son ventre, ne vit que pour la bonne chère ».

Page 263.

32. On sait qu'il s'agit là des grandes réceptions, des « tueries », à l'anglaise. (En anglais *rout* signifie *émeute*.)

33. Balzac avait d'abord écrit ce qui paraît le contraire : le *plaisir*.

34. *Ferragus* parle de « cette mouvante reine des cités ». « La reine de nos Tyrs et de nos Babylones », écrit Hugo en 1831, dans *Les Chants du crépuscule*. Il s'agit là d'une image fréquente à l'époque pour renvoyer à la capitale. P. Citron

relève vingt exemples de cette métaphore dans la littérature d'avant 1830 (*op. cit.*).

35. Mot créé par Balzac sur *blasé*.

36. Bateau à vapeur.

37. Évocation d'actualité alors. Le 28 juillet 1833, le gouvernement de Louis-Philippe avait rétabli au sommet de la colonne Vendôme la statue du Petit Caporal.

38. *Navire*. Le mot est ancien comme les armes de Paris et leur devise.

Page 264.

39. *Midshipman :* aspirant ou cadet dans la marine anglaise.

Page 267.

40. Il existait alors des de Marsay réels dans le Poitou. Au moment où Balzac écrit *La Fille aux yeux d'or*, cette famille était représentée par le comte Côme-Edmond de Marsay (1804-1838). Mais c'est peut-être une fois de plus la Touraine qui a fourni ce nom à Balzac : on trouve un comte de Marsay propriétaire de la Chartreuse du Liget, près de Loches, qui, transposée, apparaîtra dans *Une ténébreuse affaire.*

Page 269.

41. *Jouer quelqu'un par-dessous jambe* ou *par-dessous la jambe*, obtenir sans peine l'avantage sur quelqu'un (Littré, qui donne un exemple chez Molière et chez Saint-Simon).

42. Le manuscrit ajoutait : « Les prêtres seuls savent élever la jeunesse. »

Page 270.

43. Élégante maison de jeu située à l'angle de la rue de Richelieu et du boulevard Montmartre.

44. Expression archaïque qui sent son blason. Cf. *Si fait* (ainsi fait).

Page 271.

45. Il n'avait pourtant que seize ans à la mort de son cher abbé en 1812.

46. Yeux bleus et cheveux noirs, c'est là, selon la symbolique balzacienne, le type même du jeune homme armé pour la vie (voir P. Abraham, *Créatures chez Balzac*, Gallimard, 1931).

Page 272.

47. Domenico Barbaja était l'imprésario napolitain de Rossini.

Page 274.

48. Ici commence le texte sur les *Jeunes gens de Paris*, écrit pour *Le Nouveau Tableau de Paris au XIXe siècle*, que reprend Balzac.

49. Dans le *Tableau*, Balzac disait *les grands prix de Rome*, peut-être en songeant à Delacroix qui avait échoué au concours en 1822, ou à Berlioz qui lui aussi avait d'abord connu l'échec.

50. Personne dépourvue de talents et d'intelligence. Le mot *ganache* désigne proprement la mâchoire inférieure du cheval.

Page 275.

51. Sous l'Empire, le ministre anglais Pitt et le feld-maréchal autrichien Frédéric de Saxe-Cobourg avaient été les symboles de la politique antilibérale. On appelait « Pitt et Cobourg » les royalistes soupçonnés d'intelligence avec l'ennemi.

Page 276.

52. Emploi substantivé du verbe *user*, qui est rare et archaïque.

Page 277.

53. C'est-à-dire *par tous les moyens*.

Page 279.

54. On lit dans *Les Deux Amis* : « Ainsi, d'abord cette amitié fut un commerce, dans lequel chacun des deux jeunes gens crut avoir à gagner. Comme deux rusés négociants, ils spéculèrent sur la raison sociale *de Tourolle et Chamaranthe*. Ils se tinrent sur leurs gardes, ne se dirent que des babioles, et s'observèrent. Parlez-moi d'une amitié armée!... Voilà le xixe siècle. Damon et Pythias sont des fables!... »

55. De Marsay deviendra Premier ministre (voir *Béatrix*, *Les Secrets de la Princesse de Cadignan*, *Une ténébreuse affaire*).

56. Balzac cite volontiers le roman de Sterne, *Tristram Shandy*, et en particulier les personnages de l'oncle Tobie et de son domestique, le caporal Trim. Trim, qui tient en général

son chapeau à la main par manière de respect, s'en sert parfois pour désigner quelque objet.

Page 280.

57. C'est la terrasse qui longeait le couvent des Feuillants construit entre la rue de Rivoli et la rue Saint-Honoré. C'était, sous la monarchie de Juillet, le lieu de promenade élégant aux Tuileries.

Page 281.

58. En latin : blonde, fauve, voire rougeâtre. Ajoutons que l'adjectif substantivé *flavus* désigne chez Martial la pièce d'or. Le manuscrit commentait : « cette espèce que MM. de Cobentzell ont nommée la femme fauve. » Cobentzell est le pseudonyme sous lequel E. Bouchery et Lautour-Mézeray venaient de publier en 1834 *Maritalement parlant,* recueil de nouvelles. La dernière, intitulée *La Gastrite,* contient une longue description de la « femme fauve », p. 278-282. Rappelons que la fille aux yeux d'or a été successivement la *femme aux yeux jaunes,* puis aux *yeux rouges.*

Page 282.

59. Vers 1834, la brune piquante et bien portante, sportive et douée d'un bon appétit, est en train de supplanter la sylphide pulmonique. Anastasie de Restaud (*Le Père Goriot*) éveille aussi dans l'esprit de Rastignac la même image maritime : « On a bien raison de dire qu'il n'y a rien de plus beau que frégate à la voile, cheval au galop et femme qui danse. »

60. Balzac a lu dans *Fragoletta* la description de cette fresque pompéienne dont il est également question dans *La Peau de chagrin* et dans *Gambara.*

Page 283.

61. Bien que la créole Paquita n'ait rien à voir avec les Gaulois ou les Francs, c'est le fameux « pied recourbé du Franc » dont il est question ici.

Page 286.

62. Pour annoncer l'heure de la levée, les facteurs agitaient alors une sorte de crécelle, nommée *claquette.*

63. Actuellement rue de Paradis.

Page 287.

64. Nom-rébus qu'affectionnaient les propriétaires de bouchons, et que ne méprisent point les actuels tenanciers de cafés; mais ils y mettent moins de pittoresque. Le dictionnaire d'Hillairet (introduction, p. 32) signale le *Puits-sans-vin* (pour le *Puissant Vin*) sans doute figuré par un puits dont on tirait de l'eau. On sait que Balzac est probablement l'auteur d'un *Petit Dictionnaire critique et anecdotique des enseignes de Paris, par un batteur de pavé* (1826).

65. Furne donne : *Écoute;* le manuscrit *Écoutez,* que nous restituons.

66. Agent secret depuis 1809, l'ancien forçat Vidocq était devenu en 1811 « chef de la brigade de sûreté ».

Page 288.

67. Évidemment pour *émissaire.*

Page 289.

68. Il y avait plusieurs rues de ce nom. Ici il s'agit vraisemblablement de la partie de la rue Taitbout située entre les rues de Saint-Lazare et de la Victoire.

69. Prononciation populaire de *cinquième.*

Page 291.

70. Emplois obligés dans la commedia dell'arte.

Page 293.

71. Furne donne « s'il a raison de l'être ». Nous rétablissons « quelque » d'après les éditions précédentes.

Page 294.

72. Chansonnier et vaudevilliste, Désaugiers (1772-1827) contribua en 1808 à la résurrection du célèbre *Caveau* qui se réunissait rue Montorgueil au *Rocher de Cancale.*

73. Ce nom signifiait doublement *romance,* car deux frères Ségur avaient, sous le Directoire et l'Empire, écrit pour le Vaudeville et pour le théâtre de la rue Feydeau. Alexandre-Joseph (1756-1805) a écrit un opéra-comique, *Plus de peur que de mal;* il a composé les paroles du *Roméo et Juliette* de Steibelt, collaboré avec Émile Dupaty, écrit *Les Vieux-fous.* Louis-Philippe (1753-1830) a écrit des *Contes, fables, chansons et vers,* une comédie-parade et un vaudeville, *Les Revenants.*

74. Cf. dans le manuscrit du *Traité de la vie élégante* :
« Quand un fashionable qui a la conscience de la perfection de
sa toilette entre dans un salon, fût-il plein d'hommes supérieurs, il y entre avec une grande confiance. S'il aperçoit sur
quelques lèvres des sourires moqueurs, il prend son lorgnon,
examine ses critiques et d'un coup d'œil les confond et les
force au silence, car ou les rieurs ont quelque chose qui cloche,
ou ils se sentent coupables, ou ce sont des fashionables qui
sentent que leur collègue est *secundum artem;* alors notre
homme voltige, dit des riens, il prend sa place. »

Page 295.

75. Le manuscrit donne *Chou blanc.* Cf. l'expression faire
chou-blanc, qui signifie *ne pas atteindre* la quille (*chou* pour
coup?). Nous ne trouvons pas trace de l'expression *messe
blanche*, peut-être forgée à partir de *mariage blanc* et *messe
sèche* (sans consécration); et peut-être aussi par opposition à
messe noire.

76. Cliché d'opéra italien.

Page 296.

77. On sait que Héra avait confié à Argus la garde de la
nymphe Io. Hermès endormit le gardien aux cent yeux en lui
jouant de la flûte, puis le tua

Page 298.

78. Balzac a encore pu voir le grand tragédien jouer Othello
(dans la traduction de Ducis) le 21 mars 1825.

Page 299.

79. Balzac fera dans *Splendeurs et Misères des courtisanes* à
propos de Contenson déguisé, la physiologie de « l'homme
malheureux ».

Page 302.

80. Fameux restaurant situé au 65 de la rue Montorgueil, et
que fréquentait le romancier.

Page 303.

81. Célèbre auteur de romans noirs, dont *Les Mystères
d'Udolpho.*

82. Cf. dans *La Peau de chagrin :* « Un monstre de la Chine
dont les yeux restaient tordus, la bouche contournée, les

membres torturés, réveillait l'âme par les inventions d'un peuple qui, fatigué du beau toujours unitaire, trouve d'ineffables plaisirs dans la fécondité des laideurs. »

Page 305.

83. C'est l'ambition de Balzac psychologue de mettre en équation les données de l'expérience. Il écrit en 1832 dans sa *Lettre à Nodier* . « Les études psychologiques, dirigées dans une voie d'analyse, acquerront sans doute une consistance mathématique, cesseront d'être creuses et conjecturales. »

Page 306.

84. Comme le fait remarquer P. Citron (art. cit.), la vieille Géorgienne annonce Asie, la Javanaise de *Splendeurs et Misères des courtisanes*. Toutes deux ont des yeux de tigre.

Page 314.

85. On ne conclut pas de traité, en effet, *avec un esclave.*

Page 318.

86. C'est, en plus luxueux, la cabine d'Hélène d'Aiglemont dans *La Femme de trente ans*. On sait que Balzac avait réalisé ce voluptueux décor rue des Batailles.

87. Paquita, précédemment *flava* (blonde fauve) redevient l'Orientale brune et passionnée.

Page 319.

88. Sans doute le désert de Gobi ou Chamo.

Page 322.

89. Poètes persans, nés à Chiraz, respectivement des XIIIe et XIVe siècles. Le premier est l'auteur du *Gulistan* (*Le Jardin des roses*) et du *Bustan* (*Le Verger*).

Page 323.

90. Cet appendice de *La Nouvelle Héloïse* est intitulé *Les Amours de Milord Édouard Bomston*. Milord Édouard y refuse vertueusement les plaisirs que lui offre une perverse marquise italienne. Lui-même se voit refuser les faveurs d'une courtisane, qui veut ainsi mériter l'estime du vertueux Anglais.

Page 324

91. Cf dans *La Duchesse de Langeais* . « Le Commerce ou le

Travail se couchent au moment où l'aristocratie songe à dîner;
les uns s'agitent bruyamment quand l'autre se repose. »

92. Variante de l'épigraphe mise par Balzac à sa *Physiologie
du cigare* (*La Caricature*, 10 novembre 1831) : « Je renoncerais
à la plus belle maîtresse plutôt qu'à mon cigare! »

Page 328.

93. Jockey-Club, Club de l'Union, ou Salon des Étrangers.

Page 329.

94. La comtesse de Restaud (*Le Père Goriot*) et le comte Paz
(*La Fausse Maîtresse*) illustreront cette technique du *paraton-
nerre* et de la *dona dello schermo*.

Page 332.

95. Il s'agit de *Justine ou les Malheurs de la vertu*, de Sade.

96. C'est ce que Balzac appelle ailleurs la « chronique sous
l'éventail ».

97. Cercle très aristocratique installé au 106 rue de Richelieu.

Page 337.

98. Génie des contes persans.

99. Héros de Byron que Balzac nomme souvent.

Page 338.

100. Le mot est masculin.

Page 341.

101. Furne donne *se dit*, qui ne se comprend pas.

DU MÊME AUTEUR

Dans la même collection

Impression Bussière Camedan Imprimeries
à Saint-Amand (Cher),
le 25 juin 2003.
Dépôt légal : juin 2003.
1ᵉʳ dépôt légal dans la collection : octobre 1976.
Numéro d'imprimeur : 032986/1.

ISBN 2-07-036846-7./Imprimé en France.